W0071598

Über den Autor:

Geboren 1962 in Minden, Studium der Rechtswissenschaft an
der Universität Bielefeld, 1991 erstes, 1992 zweites juristisches
Staatsexamen, seither freier Autor in Hannover, veröffentlichte
zahlreiche Essays, Artikel und Rezensionen über Film und
Literatur sowie Erzählungen und Kurzgeschichten. Seit Mitte
der 90er Jahre ist Jörg Kastner sehr erfolgreich als Autor historischer Romane.

JÖRG KASTNER

ANNO 1076

DIE SCHATTEN VON KÖLN

HISTORISCHER ROMAN

BASTEI LÜBBE TASCHENBUCH
Band 14781

1. Auflage: September 2002
2. Auflage: Februar 2004

Bastei Lübbe Taschenbücher ist ein Imprint
der Verlagsgruppe Lübbe

Originalausgabe
© Copyright 2002 by Verlagsgruppe Lübbe GmbH & Co. KG,
Bergisch Gladbach
Umschlaggestaltung: Tanja Østlyngen
Titelbild: Archiv für Kunst & Geschichte, Berlin
Satz: hanseatenSatz-bremen, Bremen
Druck und Verarbeitung: GGP Media, Pößneck
Printed in Germany
ISBN 3-404-14781-2

Sie finden uns im Internet unter
www.luebbe.de

Der Preis dieses Bandes versteht sich einschließlich
der gesetzlichen Mehrwertsteuer.

Für meine guten Freunde, nicht in Köln,
sondern in Hannover,
die immer ein offenes Ohr
und einen guten Rat haben:
Bernd Frenz, Thomas Haufschild
und Siegfried Tesche.

So sprach der Bischof, und in Knechtsgestalt
Gehorcht' ihm Köln durch Furcht und durch Gewalt.

Doch als er siech ward und zu sterben kam,
ein heil'ger Engel seine Seele nahm,

Führt' ihn in einen königlichen Saal,
Von Perl und Gold die Wände nirgend kahl.

Da war Gesang und wonnigliches Spiel
Und aller Himmelsfreuden überviel.

(Karl Simrock, ›Bischof Anno‹)

Inhalt

Die Personen des Romans 11

Vorspiel   – Der Auferstandene 13
KAPITEL 1 – Der Kaufmann aus Venedig 41
KAPITEL 2 – Hexengeflüster 53
KAPITEL 3 – Das Teufelshorn 61
KAPITEL 4 – Gefangen 75
KAPITEL 5 – Der Wassergalgen 87
KAPITEL 6 – Der Mann mit den zwei Gesichtern 101
KAPITEL 7 – Himmelszorn 113
KAPITEL 8 – Wasser und Blut 123
KAPITEL 9 – Der Prozeß 131
KAPITEL 10 – Schwarz gegen Weiß 145
KAPITEL 11 – Tod auf dem Rhein 155
KAPITEL 12 – Alessandros Geständnis 169
KAPITEL 13 – Feuer und Schmerz 179
KAPITEL 14 – Der Hexensturz 191
KAPITEL 15 – Die Schatten von Köln 207
KAPITEL 16 – Angeklagt 217
KAPITEL 17 – Der venezianische Dolch 235
KAPITEL 18 – Das Urteil 249
KAPITEL 19 – Die Ausgestoßenen 259
KAPITEL 20 – Die toten Augen 277
KAPITEL 21 – Das Henkersmahl 295
KAPITEL 22 – Das fallende Kreuz 309
KAPITEL 23 – Der Überfall 335
KAPITEL 24 – Sünde und Vergebung 349

Nachspiel   – Der Eiswanderer 365

Zeittafel 377

Die Personen des Romans

Anmerkung: Historische Personen sind mit einem (H) hinter dem Namen gekennzeichnet.

Adel und Klerus

Anno II. (H) – ehemaliger Erzbischof von Köln, gestorben, aber für viele noch sehr lebendig
Gregor VII. (H) – Papst »Höllenbrand«
Heinrich IV. (H) – König des Deutschen Reiches
Hilarius – Klosterpförtner der Siegburger Abtei
Hildolf – (H) neuer Erzbischof von Köln
Patrick – Abt von Groß Sankt Martin
Wolfram – Burggraf von Kaiserswerth

Kölner

Ansald – Fährmann
Baltram – Gefängniswärter mit fauligen Zähnen
Dankmar von Greven – Stadtvogt
Dela – junge Dienerin
Eigil Treuer – Kaufmann
Fulbert – Dieb
Genrich – Segelmacher
Heimar von Brosach – Präpositus von Köln

Hexenliese – Frau mit Visionen, auch Elisabeth geheißen
Lothar – Eigil Treuers Stiefsohn
Margarete – Eigil Treuers zweite Frau
Nelda – Witwe des Böttchers Eckart
Oda – Ravenas Amme und Vertraute
Ravena – Eigil Treuers Tochter
Rutger – Kanzlist im Dienst Eigil Treuers
Wignand – Gefängniswärter mit trockenem Mund

Sonstige

Alessandro Beltrami – Kaufmann aus Venedig
Anselm – Siegburger Kirchendiener
Broder – kräftiger Friese
Eleasar – Hüter des Grals
Georg – Ausgestoßener
Gudrun – Gefährtin Georgs
Ketil – junger Flußräuber
Rachel – Eleasars Tochter
Wernhard – Diener und Leibwächter König Heinrichs
Wigbrand – Schiffsführer

Der Auferstandene

Heinrich IV., König des Deutsch-Römischen Reiches, dessen weiträumiges Herrschaftsgebiet bis zur nördlichen Hälfte Italiens reichte, hatte Angst. Um ihn herum war Finsternis. Nur vor sich, am Ende eines langen Ganges, sah er ein winziges Licht. Er wußte, daß er zu dem Licht gehen mußte, daß es für ihn keinen anderen Weg gab. Nur auf diese Weise konnte er seine Macht und sein Reich retten. Und doch zögerte er, den Gang zu betreten. Zu groß war seine Furcht vor dem, was ihn am anderen Ende erwarten mochte. Vielleicht das Schlimmste und Erschreckendste überhaupt: die Wahrheit.

Schließlich gab er sich einen Ruck und ging auf das Licht zu. Eine Hand ruhte auf dem Schwertknauf an seiner Seite. Der Gedanke, daß der scharfe, harte Stahl der Waffe ihm zu Gebot stand, beruhigte Heinrich ein wenig, gab ihm neue Kraft und neuen Mut. Er hatte gegen die aufständischen Sachsen und Baiern gekämpft, hatte mehr als einmal in verzweifelter Lage noch einen Sieg errungen. Immer, wenn er sich am Rande einer Katastrophe befand, in die Ecke gedrängt und von seinen Gefolgsleuten verlassen, entwickelte er Kräfte, die mancher als übermenschlich bezeichnete. Auch jetzt vertraute Heinrich darauf, mochte das Licht dort hinten auch etwas sein, mit dem er niemals zuvor konfrontiert worden war.

Es war ein merkwürdiges Gehen. Seine Schritte waren vollkommen lautlos, und der Boden zu seinen Füßen war wie mit dickem Samt ausgelegt. Als er nach unten sah, konnte er seine Füße, die in schweren Lederstiefeln steckten, kaum erkennen. Sie wirkten wie in Nebel gehüllt, verschluckt von der allgegenwärtigen Finsternis, in der er sich fast wie ein Blinder fühlte. Die Hand auf dem Schwertknauf wurde feucht, und sein Atem war ein schnelles Rasseln. Seine Angst drohte, die Oberhand zu gewinnen. Was hätte Heinrich in diesem Augenblick darum gegeben, treue Gefolgsleute an seiner Seite zu wissen. Mächtige, starke Fürsten, fest entschlossen, Gefahr und Schicksal mit ihrem König zu teilen. Aber das war nur ein Wunschtraum, der sich nicht verwirklichen ließ, nicht jetzt.

Das Jahr des Herrn 1076, das so verheißungsvoll begonnen hatte, hatte keinen guten Verlauf für Heinrich genommen. Ursächlich dafür war der schon lange schwelende Streit zwischen König und Papst, zwischen weltlichem und geistlichem Machtanspruch, der sich zur offenen Auseinandersetzung ausgewachsen hatte, seit dieser häßliche, zwergenhafte Mönch Hildebrand als Papst Gregor VII. über die Heilige Kirche herrschte. Papst Gregor war ein unerbittlicher Verfechter der absoluten, von keiner weltlichen Gewalt beeinflußten kirchlichen Macht und hatte jedem Laien, der es wagen sollte, einem Geistlichen die Bischofswürde zu verleihen, mit der Exkommunikation gedroht. Das konnte Heinrich nicht hinnehmen. Seine Macht gründete sich nicht unwesentlich auf die Treue seiner Bischöfe, die zugleich auch weltliche Herrscher waren. Wenn er auf das Recht verzichtete, diese Bischöfe auszuwählen, gab er einen Gutteil seiner Herrschergewalt an die Kirche ab.

Als Antwort auf die unverhüllte Drohung mit dem Kirchenbann hatte Heinrich im Januar 1076 seine sechsundzwanzig Bischöfe zur Synode nach Worms geladen. Erwartungsgemäß hatten sie dem Papst den Gehorsam aufgekündigt und ihn für abgesetzt erklärt. Im – übereilten – Hochgefühl seines Sieges hatte Heinrich ein Schreiben nach Rom gesandt und dem »Bruder Hildebrand« die sofortige Abdankung nahegelegt. Aber Gregor VII. erwies sich als zäher Gegner. Im Februar hatte er in einem öffentlichen Gebet Heinrich die Führung des deutschen und des italienischen Reichsgebiets untersagt. Alle Christenmenschen wurden von ihrem Eid gegenüber dem König losgesprochen, und Heinrich wurde als unbußfertiger Sünder mit dem Kirchenbann belegt, war fortan von den kirchlichen Sakramenten ausgeschlossen.

Anfangs hatte Heinrich das nicht ernst genommen, war dieser Akt für ihn nichts anderes gewesen als eine letzte Verzweiflungstat Gregors. Aber Heinrich war bei den Fürsten seines Reiches längst nicht so beliebt wie bei seinen Bischöfen. Mit Waffengewalt hatte er sich seine königlichen Vorrechte gesichert und seine Fürsten zum Gehorsam gezwungen. Dabei hatte er sich mehr Feinde geschaffen, als er geglaubt hatte. Viele seiner Reichsfürsten erblickten in Heinrichs Bann die langersehnte Möglichkeit, seiner Regentschaft ein Ende zu setzen. Im Oktober hatten sie auf einer Zusammenkunft in Tribur Heinrich aufgefordert, binnen Jahresfrist seit dem Beginn des Kirchenbanns die Verzeihung des Papstes zu erlangen. Ansonsten wollten sie einen anderen Edelmann zum König erheben, den Schwabenherzog Rudolf von Rheinfelden. Jetzt sah Heinrich sich vor dem Scherbenhaufen seiner noch jungen Regentschaft, und er mußte alles wagen, um seine Macht zu erhalten.

Er atmete tief durch und beschleunigte seine Schritte. Zu zögern hatte keinen Sinn. Er würde seinem Widersacher gegenübertreten, aufrecht und kühn, wie es einem König gebührte. Der Lichtfleck vor ihm wurde größer, ohne daß die allgemeine Dunkelheit verschwand. Ihm war, als käme

das Licht aus einer anderen Welt und als hätte es nichts mit
dieser Welt gemeinsam. Schließlich war vor ihm eine Wand
aus Licht. Er blieb stehen und schloß geblendet die Augen.
Dann erst wurde ihm bewußt, daß von dem Licht keine
Wärme ausging. Nicht Feuer schien seine Quelle zu sein
sein, sondern etwas anderes, etwas Überirdisches. Schweiß
verklebte seine prächtigen königlichen Gewänder aus Lütt-
cher Tuch und italienischem Samt, als er eine Hand hob,
um das seltsame Licht zu berühren. Obwohl es keine Wärme ausstrahlte, fürchtete er, sich zu verbrennen. Aber war
es wirklich das Licht, das ihm Furcht einflößte, oder das
Unbekannte, das dahinter – oder gar in ihm – lag?
Heinrich verbrannte sich nicht, mußte nicht zusehen, wie
seine Hand zu Asche zerfiel. Seine Hand zerteilte das Licht
wie ein scharfes Messer ein Stück weichen Käses. Er wagte
den Schritt nach vorn und tauchte mit seinem ganzen Leib
in die weißliche Helligkeit ein. Neuerlich schloß er die Augen, weil das Licht ihm als zu stark erschien.
Ganz langsam hob er seine Lider wieder an, und er gewöhnte sich daran, in nichts anderes zu schauen als in den überirdischen Glanz. Irgendwie war er enttäuscht. Er konnte im
nachhinein nicht genau sagen, was er erwartet hatte. Auf jeden Fall aber etwas Beeindruckendes, das dem Majestäti-
schen des Lichts entsprach. Einen Raum voller wunderbarer
Dinge vielleicht. Aber es gab hier nichts außer dem Licht
und einem einfachen Holztisch inmitten der Helligkeit. Auf
dem Tisch lag eine abgewetzte Kappe, wie sie ein einfacher
Bauer trug. Fast hätte Heinrich sich enttäuscht abgewendet
und hätte den trügerischen Lichtkreis wieder verlassen.
Aber seine Neugier siegte, und er trat auf den Tisch zu. Der
verwandelte sich vor seinen Augen in einen blumenge-
schmückten Altar, und aus der schäbigen Kappe wurde ein
goldblitzendes Gebilde, das zur Hälfte einer Königskrone

und zur anderen Hälfte einer Mitra, einer Bischofsmütze, glich.

Der König verstand. Diese Krone verkörperte das, was er anstrebte, die Einheit von weltlicher und geistlicher Macht. Er brauchte sie nur aufzusetzen, und Fürsten wie Bischöfe wären fortan wieder seine getreuen Untertanen. Seine Hände zitterten, als er nach der Krone griff. Bevor er sie greifen konnte, tauchte eine Gestalt wie aus dem Nichts auf, ganz dicht vor ihm, und Heinrich schreckte zurück. Dabei wirkte sein Gegenüber nicht sonderlich furchteinflößend, sondern eher belustigend. Der Kopf war viel zu groß für den kleinen, schmächtigen Leib. Die dunkle Färbung der Haut und die verkniffenen Gesichtszüge verstärkten den wenig anziehenden Eindruck noch. Henrich wußte, wen er vor sich hatte: Hildebrand Bonizo, den Sohn eines Ziegenhirten, der es bis zum Papst gebracht hatte.

»Berühre die Kostbarkeit nicht, denn sie gebührt dir nicht, Heinrich!« mahnte der Cluniazensermönch, den die Christenwelt als Papst Gregor VII. verehrte. »Ein Sünder wie du, der Buße nicht fähig, ist es nicht wert, das größte Heiligtum der Christenheit zu berühren. Du könntest nichts anderes als es besudeln.«

Gregors Stimme klang scharf wie eine geschliffene Klinge, und aus seinen leicht schrägstehenden Augen blitzte das Feuer wilder Entschlossenheit. Wenn man in die glühenden Augen sah und die schneidende Stimme hörte, vergaß man leicht die wenig beeindruckende äußere Erscheinung. Zweifellos war er ein Mann, der andere durch seine Rede leicht in den Bann ziehen konnte. Ein höchst gefährlicher Mann.

»Glaubst du, die Krone gebührt dir?« entgegnete Heinrich in einem ähnlich scharfen Ton. »Schon unter den Merowingern waren die Bischöfe eine Stütze der königlichen Herrschaft. Und Karl der Große, der seine Macht unzweifelhaft dem Herrn im Himmel verdankte, hat nicht nur die hohe Geistlichkeit nach seinem Gutdünken eingesetzt. Er selbst erließ Vorschriften zur Liturgie, kümmerte sich um den geistlichen Unterricht für die Priester und für das Volk. Äbte und Bischöfe leisteten ihm den Treueeid, und sogar die Päpste richteten sich nach seinem Wort. Es ist zum Vorrecht der Könige geworden, die Bischöfe in ihr Amt einzusetzen, und seit meinem Großvater Konrad II. gilt der König als Vicarius Christi, als der Stellvertreter Christi!«

Gregor hörte ihm ruhig zu und schwieg auch noch eine ganze Weile, als Heinrich längst geendet hatte. Aber so bedachtsam der Papst auch äußerlich erschien, in seinen Augen brannte weiterhin das Feuer des leidenschaftlichen Eiferers. Schon dieser Blick konnte ausreichen, einen weniger entschlossenen Mann als Heinrich schwanken zu lassen. Schließlich begann Gregor doch zu sprechen, und in seinen Worten paarte sich die äußere Gelassenheit mit der bereits bekannten Schärfe: »Ich glaube nicht, daß du und deine Väter euch zu Recht als Stellvertreter Christi bezeichnet. Aber was für eine Rolle soll das spielen, wenn du deinem Papst gegenüberstehst, dem Stellvertreter Gottes auf Erden? Will der Sohn sich anmaßen, den Vater zu belehren, über ihn nach Gutdünken zu verfügen?«

Diese einfache und doch stichhaltige Art der Argumentation überraschte Heinrich, und verzweifelt suchte er nach Gegenargumenten. Endlich sammelte er sich und sagte: »In über fünfhundert Jahren hat sich das Vorrecht der Könige herausgebildet. Du aber bist erst seit drei Jahren Papst und willst bestreiten, was so viele Könige, Päpste und Bischöfe vor dir als richtig erachteten?«

»Vergiß nicht, daß das Amt des Papstes schon seit mehr als tausend Jahren besteht«, belehrte ihn Gregor im überheblichen Tonfall eines Lehrers, der dem Schüler zum wiederholten Mal grundsätzliche Dinge beibringt. »Das göttliche Recht der Päpste ist älter als die Anmaßung der Könige. Soll ich alles dulden, was sich über die Zeit eingeschliffen hat, aber nach meiner festen Überzeugung zutiefst sündhaft ist? Soll ich zusehen, wie geistliche Ämter an den Höchstbietenden verschachert werden und wie Priester sich wider das göttliche Recht verehelichen, nur weil es seit vielen Jahren landauf, landab so gehandhabt wird, obgleich ich den Frevel erkannt habe, der in diesen Handlungen liegt?« Er legte nur eine kurze Pause ein, wartete keine Antwort ab, sondern gab sie selbst: »Nein! Jesus Christus, unser Herr, hat nicht gesagt, ich bin die Gewohnheit, sondern, ich bin die Wahrheit. Und die Wahrheit ist, daß der Stuhl Petri nicht geschaffen wurde, damit sein Inhaber den weltlichen Herrschern die Steigbügel hält. Der Papst als Stellvertreter Gottes auf Erden ist der einzige Mensch, der keiner irdischen Gerichtsbarkeit untersteht. Ihm allein obliegt es, Bischöfe ein- und abzusetzen, über die Absetzung weltlicher Herrscher zu verfügen und deren Untertanen von ihrem Treueeid zu entbinden. Knie nieder vor mir, mein Sohn, damit ich dir deine sündhaften Taten, Worte und Gedanken vergebe!«

Das klang wie ein Befehl, und in Gregors feurigem Blick lag eine hypnotische Kraft, der Heinrich nur schwer widerstehen konnte. Fast wäre es Gregor gelungen, ihn willenlos zu machen, den königlichen Willen durch den des Papstes zu ersetzen. Nur zu gut verstand Heinrich, warum manche Papst Gregor den »heiligen Satan« nannten.

Der König trat zwei Schritte zurück, um den Bannkreis seines Gegenübers zu verlassen. Aber Gregor kam auf ihn zu, schien fest entschlossen, Heinrich vor sich knien zu sehen wie einen Vasallen. In Heinrich mischten sich die Wut auf die Dreistigkeit Gregors mit der Furcht, seinem Einfluß zu erliegen. Der König wollte nach seinem Schwert greifen, um sich den Papst notfalls mit blanker Klinge vom Leib zu halten. Aber das Schwert war verschwunden und ebenso Heinrichs königliche Kleider. Barfuß stand er plötzlich vor Gregor, am Leib nichts als das härene Hemd des Büßers.

Während der erschrockene Heinrich noch darüber nachsann, mit welchen unheiligen Zauberkräften Gregor das bewirkt haben mochte, ging auch mit dem Papst eine Verwandlung vor. Vor Heinrichs Augen wuchs der gnomenhafte Mann zu beeindruckender Größe, bis er dem König in die Augen sehen konnte, ohne zu ihm aufzublicken. Auch mit dem Gesicht ging eine Veränderung vor sich. Die Züge blieben zwar hart und asketisch, aber sie wurden zu denen eines anderen Mannes. Eines Mannes, den Heinrich nur zu genau in Erinnerung hatte und den er wohl öfter verflucht hatte, als jeden anderen Menschen. Sein Gegenüber trug jetzt das Gewand und die Mitra eines Bischofs und hielt in der rechten Hand den bischöflichen Hirtenstab.

In dem jetzt vollbärtigen Gesicht öffnete sich der ernste, schmallippige Mund, und der Mann sprach mit vollständig anderer Stimme: »Was staunst du so, Heinrich? Du solltest besser in Ehrfurcht erstarren statt vor Staunen. Oder glaubst du nicht an die Auferstehung? Ich bin zurückgekehrt, um dir den rechten Weg zu weisen. Du mußt tun, was Seine Heiligkeit der Papst von dir verlangt! Gehorche ihm also und knie nieder!«

Heinrich wollte erst etwas erwidern, aber dann fehlten ihm die Worte. Mit offenem Mund starrte er den Mann an, der doch längst tot war. Im Dezember letzten Jahres war Anno II., Erzbischof von Köln, Heinrichs alter Lehrer und Erzfeind, gestorben, an der Gicht, wie es hieß. Aber Heinrich sah ihn vor sich stehen und hörte seine Stimme. Er fühlte sich wieder wie der halbwüchsige Junge, als der er Annos

Anordnungen auf Gedeih und Verderb ausgesetzt gewesen war.

»Das kann nicht sein!« keuchte Heinrich. »Du bist tot! Tot! Tot!«

»Seh ich denn tot aus?« fragte Anno, wobei er laut und dröhnend lachte.

Heinrich hielt es nicht länger aus und stolperte rückwärts, um den Raum aus gleißendem Licht zu verlassen. Dabei nahm er etwas Seltsames wahr: Auch die Krone auf dem Altar war einer Veränderung unterworfen. Dort stand jetzt ein glänzender, aus weißlichem Silber geformter Kelch.

Der Altar und der Kelch verschwanden, ebenso der lachende Erzbischof und das überirdische Leuchten. Finsternis war wieder um Heinrich, und nur langsam schälten sich schemenhafte Umrisse daraus hervor. Es war wie der Übergang von einer Welt in die andere.

Ein Bett mit weitem Dach in einem großräumigen Gemach. Das war Heinrichs erster Eindruck, als seine Augen sich an das schwache Licht einer kleinen, verschämt in einer Ecke glimmenden Lampe gewöhnt hatten. Für einen Augenblick war er bar jeder Orientierung, kam er sich hier so fremd vor wie in jenem gleißenden Licht, in dem er dem Papst »Höllenbrand«, wie er Gregor alias Hildebrand im Zorn nannte, gegenübergetreten und dann vor dem wiederauferstandenen Erzbischof Anno geflohen war. Wiederauferstanden? Nein, nicht wirklich. Heinrichs noch unter den Eindrücken des soeben Durchlebten stehender Geist gewann allmählich an Klarheit, und der König begann, das Tatsächliche von dem Eingebildeten zu unterscheiden.

Die vollkommene Finsternis, der Tunnel, das überirdische Licht, der Altar mit der Krone und die Begegnung mit Hildebrand, der sich in Anno verwandelte, waren nur ein Traum gewesen. Aber ein erschreckender, schweißtreibender Traum. Das durchnäßte Nachtgewand klebte an Heinrichs Leib. Noch immer ging sein Atem schnell und unregelmäßig, als fliehe er weiterhin vor Anno.

»Was ist mit Euch, Herr? Hattet Ihr einen schlechten Traum?«

Heinrich fuhr zusammen, als die tiefe Stimme die nächtliche Stille durchschnitt. Jetzt erst nahm er die große, wuchtige Gestalt am Fußende des ausladenden Bettes wahr. Es war Wernhard, der ihm Beschützer und Diener zugleich war. Heinrich hätte sich keinen Treueren wünschen können. Dabei war Wernhard eigentlich ein Feind, ein Sachse, der gegen Heinrichs Truppen bei Homburg an der Unstrut im Feld gestanden hatte. Nach der Schlacht war Heinrich hinzugekommen, wie Wernhard von den siegreichen Männern des Königs enthauptet werden sollte, weil er besonders viele Königstreue im Kampf getötet hatte. Heinrich aber, inmitten all des Blutes, der stöhnenden Verwundeten, der jammernden Sterbenden und der anklagend schweigenden Toten des Abschlachtens überdrüssig, würdigte den Mut des Sachsen und schenkte ihm Leben und Freiheit. Das Leben hatte Wernhard angenommen, nicht aber die Freiheit. Beeindruckt von Heinrichs Geste und noch im Bann der erlittenen Niederlage stehend, gelobte Wernhard, seinem König Heinrich fortan treu zu dienen und ihm ein fester Schild gegen jedwede Gefahr zu sein. Auf den Einwand einiger Getreuer Heinrichs, Wernhard könne in Wahrheit einen Anschlag auf den König im Sinn haben, hatte der Sachse geschworen, nie wieder eine Waffe zu führen. Mit bloßen Händen wolle er König Heinrich schützen. Wer seine kräftigen Hände und seine stählernen Muskeln sah, wußte, daß dies kein leeres Versprechen war.

Heinrich hätte sich keinen verläßlicheren und hingebungs-volleren Beschützer wünschen können, außer vielleicht dem einen ...

»Es stimmt, ich habe schlecht geträumt«, sagte Heinrich.

»Hast du das draußen vor der Tür gehört?«

»Ja, Herr, Eure Rufe waren so laut, daß ich mir Sorgen machte.«

»Was habe ich gerufen?«

»Deutlich verstand ich nur ein Wort, daß Ihr gleich mehr-fach ausgestoßen habt: tot.«

Heinrich richtete sich halb auf und wischte sich mit einem Ärmel des Nachtgewands den Schweiß von der Stirn. Seine geträumte Begegnung mit Erzbischof Anno mußte ihn wirklich aufgewühlt haben, wenn er im Schlaf so laut geru-fen hatte. Plötzlich fühlte er sich unwohl in Wernhards Ge-sellschaft. Scham darüber, daß er wie ein ängstliches Kind geschrien hatte, überfiel ihn.

»Laß mich jetzt allein!« befahl er dem Sachsen. Als der die Tür fast erreicht hatte, überlegte Heinrich es sich anders und rief ihm nach: »Warte! Bring Graf Wolfram zu mir!«

Wernhard blickte sich zweifelnd zu seinem König um. »Jetzt, zu dieser Zeit? Es ist noch Nacht, und in der Pfalz schlafen die Menschen.«

»Sag dem Grafen, er möge sofort zu mir kommen. Und noch etwas, Wernhard: Zu niemandem sonst ein Wort über meinen Traum!«

Heinrich wußte, daß er in dieser Nacht keinen Schlaf mehr finden würde. Der Traum hatte ihn beunruhigt. Aber das war nicht der einzige Grund, weshalb er Wolfram von Kai-serswerth zu sich gerufen hatte. Je länger er über das Ge-träumte nachdachte, desto mehr gelangte er zu der Ansicht, daß der Traum eine tiefere Bedeutung hatte. Er schien eine Botschaft zu sein. Vielleicht von Gott dem Allmächtigen gesandt? Mit Wolfram konnte er darüber sprechen. Er war neben Wernhard der zweite Mann, dem Heinrich bedingungslos vertraute. Wolfram setzte sich für die Sache seines Königs mit einem solchen Eifer ein, daß es Heinrich manchmal selbst unheimlich wurde. Der Graf von Kaiserswerth hatte wohl nie verwunden, daß er damals, am Heiligen Osterfest Anno Domini 1062, Heinrichs Entführung durch Anno von Köln nicht hatte verhindern können. Damals hatte er gefehlt, und das versuchte er fortan durch bedingungslose Ergebenheit gegenüber seinem König wettzumachen. Die Gedanken des Königs wanderten zurück zu jenem Osterfest, das er als elfjähriger Knabe mit seiner Mutter Agnes von Poitou in der Pfalz auf der Rheininsel Kaiserswerth beging ...

Seit dem Tod von Kaiser Heinrich III. im Jahre des Herrn 1056 lenkte seine Witwe Agnes als Regentin die Geschicke des Reiches, so lange, bis aus ihrem Sohn ein Mann und König geworden war. Aber es gab viele, die, von Neid und Machtgier erfüllt, ihr die Herrschaft streitig machten. Agnes galt als eine hochgebildete Frau, aber eben doch nur als eine Frau, und war damit nach der Ansicht der Neider nicht geeignet, ein so mächtiges Reich zu regieren. Unter den Mißgünstigen einer der Eifrigsten und Verschlagensten war der Erzbischof von Köln, der mit einem prächtigen Schiff nach Kaiserswerth kam, vorgeblich, um mit Agnes und ihrem Sohn die Auferstehung Christi zu feiern. Seine wahren Pläne aber waren düster. Er lud den neugierigen Heinrich auf das imposante Schiff ein, um eine kurze Fahrt mit ihm zu machen. Aber als das Schiff abgelegt hatte, enthüllte Anno sein wahres Ziel: Das Schiff sollte ihn mit Heinrich zurück nach Köln bringen, wo Anno fortan über

Heinrichs Wohl und Wehe und damit auch über das des ganzen Reiches bestimmen wollte.

Wolfram, Burggraf von Kaiserswerth und zu Heinrichs Schutz mit an Bord gekommen, wollte seinen jungen König mit dem Schwert verteidigen, unterlag aber der Übermacht feindlicher Bewaffneter und wurde von ihnen in den Rhein geworfen. Heinrich faßte sich ein Herz und sprang in den Strom, um Anno schwimmend zu entfliehen. Graf Ekbert von Braunschweig, einer von Annos Verbündeten, schwamm dem Jungen nach und holte ihn ein. Schwer mußten sie gegen die reißende Strömung kämpfen und wären wohl von ihr verschluckt worden, wäre nicht der Sohn des Schiffsführers, ein Knabe noch wie Heinrich, ins Wasser gesprungen, um den beiden ein rettendes Seil zu bringen. Heinrich wurde wieder an Bord gezogen und nach Köln gebracht, um künftig unter der strengen Aufsicht Annos erzogen zu werden. Der Erzbischof nannte sich in diesen Jahren Lehrer des Königs, doch in Wahrheit war er der Beherrscher des Reiches.

Mit Schaudern erinnerte sich Heinrich an diese Jahre zurück, in denen er, der Sohn des Kaisers und von diesem längst zum Mitkönig ernannt, wie ein Gefangener gehalten wurde. Er begehrte gegen die strengen Regeln auf, versuchte zu fliehen, aber es brachte ihm nichts anderes ein, als bei Wasser und Brot eingesperrt zu werden wie der niederste Übeltäter. Zu seiner großen Enttäuschung erhielt Heinrich keine Hilfe von seiner Mutter. Im Gegenteil, sie schien froh darüber, daß endlich die schwere Last der Regentschaft von ihren Schultern genommen worden war, und ging nach Italien, dessen warme Sonne sie schätzte, um sich im Kloster dem geistlichen Leben zu widmen. Heinrich war von ihr enttäuscht, aber er war ihr nicht gram. Vermutlich hatten ihre Kritiker recht: Sie war nur eine Frau und als solche nicht geschaffen, um das mächtigste Reich des christlichen Abendlandes zu regieren. Er liebte seine Mutter und stand in einem regen Briefwechsel mit ihr. Gerade jetzt, wo er gegen den Klerus einen so schweren Stand hatte, konnten ihm ihre guten Beziehungen nach Rom nützen. Aber damals, als Kind, hatte sich Bitterkeit in seinem Herzen ausgebreitet.

Zum Glück war es nach wenigen Jahren dem Bremer Erzbischof Adalbert gelungen, sich als Heinrichs Erzieher an Annos Stelle zu setzen. Ein Vorgang, der die Lebensumstände Heinrichs von Grund auf wandelte. Um sich Heinrichs Gunst zu sichern, erlaubte ihm Adalbert so ziemlich alles, was unter Annos gestrenger Aufsicht als schwere Sünde verpönt gewesen war. Manche Nacht war in Heinrichs Erinnerung erfüllt vom berauschenden Wein und dem Lachen der Hübschlerinnen, die er zuweilen sogar mit Edelsteinen bezahlte, die er heimlich aus der Zierde einer Kapelle gebrochen hatte.

Dieser Zeit der Ausgelassenheit war schnell das oft harte Dasein eines Königs gefolgt. Die Fürsten hatten es ausgenutzt, daß im Reich lange die ordnende Hand eines Königs fehlte. Unter Verletzung ihrer Lehnspflichten hatten sie sich königliche Güter angemaßt, aber Heinrich zeigte sich unerbittlich und erhob das Schwert gegen alle, die ihm seine von Gott verliehenen und von seinem Vater ererbten Rechte streitig machten. In jener Zeit der Kriegszüge, Kämpfe und Belagerungen zeigte sich, daß Anno von Köln seine Machtgelüste längst nicht aufgegeben hatte. Er schlug sich auf die Seite von Heinrichs Gegnern, aber eins hatte der König von seinem ehemaligen Erzieher gelernt: wie man im Hintergrund an den Fäden zog, um seinen Feinden das Verderben zu bringen.

In der Kölner Kaufmannschaft gärte es, als Anno aus nichtigem Grund ein Schiff des Kaufmanns Rainald Treuer beschlagnahmen wollte. Ein Schiff ausgerechnet jenes Mannes, der damals das prunkvolle Schiff geführt hatte, mit dem Anno Heinrich aus Kaiserswerth geraubt hatte. Heinrich sandte den getreuen Wolfram nach Köln, und dem gelang es, die Unruhe zu schüren, bis aus ihr ein allgemeiner Aufstand gegen den Erzbischof wurde. Anführer des Aufstands war Rainald Treuers Sohn Georg, eben jener, der damals im reißenden Fluß das rettende Seil zu Heinrich und Graf Ekbert gebracht hatte. Anno wurde vom aufgestachelten Volk aus der eigenen Stadt vertrieben, und Heinrich hatte es in der Hand gehabt, ihn ganz zu vernichten. Aber er benötigte Verbündete im Kampf gegen die abtrünnigen Fürsten. Der vielleicht zum ersten Mal in seinem Leben eingeschüchterte Anno versprach Heinrich die Treue, und so sorgte der König dafür, daß der Erzbischof nach Köln zurückkehren konnte. Dort hielt Anno strenges Gericht und ließ den Führer der Aufständischen, den Kaufmannssohn Georg Treuer, blenden.

Jetzt war Anno tot, gestorben an der Gicht oder, wie manch lästernde Zunge raunte, an der Vielzahl seiner Sünden, und sein Nachfolger Hildolf war ein treuer Gefolgsmann Heinrichs. Für den König aber würde Anno ein unauslöschlicher, bitterer Bestandteil seines Lebens bleiben. Und manche Nacht träumte Heinrich von dem Kölner, sah sich von ihm bedrängt und verfolgt, so wie eben. Und dann grübelte er darüber nach, ob Anno wirklich in Köln gestorben war, oder ob es eine neue Finte des Erzbischofs war, um im geheimen neue Pläne zu schmieden. Pläne, die den Sturz Heinrichs und damit einen neuerlichen Aufstieg Annos zur Macht zum Ziel hatten.

Wernhard kam zurück und meldete, daß Graf Wolfram in Bälde zu seinem König kommen würde. Heinrich trug dem Sachsen auf, das Kaminfeuer neu zu entfachen und ein paar zusätzliche Lampen anzuzünden. Das schwache Licht in seinem Gemach erinnerte ihn zu sehr an die Finsternis des Traums, und die Kälte des frühen Wintereinbruchs lähmte seine Glieder. Bald flackerte das Kaminfeuer, und er hörte die brennenden Scheite knacken und knistern. Das Feuer und die Lampen tauchten den Raum in ein warmes Licht, ganz anders als das gleißende Weiß, in dem Hildebrand und Anno auf ihn gewartet hatten. Die Lampen wurden mit einem aus Waldfrüchten gewonnenen Öl gespeist, das den ganzen Raum mit einem angenehmen, leicht süßlichen Duft erfüllte. Heinrich ließ sich von Wernhard ein zusätzliches Kissen bringen und setzte sich ganz im Bett auf. Sein Atem ging jetzt ruhiger, und der Schweiß trocknete schnell.

Wolfram von Kaiserswerth trat ein, und Heinrich schickte Wernhard mit dem Auftrag fort, Wein und etwas Eßbares zu bringen.

Graf Wolfram hatte sich vollständig angekleidet und trug das Schwert an der Seite. Bei seinem Anblick versuchte Heinrich, sich vorzustellen, wie der Burggraf von Kaiserswerth früher ausgesehen hatte, bevor es zu der Auseinandersetzung auf Annos Schiff gekommen war. Heinrich suchte in den Erinnerungen seiner Kindheit und kramte das Bild eines jungen, schlanken Mannes hervor, von sehr ansehnlicher Gestalt und mit einem feinen Antlitz, bei dessen Anblick das Herz einer Frau unwillkürlich schneller schlagen mußte. Es fiel Heinrich schwer, den Wolfram seiner Erinnerung und den Mann, der jetzt mit ehrfurchtsvoll geneigtem Haupt vor ihm stand, als ein und dieselbe Person zu betrachten.

Der Kaiserswerther wirkte kräftiger als damals, vor vierzehn Jahren, massiger. Ein gestandener Mann, der keinen Hauch jugendlicher Unbekümmertheit mehr verströmte. Die größte Veränderung aber war mit seinem Gesicht vorgegangen, das jetzt von einem dunklen Vollbart beherrscht wurde. Der Bart verdeckte nur unzureichend die Entstellung der linken, eingefallen wirkenden Gesichtshälfte. Hier hatte ihn damals beim Kampf auf dem Rhein eine feindliche Klinge getroffen und eine tiefe Wunde gerissen. So tief, daß eine dauerhafte Verwerfung verwachsenen Fleisches zurückgeblieben war. Mit einem Schwertstreich war dem hübschen jungen Grafen für den Rest seines Lebens eine abstoßende Häßlichkeit ins Antlitz geschnitten worden. Heinrich erinnerte sich, wie Wolfram ihm gegenüber einmal von seiner Entstellung gesprochen hatte: »Es ist die Strafe Gottes dafür, daß ich meine Pflicht nicht erfüllen konnte, Eure Entführung zu verhindern.«

Zuweilen allerdings hatte Heinrich sich gefragt, ob Wolframs aus der Scham über sein Versagen und dem Zorn über seine Entstellung geborener Haß auf die gemeinsamen Feinde nicht stärker war als seine Loyalität. Doch andererseits hatte der König niemals einen Grund gehabt, an der Treue des Burggrafen zu zweifeln. Es gab nicht viele Männer, von denen Heinrich das behaupten konnte. Deshalb hatte es für ihn auch kein Zögern gegeben, als es darum ging, seine kleine Begleitung für den Aufenthalt in Speyer auszuwählen. Es gehörte zu dem Abkommen, das Heinrich vor wenigen Tagen mit den in Tribur zusammengekommenen Fürsten ausgehandelt hatte, daß er mit nur kleinem Gefolge nach Speyer zog, um sich hier durch Bußübungen auf die Absolution vorzubereiten, die er vom Papst erlangen mußte, wollte er nicht seinen Königstitel verlieren. So kam es, daß König Heinrich sich hier in der Bischofspfalz zu

Speyer fast wie ein Gefangener fühlte und von schlechten Träumen geplagt wurde.

»Der Sachse wirkte sehr erregt«, sagte Graf Wolfram, nachdem er Heinrich seinen Gruß entboten hatte. »Ist Euch etwas Schlimmes widerfahren, mein König?«

»Hat Wernhard selbst dir nichts von meinem Traum erzählt?«

»Nein. Er sagte nur, daß Ihr mich dringend zu sprechen wünscht.«

»Treuer Wernhard«, murmelte Heinrich und mußte zum ersten Mal lächeln, seit er erwacht war. »Auf ihn ist wirklich Verlaß. Von seiner Sorte bräuchte ich eine ganze Armee!«

»Ihr solltet ihm nicht zu sehr vertrauen, mein Gebieter. Vergeßt nicht, daß er ein Sachse ist!«

Heinrich lächelte erneut. Seit Wolfram sein Gemach betreten hatte, fühlte er sich ein wenig gelöst. Mit dem Kaiserswerther konnte er seine Gedanken und Sorgen teilen, und das erleichterte ihn. Deshalb klang es fast heiter, als Heinrich sagte: »Haben wir nicht alle unsere kleinen Fehler?«

»Ein Sachse zu sein ist kein Fehler, sondern eine Bedrohung, eine ständige Gefahr für Euch«, sagte Wolfram, so ernst wie immer.

Heinrich konnte sich nicht entsinnen, daß er den Kaiserswerther einmal lachen oder auch nur lächeln gesehen hätte. Jedenfalls nicht seit seiner Entführung durch Anno von Köln.

Wernhard kehrte mit einem silbernen Tablett zurück, darauf ein Weinkrug und zwei Pokale, Brot, ein großes Stück Käse und ein paar Scheiben kalten Fleisches. Er stellte das Tablett auf einen niedrigen Tisch neben Heinrichs Bett und sagte: »Die Speisekammer war verschlossen, mehr konnte ich um diese Zeit nicht auftreiben. Verzeiht, wenn es kein königliches Mahl ist, Herr!«

»Es gab eine Zeit, da mußte ich mich mit Wasser und Brot zufriedengeben«, sagte Heinrich und bedeutete Wernhard durch eine Geste, den Raum zu verlassen.

Kaum hatte der Sachse die Tür hinter sich geschlossen, knurrte Wolfram: »Es ist eine Schande, wie man Euch hier behandelt!«

»Nicht, wenn man bedenkt, daß ich hier bin, um Buße zu tun.«

»Buße!« stieß Wolfram voller Verachtung hervor. »Die Euch dies auferlegt haben, sind diejenigen, die um Absolution flehen sollten. Es ist eine Schande, daß der König sich dem Willen seiner Fürsten und des falschen Papstes in Rom beugen muß!«

Ganz bewußt sprach der Graf von Gregor VII. als dem *falschen* Papst. Die Feinde Gregors stützten sich darauf, daß die Wahl Hildebrands zum Papst unrechtmäßig erfolgt sei. Gregor selbst lieferte ihnen dafür ein gutes Argument. Als er noch der Mönch Hildebrand gewesen war, hatte er geschworen, sich niemals um die Würde des Papstes zu bewerben. Da er aber nach altem Brauch durch einen spontanen Entschluß der Bürger Roms zum Heiligen Vater erkoren worden war, berief er sich nun darauf, daß er sich dem göttlichen Willen unterordnen müsse.

Heinrich sah Wolfram tief in die Augen und sagte in ernstem Ton: »Glaubst du, ich fühle mich wohl dabei? Meinst du, mir bereitet es Vergnügen, hier den reuigen Büßer zu spielen, obwohl ich weiß, daß ich im Recht bin? Aber was bleibt mir übrig, wenn ich den Thron meiner Väter nicht preisgeben will? Alles scheint sich gegen mich verschworen zu haben, nicht nur die treulosen Vasallen, sogar Donner und Blitz!«

Er spielte auf das vergangene Osterfest an, das er in Utrecht begangen hatte. Dort wollte er Hildebrand mit dessen eigenen Waffen schlagen und ihn vor der versammelten Gemeinde exkommunizieren lassen. Doch kurz nach der Verkündung der Exkommunikation durch den örtlichen Bischof Wilhelm braute sich ein für die Osterzeit ungewöhnliches Gewitter über der Stadt zusammen, und ein Blitzschlag verwandelte die Kathedrale und die für den Empfang Heinrichs hergerichteten Räumlichkeiten in einen Aschehaufen. Natürlich hatten die Menschen das für ein Gottesurteil genommen, ein gegen Heinrich gerichtetes. Daß Wilhelm von Utrecht wenige Wochen später unter mysteriösen Umständen zu Tode kam, bestärkte die Menschen noch in ihrer Ansicht, Gott sei mit Papst Gregor und gegen König Heinrich. Obwohl Heinrich glaubte, daß Wilhelm einem Attentat der Papsttreuen zum Opfer gefallen war, konnte er nichts beweisen. Das Osterfest, das für ihn zu einem Triumph hatte werden sollen, geriet so unversehens zum Beginn seines Niedergangs.

Und jetzt gab es für ihn nur noch einen Ausweg: Bis zum nächsten Februar mußte er die Verzeihung des ihm zürnenden Papstes erlangen, des verhaßten »Höllenbrands«. Natürlich rechnete keiner seiner Feinde ernsthaft damit, daß der Heilige Vater dem König die Absolution zuteil werden ließ. Heinrichs renitente Vasallen waren sicher schon damit beschäftigt, seine Güter untereinander aufzuteilen. Wenn Heinrich ehrlich zu sich selbst war, hatte er nicht die geringste Vorstellung, wie er es schaffen sollte, die Verzeihung des Papstes zu erringen. Hildebrand wäre dumm, wenn er sich darauf einließe. Eine bequemere Möglichkeit, den Rivalen um die Vorherrschaft über geistige und weltliche Macht loszuwerden, würde sich ihm nicht bieten. Zur Zeit klammerte sich Heinrich nur an eine unbestimmte Aussicht, an eine Legende.

Wolfram ging vor ihm auf die Knie und sagte mit gesenktem Haupt: »Mein König, verzeiht, wenn ich Euch Schmerz bereitet habe. Nur zu gut weiß ich um Eure mißliche Lage. Ich fühle mich ähnlich hilflos wie Ihr, und daß ich Euch abermals nicht beistehen kann, brennt in meinen Eingeweiden wie ein glühendes Schwert.«

»Knie nicht vor mir, sondern setz dich hin und iß etwas«, erwiderte Heinrich. »Ich habe dich um deinen Schlaf gebracht, Wolfram, aber das Frühmahl soll dir nicht entgehen.« Der Kaiserswerther erhob sich, blieb aber stehen und rührte weder Wein noch Essen an. »Danke, mein Gebieter, aber zu so früher Stunde verspüre ich weder Hunger noch Durst.«

»Hunger habe ich auch nicht, aber ein Schluck Wein wird mir guttun, nach diesem Traum ganz bestimmt.«

Wolfram beeilte sich, einen Pokal mit dem roten, würzig duftenden Wein zu füllen, und reichte ihn Heinrich. Der tat einen tiefen Zug und leckte über seine benetzten Lippen. Der kräftige Geschmack des Würzweins gefiel ihm. So etwas trank man nicht in schlechten Träumen, sondern nur in der wirklichen Welt. Dann berichtete er Wolfram von dem Traum, erwähnte aber vorerst nicht den Pokal, in den sich die Krone verwandelt hatte. Er schloß mit der Verwandlung von Hildebrand in Anno und unterschlug dabei, daß er vor Anno Reißaus genommen hatte wie ein panisches Wild vor dem Jäger.

»Es ist nicht das erste Mal, daß Anno mir nach seinem Tod im Traum erschien«, schloß der König. »Und jedesmal wirkte er so ... lebendig.« Er schwieg kurz mit in sich gekehrtem Blick, bevor er fragte: »Wolfram, glaubst du, daß er wirklich tot ist?«

»Es ist allgemein bekannt, daß Anno von Köln am vierzehnten Dezember des letzten Jahres den Qualen seiner Gichter-

krankung erlag und sieben Tage später in der Abtei Siegburg beigesetzt wurde.«

Wolfram sprach im ruhigen Tonfall eines Chronisten und
verbarg die innerliche Erregung, die ihn bei dem Gedanken an Annos Tod befiel. Nur zu gern wäre er dabeigewesen, hätte er die Leiden des Erzbischofs mit angesehen,
hätte er gehört, wie Anno vor Schmerzen schrie und jam-
merte. Denn, was selbst Heinrich nicht wußte, Wolfram
selbst hatte für Annos qualvolles Ende gesorgt. Nicht die
Gicht, wie allgemein angenommen wurde, sondern der
Aussatz hatte den Kölner bei lebendigem Leib zerfressen.
Als Wolfram, Heinrichs Auftrag befolgend, in Köln den
Aufruhr schürte, hatte er sich eine bekannte, absonderliche
Gewohnheit des Erzbischofs zunutze gemacht. Der ließ auf-
gegriffene Hübschlerinnen zu sich bringen, um sie zu be-
kehren, wie manche sagten, um sich an ihnen zu vergehen,
wie andere lästerten. Wolfram hatte ihm ein aussätziges,
aber äußerlich noch nicht als solches zu erkennendes Mädchen zugeführt. Erwartungsgemäß hatte der Erzbischof sich
mit der Miselsucht angesteckt, und mit tiefer Befriedigung
hatte Wolfram von seinem qualvollen Ende gehört. Es war
seine Rache dafür, daß Annos Schergen ihn für den Rest
seines Lebens entstellt hatten. Wolfram hatte den König
nicht eingeweiht, weil er nicht sicher war, ob Heinrich sein
Vorgehen gutgeheißen hätte. Außerdem sollte es Wolframs
ganz persönlicher Triumph bleiben.

»Allgemein bekannt, ja«, griff Heinrich mit leichtem Un-
willen Wolframs Worte auf. »Aber was heißt das schon?
Wenn man eine Lügengeschichte oft genug erzählt, ist sie
auch weit verbreitet.«

»Ihr zweifelt ernsthaft am Tod des Kölners?«

»Du hast Anno doch gekannt, Wolfram. Ist ihm nicht alles
zuzutrauen, selbst die Vortäuschung des eigenen Todes?«

»Anno war ein durchtriebener Mann und gewiß ein größerer Sünder als die meisten Menschen, denen er die Beichte abnahm. Aber welchen Grund sollte er gehabt haben, seinen Tod nur vorzuspielen. Ihr hattet ihm geholfen, wieder in Amt und Würden zu gelangen.«

»Eben das könnte der Grund gewesen sein. Vielleicht war es ihm nicht genug, nur der Erzbischof von Köln zu sein, noch dazu von Gnaden seines Königs. Anno hat immer mehr gewollt, die Macht über das Reich, so wie er sie ausübte, als er die Macht über mich hatte. Kann es nicht sein, daß er zu sterben vorgab, um im geheimen gegen mich zu intrigieren? Der Anno in meinem Traum forderte mich auf, Seiner Heiligkeit dem Papst zu gehorchen. Vielleicht war das ein Zeichen, ein Hinweis darauf, daß Anno noch lebt und sich mit dem buckligen Hildebrand verschworen hat!«

Forschend sah Wolfram seinen König an und versuchte herausfinden, ob Heinrich wirklich an das Ungeheuerliche glaubte, das er da von sich gab. Am liebsten hätte Wolfram ihm erzählt, daß Anno gar nicht mehr am Leben sein konnte, weil er selbst die Miselsucht zu dem Kölner gebracht hatte. Aber dann kamen ihm Zweifel. Hatte er sich nicht bei dieser alten Hexe, der Kräutertrude, eine Salbe besorgt, die ihn gegen den Aussatz schützte? Vielleicht war Anno nicht weniger schlau gewesen und hatte sich, da er Umgang mit zweifelhaften Frauen hatte, vor der Ansteckung geschützt. Je länger Wolfram darüber nachdachte, desto wahrscheinlicher erschien es ihm, und Heinrichs Mutmaßung kam ihm jetzt nicht mehr wahnhaft vor.

»Du schweigst?« kam es in fragendem Tonfall von Heinrich.

»Die Möglichkeit, daß Anno noch lebt, will ich nicht bestreiten. Aber dennoch kann ich nicht erkennen, wie er als vorgeblich Toter die Macht erringen will.«

»Im Traum sprach er von seiner Auferstehung. Vielleicht ist das der Schlüssel. Im Bunde mit dem römischen Höllenbrand könnte er als auferstandener Anno einen angeblich göttlichen Willen verkünden. Und natürlich würde dies ein Wille sein, der mich der Königswürde beraubt, Anno und Hildebrand aber die Macht sichert. Gleichsam als Statthalter des Papstes im Deutschen Reich hätte der Kölner endlich erreicht, wonach er immer strebte.«

Wolfram hielt Heinrichs Gedankengang für eine verwegene, aber nicht unmögliche Konstruktion. Wenn Heinrich sich so etwas ausdachte, konnten auch Hildebrand und Anno darauf gekommen sein.

Der König beugte sich zu Wolfram vor und fragte: »Gibt es Neuigkeiten aus Köln?«

»Nein, Herr. Die Nachforschungen dort scheinen nur langsam voranzugehen.«

»Nur langsam?« Heinrichs Stimme überschlug sich fast. »Aber wir haben keine Zeit zu verlieren! In drei Monaten läuft das Ultimatum von Tribur ab. Dann muß ich mich dem Papst unterwerfen, will ich die Krone behalten. Es sei denn, wir finden den Kelch des Herrn!«

»Bis jetzt wissen wir nicht einmal, ob es nicht nur Gerüchte sind.«

»Es sind keine Gerüchte!« sagte Heinrich mit einer Bestimmtheit, die Wolfram verwunderte.

»Was läßt Euch dessen so sicher sein?«

»Mein Traum. Ich habe dir doch von der Krone erzählt. Sie hat sich vor meinen Augen verwandelt, in einen glänzenden Pokal aus reinem Silber. Was sonst soll das bedeuten, wenn es nicht ein Hinweis auf den Kelch des Herrn ist? Ich bin mir sicher, daß Gott mir im Traum ein Zeichen gegeben hat. Wenn ich den Kelch auffinde, aus dem Sein Sohn beim Letzten Abendmahl trank und in dem das Blut des Gekreuzigten aufgefangen wurde, wird Gott der Allmächtige mit mir sein. Wer will dann noch bezweifeln, daß ich der rechtmäßige Herrscher bin, auch befugt, über Bischöfe und sogar den Papst zu verfügen?«

Der Kelch des Herrn, auch als Heiliger Gral bezeichnet, war von Legenden umwoben. Wundertätige Kräfte wurden ihm zugeschrieben, aber niemand wußte genau, wo er zu finden sein sollte. Tausend Orte gab es, an denen der Gral angeblich aufbewahrt wurde. Als Heinrich und Wolfram im Sommer 1074 nach Köln kamen, um nach dem Aufstand der Bürger gegen Anno für die endgültige Wiederherstellung von Frieden und Ordnung zu sorgen, hatten sie im Laufe ihrer Untersuchungen von dem Gral gehört und davon, daß er angeblich von Kölner Judenchristen aufbewahrt wurde. Es gab die unterschiedlichsten Gerüchte. Manche besagten, die Judenchristen hätten den Kelch des Herrn aus der vom Aufstand gebeutelten Stadt fortgeschafft. Andere besagten, die Schottenmönche in der Kölner Abtei von Groß Sankt Martin hätten den Kelch an sich gebracht. Aber es hieß auch, der Kelch befände sich weiterhin in Köln. Heinrich ließ die Angelegenheit im geheimen untersuchen, getrieben von der verzweifelten Hoffnung, sich in den Besitz des Grals zu setzen und damit der ganzen Welt zu beweisen, daß Gott ihn und niemand anderen, am wenigsten aber den falschen Papst, zu seinem Stellvertreter auf Erden ausersehen hatte. Nur so konnte Heinrich die Krone und zugleich die absolute Macht behalten.

Heinrich stöhnte unvermittelt auf wie unter einem Peitschenhieb.

»Was habt Ihr, Herr?« fragte Wolfram.

»Ein erschreckender Gedanke ergriff soeben von mir Besitz. Was ist, wenn Anno nicht nur noch am Leben ist, sondern auch noch in Köln weilt? Vielleicht täuschte er seinen

Tod nur vor, um ganz ungestört nach dem Kelch des Herrn zu suchen?«

»Alles erscheint möglich, wenn man nur genügend darüber nachsinnt«, antwortete Wolfram ein wenig hilflos. Er war immer ein Mann der Tat gewesen, und Heinrichs verwegene Gedankenflüge begannen ihn zu überfordern.

»Ich glaube, daß es so ist«, sagte Heinrich. »Am liebsten würde ich selbst nach Köln reisen, um mich der Sache anzunehmen. Aber das geht nicht, ich muß in Speyer bleiben und Buße tun. Du aber, mein treuer Wolfram, wirst mit dem ersten Morgenlicht nach Köln aufbrechen. Du bist immer der Verläßlichste unter meinen Getreuen gewesen. Du wirst mir den Kelch des Herrn bringen und das zur rechten Zeit. Nicht wahr?«

Wolfram schluckte und suchte nach Worten. »Es ist schwierig, in dieser Sache Gerüchte und Wahrheit zu trennen. Wir wissen nicht einmal sicher, ob der Gral überhaupt in Köln gewesen ist. Um so unsicherer ist die Annahme, daß er sich jetzt noch dort befindet.«

»Aber wenn er dort war, kannst du dort auch seine Spur aufnehmen.« Heinrich legte den Kopf schief und sah Wolfram fragend, fast ein wenig lauernd, an. »Oder ist dir nicht daran gelegen, deinem König zu helfen?«

»Ihr wißt, daß ich Euch treu ergeben bin. Aber ich möchte Euch ungern in Speyer alleinlassen, mein König. Eure Gefolgschaft hier ist nur klein, die Zahl Eurer Feinde aber ist Legion.«

»Ich bin hier sicher. Die abtrünnigen Fürsten vertrauen darauf, daß ich im nächsten Februar meine Krone verliere, da kaum mit einer Absolution durch Hildebrand zu rechnen ist. In Köln kannst du zur Zeit mehr für mich tun, Wolfram. Ich weiß, du hast dort Leute, die für dich nachforschen. Aber mir ist wohler, wenn du selbst dich darum kümmerst. Versprich mir, daß du nach Köln gehen und den Kelch des Herrn für mich finden wirst!«

Abermals sank Wolfram vor seinem König auf die Knie, und er sagte in feierlichem Tonfall: »Ich gelobe es.«

1. KAPITEL

Der Kaufmann aus Venedig

Ein kalter Novemberwind wehte über Köln und kräuselte die Wasser des Rheins, aber das hielt die Menschen nicht davon ab, sich in Scharen an den Flußufern zu versammeln. Mehr und mehr strömten herbei, um mitzuerleben, was vor wenigen Jahren noch eine Selbstverständlichkeit gewesen war. Gaukler trieben ihre Späße, und Spielleute buhlten mit oft lustigen, aber immer lauten Melodien um Aufmerksamkeit und großzügige Gaben. Leiern und Fideln, Flöten und Schalmeien versuchten, einander zu übertönen. Bäcker boten Süßwaren dar und Fleischer Deftigeres. Die Stadt befand sich in der ausgelassenen Stimmung eines Volksfestes oder eines großen Marktes, und das alles nur, weil die Ankunft eines einzelnen Handelsschiffs erwartet wurde.

Früher, bevor die Stadt vom Aufstand gegen Erzbischof Anno erschüttert und verwüstet worden war, verging des Frühjahrs und des Sommers kaum eine Woche, in der nicht fremde Händler oder die eigenen den Rhein herauf- oder herabgefahren kamen, an Bord oft exotische, fast immer interessante Waren und häufig noch interessantere Geschichten aus anderen Städten und fernen Ländern. Köln hatte über eine große, einflußreiche Kaufmannsschaft verfügt und war eine bedeutende Stadt gewesen, neben Mainz die bedeutendste Stadt in diesem Teil des Reiches. Die Stadt bemühte sich, die einstige Position wiederzuerlangen, war aber noch weit davon entfernt.

Im ersten Jahr nach dem Aufstand war sie wie ausgestorben

gewesen, und der Handel war völlig zum Erliegen gekommen. Die Kaufherren aus dem Kölner Wik, der Kaufmannssiedlung, waren von Annos Schergen getötet oder vertrieben worden, und fremde Kaufleute trauten sich nicht, die vor kurzem noch berühmte und auf einmal als Unruheherd berüchtigte Stadt anzusteuern. Erst nachdem Erzbischof Anno zum Osterfest 1075 die Verbannung aufgehoben hatte, war Köln ganz langsam wieder zu einer belebten Stadt geworden. Die Kaufleute kratzten in ihren geplünderten Lagern zusammen, was noch zu finden war, und versuchten, wieder ins Geschäft zu kommen. Im Sommer 1075 wagten sich auch wieder die ersten fremden Händler nach Köln. Aber noch immer galt die Stadt als unsicher, und noch längst hatte der Umfang des Fernhandels nicht den alten Stand erreicht. Deshalb war es ein großes Ereignis, daß an diesem kalten, windigen Herbsttag ein Kauffahrer aus Venedig gemeldet wurde, ein Mann aus dem bekannten Handelshaus Beltrami.

»Könnt ihr das Schiff schon sehen, Kinder? Ihr seid jünger und habt bessere Augen als ich.«

Der die Frage stellte, war ein schmaler, knochiger Mann um die Fünfzig, Eigil aus Hamburg genannt und seit kurzem Eigil Treuer. Er war ein entfernter Vetter jenes Kölner Kaufmanns Rainald Treuer, dessen Schiff Erzbischof Anno für persönliche Zwecke hatte beschlagnahmen wollen, was zu dem Aufstand geführt hatte. Rainald Treuer war tot, sein Sohn Georg geblendet und aus Köln verbannt, sein Handelshaus zerstört. Aber der Name Treuer besaß im Fernhandel noch immer einen guten Namen, und um den zu übernehmen, war Eigil von Hamburg nach Köln gezogen. In der Stadt am Rhein hoffte er, Reichtum und Macht zu erlangen, und der Kaufmann aus Venedig, der hier so sehnsüchtig erwartet wurde, sollte ihm dabei helfen.

Die Frage hatte er an seine Kinder gerichtet, an seine Tochter Ravena und seinen Stiefsohn Lothar. Der kniff die Augen zusammen, blickte von dem kleinen Hügel am Ufer, auf dem die Treuers standen, angestrengt den Fluß hinab und sagte: »Nichts zu sehen, Vater, aber es kann nicht mehr lange dauern.«

Ravena sagte nichts. Ihr war nicht zum Sprechen zumute, und ein dicker Kloß saß in ihrem Hals. Je näher die Ankunft des venezianischen Kauffahrers rückte, desto dicker wurde der Kloß und desto schwerer wurde es ihr, ihre Aufregung zu bezähmen. Sie verwünschte diesen Tag und hoffte, das Schiff aus Italien möge mit Mann und Maus auf dem Grund des Rheins liegen. Ravena wandte den Kopf zur Seite und blickte Rutger an. Der stand starr zwischen den anderen Angestellten ihres Vaters und schien ihren Blick nicht zu bemerken. Sein schmales, wohlgeformtes Gesicht gab keine Regung zu erkennen. Er blickte hinaus auf den Rhein wie alle anderen. Ravena begriff, daß er sie nicht ansehen wollte, und vielleicht war es besser so.

Als sie den Blick von Rutger abwandte, bemerkte sie, daß ihr Stiefbruder sie beobachtet hatte. Ein spöttischer Ausdruck lag um Lothars dünne Lippen. Sie fragte sich, was er wußte und was er vermuten mochte. Der Stiefbruder war ihr von Anfang an unheimlich gewesen, seit ihr Vater vor drei Jahren Lothars Mutter Margarete geheiratet hatte. Dabei benahm Lothar sich Ravena gegenüber immer höflich und eher zurückhaltend. Vielleicht tat sie ihm unrecht, aber er wirkte auf sie wie ein Raubtier, das ständig auf der Lauer lag und das seine Harmlosigkeit nur vortäuschte. War sie ungerecht, weil sie Vorurteile gegen Lothar hatte? Sein verstorbener Vater hatte in einem schlechten Ruf gestanden, und die Heirat mit Margarete hatte Eigils Ansehen in Hamburg stark beschädigt.

Es war eine der wenigen Entscheidungen in Eigils Leben gewesen, die er ohne Rücksicht auf Ansehen und Geschäft getroffen hatte. Er liebte Margarete so sehr, daß ihm alles andere gleichgültig war, und das wollte bei einem eingefleischten Kaufmann wie ihm schon etwas heißen. Die letzten Jahre in Hamburg waren für Eigil nicht gut verlaufen. Seit dem großen Brand, bei dem er nicht nur den größten Teil seiner Güter, sondern auch seine erste Frau, Ravenas Mutter verloren hatte, focht er einen verzweifelten Kampf gegen den Sturz in die Armut. So fiel ihm die Entscheidung leicht, in Hamburg alles zu verkaufen und in Köln unter dem bekannten Namen Treuer ein neues Geschäft aufzubauen.

»Schiff voraus!«

Der Ruf kam von irgendwo aus der Menge, und er ließ Ravena zusammenfahren. Während die Menschen am Rheinufer sich mit lauten Rufen überboten – der eine wollte das Schiff deutlicher sehen als der andere –, rang Ravena um Fassung und kämpfte gegen das Schwindelgefühl an, das von ihr Besitz ergreifen und sie zu Boden werfen wollte. Aber sie blieb standhaft, getreu ihrem Vorsatz, dem Vater keine Schande zu bereiten. Sie wußte, wie wichtig dieser Tag für ihn war, und schon deshalb allein wäre es auch für sie ein wichtiger Tag gewesen. Seit dem Tod der Mutter hatte sie gelernt, Verantwortung für das Familiengeschäft zu tragen. Erst als Lothar ins Haus kam, hatte ihr Vater sich in geschäftlichen Dingen nicht mehr so häufig mit Ravena beraten. Vielleicht war auch das ein Grund für ihre Abneigung gegen den Stiefbruder.

Während die Menge sich ans Ufer drängte, um möglichst viel vom ankommenden Schiff zu erkennen, entstand am Ufer, ganz in der Nähe der Treuers, neue Aufregung. Auf dem Steg, wo sich der Stadtvogt Dankmar von Greven, der

Kölner Präpositus Heimar von Brosach, Vorsteher der Kaufmannschaft, und Patrick, der neue Abt des Schottenklosters von Groß Sankt Martin, versammelt hatten, drängten die Menschen zur Seite, und selbst die bedeutenden Herren mußten Platz schaffen für den Neuankömmling, der einer prächtigen Sänfte entstieg. Während die hohen Herren dem in goldbestickte Gewänder gekleideten, aber körperlich sehr kleinen Mann aus der Sänfte ihre Ehrerbietung bezeugten, wurden aus der Masse des Volkes Schmährufe laut.

»Wer kommt denn da? Er ist so klein, daß man ihn kaum sehen kann?« – »Ich glaube, das ist unser neuer Bischof.« – »Ja, er ist's. Kein Wunder, daß er so klein geraten ist. In Zeiten, wo selbst der Papst ein Gnom ist, müssen auch die Bischöfe schrumpfen.«

Gelächter brandete auf und breitete sich aus, vermischt mit neuen Spottrufen und verunglimpfenden Liedern, zu denen einige der Spielleute schnell passende Melodien fanden.

Obwohl der Goslarer Kanoniker Hildolfs bereits im März das Kölner Bischofsamt von König Heinrich erhalten hatte, waren die Kölner noch immer erbost. Mit aller Macht hatten sie sich gegen Hildolfs Ernennung gewehrt. Klein und unansehnlich, noch dazu von niederer Herkunft, brachte der Goslarer nach ihrer Meinung weder die körperlichen noch die geistigen Voraussetzungen mit, um das Amt angemessen auszufüllen. Bei seinem Einzug in die Stadt hatten sie sogar Steine und Dreck nach ihm geworfen, als hätten sie aus der blutigen Auseinandersetzung mit Hildolfs Vorgänger Anno nichts gelernt. König Heinrich jedoch hatte auf Hildolfs Einsetzung bestanden. In diesen unruhigen Zeiten war der König auf jeden treuen Gefolgsmann angewiesen, und Hildolf, des Königs Kaplan, schien Heinrich dafür zu bürgen, daß Köln nicht, wie so viele andere Reichsstädte, vom König abfiel.

Abt Patrick hatte seinen auf einem Podest stehenden Stuhl geräumt, und Hildolf nahm darauf Platz. Mit würdigem Nicken begrüßte er die umstehenden Kaufleute, auch Eigil Treuer. Die spöttischen Blicke und Rufe der Menge ignorierte der Erzbischof, indem er nach außen eine unerschütterliche Ruhe zur Schau stellte. Ravena fragte sich, ob diese Ruhe echt war oder ob Hildolf innerlich kochte. Vielleicht spielten die Kölner mit dem Feuer, wie sie es auch schon bei Anno getan hatten.

Die Anwesenheit des Erzbischofs zeigte deutlich, welch großen Stellenwert die Ankunft des venezianischen Schiffs besaß. Schon daß der Abt von Groß Sankt Martin, der Kirche, in deren Bezirk der Wik lag, den fremden Kauffahrer erwartete, war früher nicht üblich und bei der Vielzahl der einlaufenden Schiffe auch kaum möglich gewesen. Aber daß sich der Erzbischof höchstselbst herbemühte, war außergewöhnlich. Ein Zeichen dafür, wie wichtig die Wiederherstellung der guten Handelskontakte zwischen Köln und Venedig in seinen Augen war. Es war kein uneigennütziges Interesse. Die Kölner Kaufleute siedelten auf Boden, der dem Erzbischof gehörte. Nur wenn ihre Geschäfte gut liefen, konnten sie die fälligen Zinsen an Hildolf abführen.

Das Näherkommen des Schiffs sorgte dafür, daß der Spott rasch verebbte. Die Menschen wandten ihre Aufmerksamkeit wieder dem Rhein zu, wo das fremde Schiff rasch größer wurde. Es war, wohl zur Feier des Tages, mit etlichen Wimpeln geschmückt. Diese leuchteten in demselben Rot wie das Segel, auf dem ein goldener Löwe mit zwei Köpfen prangte.

Ravena kannte den doppelköpfigen Löwen von dem Siegel, mit dem die Briefe aus Venedig an ihren Vater verschlossen gewesen waren. Es war das Wappen der Kaufmannsfamilie Beltrami.

Jetzt, wo das Schiff so deutlich zu sehen war, wurde ihr das Schicksalhafte und Unausweichliche dieses Tages richtig bewußt. In kurzer Zeit schon würde das Schiff anlegen, und Ravenas Leben würde auf ewig verändert sein, einem Plan folgen, der dem Willen ihres Vaters, nicht aber ihrem eigenen entsprach. Noch einmal blickte sie sich zu Rutger um, und jetzt erwiderte er ihren Blick. Er konnte die starre Maske des Unbeteiligten nicht länger aufrechterhalten, Trauer und Verzweiflung zeichneten seine Züge. Rutger wirkte, als wäre er am liebsten fortgerannt, um nicht auch noch Zeuge des Ereignisses zu werden, das ihm die Geliebte entreißen sollte. Aber als Kanzlist des Kaufmanns Eigil Treuer war er dazu angehalten, den Kaufherrn aus Venedig zu begrüßen.

Ravena wandte ihren Blick ab, weil sie befürchtete, sonst in Tränen auszubrechen. Aber sie war nicht schnell genug. Feuchtigkeit erfüllte ihre Augen, was Oda, ihrer alten Amme und Dienerin, nicht verborgen blieb.

»Weine ruhig, mein Kind«, sagte sie mitfühlend und legte eine Hand auf Ravenas rechten Arm. »Heute ist ein bedeutender Tag für dich und für das ganze Handelshaus. Niemand kann dir deine Tränen übelnehmen.« Nach kurzer Pause fügte sie hinzu: »Trotzdem solltest du dir die Augen trocknen, bevor du deinem zukünftigen Gemahl gegenübertrittst.«

Ravena nahm das bestickte Tuch, das Oda ihr reichte, und wischte damit über ihre Augen. Ob wohl alle einen falschen Grund für ihre Tränen annahmen, auch Lothar, der interessiert zu seiner Stiefschwester herübersah?

Das Schiff war jetzt so nah, daß die Gestalten der Besatzungsmitglieder deutlich auszumachen waren. Ravena suchte nach dem Schiffsführer, konnte ihn aber in dem Gewimmel an Bord nicht entdecken. Das rotgolden leuchtende Segel wurde eingeholt, und das Handelsschiff bewegte sich mit Ruderkraft zu dem weit ins Wasser ragenden Steck, der als Anlegeplatz auserkoren war. Ein erfahrener Kölner Schiffsführer stand dort und gab den Italienern, die sich mit Strömung und Tiefenverhältnissen des Rheins nicht auskannten, durch Handzeichen Anweisungen. Ravena beobachtete das Anlegen des Schiffs. Ein Vorgang, an den sie als Tochter eines Hamburger Fernhändlers von Kindheit an gewöhnt war. Aber noch nie war er ihr so bedeutungsvoll erschienen. Und dann lag das Schiff fest vertäut, wurde eine breite Planke von Bord zum Steg geschoben, über die ein in rotgoldene Gewänder gekleideter Mann schritt: Alessandro Beltrami.

Er war überdurschnittlich groß und schien von muskulöser Statur. Vergebens versuchte Ravena, sein Gesicht zu erkennen. Sie konnte ihn nur von der Seite betrachten, und ein breitkrempiger, mit einer langen Feder geschmückter Hut überschattete sein Antlitz. Für ihr Gefühl legte der Italiener etwas zu viel Wert auf seine prachtvolle Kleidung.

Eine Abordnung, bestehend aus Eigil Treuer, Heimar von Brosach, Dankmar von Greven und Abt Patrick, empfing den Gast und führte ihn zum Erzbischof. Alessandro nahm seinen Hut ab, kniete vor Seiner Eminenz nieder und senkte das Haupt, um den bischöflichen Segen zu empfangen. Ravena sah, daß sein Haar lockig war und dunkel, aber bereits von ersten grauen Strähnen durchsetzt. Alessandro war zwar einige Jahre jünger als ihr Vater, hätte aber dem Alter nach Ravenas Vater sein können.

Als er sich wieder erhob, wandte er sich um, und jetzt endlich blickte sie in sein Gesicht. Seine Haut hatte die dunkle Tönung des Südländers. Die Züge waren scharf geschnitten, wie mit einem spitzen Meißel tief in Stein gehauen. Die leicht gebogene, ein wenig zu große Nase wetteiferte mit dem vorspringenden, eingekerbten Kinn um die vorherrschende Rolle. Unter dichten, dunklen Brauen lagen Augen, deren Farbe sie auf die Entfernung nicht erkennen konnte. Aber die Augen wirkten dunkel, und Ravena hatte den Eindruck, daß sie ohne rechte Freude auf die versammelten Kölner blickten. Zum ersten Mal kam ihr der Gedanke, daß Alessandro Beltrami diesen Tag ebensowenig herbeigesehnt haben mochte wie sie selbst.

Eigil Treuer sah zu seiner Tochter herüber und winkte. Sie verstand das Zeichen, blieb aber stehen. Etwas in ihr weigerte sich, auf Alessandro Beltrami zuzugehen. Es erschien ihr wie ein Verrat an ihrer Liebe, an Rutger. Oda, die schräg hinter ihr stand, gab ihr einen leichten Stoß. Langsam, zögerlich, setzte Ravena einen Schritt vor den anderen. Sie fühlte sich willenlos, wie in einem Traum gefangen, dessen Ablauf sie nicht zu steuern vermochte. Einmal wäre sie fast gestolpert, aber Oda war dicht bei ihr und stützte sie.

Schließlich stand Ravena vor dem Italiener und konnte noch immer nicht die Farbe seiner Augen erkennen. War es ein sehr dunkles Blau oder eher ein Braun, das schon fast ins Schwarze überging. Eins aber sah sie deutlich in seinen Augen: eine tiefe Traurigkeit.

»Dies ist meine Tochter Ravena«, sagte Eigil in einem feierlichen Ton. »Ich hoffe, sie ist Euch zu Gefallen, Alessandro!«

»Wie könnte sie das nicht, bei solcher Schönheit?« erwiderte der Venezianer und lächelte so überzeugend, daß der traurige Blick seiner Augen in Vergessenheit geraten konnte. »In Italien gibt es eine Stadt mit ähnlichem Namen wie Eure Tochter: Ravenna. Es ist eine schöne Stadt, aber Ravennas Schönheit verblaßt im Vergleich mit Eurer Tochter.« Er sprach mit einem Akzent, aber sonst war sein Deutsch sehr gut. Er war offenbar, wie viele Fernhändler, geübt in fremden Zungen.

Abermals nahm er seinen Hut ab, verbeugte sich und küßte Ravenas rechte Hand. Noch nie hatte das ein Mann bei ihr getan, und es verwirrte sie. Wohl deshalb, weil es ihr gefiel. Alessandro Beltrami war alles andere als ein abstoßender Mann, und unter anderen Umständen hätte sie sich überglücklich gefühlt, ihm versprochen zu sein. Aber die Umstände waren nicht anders.

Vom Schiff kam einer von Alessandros Leuten, der einen kleinen, mit bunten Muscheln besetzten Holzkasten vor sich hertrug. Er blieb neben seinem Herrn stehen, und der öffnete den Deckel.

»Ein Geschenk für meine Braut, das ich nur für angemessen halten konnte, bevor ich Ravenas wahre Schönheit kannte.«

Ravena fragte sich, ob seine Äußerungen von purer Galanterie bestimmt waren oder ob er es zumindest ansatzweise ernst meinte. Gewiß, sie liebte ihn nicht, aber ihm wirklich zu gefallen hätte ihr geschmeichelt. Er war wahrscheinlich ein Mann, der schon viele schöne Frauen gesehen hatte und der Schönheit daher beurteilen konnte.

Die Strahlen der Sonne ließen den Inhalt des Kastens aufblitzen, und für einen Moment vergaß sie alles andere. Es war eine goldene Kette, in der in unendlicher Anzahl kleine Edelsteine hingen, immer abwechselnd ein Smaragd und ein Rubin. Fast wurde sie geblendet von dem Funkeln der Steine.

Alessandro nahm die Kette aus dem Kasten und legte sie Ravena um. Seine kräftigen Hände verhielten sich dabei außerordentlich geschickt, als sei er nicht minder geübt darin, Frauenhälse mit Ketten zu schmücken, wie darin, ein Schiff übers weite Meer zu führen. Ravena schämte sich, aber sie genoß seine sanften Berührungen und bekam eine Gänsehaut, als seine Hände wie beiläufig über ihren Nacken strichen.

Er trat einen Schritt zurück, betrachtete sie und rief: »Wunderbar! Wahre Schönheit, die zu wahrer Schönheit kommt. Nur so kann es zusammenpassen.«

Ravena wußte, daß sie jetzt etwas sagen mußte. Nicht nur Alessandro, alle erwarteten es. Sie schluckte und suchte vergeblich nach passenden Worten. Alles, was sie hervorbrachte, war ein halblautes »Danke«.

Eigil warf ihr einen zweifelnden Blick zu, lächelte aber sofort wieder und wandte sich an den Gast: »Meine Tochter ist so überwältigt von Eurer Freigebigkeit, Signor Alessandro Beltrami, daß ihr die Worte fehlen. Laßt mich daher den Dank ausdrücken, den sie nur leise äußerte.«

»Ich bin es, der dankbar sein muß«, erwiderte Alessandro. »Dafür, daß Ihr mich in Euer Handelshaus und in Eure Familie aufnehmen wollt. Und als Dankesgabe habe ich Euch dieses Schiff, angefüllt mit Spezereien, Seide und Elfenbein, mitgebracht.«

»Ihr wollt mir die ganze Ladung schenken?« fragte Ravenas Vater ungläubig.

»Nicht nur die Ladung. Auch das Schiff mitsamt der Besatzung untersteht Euch ab diesem Augenblick. Der bisherige Name des Schiffs soll vergessen werden. Fortan wollen wir es *Ravena* nennen!«

»Ja ... ein guter Gedanke«, stammelte der überwältigte Eigil, während er mit glänzenden Augen auf das Schiff starrte.

Ravena hatte den Eindruck, daß sich die geplante Verheiratung seiner Tochter mit Alessandro Beltrami für ihren Vater bereits ausgezahlt hatte.

Als er sich wieder gefangen und sich bei seinem zukünftigen Schwiegersohn mit überschwenglichen Worten bedankt hatte, lud er ihn und alle versammelten hohen Herren zum Festschmaus in sein Haus ein. Die lange Prozession setzte sich langsam in Bewegung. Ravena ging an Alessandros

Seite, der sie am Arm führte. Sie warf einen zaghaften Blick zurück, um nach Rutger zu sehen. Er sah aus, als wäre er am liebsten auf der Stelle gestorben.

2. KAPITEL

Hexengeflüster

Eigil Treuer wohnte in dem Haus, das einst seinem Vetter
Rainald gehört hatte. Das Anwesen war im Zuge der Unru-
hen, die der Aufstand gegen Anno mit sich gebracht hatte,
verwüstet worden. Eigil hatte alles wieder herrichten lassen, besser, schöner, größer als zuvor. Jetzt waren Haus und
Hof von Musik und Gelächter erfüllt, bogen sich die Tafeln
vor Wein und erlesenen Speisen. Spielleute und Gaukler
waren dem Zug der hohen Herren gefolgt und gaben ihre
Künste, selbstverständlich in der Hoffnung auf klingende
Münze, nun hier zum besten. An der langen Ehrentafel in
der Mitte des großen Festsaals saßen Eigil Treuer mit seiner
Familie, Alessandro Beltrami, Erzbischof Hildolf, Abt Patrick, Dankmar von Greven, Heimar von Brosach und einige weitere hervorragende Herren der Stadt. Sie bestürmten
den Kaufmann aus Venedig mit vielerlei Fragen, begierig,
Neuigkeiten aus der Fremde zu erfahren.
Alessandro Beltrami hatte eine Reise von drei Monaten hinter sich, war in vielen Häfen vor Anker gegangen, um Handel zu treiben und die Beziehungen des Handelshauses Beltrami zu den jeweiligen Städten zu verbessern. Zu jedem
Ort fiel ihm eine interessante Geschichte ein, die oft einen
heiteren Ausgang besaß. Alle lachten über seine Scherze,
auch Ravena. Einmal ertappte sie sich dabei, daß sie ein
schlechtes Gewissen hatte. Wie konnte sie sich amüsieren,
während Rutger draußen auf dem Hof mit den anderen Angestellten ihres Vaters saß und vermutlich vor Kummer und

Eifersucht verging? Zum Glück konnte Rutger sie jetzt nicht sehen und sie ihn nicht, sonst wäre sie kaum so fröhlich gewesen. Das schlechte Gewissen wollte sie nicht fliehen, aber trotzdem hörte sie Alessandros Geschichten zu. Sie würde sich an ihn gewöhnen müssen, und wenn sie jetzt Trübsal blies, wäre ihr Vater zutiefst enttäuscht.

Die Errichtung eines neuen Handelshauses in Köln hatte ihn viel Geld gekostet, alles, was er besaß. Um diesen Festschmaus ausrichten zu können, hatte er Schulden gemacht. Die Geschäfte des kommenden Jahres würden über Aufstieg oder Fall des Handelshauses Treuer entscheiden. Im Verein mit dem an allen Küsten bekannten und gut angesehenen Haus Beltrami war Eigil Treuer ein gemachter Mann. Wenn Ravena aber die Verbindung durch eine Dummheit oder durch eine offene Äußerung ihrer wahren Gefühle zunichte machte, war ihr Vater ein ruinierter Mann, stand die ganze Familie vor einem Abgrund. Eigil hatte das seiner Tochter sehr deutlich gemacht, und so hatte es für sie keinen anderen Weg gegeben, als seinem Wunsch zu entsprechen. Er wußte nichts von ihrer Liebe zu Rutger. Hätte er es gewußt, hätte Rutger wahrscheinlich längst seine Stellung als Kanzlist verloren.

Die Diener, die unablässig zwischen Küche und Festsaal verkehrten, begannen damit, die Süßspeisen aufzutragen: mit Butter bestrichenes Früchtebrot, in Wein gedünstete Bratäpfel, Honigkuchen mit kandierten Kirschen und gekochte Birnen in Sirup. Die Wohlgerüche dieser Leckereien ließen bereits so manche Zunge schnalzen, als Unordnung in die Dienerschar geriet. Eine alte Frau, gekleidet in schäbige, zerrissene Fetzen, drängte sich an die Tafel. Neben den kostbaren Kleidern der Festgemeinschaft fielen ihre Lumpen um so mehr auf. Ravena erschien sie wie ein zerrupftes Huhn inmitten einer Schar von Schwänen.

»Die Hexenliese!« hörte Ravena hinter sich eine halblaute Stimme. »Der Herr möge uns vor ihrem bösen Blick bewahren!«

Ravena wandte den Kopf und erblickte eine junge Dienerin, ein pausbäckiges Geschöpf, die mit einer Mischung aus Neugier und Furcht auf die Alte starrte.

»Wie heißt du?« fragte Ravena, weil sie das Mädchen nicht kannte. Es mußte zu den zusätzlichen Dienstboten gehören, die Eigil Treuer für diesen Tag angeworben hatte.

»Ich?« Die Dienerin wirkte erschrocken darüber, daß Ravena sie angesprochen hatte. Sie schluckte zweimal, bevor sie antwortete: »Ich heiße Dela.«

»Sag mir, Dela, wer ist diese Frau?«

»Früher war sie das Eheweib eines Kalfaterers und hieß Elisabeth. Aber jetzt nennt man sie nur die Hexenliese. Sie zieht streunend durch die Stadt und lebt von dem, was sie sich erbettelt. Und wer ihr nichts gibt, den straft sie mit dem bösen Blick. Hütet Euch, ihr in die Augen zu sehen, Herrin!«

Dela bekreuzigte sich hastig, wie um den bösen Blick vorsorglich zu bannen.

Ravena sah genauer zu der sogenannten Hexenliese und bemerkte, daß sie jünger sein mußte, als sie schien. Vielleicht erst um die Fünfzig. Aber sie ging schon gebeugt wie ein uraltes Weib.

»Kümmert sich ihr Mann nicht um sie?« fragte Ravena die Dienerin.

»Das kann er nicht. Der Kalfaterer Rorich ist tot. Er fiel vor zwei Jahren im Kampf gegen die Männer von Bischof Anno. Die Hexenliese verlor nicht nur ihren Mann, sondern Haus und Habe und drei Kinder, die zusammen mit dem Haus verbrannten. Annos Männer hatten das Feuer gelegt. Es heißt, sie hätten auch die Hexenliese ...«

Als Dela abbrach und verschämt zu Boden blickte, fragte Ravena: »Geschändet?«

»Ja, Herrin. Damals verwirrte sich ihr Geist, und seitdem zieht sie ruhelos durch die Stadt.«

Ravenas Vater hatte sich erhoben und war zu der seltsamen Besucherin getreten. »Was willst du hier, Weib? Wer hat dich eingeladen?«

Er sprach laut und im strengen Ton, aber die Hexenliese ließ sich davon nicht beeindrucken. Sie schien einfach durch ihn hindurchzusehen, hatte den Blick fest auf Alessandro Beltrami gerichtet, der einen Ehrenplatz zwischen Eigil Treuer und Erzbischof Hildolf hatte.

»Ich bin gekommen, um den Fremden aus Italien zu sehen«, sagte sie mit einer leiernden, jede Gefühlsregung entbehrenden Stimme. »Wer neu ist an einem Ort, zu dem sprechen die Nornen des Schicksals. Und sie sprechen durch meinen Mund.«

Hildolf erhob sich und ließ dabei sein Messer los, das klirrend zu Boden fiel. »Die Nornen des Schicksals? Das ist heidnisches Gewäsch, Weib! Aberglaube!«

Die Hexenliese maß Hildolf mit einem langen Blick. »Es ist der Glaube, dem die Menschen hier anhingen, bevor sie sich Christen nannten.«

»Willst du Gott lästern?« fauchte der Erzbischof und richtete dabei drohend seine kleine Gestalt zu der ganzen Größe auf, zu der sie fähig war.

»Ich sage nur, was wahr ist, was wahr gewesen ist und was immer wahr sein wird. So wie die Nornen nur die Wahrheit verkünden über das, was verging, über das, was ist, und über das, was kommen wird.«

Hildolf wollte zu einer erbosten Erwiderung ansetzen, aber Alessandro Beltrami war schneller und sagte lächelnd: »Heute soll ein Tag zum Feiern sein und nicht zum Streiten.

Ich bin gewillt, mir anzuhören, was diese Frau sagen möchte. Und es soll auch ihr Schaden nicht sein.«

Während Hildolf langsam auf seinen Stuhl zurücksackte, sah die Hexenliese wieder den Italiener an. Lange ruhte ihr Blick auf ihm, und je länger es dauerte, desto gespannter wartete die Festgemeinschaft auf das Kommende. Alle Gespräche im Saal waren verstummt, auch die Gaukler und Spielleute schwiegen. Selbst die Diener standen still und abwartend da.

Ravena spürte die seltsame Spannung, die im Raum lag. Als erwarteten die Menschen wirklich, daß die Nornen, die Schicksalsgöttinnen des alten Glaubens, durch den Mund der Hexenliese sprachen. Ravena glaubte, daß die Frau von ihrem verwirrten Geist zu den seltsamen Äußerungen getrieben wurde. Falls sie aber alles nur vortäuschte, um sich bare Münzen zu erbetteln, so tat sie das meisterlich.

»Du hast eine lange, weite Reise hinter dir«, begann die Hexenliese schließlich mit ihrer seltsam tonlosen Stimme. »Stürme und Wellen hielten dich nicht auf, und in so mancher fremden Stadt warst du zu Gast.«

Eigil, sichtlich erzürnt über die Störung seiner Feier, rief dazwischen: »Jedem hier ist wohlbekannt, daß unser Freund Alessandro eine weite, oftmals beschwerliche Reise hinter sich hat. Um dies zu verkünden, muß man nicht von göttlichem Willen beseelt sein!«

Er lachte rauh, und ein paar vereinzelte Stimmen fielen in sein Gelächter ein.

Die Hexenliese ließ sich davon nicht beirren. Den Blick weiterhin fest auf Alessandro gerichtet, fuhr sie fort: »Deine Augen sahen Neues, die Wunder fremder Länder, aber dein Herz wurde davon nicht berührt. Die Schatten von Trauer und Schuld lasten auf deiner Seele. Dein Mund lächelt, aber vor deinen Augen hängen die Schleier bohrenden Schmerzes.«

Die Frau trat einen Schritt auf den Italiener zu und streckte ihre knotigen Hände aus, als könne sie mit ihnen greifen, was sein Innerstes bewegte. Ihre dünnen, rissigen Lippen zuckten auf der Suche nach Worten, schienen schwer beschreiben zu können, was sie in Alessandros Seele erblickte. »Ich sehe eine Frau«, brachte sie endlich hervor; und ihr Tonfall war schleppend, als ringe sie um jedes Wort. »Eine schöne Frau mit langem Haar, schwarz wie das Gefieder des Raben. Ihr Bauch ist geschwollen, und in sich trägt sie die Frucht neuen Lebens.« Eine der knotigen Hände schoß vor, und ein knöcherner Finger deutete anklagend auf Alessandro. »Und ich sehe dich, Italiener. Ich sehe dich neben der Frau. Dann aber ist sie nur noch Staub, und du stehst an ihrem Grab. Kummer zerfrißt dein Herz, weil du den kennst, der schuld ist an ihrem Tod.«

Noch ein Schritt, und die Hexenliese stand dicht vor Alessandro. »Du willst die Wahrheit vor dir selbst verbergen, Fremder. Aber wie willst du das tun, wenn du dir nicht dein Herz herausreißt? Die Schuld wird immer mit dir, bei dir und in dir sein. Niemals wirst du vergessen, daß du dein Weib getötet hast und das Kind, das in ihrem Leib reifte. Dein Kind!«

Alessandro hatte unbewegt auf seinem Stuhl gesessen, von den Anschuldigungen scheinbar unberührt. Aber Ravena hatte ihn genau betrachtet und bemerkt, wie seine Hände sich um die Armlehnen krampften, so fest, daß die Fingerknöchel weiß und spitz hervortraten. Seine Mundwinkel zitterten, und seine Augen hatten einen eigenartigen Ausdruck angenommen, eine Mischung aus tiefer Bestürzung, ja Erschrecken, und jener unendlichen Trauer, die Ravena schon vorher in ihnen erkannt zu haben glaubte. Als die Hexenliese geendet hatte, sprang er mit solcher Heftigkeit auf, daß sein Stuhl umstürzte. Er lief, an der Hexenliese und allen anderen vorbei, nach draußen.

Sobald er den Festsaal verlassen hatte, war der Bann, der über allen gelegen hatte, gebrochen. Dutzende Stimmen redeten durcheinander, aber alle kannten nur ein Thema: das, was die Hexenliese zu dem Kaufmann aus Venedig gesagt hatte. Die Frau, die den Aufruhr ausgelöst hatte, stand still inmitten des Trubels, fast wie zu Stein erstarrt. Für einen Augenblick glaubte Ravena wirklich, daß die Nornen sich ihrer nur bedient hatten, um zu Alessandro zu sprechen. Jetzt, wo die Hexenliese ihren Zweck erfüllt hatte, waren die Schicksalsgöttinnen aus ihrem Leib gewichen. Nein, das war sündhafter Aberglaube, machte Ravena sich klar. So etwas durfte sie nicht denken.

Ihr Vater packte die Hexenliese und schüttelte sie. »Was hast du getan, teuflisches Weib? Warum beleidigst du meinen Gast, einen Herrn aus dem angesehenen Geschlecht der Beltrami?«

»Ich habe nur gesagt, was die Nornen mir einflüsterten. Nicht mehr und nicht weniger.«

»Dummes Geschwätz!« brüllte Eigil und schüttelte sie weiterhin, als wolle er die reifen Früchte von einem Apfelbaum lösen. »Dieser Tag sollte ein Ehrentag für das Haus Beltrami und das Haus Treuer werden. Viel habe ich gegeben, um alles herzurichten. Und du dummes Weib zerstörst alles mit deinem Lügengespinst.«

»Die Nornen lügen nicht«, erwiderte sie leise, aber mit fester, überzeugter Stimme.

Wutentbrannt stieß Eigil sie von sich weg. Die Hexenliese stolperte und fiel zu Boden. Ihr Kopf prallte dabei gegen die Tischkante, und eine breite, blutige Schramme verunstaltete ihre Stirn.

Eine Handvoll Bewaffneter stürmte in den Saal und umstellte die Hexenliese. Es waren die Männer des Stadtvogts, die vor dem Anwesen der Treuers gewartet hatten. Offenbar hatte Dankmar von Greven sie rufen lassen. Zusammen mit Erzbischof Hildolf trat er zu der am Boden Liegenden.

Der bärtige Vogt blickte voller Abscheu auf die Hexenliese hinunter und sprach: »Im Namen Seiner Eminenz des Erzbischofs von Köln verhafte ich dich wegen Hexerei und Teufelsbuhlschaft!«

Hildolf nickte und fügte hinzu: »Du lästerst wider den christlichen Glauben und damit wider unseren Herrgott. Eine gerichtliche Untersuchung wird zeigen, ob du mit Satan im Bunde stehst oder ob Bosheit allein dich antreibt.« Er wandte sich an Dankmar: »Nehmt das Weib mit und sperrt es ein!«

Die Wachen packten die Hexenliese, hoben sie auf und zerrten sie zum Ausgang. Bevor sie ihre Gefangene durch die Tür schieben konnten, wandte das Weib sich noch einmal um und rief: »Nicht ich bin vom Teufel besessen, sondern der Italiener, der Frau und Kind erschlug!«

3. KAPITEL

Das Teufelshorn

Die Hexenliese war längst fortgeschafft worden, aber noch immer erfüllten erregte, über das eben Vorgefallene diskutierende Stimmen den Festsaal. Die leckeren Süßspeisen, auf die sich vor kurzem noch alle gefreut hatten, waren vergessen. Die Teller und Schüsseln mit den duftenden Kostbarkeiten standen auf den Tischen, direkt unter den Augen der Festgesellschaft, aber niemand rührte sie an. Alles redete sich nur die Köpfe heiß über Teufelsbuhlschaft, Hexerei und das, was die Hexenliese dem Venezianer vorgeworfen hatte.

Der Gastgeber beteiligte sich nicht an dem Gerede. Eigil Treuer saß mit gesenktem Haupt am Tisch, und sein starrer Blick ging ins Leere. Für ihn war eine Welt zusammengebrochen. Was er in mühevollen, monatelangen Verhandlungen mit dem Haus Beltrami erreicht hatte, war von der Hexenliese innerhalb weniger Minuten zerstört worden. Alessandro Beltrami, sein Gast und ersehnter Schwiegersohn, war vor den höchsten Herren der Stadt als Mörder von Weib und Kind beschimpft worden. Etliche Diener hatten es mit angehört, und noch vor dem Abend würde ganz Köln wissen, was sich ereignet hatte. Das alles mochte Ravenas Vater durch den Kopf gehen, während er zusammengesunken auf seinem Stuhl kauerte. Aus dem stolzen Fernhändler war ein Häufchen Elend geworden.

Ravena hielt den Anblick ihres Vaters nicht länger aus. Die Luft im Festsaal erschien ihr mit einem Mal stickig, drohte ihr den Atem abzuschnüren. Sie sprang auf und lief nach draußen, um frische Luft zu schnappen. Die Feiernden auf dem Hof, Gehilfen von Eigil Treuer und Leute aus dem Wik, ließen es sich im Gegensatz zu den Menschen im Festsaal weiterhin kräftig schmecken. Aber auch hier war der Vorfall mit der Hexenliese das einzige Gesprächsthema. Neugierige Blicke flogen Ravena entgegen. Sie verspürte wenig Lust, sich über die Sache zu unterhalten. Schnell zwängte sie sich zwischen den Tischen hindurch und wollte den Hof schon verlassen, als eine Stimme hinter ihr ihren Namen rief.

Es war Rutger, der ihr gefolgt war und sie jetzt in einen Winkel der Hofeinfahrt zog, in dem die beiden vor den Blicken der anderen geschützt waren.

»Was ist da drinnen passiert?« fragte er und blickte in Richtung des großen Hauses.

»Genau das, worüber sich alle ihre Mäuler zerreißen«, antwortete Ravena.

»Die Hexe hat den Venezianer tatsächlich beschuldigt, sein Weib und ihr ungeborenes Kind umgebracht zu haben?«

»Ja.«

»Aber wie kommt sie darauf?«

»Sie sagt, die Nornen hätten es ihr eingeflüstert.«

»Was? Kein Wunder, daß die Männer des Stadtvogts sie abgeführt haben. Es heißt, Hildolf halte nicht viel von heidnischem Aberglauben.«

»Du scheinst auch nicht daran zu glauben, Rutger.«

»Nicht im geringsten. Aber woher auch immer die Hexenliese ihr Wissen hat, für uns könnte es gut sein.«

»Wieso?«

»Wenn ihre Anschuldigungen stimmen, wird der Venezianer dich kaum heiraten können.« Rutger umfaßte ihre Oberarme und drückte sie so fest, daß es fast weh tat. »Verstehst du nicht, Ravena? All die Bemühungen deines Vater waren vermutlich vergebens. Und für uns ... für uns beide könnte der Weg frei werden!«

Rutgers Augen leuchteten, während er Ravena ansah. Sie aber wich seinem Blick aus.

»Was hast du?« fragte er verwirrt.

»Ich glaube, Vater würde zugrundegehen, wenn die Hochzeit mit Alessandro nicht stattfindet. Nicht nur finanziell, auch sein Herz würde es nicht verwinden.«

»Und unsere Herzen? Wer schert sich um sie?«

»Unsere Herzen sind jung, Rutger. Sie können, sie müssen es verwinden!«

»Du hörst dich fast an, als wolltest du den Venezianer heiraten.«

»Wir haben doch über all das bereits gesprochen.« Sie löste sich von ihm und trat einen Schritt zurück. »Es gibt keine Zukunft für uns, Rutger.«

»Vielleicht doch. Wir müßten nur genau überlegen, was ...« Schritte kamen schnell näher.

»Laß uns heute abend darüber reden«, bat Ravena.

»Nach dem Abendessen, an unserem Treffpunkt?«

Ravena nickte und wollte schnell verschwinden. Aber zu spät, ein paar Männer drängten sich durch das Tor und traten in ihren Gesichtskreis. Es waren Dienstboten, angeführt von Lothar.

»Sieh an, mein Schwesterherz«, säuselte er mit gekünstelt wirkender Stimme. »Und unser fleißiger Kanzlist.«

»Rutger hat mich nach dem Vorfall im Haus gefragt.«

»Das kann ich mir denken«, sagte Lothar zweideutig. »Wißt ihr, wohin Alessandro sich gewandt hat? Vater schickt uns, ihn zu suchen.«

Rutger antwortete: »Er kam auf den Hof gestürzt, ohne auf jemanden zu achten. Durch dieses Tor lief er nach draußen. Mehr weiß ich nicht.«

»Vielleicht ist er zu seinem Schiff gegangen«, mutmaßte Ravena. »Nach den Anschuldigungen der Hexenliese wäre es nicht verwunderlich, wenn er heute noch Köln verließe.« »So rasch dürfte er kaum seine Vorräte aufgefüllt und das Schiff ausgebessert haben. Aber es lohnt sich vielleicht trotzdem, dort nachzusehen. Willst du uns begleiten, Rutger?«

Als Gehilfe von Lothars Stiefvater hatte Rutger keine andere Möglichkeit, als der Aufforderung Folge zu leisten. Er schloß sich dem Suchtrupp an und warf Ravena einen letzten, traurigen Blick zu, bevor er im Gewirr der Gassen verschwand.

Ravena war nicht sehr glücklich darüber, daß Lothar sie hier zusammen mit Rutger überrascht hatte. Lothar schien ohnehin zu vermuten, was sich zwischen ihr und Rutger abspielte. Jetzt würde sein Verdacht bekräftigt sein.

Aber das war im Augenblick ihre geringste Sorge. Was sie zu Rutger gesagt hatte, schmerzte sie. Es hatte hart geklungen, zu hart vielleicht. Aber sie hatte es nicht getan, um ihn zu verletzen, sondern um sich selbst zu schützen. Wenn Rutger sich selbst und damit auch ihr neue Hoffnung machte, würden sie beide nur um so stärker enttäuscht sein. Gestern abend hatten sie unter Tränen Abschied voneinander genommen. Die Wunden waren längst nicht verheilt, hatten kaum aufgehört zu bluten. Es führte zu nichts außer zu stärkeren Schmerzen, sie schon wieder aufzureißen. Letztlich wußte Ravena, daß es für sie keinen anderen Weg gab, als dem Willen ihres Vaters zu folgen.

Sie lief durch die Gassen des Wiks, vorbei an den Häusern von Kaufleuten und Handwerkern, überquerte den Heumarkt, dessen Stände nur schwach besucht waren, weil viele Menschen aus dem Wik heute bei ihrem Vater zu Gast waren, und lief hinaus zum Fluß. Am Ufer des Rheins blieb sie stehen und hielt das Gesicht in den kühlen Wind. Es tat ihr gut, und ihre Gedanken fanden allmählich wieder in geordnete Bahnen. Das Rheinufer war heute nicht sehr belebt. Das kalte Wetter hielt viele Angler ab, und nur ein Schiff lag zum Kalfatern an Land. Das Gemisch aus Pech und Pferdehaar, das die Arbeiter zum Abdichten der Planken benutzten, verströmte eine strenge Ausdünstung, gegen die auch der starke Wind nicht ganz ankam. Die Leute hier am Ufer schienen noch nichts von dem Vorfall mit der Hexenliese gehört zu haben. Keine neugierigen Blicke verfolgten Ravena, als sie am Fluß entlangging.

Ravena war gern hier am Rheinufer, denn sie liebte das Wasser. Nur ungern war sie aus Hamburg fortgegangen. Oft hatte sie dort stundenlang am Meer gestanden und einfach nur hinaus aufs Wasser geblickt. Sie hatte die Möwen betrachtet, die elegant über dem Wasser kreisten, um unerwartet und blitzschnell auf die erspähte Beute hinabzustürzen. Und sie hatte die Wellen beobachtet, die in unermüdlicher Gleichmäßigkeit nach ihren Füßen leckten, wie um Ravena aufzufordern, mitzukommen in die weite, geheimnisvolle Tiefe der Meereswelt. Das Meer ließ sie träumen, von fernen Gestaden, gefahrvollen Abenteuern, ruhmreichen Taten und glitzernden Schätzen. Nach dem Tod ihrer Mutter hatte Ravena es noch mehr genossen, ganz allein mit sich und dem Meer zu sein. Es war gewiß eine Flucht vor dem harten Alltag, vor der vielen Arbeit, die sie an ihrer Mutter Stelle nun zu verrichten hatte, und vor den Sorgen, die ihren Vater umtrieben. Aber sie hatte diese Flucht gebraucht, um alles andere zu überstehen.

Auch hier in Köln ging sie ans Ufer, so oft sie konnte. Der Rhein war nicht zu vergleichen mit der Weite des Meeres, aber auch hier gab es Möwen und Wellen, Schiffe und das wunderbare Schauspiel der rotglühenden Abendsonne, deren letzter Schein sich im Wasser spiegelte, bevor sie zur Nachtruhe versank. Hier fand Ravena zu sich selbst und hing den Erinnerungen an ihre Kindheit nach, als ihre Mutter noch lebte und Ravena nicht wußte, daß das Leben anders sein konnte als ein unbeschwertes Von-heute-auf-morgen.

Vor ihr tauchte eine gekrümmte Landzunge auf, eine Halbinsel, die weit in den Fluß hineinragte und dicht mit Bäumen und Sträuchern bestanden war. Die Kölner nannten das gekrümmte Stück Land das Teufelshorn, weil es genauso aussah wie eine Kopfzier Satans und weil es Gerüchte gab, daß der Teufel dort umging. Deshalb mieden die Einheimischen die kleine Halbinsel wie einen Seuchenherd.

Verschiedene Versuche der Kirche, die Kölner von ihrem Teufelsglauben abzubringen, hatten nichts gefruchtet. Der erste Priester, der zum Teufelshorn aufgebrochen war, um Satan, sollte er denn tatsächlich dort umgehen, auszutreiben, war auf halbem Weg unglücklich gestürzt und hatte sich das Bein gebrochen. Der zweite Geistliche, der es versuchte, war gar nicht erst aus der Kirche gekommen, sondern war auf der Schwelle tot zusammengebrochen. Erst vor einigen Jahren war es einem Priester gelungen, die Landzunge zu betreten. Aber noch bevor er mit seiner Teufelsaustreibung beginnen konnte, war er an einer glatten Uferstelle ins Wasser gefallen und wäre wohl ertrunken, hätte ihn nicht die Besatzung eines zufällig vorbeikommenden Schiffs an Bord gezogen.

Ravena war sich nicht sicher, wieviel von diesen Geschichten wahr und wieviel Legende war. Jedenfalls mieden die Kölner das gekrümmte Stück Land, und auch die Kirche schien jeden Versuch aufgegeben zu haben, sich hier mit Satan zu messen. Für Ravena war das ein Glücksfall. Sie hatte das Teufelshorn zu ihrem Lieblingsplatz erkoren. Auf der Halbinsel war sie vollkommen ungestört, und niemand suchte sie dort. Denn niemand konnte sich vorstellen, daß ein Christenmensch das Teufelshorn freiwillig betrat. Ravena war zwar nicht abergläubisch, aber der erste Abend, den sie allein auf der Halbinsel verbracht hatte, war schon ein wenig unheimlich gewesen. Die im rötlichen Licht der sinkenden Sonne länger und länger werdenden Schatten von Ästen und Schilfrohr, vom Wind bewegt, konnten einen leicht an umherhuschende Teufelswesen glauben lassen. Aber niemand hatte Ravena ein Leid zugefügt oder gar nach ihrer Seele verlangt, nicht auf der Halbinsel. Und bald hatte es in ganz Köln keinen Ort gegeben, wo sie sich so wohl fühlte wie hier.

Auch heute fühlte sie sich ein wenig besser, sobald sie einen Fuß aufs Teufelshorn gesetzt hatte. Die Welt da draußen mit all ihren Sorgen blieb hinter Ravena zurück, während sie dem verschlungenen, ihr wohlvertrauten Pfad zwischen Bäumen und Strauchwerk hindurch zu jener Stelle am Fluß folgte, wo man vor Blicken vom diesseitigen Rheinufer geschützt war. Es war eine kleine Einbuchtung im Horn des Teufels, wo Brombeer- und Haselsträucher eine grüne Wiese umstanden, die frühjahrs und sommers voller leuchtender Blumen stand. Ein Ort, der so gar nichts Teuflisches an sich hatte.

Ravena ging zu der kleinen Felsgruppe, wo sie vor Monaten eine wollene Decke versteckt hatte. Sie zog die Decke hervor, schlug sie aus und breitete sie auf der Wiese aus, um sich darauf niederzulassen und aufs Wasser zu blicken. Kleine Wellen schwappten ans Ufer und zogen sich glucksend wieder zurück, um Platz für ihre Gefährten zu schaffen. Für Ravena war es die schönste Melodie, und lange lauschte sie mit geschlossenen Augen dem Lied, das Vater Rhein für sie sang.

Als sie die Augen wieder öffnete, war sie nicht länger allein. Ein Schatten fiel auf sie und verriet ihr, daß jemand hinter ihr stand, ganz nah. Sie hatte den Wellen mit solcher Hingabe gelauscht, daß kein anderes Geräusch an ihre Ohren gedrungen war. Nur so konnte sie sich erklären, daß sie den Fremden, wer immer es auch war, nicht bemerkt hatte. Oder lag es daran, daß er keine Geräusche verursacht hatte? Hieß es nicht, der Teufel könne sich so lautlos fortbewegen wie ein welkes Blatt, das vom Wind getragen wurde? All die unheimlichen Geschichten, die sich um das Teufelshorn rankten, fielen ihr wieder ein, und jetzt war sie sich in ihrer Ablehnung des Aberglaubens gar nicht mehr so sicher.

»Ihr scheint diesen Ort sehr zu mögen, wenn Ihr sogar eine Decke hier aufbewahrt. Ich kann Euch gut verstehen. Es ist schön hier, so still, und dabei liegt die Stadt nicht weit entfernt.«

Die Stimme mit dem Akzent! Jetzt wußte sie, wer hinter ihr stand. Ravena blickte sich um und sah sich Auge in Auge mit dem Mann, der nach Köln gekommen war, um sie zu heiraten.

Alessandro Beltrami schaute sie etwas verlegen an, und ein entschuldigendes Lächeln umspielte seine Lippen. »Ich lese in Eurem Gesicht, daß ich Euch erschreckt habe, Ravena. Verzeiht mir! Das lag nicht in meiner Absicht.«

»Schon gut«, erwiderte sie etwas unbeholfen, während sie zu ihm aufsah wie ein Kind zu einem Erwachsenen. »Ich hing so meinen Gedanken nach, daß Euer plötzliches Auftauchen mich überrascht hat.«

»Mein plötzliches Auftauchen? Ihr seid mir also nicht absichtlich gefolgt?«

Ravena nahm ihren ganzen Mut zusammen und sagte mit fester Stimme: »Es mag sein, daß mein Vater mich bis nach Venedig anbieten muß, um frisches Geld in seine Kassen zu bringen. Aber bislang habe ich es nicht nötig gehabt, einem Mann nachzulaufen, Signor Beltrami!«

Er nahm seinen Hut ab und ging vor ihr auf die Knie. »Verzeiht mir, Ravena, so meinte ich es nicht. Ich habe kaum jemals eine Frau von solcher Schönheit gesehen, wie sie Euch schmückt. Niemals habe ich gedacht, daß Ihr es nötig habt, einem Mann nachzulaufen. Und was die Verbindung des Hauses Treuer mit dem Haus Beltrami angeht, so ist eine Heirat wie die zwischen uns beiden nichts Ungewöhnliches.«

»In der Welt der Kaufleute wohl nicht«, seufzte Ravena.

Alessandro maß sie mit einem forschenden, durchdringenden Blick und fragte: »In der Welt der Liebenden aber schon?«

Der Ausdruck seiner Augen und sein Tonfall verwirrten Ravena. Alessandro wirkte, als habe er eben auf den tiefsten Grund ihres Herzens geschaut.

»Wie meint Ihr das?« wich sie aus und hoffte, daß ihre Unsicherheit nicht allzu deutlich wurde.

»Gibt es einen Mann, einen anderen als mich, dem Ihr Euer Herz versprochen habt?«

»Was spielt das jetzt noch für eine Rolle? Jetzt, wo diese Frau Euch in aller Öffentlichkeit so schwer beleidigt hat, daß Ihr gewiß niemals in das Haus Treuer einheiraten werdet.«

Alessandro begann unvermittelt zu lachen. Es war das kehlige Lachen einer ohnehin angenehmen Stimme, tief und voll. Und doch störte Ravena irgend etwas an diesem Lachen. Es klang gezwungen, so, als sollte es etwas anderes verdecken.

»Glaubt Ihr, ich gebe etwas auf die Worte der alten Frau?«

»Ich dachte, deshalb hättet Ihr das Haus meines Vaters so ... schnell verlassen.«

»Fluchtartig. Wolltet Ihr das nicht sagen, Ravena? Ja, es

stimmt, ich bin davongelaufen. Es ist über ein Jahr her, daß Leona und Giraldo starben. Aber als diese Frau vorhin, warum auch immer, mir daran die Schuld gab, konnte ich es nicht länger ertragen. Alles stand wieder so deutlich vor mir, und ...«

Mit zitternder Stimme brach er ab, und sein Kehlkopf hüpfte. Er schluckte mehrmals und rang um Fassung, kurz davor, in Tränen auszubrechen.

Unwillkürlich streckte Ravena eine Hand aus und streichelte seine Wange wie eine tröstende Mutter. Ihr Vater hatte ihr erzählt, daß Alessandro seine Frau und das ungeborene Kind bei einem tragischen Unfall verloren hatte, aber sie wußte nichts über die genaueren Umstände.

»Giraldo, ist das ...«

»Mein Sohn«, unterbrach er sie. »Mein ungeborener Sohn, ungeboren und tot, gestorben, ohne getauft zu sein.«

»Woher wißt Ihr, daß es ein Sohn war?«

»Ich habe es gefühlt und Leona auch. Wir gaben dem Kind deshalb den Namen Giraldo, nach meinem Großvater.«

Ravena wollte ihre Hand von seiner Wange zurückziehen, aber Alessandro hielt die Hand fest und drückte sie sanft gegen sein Gesicht.

»Eure Nähe tut mir gut, Ravena. Ihr wißt gar nicht, wie sehr ich mich nach Euch gesehnt habe.«

»Aber Ihr kanntet mich doch gar nicht.«

»Und doch seid Ihr genauso, wie ich mir Euch in Gedanken ausgemalt habe. Nur etwas ist anders im Vergleich zu meinen Gedanken.«

»Und das wäre?«

»Ihr seid lebendig, aus Fleisch und Blut, Ihr atmet, und Eure Haut verströmt einen süßen Duft.«

»Das ist das Aprikosenduftwasser, das ich eigens für den heutigen Tag aufgetragen habe.«

Wieder begann er zu lachen, und diesmal klang es echt.

»Und Ihr bringt mich zum Lachen, Ravena.«

»Ich weiß nicht, ob das ein Kompliment für mich ist.«

»Das ist es, ganz gewiß. Ich habe seit über einem Jahr nicht mehr gelacht.«

Mit einer Hand umfaßte er sanft ihren Hinterkopf und zog sie zu sich heran. Sie spürte seinen Atem, warm und angenehm. Ihre Blicke versanken ineinander, und ihre Lippen berührten sich, ganz sachte erst, dann fest, und ihre Zungen trafen sich zu einem langen Kuß.

Ravena fühlte, daß sie kurz davor stand, von Leidenschaft übermannt zu werden. Dabei kannte sie Alessandro erst seit wenigen Stunden, und sie wußte so gut wie nichts von ihm. Aber seine eigenartig zwiespältige Ausstrahlung ließ ihn beinah unwiderstehlich wirken. Er war ein starker, erfahrener Mann, der die ganze Welt bereist hatte, oder doch zumindest die Teile, die für einen Christenmenschen von Bedeutung waren. Gleichzeitig vermittelte er aber den Eindruck eines hilflosen Kindes auf der Suche nach Trost. Die Frau in Ravena fühlte sich von dem weltgewandten Kaufherrn aus der Familie Beltrami angezogen, die Mutter aber, die in jeder Frau steckte, spürte das dringende Bedürfnis, den nach Trost verlangenden Alessandro in ihre Arme zu schließen und ihn vor allem Übel dieser Welt zu beschützen.

Als sie bereits dabei war, sich in seiner Umarmung und in seinem Kuß zu verlieren, tauchte ein Bild vor ihrem geistigen Auge auf: Rutger, mit dem sie mehr als einmal an dieser Stelle, ihrem geheimen Treffpunkt, gesessen und Zärtlichkeiten ausgetauscht hatte. Mit einem Mal fühlte sie sich schlecht und schuldig, eine Verräterin. Gestern noch hatte sie Ruger geschworen, daß sie niemals einen anderen als ihn würde lieben können. Jetzt aber gab sie sich Alessandro mit einer Leidenschaft hin, als sei er der einzige Mann auf Erden.

Mit dem letzten Rest an Willenskraft, den sie noch aufbringen konnte, befreite sie sich aus der Umarmung, und augenblicklich rückte sie ein Stück von Alessandro ab, bis sie am Rande ihrer Decke kauerte. Wahrscheinlich wirkte ihr Verhalten auf Alessandro über alle Maßen lächerlich, aber sie konnte nicht anders. Sie war es Rutger schuldig.

Alessandro sah sie überrascht an. »Was habt Ihr auf einmal? Habe ich Euch wehgetan? Oder habe ich gegen Euren Willen gehandelt?«

»Ich selbst habe gegen meinen Willen gehandelt.«

»Den Eindruck hatte ich aber nicht. Mögt Ihr mich nicht? Bin ich Euch zu alt? Ich habe erst sehr spät geheiratet, aber Leona hat sich nichts daraus gemacht, daß ich älter war als sie.«

»Das ist es nicht«, sagte Ravena stockend. »Im Gegenteil, Ihr seid ein sehr anziehender Mann. Aber da ist etwas anderes. Ich weiß nicht recht, wie ich es Euch ...«

»Ein anderer Mann, nehme ich an.«

Nach kurzem Zögern nickte sie. Es hatte keinen Sinn, ihm etwas vorzumachen. Auch wenn sie den Heiratsplan ihres Vaters mit ihrem Eingeständnis durchkreuzen sollte, sie wollte Alessandro nicht belügen.

»Ich dachte es mir«, sagte er seltsam gelassen. »Ihr seid einfach zu schön, um zu warten, bis ein Kaufmann aus der Ferne nach Köln kommt, um Euch zu freien. Ist er jung?«

Sie nickte abermals und sagte: »Ihr müßt Euch keine Sorgen machen, Alessandro. Ich werde als Jungfrau in die Ehe gehen. Das heißt, falls Ihr mich jetzt noch wollt.«

Große Verblüffung malte sich auf Alessandros Zügen ab, dann Erheiterung, und schon wieder lachte er. »Glaubt Ihr wirklich, ich komme von Venedig nach Köln, um die Unverletztheit Eures Jungfernhäutchens zu überprüfen? Da sei Gott vor! Was Euer Vater und ich ausgehandelt haben, ist ein Geschäft, das weder mit Liebe etwas zu tun hat noch mit Jungfräulichkeit. Aber seit heute, seit ich Euch kenne, Ravena, weiß ich, daß etwas an Euch mir viel bedeutet, viel mehr als das da.« Er deutete auf ihren Schoß. »Ich habe nicht gedacht, daß ich noch einmal so etwas wie Glück empfinden könnte. Ihr aber könntet aus mir wieder einen glücklichen Mann machen, wenn ich wüßte, daß Euer Herz nur für mich schlägt.«

»Das kommt sehr schnell, Alessandro. Zu schnell, um es Euch mit ehrlicher Zunge zu bestätigen.«

»Natürlich, natürlich. Aber vielleicht wird Euer Herz zu Euch sprechen, wenn Ihr mich besser kennt. Zwar weiß ich nicht, wer mein Rivale ist ...«

»Seid nicht böse, wenn ich dazu schweige.«

»Ich bin nicht böse, auch wenn ich den Grund nicht begreife.«

»Es könnte *ihn* in Schwierigkeiten bringen.«

»Ich verstehe«, sagte Alessandro, aber es klang nicht ganz überzeugt. »Wir sollten jetzt besser gehen. Wahrscheinlich sucht man schon nach uns.«

»Nach Euch ganz gewiß. Mein Vater ist außer sich, daß Ihr sein Haus so überstürzt verlassen habt.«

Sie erhoben sich, und Ravena verstaute die Decke wieder in ihrem Versteck.

Als sie den engen Pfand zurückgingen, fragte sie: »Wieso seid Ihr überhaupt hergekommen? Hat man Euch nicht vor dem Teufel gewarnt, der hier umgehen soll?«

»Doch, doch. Ein alter Mann, den ich am Ufer traf, beschwor mich, bloß nicht zu nahe an das Teufelshorn zu gehen. Der Teufel würde mich sonst so sicher holen, wie Weihnachten nicht auf Ostern fällt, meinte er. Das kam mir sehr recht, denn ich suchte einen abgeschiedenen Ort zum Nachdenken. Und als ich dann hier war, kam tatsächlich jemand aus dem Dickicht, allerdings nicht der Teufel, sondern Ihr, Ravena. Ich wußte nicht recht, woran ich war, deshalb habe ich mich anfangs vor Euch verborgen.«

»Fürchtet Ihr den Teufel nicht?«

»O doch, sehr sogar. Aber ich weiß, daß Satan nicht auf einsamen Inseln lauert, sondern hier, in uns drinnen.«

Dabei schlug er gegen seine Brust. Er wirkte auf einmal wieder sehr ernst und in sich gekehrt, und er schwieg für den Rest des Wegs.

Das Teufelshorn lag noch nicht lange hinter ihnen, da begegneten sie einer Gruppe von Männern. Es war Lothar mit seinem Suchtrupp, darunter auch Rutger. Als er Ravena zusammen mit Alessandro sah, verfinsterte sich sein Blick.

4. KAPITEL

Gefangen

Die Festgesellschaft in Eigil Treuers Haus blickte höchst verwundert drein, als Ravena an der Seite Alessandros den Saal betrat. Am verwundertsten von allen war Ravenas Vater selbst. Einerseits wirkte er überglücklich, den verloren geglaubten Schwiegersohn in spe so einträchtig neben seiner Tochter zu sehen, in der nächsten Minute aber schien er seinen Augen nicht zu trauen und rieb sich zweifelnd dieselben. Alessandro sah mit breitem Lächeln in die Runde und sprach dann, den Blick auf Eigil gerichtet: »Ich hörte, Ihr laßt mich überall suchen. Es tut mir leid, wenn ich Euch Ungelegenheiten bereitet habe. Aber nach dem, was die alte Frau mir vorwarf, benötigte ich ein wenig frische Luft. Also verzeiht mir, falls ich Eure Festtagslaune verdorben haben sollte!«

Eigil trat auf ihn zu und umfaßte seine Rechte mit beiden Händen. »Ich bin froh, daß Ihr zurückgekehrt und offensichtlich auch sehr guter Stimmung seid, Alessandro.«

»Wie könnte ein Mann anderer Stimmung sein nach einem Spaziergang mit Eurer Tochter am Fluß?«

»Ihr wart am Fluß ... mit Ravena?« staunte Eigil.

»So ist es«, antwortete Alessandro und fügte augenzwinkernd hinzu: »Ihr vergebt uns hoffentlich, daß wir keine Anstandsdame mitgenommen haben.«

Allgemeines Gelächter setzte ein. Nur einer blieb ernst und verzog bei Alessandros Bemerkung gequält das Gesicht: Rutger.

»Einem Alessandro Beltrami traut niemand hier im Saal etwas Ehrenrühriges zu«, beeilte sich Eigil zu sagen. »Deshalb sind alle hier auch überzeugt, daß die Worte der Hexe nichts anderes waren als boshafte Lügen.«

»Oder Einflüsterungen der Teufels«, fügte Erzbischof Hildolf hinzu. »Wir sollten die Verdächtigungen so schnell als möglich aus der Welt schaffen und diese sogenannte Hexenliese auf der Stelle befragen. Ich lade alle, die von den Worten der Frau betroffen sind, ein, an der Befragung teilzunehmen. Also Euch, Alessandro Beltrami, Euch, Eigil Treuer, und auch Eure Tochter, die sicher reinen Herzens sein möchte über den Mann, dem sie versprochen ist.«

»So einem Vorgang beizuwohnen, dürfte nichts für meine Tochter sein«, wandte Eigil ein.

»Doch, ich möchte mitkommen!« widersprach Ravena. »Wie Seine Eminenz der Herr Erzbischof gerade sagte, so bin ich von den Vorwürfen auch betroffen.«

Widerstrebend willigte ihr Vater ein, so daß Ravena mit ihm und Alessandro, dem Stadtvogt und dem Präpositus, mit Erzbischof Hildolf und Abt Patrick, zu dessen Gemeinde die Hexenliese gehörte, zum Kerker aufbrach. Die Hexenliese war in einer Kellerzelle eingesperrt, hockte dort auf einem Haufen faulig stinkenden Strohs und wurde durch eine eiserne Halsfessel, die mit einer starken Kette an einem Wandring befestigt war, festgehalten. Reglos saß die Frau dort, und als die Besucher eintraten, entdeckte Ravena in ihren Augen kein Gefühl, weder Hoffnung noch Angst.

Bislang hatte Ravena eine gewisse Wut auf die Hexenliese verspürt. Unerwartet hatte Ravena den ihr zugedachten Ehemann aus Venedig überaus sympathisch gefunden. Seit dem Zusammentreffen am Teufelshorn fand sie die Vorstellung, Alessandros Frau zu werden, nicht mehr so abstoßend wie noch am Morgen dieses ereignisreichen Tages. Da war es nur natürlich, daß sie sich auf seine Seite stellte und wenig übrig hatte für ein Weib, das böse Beschuldigungen gegen ihn erhob. Jetzt aber, beim Anblick der Eingekerkerten, empfand Ravena Mitleid mit ihr. Aber ein Unbehagen der Hexenliese gegenüber blieb. Ravena konnte sich nicht erklären, was die Frau zu ihren Anschuldigungen getrieben hatte.

Auf einen Wink des Erzbischofs ergriff Dankmar von Greven das Wort: »Nun, Weib, bist du in dich gegangen? Wenn ja, dann sag uns, was dich zu deinen Lügen getrieben hat!«

Die Gefangene sah zu ihm auf, mit einem verwunderten Blick, als nehme sie den Vogt jetzt erst wahr. »Von welchen Lügen sprecht Ihr, Herr?«

»Spiel nicht das Unschuldslamm!« knurrte Dankmar. »Im Hause des Kaufmanns Eigil Treuer hast du schwere Vorwürfe gegen seinen Gast Alessandro Beltrami erhoben. Erinnerst du dich nicht mehr daran?«

»Doch, Herr, ich war dort und sprach zu dem Fremden. Er selbst hat mich dazu aufgefordert.«

»Da hat er noch nicht gewußt, daß du gekommen bist, um ihn übel zu verleumden. Du gibst also zu, die Lügen ausgesprochen zu haben?«

»Nein, Herr.«

Der Stadtvogt stampfte heftig mit dem Fuß auf. »Willst du mich verhöhnen? Eben sagst du noch, du warst dort, und im nächsten Augenblick schon wieder leugnest du!«

»Ich war dort, aber ich habe keine Lügen erzählt. Mein Mund war nur das Werkzeug, durch das die Nornen sprachen. Und das Wort der Schicksalsgöttinnen ist stets wahr. Sie blicken in die Seele der Menschen und erkennen das Rechte, mag es auch noch so tief verborgen sein.«

Hildolf trat einen Schritt vor und fragte: »Also glaubst du an die Schicksalsgöttinnen, an heidnische Götzen?«

»Das muß ich doch, wenn sie zu mir sprechen.«

Der Erzbischof nickte, als sei damit alles für ihn geklärt. »Wenn du das eingestehst, so wirst du auch die Strafe hinnehmen müssen, die auf die Anbetung heidnischer Götter steht, den Tod.«

Zum ersten Mal sah Ravena etwas in den Augen der Gefangenen, das wie ein Aufflackern von Angst wirkte. Aber es dauerte nur einen Augenblick, dann blickte die Frau wieder vollkommen gleichgültig drein.

»Verzeiht, Eminenz, wenn ich mich einmische«, sagte Dankmar von Greven. »Aber auch wenn dieses Weib falschen Göttern anhängt, so erklärt das nicht, was sie gegen den Herrn Alessandro Beltrami vorbrachte.« Er wandte sich an den Italiener. »Gewiß sind es Lügengeschichten, aber stimmt es nicht, daß Ihr Euer Weib und Euer ungeborenes Kind bei einem Unfall verloren habt?«

»Das ist wahr.«

»So frage ich, woher das Weib dies weiß. Von falschen Göttern? Wohl kaum. Ich glaube, die Gefangene hat uns nicht alles gesagt.«

Hildolf sah Dankmar an. »Was schlagt Ihr also vor, Vogt?«

»Den Wassergalgen. Er hat noch jeden Lügner zum Sprechen gebracht.«

Der Erzbischof nickte. »So sei es. Morgen nach Sonnenaufgang soll das Weib an den Wassergalgen kommen, bis sie endlich die Wahrheit gesteht!«

Die Sonne war untergegangen, und die Abendschatten senkten sich auf die Stadt am Rhein. Ravena fand ihren Weg auch im Dunkeln, so oft schon war sie ihn gegangen. Einmal blieb sie am Rheinufer stehen und sah hinüber zu der Stelle, wo der Wassergalgen stand. Er war in der Dämmerung kaum auszumachen. Nicht mehr als ein kahles Gerüst auf einem verlassenen Platz. Morgen in der Frühe würde sich dort zahlreiches Volk zusammenfinden, um zu sehen, wie die Hexenliese am Wassergalgen hing.

Ravena ging weiter. Sie mußte sich beeilen, wenn sie zurück in die Stadt wollte, bevor die Tore geschlossen wurden. Schon tauchte das Teufelshorn vor ihr auf, und sie dachte an Alessandro, an seine Umarmung und seinen Kuß. Der Gedanke ließ ihr Schauer über den Rücken laufen und verursachte ihr gleichzeitig ein schlechtes Gewissen. Je länger sie über ihre Begegnung mit Alessandro nachsann, desto mehr fühlte sie sich wie eine Verräterin.

Rutger, den sie verraten hatte, erwartete sie jetzt auf der schmalen Halbinsel. Er hatte die Decke hervorgeholt und ausgebreitet. Aber er hatte sich nicht hingesetzt. Er stand am Rhein und blickte auf die schwarzen Fluten, die sich mit einem unablässigen Gurgeln und Rauschen am Teufelshorn brachen. Ravena hatte ihn fast erreicht, da drehte er sich um und sah sie aus traurigen Augen an. Er traf keine Anstalten, sie in die Arme zu nehmen, Zärtlichkeiten mit ihr auszutauschen. Und auch sie blieb zwei, drei Schritte vor ihm stehen.

»Es freut mich, daß du gekommen bist, Ravena.« Rutger deutete auf die Decke. »Wollen wir uns setzen?«

»Mir ist kalt, ich stehe lieber«, antwortete sie und schlang ihren Umhang fester um den zitternden Leib.

Aber wenn sie ehrlich zu sich war, wurde sie nicht vom kalten Abendwind allein davon abgehalten, sich auf der Decke niederzulassen. Es war auch die Erinnerung daran, dort noch vor wenigen Stunden in Alessandros Armen gelegen zu haben.

»Auch ich bleibe lieber stehen«, sagte Rutger. »Es ist wohl auch nicht viel, was es zwischen uns zu besprechen gibt.«

Seine Stimme war so traurig wie sein Blick. Rutger dauerte Ravena. Er wirkte so einsam, so verloren.

Tatsächlich hatte er niemanden auf der Welt. Seine Mutter und seine Schwester waren während der Wirren Anno 1074 ums Leben gekommen, von den bischöflichen Schergen ermordet, wie es hieß. Seitdem stand er allein und hatte sich mehr schlecht als recht durchgeschlagen, weil es nach der Verödung Kölns und dem Niedergang des Kölner Handels für einen Kanzlisten kaum etwas zu tun gab. Auch in den umliegenden Städten hatte er keine Anstellung in seinem Beruf gefunden, und so hatte er sich mit niedersten Arbeiten über Wasser gehalten. So wie es viele Kölner in der dunklen Zeit nach dem Aufstand taten, um zu überleben.

Als Ravenas Vater sich in Köln niederließ, wurde ihm Rutger von den hiesigen Kaufleuten als zuverlässiger Kanzlist empfohlen. Rutger enttäuschte seinen Herrn nicht und ging mit großem Fleiß an seine Arbeit. In der Kanzlei brannte das Licht oft bis spät in die Nacht. Ravena hatte sich gewundert, daß ein junger Mann, gescheit und von gutem Aussehen, nichts anderes kannte als seine Arbeit. Eines späten Abends hatte sie sich ein Herz gefaßt und die Kanzlei betreten, um sich mit Rutger zu unterhalten. Er war nicht böse über ihre Neugier gewesen, im Gegenteil, das Gespräch mit ihr schien ihm zu gefallen. So besuchte sie ihn häufiger und erfuhr nach und nach seine Geschichte.

Rutger hatte ihr erzählt, wie lange er auf eine Gelegenheit wie die, für ihren Vater zu arbeiten, gewartet hatte. Er wollte sich nichts verderben, wollte alles tun, damit dem Handelshaus von Eigil Treuer Erfolg beschieden war. Darum arbeitete er so hart, aber auch deshalb, weil niemand auf ihn wartete.

Seine Zielstrebigkeit und sein Fleiß hatten Ravena tief beeindruckt. Sie mochte Rutger, und daraus erwuchs Liebe, eine gegenseitige Liebe. Sie waren im warmen Sommer dazu übergegangen, sich hier auf der Halbinsel zu treffen, damit niemand im Hause Treuer Verdacht schöpfte.

Beiden war klar, daß Eigil Treuer den jungen Rutger zwar als Kanzlisten schätzte, nicht aber als Schwiegersohn. Oft genug erzählte der Kaufherr, was für eine gute Partie seine Tochter sei und daß er sie nur einem Mann aus erstrangigen Verhältnissen zur Frau geben würde. Ein eltern- und mittelloser Kanzlist fiel kaum in diese Kategorie.

Doch anfangs hatte das sie beide nicht bedrückt. Sie waren einfach glücklich miteinander gewesen, hatten an ihre Liebe geglaubt und daran, daß sie mit der Zeit einen Weg finden würden, um Ravenas Vater zu erweichen. An diese Hoffnung, wiewohl mehr aus ihrem Wunsch geboren als von den Verhältnissen genährt, klammerten sie sich. Wie trügerisch das war, sollten sie im Spätsommer erfahren, als Eigil Treuer seine Tochter vor vollendete Tatsachen stellte und ihr mitteilte, zu welcher Übereinkunft er mit dem Haus Beltrami gelangt war. Die Beltramis suchten eine feste Verbindung zum deutschen Fernhandel, und Eigil kam der große Einfluß der Venezianer auf den byzantinischen Handel sehr gelegen. Dadurch hoffte er, seine arg strapazierten Finanzen innerhalb kurzer Zeit aufzubessern. Da Alessandro Beltrami vor kurzem verwitwet war, schlossen sein Vater und Eigil Treuer ein Abkommen, das beide Häuser auf Dauer wirtschaftlich und auch persönlich verbinden sollte. Es war wie ein schlechter Scherz des Schicksals: Während Ravena und Rutger sich in ihrer jungen Liebe sonnten, hatte Eigil längst Ravenas Heirat mit dem Venezianer in die Wege geleitet.

Ravena wurde von ihrem Vater nicht nach ihrer Meinung oder gar um Einwilligung gefragt. Er teilte ihr einfach mit, daß sie den Herrn Alessandro Beltrami, dessen Ankunft für

Oktober oder November erwartet wurde, zu heiraten habe. Eigil war sich wohl nicht bewußt, was er seiner Tochter damit antat. Eine Tochter unterstand der Munt ihres Vaters und hatte ihm bedingungslos zu gehorchen, bis sie durch die Heirat in die Munt ihres Ehemanns überging. Für einen eigenen Willen, für eine Selbstbestimmung gar war da kein Platz.

Ihr Herz war fast zerbrochen, und doch hatte Ravena sich dem Willen des Vaters gefügt, ohne zu murren. Alle Vorschläge Rutgers, gemeinsam mit Ravena aus Köln zu fliehen, hatte sie von sich gewiesen. Ihr Vater hatte große Hoffnungen auf sie gesetzt, und Ravena, sein Fleisch und Blut, wollte ihn nicht enttäuschen. Sie wäre sich vorgekommen, als hätte sie ihrem Vater einen Dolch in den Rücken gestoßen.

»Noch ist es nicht zu spät für uns«, riß Rutger sie aus ihren Gedanken. »Die Nacht beginnt erst, und es sind viele Stunden bis zum Morgen. Wenn wir Köln jetzt den Rücken kehren, haben wir viel Zeit, bis man unsere Flucht bemerkt.«

Ravena benötigte kurze Zeit, bis sie begriff, daß Rutger ihr noch einmal die gemeinsame Flucht vorschlug. Sie hatte geglaubt, ihm sei klar geworden, daß dieser Weg für sie nicht in Frage kam. Vermutlich sprach die pure Verzweiflung aus ihm. Heute, als Alessandro in Köln erschien, war Rutger wohl klar geworden, wie kurz er davor stand, Ravena für immer zu verlieren.

Aus Angst, ihn noch mehr zu enttäuschen, wagte Ravena nicht, Rutgers Vorschlag rundheraus abzulehnen. Statt dessen fragte sie: »Wie willst du das anstellen? Morgen würde man Reiter aussenden, die uns einholen.«

Rutger lächelte plötzlich, trat auf sie zu und faßte sie bei der Hand. »Kommt mit!«

Er führte sie durchs Gestrüpp zu einer Stelle, wo ein Ruderboot festgebunden war. Im Boot lagen Decken und ein großes Bündel.

»Darin sind Lebensmittel, wasserdicht verpackt. Der Rhein wird uns forttragen, Ravena! Was sagst du dazu?«

Widerstreitende Gefühle tobten in Ravena. Rutgers Vorbereitungen zur Flucht rührten sie, bewiesen ihr, wie tief seine Liebe war. Sie fragte sich, ob sie das überhaupt wert war, ob ihre Gefühle ihm gegenüber so stark waren wie die seinen. Seit der Begegnung mit Alessandro zweifelte sie daran. Aber letztlich kam es darauf nicht an. Ihr Vater hatte eine Entscheidung getroffen, die sie respektierte.

»Du hast dir große Mühe gegeben, Rutger«, begann sie vorsichtig. »Aber ...«

»Du willst nicht mitkommen?« Abrupt ließ er ihre Hand los. »Ist es wegen des Venezianers?«

Sie schüttelte den Kopf. »Du weißt, daß ich meinem Vater gehorche, ihm zuliebe.«

»Seit ich dich heute da hinten am Ufer gesehen habe, zusammen mit Alessandro, bin ich mir da nicht mehr so sicher.«

»Ich kenne Alessandro kaum.«

»Vielleicht möchtest du ihn gern näher kennenlernen.«

Ravena schwieg betroffen, denn Rutger war der Wahrheit sehr nahe gekommen. Alessandro war ein interessanter Mann, ein geheimnisvoller Mann. Sie spürte, daß er tief in sich etwas verbarg, was ihn sehr bewegte, ihn mit Trauer erfüllte. Nicht aus reiner Neugier hätte sie gern gewußt, was das war. Alessandro bedeutete ihr etwas. Was genau, das vermochte sie nicht zu sagen. Es war noch zu früh dazu.

»Du schweigst?« faßte Rutger nach.

»Ich möchte nicht, daß wir uns im Bösen trennen, mit Vorwürfen und Anschuldigungen. Laß uns gute Freunde bleiben, ja?«

Sein Gesicht nahm einen versteinerten Ausdruck an, sein ganzer Körper versteifte sich. »Du hast dich also entschieden. Ich dachte es mir schon. Aber es ist gut, es aus deinem Mund zu hören.«

»Sieh mich nicht an, als hätte ich dir ein Unrecht zugefügt!« bat sie. »Du hast meine Entscheidung bereits vor diesem Tag gekannt.«

»Ich wollte es nicht glauben«, sagte Rutger mit harter, frostiger Stimme. »Ich hatte gehofft, die Begegnung mit dem Venezianer hätte dich umgestimmt, hätte dir klargemacht, daß dein Vater eine falsche Entscheidung getroffen hat.«

»Falsch für wen?«

»Für dich und für mich. Vielleicht auch für deinen Vater, wenn er eines Tages erkennt, daß er dich ins Unglück gestürzt hat.«

»Ich ...«

»Spar dir die tröstenden Worte, Ravena. Ich muß deinen Entschluß akzeptieren. Aber verlang nicht von mir, daß ich mich darüber auch noch freue.«

Er wandte sich von ihr ab und blickte hinauf aufs Wasser, das glucksend gegen das Ruderboot schlug und sich wie höhnisches Gekicher anhörte. Wie der Teufel, der doch auf dieser Insel hauste und sich freute, zwei Seelen ins Unglück gestürzt zu haben.

»Es tut mir leid«, sagte Ravena mit belegter Stimme, bevor sie zurück zu dem schmalen Pfad ging und das Teufelshorn verließ.

Zweimal wäre sie in der Dunkelheit fast gestürzt, weil Tränen ihren Blick verschleierten. Vor dem Stadttor trocknete sie ihre Tränen, damit die Wachen, die sie möglicherweise erkannten, nichts bemerkten.

Als sie in ihrem Zimmer vor dem kostbaren Spiegel stand, einem Mitbringsel ihres Vaters von einer Handelsfahrt ins

Mittelländische Meer, sah sie, daß ihr Gesicht vom Weinen gerötet war. Gleichwohl war es ein hübsches Gesicht, und die Männer hatten es ihr immer wieder bestätigt, zuletzt Alessandro, der auf seinen Reisen gewiß schon viele schöne Frauen gesehen hatte. Ebenmäßig geschnitten, mit leicht vorstehenden Wangenknochen und vollen Lippen. Ihr blondes Haar, das im Sonnenlicht einen Stich ins Rötliche bekam, war lockig und gewellt. Rutger hatte ihr mehrmals gesagt, daß ihr Haar sich samtig anfühlte und daß er es sehr mochte, ihre Haare zu streicheln. Sie war immer froh und stolz gewesen, hübsch, sogar schön zu sein. Aber in diesem Augenblick verwünschte sie ihre Schönheit. Wäre sie häßlich wie die Nacht gewesen, hätte sie Rutger wohl kaum das Herz gebrochen.

Etwas fiel ihr auf: Noch immer trug sie die Kette mit den Rubinen und Smaragden, die Alessandro ihr geschenkt hatte. Sie hatte gar nicht mehr daran gedacht. Was mochte Rutger vorhin empfunden haben, als sie mit dieser Kette zu ihm kam?

Eilig legte sie den Schmuck ab und verstaute ihn in einem verschließbaren Kasten.

Ravena ging zu Bett, aber sie konnte nicht schlafen. Sie dachte daran, wie es wäre, ein Mann zu sein, ein Fernhändler, der seinem freien Willen folgen und über ferne Meere fahren konnte, ganz wie es ihm gefiel. Als Frau war sie gezwungen, sich stets einem anderen Willen unterzuordnen. Dem Willen ihres Vaters und bald dem Alessandros, jenes Mannes, der jetzt im selben Haus schlief wie sie selbst. Sie war sich nicht klar darüber, wie groß ihre Ablehnung gegen eine Hochzeit mit ihm noch war. Ihre Gefühle waren so widersprüchlich, so aufgewühlt, daß sie nicht einmal wußte, ob sie überhaupt noch gegen eine Heirat mit dem Venezianer war.

Nur eins wußte sie: Als Frau war sie immer eine Gefangene. Sie mochte sich frei bewegen können, aber in Wahrheit war sie genauso angekettet wie die Hexenliese, die drüben im Kerker eingesperrt war und auf die schwere Probe des morgigen Tages wartete.

5. KAPITEL

Der Wassergalgen

»Ihr Bürger Kölns, so kommt zusammen zu des Wassergalgens Ort! Seht die Wahrheit dort erscheinen, seht die Lügen wehen fort!«

Mit diesem Ruf auf den Lippen, ihn unablässig wiederholend, zogen die Ausrufer des Stadtvogts durch das morgendliche Köln, und jeder, der sich irgendwie freimachen konnte, begab sich eilends zum Rheinufer, um noch einen guten Aussichtspunkt für das Spektakel zu erwischen.

Im Hause Treuer machten sich der Hausherr, sein Weib Margarete, ihr Sohn Lothar und Alessandro Beltrami bereit, um der Wahrheitsprobe beizuwohnen. Sie blickten überrascht zu Ravena, die sich unvermittelt zu ihnen gesellte.

»Du willst mitkommen?« fragte ihr Vater.

»Warum nicht?« entgegnete sie. »Gestern im Kerker war ich auch dabei.«

»Der Wassergalgen ist nichts für das zarte Gemüt einer Frau.«

»Ist Margarete keine Frau?«

»Ich habe schon einiges mehr im Leben gesehen als du, mein Kind«, sagte Ravenas Stiefmutter und streichelte in mütterlicher Geste ihre Wange.

Ravena zuckte unwillkürlich zurück. Sie mochte es nicht, wenn Margarete sich ihr gegenüber so benahm. Margarete war die Frau ihres Vaters, und als solche wurde sie von Ravena geachtet. Aber Ravena hatte in ihr nie eine zweite

Mutter gesehen, und sie hatte Margarete auch niemals ihre Mutter genannt. Im Gegenteil, schon immer hatte sie das Gefühl gehabt, daß Margarete alles Mütterliche ihr gegenüber nur vorspielte, um Eigil zu gefallen.

Margarete tat, als hätte sie Ravenas Reaktion nicht bemerkt, und sagte: »Ich halte es für das Beste, wenn du zu Hause bleibst, Ravena.«

»Aber ich nicht«, versteifte sich Ravena und blickte den Venezianer an. »Was die Hexenliese zu sagen hat, betrifft Alessandro und damit auch mich.«

»Es werden nur neue Lügen sein«, wiegelte Margarete ab.

»Selbst dann bin ich davon betroffen.«

»Ich bin nur Gast in diesem Haus«, mischte sich Alessandro ein. »Aber wenn ich trotzdem etwas dazu sagen darf?«

»Sprecht frei, denn dieses Haus ist fortan auch das Eure!« ermunterte ihn Eigil.

»Ich möchte, daß Ravena uns begleitet«, sagte Alessandro. »Sie hat die Anschuldigungen gehört. Sie soll auch hören, wie dieses Weib sich dazu erklärt.«

»Nun gut«, sagte Eigil und räusperte sich. »Ganz wie Ihr wünscht, Alessandro.«

Als Ravena an Alessandros Seite das Haus verließ, bedachte er sie mit einem verschwörerischen Augenzwinkern, und sie bedankte sich mit einem Lächeln. Zu spät bemerkte sie, daß Rutger, halb von dem zweirädrigen Karren eines fahrenden Händlers verdeckt, auf dem Hof stand und die Ladung prüfte. Ravena versuchte, sich nicht nach ihm umzusehen, um keinen Verdacht zu erregen. Aber sie spürte, wie Rutgers Blick in ihrem Rücken brannte. Trotz der morgendlichen Kühle war ihr plötzlich heiß, und sie fühlte sich erst wohler, als das Anwesen der Treuers außer Sichtweise war. Die kleine Gruppe reihte sich in den großen Menschenstrom ein, der an der Kirche von Groß Sankt Martin vorbei zum Rhein drängte. Darunter waren angesehene Händler und Tagelöhner, Handwerker und Bauern, die zufällig in der Stadt weilten, Soldaten und Mönche. Alle wurden von derselben Neugier angetrieben, Sie hofften, etwas zu erleben, das sich an den langen Winterabenden, die vor ihnen lagen, als Gesprächsstoff eignete. Als man die Treuers und ihren Gast erkannte, machte man ihnen bereitwillig Platz. Schließlich waren der Kaufmann und seine Angehörigen bei dem bevorstehenden Schauspiel so etwas wie Hauptdarsteller.

Die fliegenden Händler ließen sich die Gelegenheit nicht entgehen und boten am Rheinufer ihre Waren an, Wein und Süßspeisen, Teigwaren und gebackenen Fisch. Etliche der Gaukler und Spielleute, die Ravena gestern bei der Ankunft des Handelsschiffs und im Haus ihres Vaters gesehen hatte, erblickte sie hier wieder. Ihre Kunststücke und lustigen Lieder wollten so gar nicht zu der ernsten Angelegenheit passen, wegen der halb Köln hier zusammenströmte, aber darüber schienen sich nur die wenigsten Gedanken zu machen. Das Volk lachte, sang und klatschte in die Hände, und für die Gaukler und Spielleute war es kein schlechtes Geschäft. Dicke Wolken hingen über Stadt und Fluß. Zwar blies ein starker Wind von Norden, aber er war doch nicht kräftig genug, um das dichte Wolkengeflecht aufzulösen. Im Gegenteil, es wurde immer dunkler, und die Wolken nahmen eine fast schwarze Färbung an.

Die Bewaffneten des Stadtvogts riegelten den kleinen Landvorsprung ab, auf dem der Wassergalgen stand. Jenseits der Abriegelung standen Dankmar von Greven, der Präpositus Heimar von Brosach und Erzbischof Hildolf mit einem kleinen Gefolge. Vergebens suchte Ravena nach der Hexenliese. Ein muskulöser Mann machte sich an dem Galgengestell zu schaffen und überprüfte es augenscheinlich auf seine Brauchbarkeit. Vor Jahren sollte es schon einmal vorgekommen sein, daß die Kette gerissen und der Käfig mit dem damaligen Delinquenten in den Fluß gestürzt und von der Strömung davongetragen worden war. Man hatte nie wieder etwas von dem Mann gehört, nicht einmal, ob er überlebt hatte oder ob er ertrunken war.

Der Präpositus hatte die Treuers erblickt und tauschte ein paar Worte mit dem Erzbischof und dem Stadtvogt aus. Dann ging er auf Eigil Treuer zu und sagte: »Guten Morgen und willkommen, Freund Eigil. Kommt mit Euren Leuten nur zu uns! Hier im Schatten des Wassergalgens herrscht weniger Gedränge.«

Die Bewaffneten machten bereitwillig Platz, und die Gruppe der Treuers gesellte sich auf den Landvorsprung, wo Eigil mit Heimar von Brosach ein Gespräch über die Wiederbelebung des Kölner Fernhandels begann.

Alessandro nahm Ravena ein Stück zur Seite und fragte: »Habe ich Euch gestern mit irgend etwas verärgert? Vielleicht mit etwas, das am Teufelshorn geschah?«

»Wie kommt Ihr darauf?«

»Ihr tragt meine Kette nicht mehr, Ravena.«

»Oh, das.« Die Kette lag noch immer im Schmuckkasten. Ravena hatte gar nicht mehr daran gedacht. »Die Kette ist viel zu wertvoll, um sie jeden Tag zu tragen. Sonntags werde ich mich mit Eurem kostbaren Geschenk schmücken.«

»Nein, nicht nur sonntags. Tragt sie jeden Tag, immer, wenn Euch danach ist!«

»Ich fürchte nur, sie im Alltagstrubel einmal zu verlieren.«

»Es ist nur eine Kette, bei weitem nicht so wertvoll, wie Ihr selbst es seid, Ravena.«

Sie fürchtete, daß sie in diesem Augenblick errötete, und sie schämte sich dafür. Zugleich fragte sie sich, ob Alessandro es ehrlich meinte oder ob er Komplimente dieser Art schon an unzählige Frauen in unzähligen Handelsstädten verteilt hatte.

Unruhe entstand in der Menschenmenge, die jetzt das Rheinufer ausfüllte, so weit das Auge reichte. Eine Gasse bildete sich, und hindurch bewegte sich eine seltsame Prozession auf den Landvorsprung zu. Voran gingen einige mit Speeren bewaffnete Männer des Stadtvogts. Ihre blitzenden Waffen und grimmigen Gesichter sorgten dafür, daß die Leute trotz der drangvollen Enge bereitwillig Platz machten. Den Bewaffneten folgte Abt Patrick mit seinen Schottenmönchen. Langsamen Schrittes trotteten sie einher und sprachen in leierndem Tonfall ein lateinisches Gebet. Ravena verstand ihre Worte nicht und fragte sich, ob die Mönche für die Seele der Hexenliese beteten oder für die Findung der Wahrheit. Den Mönchen folgte ein Eselskarren, auf dem die Delinquentin hockte. Erst hatte Ravena den Eindruck, die Gefangene kauere sich vor Scham zusammen. Dann aber erkannte Ravena, daß die Hexenliese durch Stricke am Boden festgehalten wurde. Die Frau war derart zusammengeschnürt, daß sie kaum den Kopf zur Seite drehen konnte. Ravena mißbilligte, was die Hexenliese gestern über und zu Alessandro gesagt hatte. Aber jetzt, so entwürdigt und geschunden, tat ihr die Frau von Herzen leid. Empört mußte sie mit ansehen, wie die Menge die Gefangene beschimpfte und verspottete und sie mit Abfall und Unrat bewarf. Die Wachen schritten erst ein, als der Karren zu wackeln begann und die kreischenden Kölner der Gefangenen die ohnehin löchrigen Lumpen zerfetzten und ihr das graue Haar gleich büschelweise ausrissen. Erst als die Speere der Wachen ein paar vorwitzige Männer und Frauen leicht verwundet hatten, ließ die aufgebrachte Menge von dem Karren ab, und die Prozession erreichte den Wassergalgen.

Die Hexenliese blutete am Kopf, wo man ihr eben das

Haar ausgerissen hatte, aber sie beschwerte sich nicht. Weder Laute der Klage noch des Schmerzes kamen über ihre Lippen. Sie schien nicht einmal zu bemerken, als man sie losband und vom Wagen zog. Schwankend stand sie vor Erzbischof und Stadtvogt, kurz davor, gleich zusammenzubrechen.

»Sie sieht sehr schwach aus«, sagte Ravena so laut, daß ihr Vater, der Erzbischof und der Vogt es hörten.

Eigil drehte sich zu seiner Tochter um und zischte: »Schweig, Kind!«

Dankmar von Greven erklärte: »Die Hexe hat sich geweigert, etwas Eßbares zu sich zu nehmen. Sogar das Wasser hat sie zurückgewiesen.«

Aus der Menge erschollen laute Rufe: »Hexen brauchen weder Brot noch Wasser, sie leben vom Atem Satans!« – »Habt kein Mitleid mit der Hexe, ersäuft sie im Rhein!« – »Ja, aber wascht sie vorher, sonst ist der ganze Fluß verdreckt!«

So ging es noch eine ganze Weile weiter. Als Hildolf die Menge zu beruhigen versuchte, war er an die Falschen geraten. Die Kölner erinnerten sich an ihre alten Vorbehalte gegen den neuen Bischof, und von einem Augenblick zum anderen rückte er in den Mittelpunkt ihrer Spottrufe. Wieder flogen Abfall und Unrat durch die Luft, und diesmal wurde nicht nur die Hexenliese getroffen. Etliche Soldaten wurden beschmutzt, auch der Präpositus und schließlich Hildolf, den eine Handvoll Mist am Kopf traf. Erneut ließ der Vogt seine Männer gegen die Menge vorrücken. Speere zuckten vor und Schwerter fuhren hernieder, bis die Kölner ein Stück zurückwichen, zwischen sich einige Verwundete.

»Laßt euch das eine Warnung sein!« rief Dankmar von Greven. »Wenn ihr Seine Eminenz den Erzbischof von Köln nicht mit dem nötigen Respekt behandelt, werde ich ihn euch beibringen!«

Aus der Menge rief jemand: »Wir wissen, daß du gut darin bist, Wehrlose niederzumetzeln, Vogt!« – »Ja, beim Aufstand gegen Anno hast du gezeigt, daß du eine scharfe Klinge führst, jedenfalls gegen Frauen und Kinder!«

Weitere Anwürfe dieser Art folgten, und Dankmar von Greven konnte nur mit Mühe an sich halten. Ihm war deutlich anzusehen, daß er am liebsten seine Bewaffneten ausgesandt hätte, um noch mehr Blut fließen zu lassen. Aber das schien nicht ratsam. Zu leicht konnte die Situation außer Kontrolle geraten. Hier am Fluß hatte der Vogt nicht mehr als zwanzig, dreißig Männer, und ihnen gegenüber standen Hunderte von Kölnern. Zudem war die Gruppe auf dem Landvorsprung von jeder Verstärkung abgeschlossen, es sei denn, sie käme über das Wasser.

Bislang hatte Ravena sich in Köln sicher gefühlt. Hier schien es nicht mehr Gefahren zu geben als in anderen großen Städten auch, wo man sich in dunklen Winkeln und Gassen vor Diebespack und Mordsgesindel in acht zu nehmen hatte. Der Aufstand gegen den Erzbischof, das blutige Gemetzel zwischen Bevölkerung und bischöflichen Soldaten, das alles schien Vergangenheit zu sein, von den Jahreszeiten verweht, von den Menschen über die alltäglichen Sorgen vergessen oder zumindest verdrängt. An diesem Morgen erkannte Ravena, daß sie sich getäuscht hatte. Unter der scheinbar ruhigen Oberfläche einer friedlichen, ganz und gar mit dem Wiederaufbau beschäftigten Handelsstadt brodelte ein Vulkan, der jederzeit ausbrechen konnte. Anno war tot, aber der alte Konflikt zwischen Bürgern und Bischof war nicht vergessen und damit auch nicht vergeben. Ein falsches Wort oder eine falsche Entscheidung des Erzbischofs oder seines Vogts schienen zu genügen, um aus dem schwelenden Unmut das offene Feuer eines Aufruhrs werden zu lassen.

Das hatte auch Heimar von Brosach erkannt. Der Wikvorsteher wandte sich an den Erzbischof und sagte leise, aber um so eindringlicher: »Eminenz, wir sollten jetzt rasch mit der Prozedur beginnen! Ich denke, das Schauspiel wird die Leute ablenken.«

»Ein guter Vorschlag«, befand Hildolf und gab dem Vogt ein entsprechendes Zeichen.

Als zwei Wachen die Hexenliese packten, um sie zum Galgen zu führen, trat Abt Patrick vor und sagte: »Verzeiht, Eminenz, aber Ihr habt etwas vergessen.«

»Was denn?« schnarrte Hildolf unwillig.

»Das letzte Gebet muß noch gesprochen werden. Das Gebet für uns, um uns freizusprechen, falls wir der Sünderin zu Unrecht ein Leid zufügen.«

»Ich werde für uns beten, wenn ich wieder im Dom bin«, entschied Hildolf und sah den Vogt an. »Worauf wartet Ihr noch, Dankmar?«

Ein Wink des Vogts, und seine Männer brachten die Gefangene zu dem kleinen, engen Eisenkäfig, der an einem Haken des Wassergalgens hing.

Tatsächlich ließ das Murren der Menge augenblicklich nach. Aller Augen waren gespannt auf das Galgengestell gerichtet. Und wer nicht gut sehen konnte, war jetzt ganz damit beschäftigt, eine geeignetere Stelle zum Beobachten des Schauspiels zu finden.

Die Wachen zwängten die Hexenliese in den Käfig und verschlossen die Tür. Wie ein gefangenes Tier hockte das Weib hinter dem Eisengitter, jetzt wieder Ziel des allgemeinen Spotts, aber scheinbar davon unbeeindruckt.

Hildolf sagte laut: »Wir haben uns hier eingefunden, um Wahrheit von Unwahrheit zu trennen und um eine Zunge zu lösen, die wir für verstockt halten. Die Wasserprobe soll erweisen, ob aus dem Mund dieses Weibs, das man gemeinhin als Hexenliese kennt, die Wahrheit spricht. Zu diesem Zweck soll sie in Wasser getaucht werden, zehnmal hintereinander. Und zwischen jedem Mal soll sie ermahnt werden an das Wort des Herrn: »Du sollst nicht falsches Zeugnis ablegen wider deinen Nächsten!«

»Nur zu, fangt an!« erscholl es aus der erhitzten Menge. »Ja, beginnt endlich, denn dazu sind wir hier!« – »Ertränkt die Hexe, je eher, desto besser!«

Hildolf wandte sich an die eingesperrte Frau: »Wenn du reden willst, so tu es jetzt. Sonst wirst du ins Wasser getaucht mit Haut und Haar, auch auf die Gefahr deines Todes!«

Die Hexenliese sagte nichts, sah ihn nicht einmal an. Darüber schien Hildolf nicht unfroh, denn nur so konnte er den Kölnern das erhoffte Schauspiel bieten. Er nickte dem Vogt zu, und der gab den Männern am Galgen ein Zeichen. Unter der Anleitung des Muskulösen hoben sie den Arm mit dem Käfig an und schwenkten ihn seitwärts, bis die Hexenliese über dem Wasser hing.

Abt Patrick wandte sich seufzend zu ihr um und sprach: »Gedenke des heiligen Gebots: Du sollst kein falsches Zeugnis ablegen wider deinen Nächsten!«

Kaum hatte er geendet, da wurde der Arm mit dem Käfig auch schon abgesenkt, und die Füße der Hexenliese tauchten ins Wasser. Zum ersten Mal an diesem Morgen zeigte sie eine Reaktion, als sie zusammenzuckte. Wurde ihr in diesem Augenblick bewußt, was ihr bevorstand? Ravena hatte den Eindruck, daß der Geist der Gefangenen sich aufhellte. Die Augen der Frau blickten plötzlich aufgeregt in die Runde. Aber sie blieb stumm, während der Käfig langsam niedersank. Bis zu den Knien befand sie sich im Wasser, dann bis zum Bauch, bis zum Hals. Das Erschrecken im

Antlitz der Hexenliese wuchs, aber ihr Mund blieb verschlossen. Und schließlich konnte sie nichts mehr sagen, weil sich der gesamte Käfig mitsamt der Gefangenen unter Wasser befand.

So etwas hatte Ravena noch nicht gesehen. Vor Entsetzen hielt sie den Atem an. Gebannt hing ihr Blick an dem Stück des Rheins, wo eben noch der Käfig mit der Hexenliese zu sehen gewesen war. Der eiserne Arm des Galgens hing über der Stelle. Er lief in einem nach oben gekrümmten Haken aus, an dem, einem übergroßen Kettenglied gleich, das Verbindungsstück zum Käfig hing. Mehr war nicht zu sehen. Oder doch? Wenn man genau auf die Stelle blickte, sah man das Wasser wirbeln und schäumen, wo die Frau versunken war. Vermutlich, weil der versenkte Käfig die Strömung behinderte.

Ein kurzer Ruf des Stadtvogts, und der Käfig wurde aus dem Wasser gezogen. Viel schneller, als er eben versenkt worden war. Die Männer am Galgen hoben den Käfigarm an, bis der Käfig gänzlich in der Luft hing. Wasser lief hinaus und fiel plätschernd zurück in den Fluß. Reglos, mit geschlossenen Augen, saß die Hexenliese dort, und Ravena hielt sie für tot. Dann aber keuchte die Frau, würgte und spuckte Wasser hervor. Sie wollte nicht aufhören zu würgen, auch dann nicht, als längst kein Wasser mehr aus ihren Lungen kam.

Dankmar von Greven sah sie mitleidslos an und fragte: »Nun, Weib, willst du jetzt sprechen?«

Die Hexenliese blieb stumm.

Abt Patrick sprach erneut die Ermahnung aus, kein falsches Zeugnis abzulegen, und schon wurde der Käfig erneut hinabgelassen. Genauso langsam wie eben versank er im Rhein. Nach Ravenas Gefühl blieb er länger unter Wasser als beim ersten Mal, und sie sprach den Gedanken laut aus.

»Ihr täuscht Euch nicht«, sagte der Präpositus. »Es dauert bei jedem Eintauchen länger. So ist es vorgesehen.«

»Aber das kann sie unmöglich überleben!«

»Wer werden sehen«, sagte Heimar von Brosach, und es hörte sich gleichgültig an. »Vielleicht findet sie rechtzeitig ihre Sprache wieder.«

Aber auch nach dem zweiten Auftauchen blieben die Lippen der Hexenliese verschlossen. Glaubte sie wirklich daran, von den Schicksalsgöttinnen beseelt zu sein? Oder schwieg sie aus Trotz?

Als der Käfig ein drittes Mal ins Wasser tauchte, wäre Ravena am liebsten fortgelaufen. Doch das Rheinufer war mit Menschen verstopft, ein rasches Durchkommen so gut wie unmöglich. Außerdem widerstrebte es ihr, durch solch ein Verhalten die Bedenken, die ihr Vater und ihre Stiefmutter gegen Ravenas Anwesenheit geäußert hatten, zu rechtfertigen.

Wieder tauchte der Käfig auf, und diesmal war die Gefangene fast zu schwach, um das viele geschluckte Wasser hervorzuwürgen. Kraftlos öffnete sie ihre Lippen, und das Naß rann aus den Mundwinkeln. Als der Stadtvogt sie abermals fragte, ob sie sprechen wollte, erhielt er wieder keine Antwort. Ravena aber fragte sich, ob die Gefangene überhaupt noch die Kraft zum Sprechen hatte.

Der Abt von Groß Sankt Martin leierte seine Ermahnung hinunter, und der Käfig senkte sich wieder. Zum vierten Mal tauchten die Füße der Hexenliese in den Rhein, umspielte die Strömung ihre Knie und ihren Bauch.

»Haltet ein!« kam es schwach und von einem Husten begleitet aus dem Käfig. »Haltet ein, bitte! Ich bin bereit zu sprechen.«

Der Stadtvogt wechselte einen raschen Blick mit dem Erzbischof und gab den Befehl, den Käfig wieder aus dem

Wasser zu ziehen. So weit, bis der Käfig über dem Fluß hing.

»Sprich, Weib!« forderte Dankmar von Greven. »Was hast du uns zu sagen?«

Bevor die Hexenliese antworten konnte, hustete sie erneut. Strähnen ihres grauen Haares hingen in ihrem Gesicht und verbargen es zur Hälfte.

»Ich habe gelogen«, sagte sie endlich mit schwacher, vor Entkräftung und Kälte zitternder Stimme. »Es waren nicht die Nornen, die mir eingeflüstert haben, was ich zu dem Fremden aus Italien sagte.«

»Du hast dir die Lügen also selbst ausgedacht«, schlußfolgerte der Vogt. »Warum?«

»Nein, ich habe es mir nicht ausgedacht. Jemand hat mir aufgetragen, den Fremden öffentlich anzuklagen.«

»Aufgetragen?« Der Stadtvogt hörte sich wenig überzeugt an. »Wer war es?«

Die Gefangene zögerte mit ihrer Antwort, was die allgemeine Spannung erhöhte. Am vorhin so lauten Rheinufer war es jetzt still wie in einer Kirche während der Andacht. Nur das Rauschen des Flusses war zu hören.

Auch Alessandros Blick hing an den Lippen der Hexenliese. Ravena betrachtete den Venezianer und fand, daß sich in seinem Gesicht nicht nur Neugier abzeichnete, sondern auch eine tiefe Furcht.

Die Gefangene überwand ihre Hemmungen und sagte: »Es war der Teufel.«

Überraschung zeichnete sich auf vielen Gesichtern ab, auch Erschrecken, und nicht wenige in der Menge bekreuzigten sich.

Der Erzbischof ergriff das Wort: »Weißt du, was du da sagst, Weib? Es ist kein leichtes Vergehen, sich mit dem Teufel einzulassen!«

»Soll ich die Wahrheit sagen oder nicht?« erwiderte die Gefangene.

»Nur die Wahrheit«, bestätigte Hildolf.

»Dann kann ich nichts anderes sagen. Vor drei Tagen kam der Teufel zu jenem Winkel am Rothenberg, wo ich nachts schlafe. Er weckte mich und trug mir auf, den Fremden aus Italien des Mordes zu beschuldigen. Nur das könne mich vor der ewigen Verdammnis retten, sagte er. Was sollte ich anderes tun, als zu gehorchen?«

»Wie sah der Teufel aus?« erkundigte sich Hildolf. »Hatte er Hörner, Hufe und einen Schwanz?«

»Nein, er kam in der Gestalt eines Mannes.«

»Woher willst du dann wissen, daß es der Teufel war?«

»Ich fragte ihn, und er sagte es mir.«

»Und was ließ dich vermuten, es mit dem Teufel zu tun zu haben?«

»Er war vollkommen schwarz und hatte ein Gesicht, wie es kein Mensch besitzt.«

»Was für ein Gesicht?«

»Auf der einen Seite sah es gesund aus, wie das eines jeden anderen Mannes. Ein Bart bedeckte seine Wangen. Aber auf der anderen Seite konnte auch der Bart nicht verbergen, daß ich in die Fratze des Bösen blickte. Es war ein grauenhafter, unbeschreiblicher Anblick. Häßliche Narben, verworfenes Fleisch und blanke Knochen. So sah es aus. Nur der Teufel kann so ein Gesicht haben!«

Die Hexenliese sprach voller Inbrunst. Noch während sie sprach, spaltete ein Blitz den düsteren Himmel, und ein ohrenbetäubender Donnerschlag folgte alsbald.

Die Menschen sanken in Scharen auf die Knie, senkten die Häupter und beteten. Das unvermutete Gewitter erschreckte auch Ravena, und sie fand sich in Alessandros schützenden Armen wieder.

»Habt Ihr keine Furcht?« fragte sie ihn.

»Wovor?«

»Vor dem Teufel?«

»Vor dem Teufel?« wiederholte er. »Oder vor einem dunklen Mann mit zwei Gesichtern?«

6. KAPITEL

Der Mann mit den zwei Gesichtern

Ein gewaltiger Blitz fuhr in grellen Zacken hernieder und tauchte das Land rund um den Michaelsberg für einen schrecklichen Augenblick in gleißendes, schmerzendes Licht. Bruder Hilarius wollte vor der überirdischen Helligkeit die Augen verschließen, aber die unheimliche Erscheinung direkt vor dem vergitterten Fenster hielt ihn davon ab. Wie aus dem Boden gewachsen stand die Gestalt vor ihm oder wie mit dem Blitz vom Himmel gefahren. Aber sie hatte nichts mit der Helligkeit des Blitzes gemein. Dunkel war sie. Hilarius blickte in ein bartumwuchertes Gesicht. Das Licht des Blitzes verlosch, und der Benediktiner war dankbar dafür. Denn das fremde Gesicht hatte wenig Menschliches an sich, wirkte wie eine Ausgeburt der Hölle. Gnädige Finsternis verdeckte das dämonische Antlitz, und Hilarius redete sich ein, daß er einer Einbildung erlegen war, hervorgerufen von seinem durch das unerwartete und ungewöhnlich heftige Unwetter verängstigten Verstand. Ein mächtiger Donnerschlag erschütterte den Klosterberg, und die Fensterscheibe klirrte unter der Wucht der unsichtbaren Faust.

Unsichtbar? Nein, es war tatsächliche eine Faust, die gegen das Fenster schlug und um Aufmerksamkeit heischte. Erschrocken erkannte der Benediktiner, daß er keiner Einbildung erlegen war. Dort draußen stand tatsächlich ein Fremder und begehrte Einlaß ins Siegburger Kloster, wie die Benediktinerabtei St. Michael allgemein genannt wurde.

Hilarius konnte das Gesicht jetzt nicht erkennen, aber es mußte die Gestalt von eben sein, der Mann mit der Teufelsfratze. Oder war wenigstens das entsetzlich entstellte Antlitz der überanstrengten Phantasie des Mönchs entsprungen?

Erneut klopfte die Faust gegen die Scheibe, hart und fordernd. Es mochte unschicklich und sündhaft sein, aber in diesem Augenblick verwünschte Hilarius seine Stellung als Klosterpförtner. Kurz dachte er daran, den Fremden, der ihn ängstigte, einfach zu ignorieren. Er konnte behaupten, ihn im Donnern und Tosen des Unwetters nicht bemerkt zu haben. Aber was war, wenn der Fremde ihn hinter dem Fenster gesehen hatte? Es mußte so sein. Wieso sonst hörte der Mann da draußen nicht auf, gegen das Fenster zu pochen?

Hilarius wollte sich keinen Verstoß gegen die ihm auferlegten Pflichten vorwerfen lassen. Außerdem war es Christenpflicht, einem Menschen bei solcher Witterung Einlaß zu gewähren. Ihm blieb nichts anderes übrig, als den großen Schlüssel vom Wandhaken zu nehmen und seine Zelle direkt neben dem Hauptportal zu verlassen. Als Klosterpförtner hatte er hier seine karge Wohnung, damit er jederzeit erreichbar war für Fremde, die Einlaß begehrten. Leider.

Als Hilarius die Tür seiner Behausung öffnete, peitschte ihm der heftige Wind schon den Regen entgegen. Der Himmel schien sämtliche Schleusen geöffnet zu haben. Es sah aus wie dicke Schnüre, die von oben herabgeworfen wurden und mit lautem Klatschen aufschlugen. Die Abtei bestand aus vielen einzelnen Gebäuden, die sich über die ganze Bergkuppe verteilten. Aber schon die nächsten Häuser waren hinter dem dichten Vorhang aus Regenschnüren kaum zu erkennen.

Schnell huschte er unter das schmale Dach, das sich über dem Hauptportal erhob. Aber es schützte nur unzureichend gegen den Regen. Er spürte die unangenehme Feuchtigkeit, die seine Kutte rasch durchsetzte. Obwohl er sich wünschte, schnell wieder in seine Zelle zurückzukehren, steckte er den Schlüssel nur zögernd ins Schloß. In Gedanken sah er die Teufelsfratze von eben vor sich. Noch war es nicht zu spät, konnte er umkehren und tun, als hätte er nichts gehört. Ein neuer Blitz und der nachfolgende Donner wirkten auf ihn wie eine Ermahnung, seinen Pflichten nachzukommen. Er gab sich einen Ruck, drehte den Schlüssel herum und zog das Tor auf. Sonst quietschte es bei jeder Bewegung widerspenstig, aber heute wurde das Geräusch von dem Rauschen des Winds und dem Trommeln des Regens vollständig verschluckt.

Der Pförtner atmete auf, als er niemanden erblickte. War er also doch einer Täuschung erlegen? Um so besser!

Schon wollte er das Tor unter einem erleichterten Seufzer wieder schließen, als eine tiefe Stimme das Unwetter übertönte: »Wartet, Bruder! Wollt Ihr mich nicht einlassen?«

Die Umrisse des Fremden lösten sich aus dem Dämmerlicht, in das sich der hellichte Vormittag verwandelt hatte. Die große, dunkle Gestalt trat auf das Hauptportal zu. Der Regen hatte den breitkrempigen Hut verformt und rieselte unablässig von der Kopfbedeckung auf die breiten Schultern. Aber das schien dem Fremden nichts weiter auszumachen. Wie auch, er mußte naß bis auf die Knochen sein, wenn er bei dem Wetter den Michaelsberg heraufgestiegen war. Hilarius war es schleierhaft, weshalb er nicht in einer Schenke des Dorfes am Fuße des Bergs eingekehrt war und dort das Gewitter bei einem guten Glas Wein abgewartet hatte.

Als der Fremde nähertrat, blickte der Benediktiner gespannt in sein Gesicht. Erst sah er unter der Hutkrempe kaum mehr als das dichte Bartgestrüpp. Die rechte Gesichtshälfte, die

Hilarius zuerst erkennen konnte, wirkte vollkommen normal. Aber dann wandte der Besucher sein Gesicht zur Seite, und beim Anblick der linken Wange hielt der Klosterpförtner den Atem an. Niemals zuvor hatte er etwas derart Grauenvolles erblickt. Dies war die Teufelsfratze, die er eben durchs Fenster gesehen hatte. Nur die linke Seite war entstellt, aber so schrecklich, daß es auch für ein ganzes Gesicht gereicht hätte. Als sei eine Satansklaue ins Fleisch gefahren und hätte es in blinder Wut auseinandergerissen.

Dem Fremden konnte sein Erschrecken und sein Abscheu nicht entgangen sein. Aber er tat, als bemerke er die Reaktion des Benediktiners nicht, und fragte: »Bruder Portarius, gewährt Ihr einem durchnäßten Wanderer Einlaß?«

»Woher wißt Ihr, daß ich der Pförtner dieser Abtei bin?« erkundigte sich Hilarius skeptisch.

»Ihr habt Eure Zelle direkt neben dem Tor, und Ihr haltet den Schlüssel in der Hand.«

Täuschte sich Hilarius, oder enthielten diese Worte leichten Spott?

»Tretet ein, Herr ...« sagte Hilarius widerwillig und wartete vergebens darauf, daß der Besucher seinen Namen nannte. »Seid Ihr allein?«

Der Fremde nickte nur.

Der Pförtner verschloß das Tor und überlegte kurz. Es behagte ihm nicht, aber er rang sich dazu durch, den Besucher in seine Zelle einzuladen. Das Hospitarium, wo die Gäste des Klosters untergebracht und bewirtet wurden, lag am anderen Ende der Bergkuppe, und Hilarius verspürte wenig Lust, bei dem Unwetter unnötig durch Wind und Regen zu laufen. Ohnehin war er reichlich durchnäßt, und wenn er sich nicht vorsah, würde er sich wegen des Fremden einen gehörigen Schnupfen zuziehen.

Ohne um Erlaubnis zu fragen, legte der Fremde Mantel

und Hut auf einen Schemel, und darunter bildete sich rasch ein kleiner See. Das flackernde Licht der schon weit heruntergebrannten Talgkerze, die Hilarius bei Beginn des Unwetters entzündet hatte, fiel auf das bärtige Gesicht und ließ die entstellte linke Hälfte noch unheimlicher erscheinen. Hilarius verwünschte sich, daß er am Fenster gestanden und das Gewitter beobachtet hatte, anstatt zu beten, wie es sich geziemte. Sonst hätte er das Klopfen vielleicht wirklich nicht bemerkt und müßte sich jetzt nicht mit dem Fremden herumschlagen, der ihm aus Gründen, die er nicht näher bestimmen konnte, unheimlich war. Es lag nicht nur an seiner Janusfratze, sondern an seiner ganzen Art. Als armer, durchnäßter Wanderer war er an die Klosterpforte getreten, aber sein Benehmen war das eines mächtigen Herrn.

»Ein schlimmes Wetter«, sagte Hilarius, nur um das Schweigen zu brechen. »Kommt Ihr von weither?«

»Ja, von sehr weit her.«

Gesprächig schien der Fremde nicht zu sein. Aber jetzt, wo das Eis gebrochen war, wollte Hilarius mehr über ihn erfahren.

»Welches Anliegen führt Euch her, daß Ihr nicht einmal dieses Gewitter abwarten könnt?«

Der Fremde bedachte ihn mit einem langen Blick, der Hilarius frösteln ließ, bevor er sagte: »Ich suche jemanden.«

»Jemanden, der hier in der Abtei lebt?«

»Nicht jemanden, der hier lebt. Ich suche einen Toten.«

Vermutlich hätte Hilarius angesichts dieser Eröffnung überrascht sein sollen. Er war es nicht. So absonderlich die Worte des Besuchers auch klingen mochten, sie paßten zu der ganzen Erscheinung. So wie den Bärtigen mit dem entstellten Gesicht konnte Hilarius sich den fleischgewordenen Tod gut vorstellen. Ein erschreckender Gedanke ergriff vom

Klosterpförtner Besitz. Wenn dort tatsächlich der Tod vor ihm stand, war er dann gekommen, um Hilarius zu holen?« Mit belegter Stimme fragte der Benediktiner: »Wie heißt der, den Ihr sucht?«

»Anno.«

»Etwa Anno II., Erzbischof von Köln?«

»Ihr habt es erraten.«

»Aber Seine Eminenz ist tot!«

»Ich sagte doch, daß ich einen Toten suche.«

Angestrengt überlegte Hilarius, wie er das Gespräch in sinnvolle Bahnen lenken konnte. Das Ganze war sehr verwirrend. Zum einen war er unendlich erleichtert, daß der Fremde, mochte er jetzt der Tod sein oder einfach nur ein Verrückter, nicht nach ihm suchte. Was er allerdings von Anno wollte, blieb ihm unerklärlich, und so fragte Hilarius sein Gegenüber danach.

»Ich muß Annos Grab sehen, muß es berühren«, eröffnete der Fremde.

»So? Gibt es dafür einen bestimmten Grund?«

»Ich habe ein Gelübde abgelegt, auf dem schnellsten Weg zur Abtei von Siegburg zu reisen und mich dabei von nichts und niemandem aufhalten zu lassen. Noch am Tag meiner Ankunft, so habe ich geschworen, will ich das Grab Annos küssen.«

Die Worte des Fremden nahmen Hilarius derart gefangen, daß er seine nasse Kutte vergaß. Voller Spannung fragte er: »Was versprecht Ihr Euch davon?«

»Hilfe.«

»Von einem Toten?«

Der Bärtige maß den Mönch mit prüfendem Blick. »Heißt es nicht, Erzbischof Anno sei ein heiliger Mann gewesen, der schon zu Lebzeiten Wunder getan hat? Man erzählt sich, er hätte seine gerechten Urteile nur mit göttlicher

Weisheit treffen können, und nur ihm sei es zu verdanken, daß manch verirrte Hübschlerin auf den rechten Weg zurückfand.«

»Gewiß doch, gewiß«, beeilte sich Hilarius zu sagen. »Der Erzbischof Anno war ein Mann von außergewöhnlichen Fähigkeiten.« Er fühlte sich zusehends unwohl in seiner Haut. Wollte der Besucher ihn auf die Probe stellen? Hatte gar der Abt ihn ausgesandt, um zu prüfen, wie pflichtbewußt sein Pförtner war und ob er auch gut über Anno, den Stifter dieser Abtei, dachte? »Aber darf ich fragen, was Euch das nützen soll? Immerhin ist Anno seit fast einem Jahr tot.«

»Und hier, in der Abtei Sankt Michael liegt er begraben, nicht wahr?«

»Ja, Herr, in der Kirche unserer Abtei ruhen seine sterblichen Reste.«

»Warum eigentlich hier und nicht in Köln, wo er doch das Amt des Erzbischofs innehatte?«

»Es war sein eigener Wunsch.«

»Aber was mag ihn dazu gebracht haben, diesen Wunsch zu äußern?«

»Als Gründer der Abtei Sankt Michael war er ihr sein Lebtag sehr verbunden. Außerdem ereignete sich im Jahr vor seinem Tod dieser häßliche Vorfall in Köln. Ihr habt sicher davon gehört.«

»Ihr meint den Aufstand gegen Anno.«

»Ja, der Pöbel vertrieb Seine Eminenz aus der eigenen Stadt. Mit Feuer und Schwert mußte er zurückkehren, um die wütende Meute zur Vernunft zu bringen. Ich denke, Anno spürte kein großes Verlangen, seine letzte Ruhestätte in einer Stadt zu finden, deren Volk ihm so übel mitspielte. Auch ist unsere Kirche schöner und größer als der Dom zu Köln.«

»Mögt Ihr sie mir zeigen?«

»Jetzt?« fragte Hilarius unwillig und blickte durchs Fenster, gegen das der Regen mit unverminderter Wucht prasselte. Gerade flackerte ein weiterer Blitz durch den düsteren Vormittag.

»Je eher ich dort war, desto eher kann ich Euch verlassen.« Die Aussicht, den ungeliebten Besucher bald wieder los zu sein, stimmte Hilarius etwas versöhnlicher.

»Ihr wollt bei dem Unwetter zurück in den Ort, Herr?« Der Bärtige nickte. »Ich bin nur gekommen, um das Grab des Erzbischofs Anno zu sehen.«

»Natürlich, Euer Gelübde. Doch was versprecht Ihr Euch davon?«

Der Fremde hob eine Hand und deutete auf die linke, die häßliche Hälfte seines Gesichts. »Heilung von dem da. Ein Mann, der schon zu Lebzeiten Wunder tat, besitzt die göttliche Kraft auch darüber hinaus. Ich will das Grab des gütigen Anno berühren und ihn im Gebet bitten, mir Heilung widerfahren zu lassen.«

Hilfe hatte der Fremde wohl nötig. Hilarius bezweifelte zwar, daß ein Besuch von Annos Grab der richtige Weg war, aber er beschloß, den Wunsch des Besuchers zu erfüllen. Um so eher würde der Benediktiner wieder seine Ruhe haben.

Sie wagten sich erneut in den Gewittersturm hinaus und gingen mit zum Schutz gegen Wind und Regen gesenkten Häuptern hinüber zur großen Abteikirche, deren Turm hoch in den Sturmhimmel ragte. In Hilarius tauchte der kaum bezähmbare Wunsch auf, jetzt dort oben im Glockenstuhl zu sein. So nah bei Gott würde bestimmt keiner der fürchterlichen Blitze einschlagen, und auch sein finsterer Begleiter, sollte er wirklich ein Abgesandter Satans sein, wie von Hilarius anfangs befürchtet, würde sich dann kaum dorthintrauen.

Unsinn! Hilarius zwang sich, vernünftig zu sein. Er versündigte sich gegen seinen Gast, wenn er ihn solch üblen Verdächtigungen aussetzte. Statt dessen hätte Hilarius Mitleid mit ihm empfinden sollen. Was für Qualen mußte der Entstellte ausstehen, daß er trotz des Sturms hinauf zur Abtei gestiegen war, um von Anno Heilung zu erflehen!

Die Gedanken des Benediktiners waren eine Sache, seine Gefühle eine andere. Er konnte nicht anders, als den Fremden zu fürchten, ihn möglichst weit fort zu wünschen. Hilarius beschloß, ob seiner sündhaften Gedanken noch heute zur Beichte zu gehen.

Er zog das schwere Kirchenportal ein kleines Stück auf, und sie schlüpften durch den Spalt ins Trockene. Hilarius wollte das Tor wieder zuziehen, aber der Sturm kam ihm zuvor. Ein mächtiger Windstoß warf das Tor zu, und das laute Krachen hallte wie einer der Donnerschläge durchs Kirchenschiff. Hilarius fuhr vor Schreck zusammen. Ihm war, als hätte ihn eine unsichtbare Macht zusammen mit dem Fremden eingesperrt.

Der Bärtige fragte: »Wo, sagtet Ihr, liegt das Grab Annos?«

»Da vorn, im Mittelgang des Kirchenschiffs.«

»Im Mittelgang des Kirchenschiffs?« wiederholte der Fremde mit ungläubig hochgezogenen Brauen. »Ist das nicht sehr ungewöhnlich? Warum wurde Anno nicht in der Krypta beigesetzt?«

»Es war sein eigener Wunsch. Er wünschte sein Grab dort, wo jedermann zu ihm kommen könne. So wie Ihr.«

»Ja, natürlich, so wie ich.« Der Fremde schien kurz zu überlegen, bevor er fortfuhr: »Ich hörte, sein Leichnam wurde in einer großartigen Prozession von Köln herübergebracht.«

»Das ist richtig, Herr. Vom Dom aus wurde Anno zu allen

bedeutenden Kirchen Kölns getragen. Bei Sankt Maria ad gradus dann wurde er unter feierlichem Gesang die Treppe hinunter zum Rhein gebracht, wo ein Schiff wartete, das den Leichnam flußaufwärts fuhr, nach Sankt Heribert in Deutz. Als der nächste Morgen kam, fand in Sankt Heribert die Totenfeier statt, an der fast die gesamte Kölner Geistlichkeit teilnahm.«

»So gibt es also viele Zeugen dafür, daß Annos Leichnam aufgebettet war?«

»Aber gewiß. Weshalb fragt Ihr?«

»Ich hörte Gerüchte, wonach Anno noch am Leben sei und im geheimen Wunder bewirke.«

»Da muß ich Euch enttäuschen. Wenn Ihr Hilfe erflehen könnt, dann nur an Annos Grab.« Hilarius führte den Fremden zu der Stelle vor dem Kreuzaltar, wo eine Platte mit goldener Inschrift in den Boden eingelassen war. »Reginhard, unser Abt, hat die Tafel zu Ehren Annos über seinem Grab anbringen lassen.« Er las die lateinische Inschrift vor und übersetzte sie sogleich, weil er nicht wußte, ob sein Gast das Lateinische beherrschte: »Die Stadt Köln, mit vielen bedeutenden Männern geschmückt, sandte Anno II. als einen leuchtenden Spiegel der Kirche in dieses Grab. In ihm, der sein Amt in Gerechtigkeit ausübte, erstrahlte der Welt ein neues Licht. Als der vierte Dezember aufleuchtete, trat er, nachdem er neunzehn Jahre und neun Monate der Kölner Kirche gedient hatte, vor Gott.«

»Ergreifende Worte, die von der tiefen Liebe zeugen, die dem dahingeschiedenen Hirten von seinen Schafen entgegengebracht wurde«, sagte der Fremde, aber für Hilarius klang es fast, als mache er sich darüber lustig. »Gewiß war es eine große Prozession, die den Leichnam von Sankt Heribert nach Siegburg geleitete.«

»Da seid versichert. Die Menschen umringten den Karren

mit dem Toten wie ein Heiligtum. Und wo der Karren im Schlamm steckenblieb, trugen sie den Sarg auf Schultern und Händen.«

»Gern wäre ich dabeigewesen«, seufzte der Bärtige. »Ging es von Sankt Heribert geradewegs zu dieser Kirche?«

»Beinah. Vor der Überführung in die Abtei wurde der Sarg unten im Dorf aufgebahrt, in der dortigen Kirche.«

»War da der Leichnam des gütigen Mannes zu sehen?«

»Ich war nicht dabei. Aber ich war hier, als der Sarg heraufgetragen wurde. Er war verschlossen. Aber warum fragt Ihr nach solchen Dingen?«

»Ich möchte mir gern vorstellen, wie es gewesen ist. Das hilft mir vielleicht, die rechten Worte bei meinem Gebet zu finden.«

Der Fremde ging vor der Platte mit der Inschrift auf die Knie, senkte das Haupt und faltete die Hände zu einem langen, stummen Gebet. Zum Abschluß senkte er den Kopf so weit, daß seine Stirn die Grabplatte berührte. Während Hilarius dabeistand, hoffte er inständig, der andere würde nicht zu lange beten. Die durchnäßte Kutte klebte unangenehm am Leib des Benediktiners, und er spürte bereits ein starkes Kribbeln in der Nase. Als sich der Fremde endlich erhob, konnte Hilarius nicht länger an sich halten und sandte ein lautes Niesen durch das ganze Längsschiff.

»Ihr seid schon fertig?« fragte er mit gespielter Verwunderung, während er insgeheim auf eine bejahende Antwort hoffte.

»Ich habe mein Gelübde erfüllt und Annos Grab berührt. Ich sprach mein Gebet und kann nun nichts weiter als hoffen, daß der gütige Anno mir Hilfe und Heilung zuteil werden läßt.«

»So wollt Ihr nun eine Unterkunft, um Euch von der Anstrengung Eurer Reise zu erholen?«

»Habt Dank für Eure Gastfreundschaft, Bruder, aber ich muß wieder fort.«

Erleichtert geleitete Hilarius den Fremden zurück zum Hauptportal, um sich im strömenden Regen von ihm zu verabschieden. Zwar wäre der Mann, hätte er um längere Gastfreundschaft gebeten, in die Zuständigkeit des Bruders Hospitarius gefallen, aber außerhalb der Abteimauern wußte Hilarius ihn lieber als hier drinnen.

»Habt Dank für Eure Hilfe, Bruder«, verabschiedete sich der Besucher. »Möge der gütige Anno stets mit Euch sein!«

Der Mann mit den zwei Gesichtern schritt durchs Portal hinaus auf den von Bäumen gesäumten Zufahrtsweg. Ein Blitz, direkt über dem Berg, blendete Hilarius, und er kniff die Augen zu. Der Donner folgte umgehend. Als er verklungen war, öffnete Hilarius die Augen wieder. Der Fremde war verschwunden, als sei er in dem vom Regen aufgeweichten Erdboden versunken. Hastig warf der Benediktiner das Portal zu, drehte den Schlüssel herum und bekreuzigte sich.

7. KAPITEL

Himmelszorn

Erzbischof Hildolf stand im strömenden Regen und sprach ein Gebet, um Gott um Gnade anzuflehen. Mit offenen Augen blickte er in die Blitze, die Köln wieder und wieder in ihr unheimliches Weiß tauchten. Donnerschlag auf Donnerschlag übertönte Hildolfs Stimme, aber er ließ sich nicht beirren und führte sein Gebet fort. Auch dann, als ein kräftiger Windstoß die Bischofsmütze von seinem Kopf riß und in den Fluß wehte. Binnen weniger Augenblicke klebte das nasse Haar an seinem Kopf, während er sein Gebet zu Ende brachte.

Alle anderen, die sich am Wassergalgen versammelt hatten, um der Wahrheitsprobe beizuwohnen, waren in die Knie gegangen und verharrten mit demütig gesenkten Häuptern. Ravena kniete neben Alessandro. Sie kannte ihn erst seit gestern, und doch vermittelte seine Nähe ihr das Gefühl von Schutz und Sicherheit. So wie vorhin beim Beginn des Unwetters, als sie sich, ohne darüber nachzudenken, in seine Arme geflüchtet hatte. Er hatte sie festgehalten, und sie hatte sich beschützt gefühlt wie als kleines Kind in den Armen ihres Vaters.

Sie warf Alessandro einen forschenden Seitenblick zu. Erstaunt stellte sie fest, daß er die Augen nicht vor den Blitzen verschloß, sondern mit voller Absicht in sie hineinzublicken schien. Etwas Flehendes lag in seinem Blick, so als erhoffe er sich Erlösung dadurch, daß ein Blitzstrahl in ihn fuhr.

War es nur der Kummer um den Verlust von Frau und Kind,

der Alessandros Gemüt verdunkelte? Ravena glaubte es nicht. Ihr Gefühl sagte ihr, daß mehr dahinter steckte. Ihr und ihrer Familie gegenüber gab Alessandro sich gelöst, aber selbst wenn er lachend von den heiteren Begebenheiten seiner Fahrten erzählte, wollte der melancholische Zug, der um seine Mundwinkel lag, nicht ganz verschwinden. In dieser Stunde, wo ihre Gedanken eigentlich bei Gott hätten weilen und ihn um Beistand hätten bitten müssen, entschloß sie sich, das Geheimnis um Alessandro zu lüften und ihm, wenn es irgend ging, über seine tiefe Traurigkeit hinwegzuhelfen.

Hatte er ihren forschenden Blick bemerkt? Er wandte ihr sein Gesicht zu. Verschämt wandte sie rasch ihren Blick ab und sah zum Wassergalgen, wo die Hexenliese noch immer in dem Eisenkäfig über dem Fluß hing. Der Sturmwind schaukelte den Käfig bedenklich hin und her. Ravena fürchtete, der Sturm könne das Eisengestell mitsamt der Gefangenen vom Galgen lösen. Dann würde die Hexenliese wohl elendiglich ertrinken.

Hildolf beendete sein Gebet, und die Menschen erhoben sich. Ein paar Männer des Stadtvogts machten sich daran, den Galgenarm mit dem Käfig einzuholen.

Da wurden Rufe aus der Menge laut: »Laßt die Hexe doch da drinnen!« – »Besser noch, man wirft sie in den Fluß und ersäuft sie!« – »Sie hat zugegeben, mit dem Teufel im Bunde zu sein. Tötet die Hexe!« – »Gott will, daß die Hexe stirbt! Hört ihr nicht den Zorn, mit dem er brüllt? Seht ihr nicht die Blitze, mit denen er droht? Er zürnt ganz Köln, weil unsere Stadt eine Teufelsbuhlerin beherbergt!«

Rufe dieser Art erschollen unaufhörlich. Eben noch vom Unwetter verschreckt, hatten die Menschen nun in ihrem Zorn auf die Hexenliese einen Weg gefunden, ihre Angst zu überspielen.

Der Erzbischof blickte unsicher in die Runde und beriet sich kurz mit dem Stadtvogt.

Dankmar von Greven erhob beide Hände und zog mit dieser Geste die allgemeine Aufmerksamkeit auf sich. Mit lauter Stimme verkündete er: »Seid beruhigt, Leute. Morgen schon soll dem Weib der Prozeß gemacht werden. Im Palast Seiner Eminenz Hildolf wird beraten und entschieden, was mit dem Weib geschehen soll.«

»Warum erst noch beraten?« kam es aus der Menge. »Die Hexe hat gestanden!«

»Das Recht schreibt es so vor«, erwiderte der Vogt. »Zwischen der Wahrheitsprobe und dem Prozeß muß mindestens eine Nacht liegen. Diese Zeit soll der Delinquentin die Möglichkeit geben, ihr Geständnis zu überdenken und zu widerrufen, wenn sie es nicht der Wahrheit entsprechend abgelegt hat.«

Die Menge war nicht ganz zufrieden, gab aber murrend klein bei. Wind und Regen trieben die Leute in die Stadt zurück, unter die schützenden Dächer ihrer Häuser, und allmählich löste sich die große Versammlung am Rheinufer auf.

»Eine seltsame Geschichte«, brummte Eigil Treuer, während auch er mit den Seinen den Heimweg zum Wik antrat. Er wandte sich an den Venezianer: »Wenn dieser Mann mit den zwei Gesichtern wahrhaftig der Teufel gewesen ist, was für einen Grund sollte der haben, Euch zu verleumden, Alessandro?«

»Braucht der Teufel einen Grund, um Böses zu tun? Doch wohl ebensowenig wie Gott einen Grund benötigt, um gut und gnädig zu sein. Oder?«

»Da habt Ihr recht«, fand Eigil. »Eine seltsame Geschichte ist das, wirklich eine seltsame Geschichte.«

»Vielleicht war es ja gar nicht der Teufel«, warf Lothar ein.

»Sondern?« fragte sein Stiefvater.

»Jemand, der Alessandro und uns Schaden zufügen will.«

Eigil blieb trotz des schweren Regens stehen und verlangte: »Sprich weiter, Lothar!«

»Wir sind neu hier in Köln, Vater. Gewiß, alle im Wik sind freundlich zu uns und haben uns ihrer Unterstützung versichert. Aber noch laufen die Geschäfte in der Stadt bei weitem nicht so, wie es vor dem Aufstand gegen Erzbischof Anno gewesen sein muß. Vielleicht wird das Haus Treuer von einigen alteingesessenen Händlern im Wik als lästiger Rivale empfunden, besonders jetzt, wo sich eine Verbindung mit dem einflußreichen Haus Beltrami abzeichnet.«

»Du meinst, jemand will unseren Gast Alessandro und damit auch uns verleumden?«

»Es wäre doch möglich, oder?«

»Aber wer soll dahinterstecken?«

»Das dürfte nicht ganz leicht herauszufinden sein.«

»Vielleicht erfahren wir morgen bei dem Prozeß Näheres«, hoffte Eigil. »Schon einmal mußte das Hexenweib mit Gewalt dazu gebracht werden, ihre Zunge zu lösen.«

Sie gingen weiter, und Ravena warf einen letzten Blick zurück zum Wassergalgen. Dort wurde die Hexenliese gerade aus dem Käfig befreit. Nur für zwei, drei Schritte konnte sie sich auf den Beinen halten. Vor Hildolfs Füßen sank sie entkräftet zu Boden und blieb dort reglos liegen.

An den Stadttoren staute sich der Menschenstrom, und nur im Gänsemarsch ging es nach Köln hinein, während der Regen unablässig auf Köpfe und Schultern prasselte und der tosende Wind so manches Tuch und so manchen Hut davontrug. Innerhalb der Stadtmauern ging es nicht schneller vorwärts, im Gegenteil, bald kam die sämtliche Gassen ausfüllende Menge ganz zum Stehen. Der Grund war ein

Feuer am Buttermarkt, wo ein Blitz in das Haus eines Böttchers gefahren war.

Das schmale Gebäude brannte lichterloh, aus fast jeder
Fensteröffnung leckten die Flammen. Selbst der starke Regen vermochte nichts dagegen auszurichten. Das vom Himmel fallende Naß schien in der immensen Hitze einfach zu
verdampfen. Die Bewohner der angrenzenden Häuser waren fieberhaft damit beschäftigt, eine Ausbreitung des Feuers zu verhindern. Sie bespritzten die Wände und Dächer
der Gebäude mit Wasser, das sie aus den nächstliegenden
Brunnen und Zisternen schöpften, und legten wassergetränkte Decken und Tücher bereit. Sobald die Flammen
überzugreifen drohten, schlugen die verängstigten Menschen mit den nassen Decken und Tüchern darauf ein.

Plötzlich wich die Menge vor Schreck ein paar Schritte zurück. Aus dem brennenden Haus stürzte eine Gestalt, eine
lebende Fackel, die mit der Stimme einer Frau schrille
Schreie ausstieß. Die in Flammen stehende Frau wankte
und führte einen irren Tanz auf, wie um die Flammen abzuschütteln. Aber das Feuer ließ sich nicht beeindrucken und
fraß sich weiter, um sein Opfer Stück für Stück zu vertilgen.

Während Hunderte von Menschen wie festgewachsen dastanden und mit geweiteten Augen auf das schreckliche
Schauspiel starrten, schob sich ein Mann nach vorn. Es war
Alessandro, und erst jetzt fiel Ravena auf, daß er nicht mehr
neben ihr stand. Er eilte auf die brennende Frau zu, streifte
im Laufen seinen Mantel ab und warf ihn so über die Bedauernswerte, daß sie fast gänzlich umhüllt wurde. Alessandro warf die Frau zu Boden und rollte sie dort hin und her
wie ein Bäcker, der seinen Teig bearbeitet.

Als er endlich aufhörte und seinen nassen, jetzt vollkommen verschmutzten Mantel von der Frau nahm, hatte sie aufgehört zu schreien. Ihr Gesicht, ihre Arme und Hände waren schwarz. Ravena konnte nicht sagen, ob das Verbrennungen waren, Rußflecke oder Schmutz von der Straße. Sie wollte es auch gar nicht so genau wissen. Die Frau hatte die Augen geschlossen, riß sie mit einem Mal wieder auf und wollte etwas sagen. Aber beim ersten Versuch brachte sie nur ein unverständliches Gestammel hervor.

Sie versuchte es noch einmal, und diesmal gelang es ihr, die Worte verständlich zu formen: »Eckart ... mein Mann ... die Kinder ... Goswin und Hedwig ...«

Mehr kam nicht über ihre Lippen, aber Ravena verstand sofort, was die Worte bedeuteten. Der Böttcher und die beiden Kinder hielten sich noch in dem brennenden Haus auf, waren vielleicht schon am schwarzen Rauch, der in einer dichten Säule über dem Feuer aufstieg, erstickt oder von den Flammen aufgefressen worden.

Alessandro griff nach seinem Mantel und stürmte auf das Flammenmeer zu, das kaum noch ein Haus genannt werden konnte. Als Ravena erkannte, was er vorhatte, rief sie nach ihm, um ihn aufzuhalten. In ihren Augen war sein Unterfangen Wahnsinn, nichts anderes als Selbstmord. Alessandro hatte sie gehört, blieb stehen und blickte sich nach ihr um. Ihre Blicke trafen sich für einen kurzen Moment. Ravena las etwas in Alessandros Gesicht wie ein »Entschuldigt, aber ich kann nicht anders«. Dann hatte er sich auch schon den nassen Mantel übergeworfen und war in dem Haus verschwunden.

Ravena stieß einen entsetzten Schrei aus und wollte ihm nach, aber ihr Vater hielt sie fest und redete auf sie ein, vernünftig zu sein. Es fiel ihr nicht leicht angesichts der Gefahr, in die Alessandro sich begeben hatte. Das Haus, nurmehr eine brennende Ruine, begann einzustürzen. Ganze Balken krachten funkenstiebend zur Erde. Daß noch jemand darin war, lebendig, und daß man es schaffen konnte, mit heiler Haut herauszukommen, erschien kaum vorstellbar. Hätte Ravena noch Zweifel gehabt, die Todesängste, die sie um Alessandro ausstand, zeigten ihr deutlich, wieviel er ihr bedeutete. Und das, obwohl er erst vor vierundzwanzig Stunden in ihr Leben getreten war.

Die Frau, die von Alessandro vor dem Flammentod gerettet worden war, kauerte am Boden und starrte auf das Feuer. Ihre Ängste mochten ähnlich sein wie die Ravenas, vielleicht größer noch, obwohl Ravena sich das nicht vorstellen konnte.

»Seht doch, da bewegt sich etwas!« rief eine Männerstimme irgendwo rechts von Ravena.

Jetzt bemerkte auch sie es: ein Schatten jenseits der prasselnden Feuerwand. Eine unförmige Gestalt brach taumelnd aus den Flammen hervor, wankte noch zwei, drei Schritte und fiel dann auf die Knie, nicht weit von der Frau des Böttchers entfernt.

Die Gestalt war Alessandro, wie Ravena erkannte, als er sich aus dem Mantel schälte. Er hielt etwas in den Armen: ein Mädchen von drei oder vier Jahren.

»Hedwig!« rief die Böttchersfrau und kroch, weil ihr offenbar die Kraft zum Aufstehen fehlte, auf Alessandro zu. Sie nahm ihm das Kind ab und drückte es an sich, als wollte sie es nie wieder loslassen.

Alessandro begann zu husten, und es wollte kein Ende nehmen. Der Rauch mußte tief in sein Innerstes gedrungen sein. Er hustete, er keuchte, er röchelte, und seine Augen tränten. Die Tränen vermischten sich mit dem Regen, und beides zog Spuren über Alessandros verrußte Wangen.

Mit einem plötzlichen Ruck riß sich Ravena von ihrem Vater los. Sie lief zu Alessandro und ging neben ihm auf die Knie. Er hatte kleinere Brandwunden davongetragen und blutete aus einer Wunde am linken Arm. Ravena vermutete, daß ihn dort ein einstürzender Balken getroffen hatte. Sie zog ihren Mantel aus und legte ihn als Kissen unter seinen Kopf. Alessandro sah sie dankbar an und lächelte. Ravena lächelte zurück, unendlich glücklich darüber, daß er der brennenden Hölle entkommen war.

»Wo ist Eckart?« kam es mit schwacher, zitternder Stimme von der Böttchersfrau, die ihre Tochter weiterhin fest umschlungen hielt. »Und wo Goswin, mein Sohn?«

Alessandro streckte einen Arm aus und zeigte auf das Flammenmeer. »Mehr konnte ich nicht ...« Der Rest seiner Antwort ging in einem Hustenanfall unter.

Gleichzeitig stürzte das Haus endgültig zusammen. Brennende Trümmer flogen über den Platz und schlugen wie Sternschnuppen rings um Ravena und Alessandro ein. Eigil und Lothar sprangen hinzu und halfen den beiden, von den Flammen fortzukommen. Ein paar Nachbarn zogen die Böttchersfrau und ihre Tochter vom Feuer weg. Die Frau ließ es nur widerwillig zu, blickte immer wieder zurück und rief, verzweifelt und tränenerstickt, die Namen ihres Mannes und ihres Sohns.

Als von ihrem Haus nicht mehr übrig war als ein paar schwelende Trümmer, aus denen die letzten unbeugsamen Flammen hervorzüngelten, brach sich aus ihrem tiefsten Innern ein lauter, erschütternder Schrei Bahn, hervorgestoßen mit zum Himmel gerichtetem Blick: »Warum?«

Eine Antwort erhielt sie nicht vom Himmel, sondern aus dem versammelten Volk, als ein Mann rief: »Es ist alles die Schuld dieser Hexe. Weil sie sich mit dem Teufel verbündet hat, zürnt uns der Himmel, straft Gott uns mit diesem Unwetter. Köln wird erst wieder Frieden finden, wenn das Satansweib tot ist!«

Der Rufer erhielt zahlreiche Zustimmung, doch eine andere

Stimme fragte: »Was ist, wenn Hildolf die Hexenliese frei-spricht?«

»Das soll er nur wagen!« antwortete der erste Rufer. »Dann werden wir ihn erinnern, wie wir es mit Anno gemacht haben!«

Als hätte eine unirdische Macht ihren Spaß bei dieser Vor-stellung, verband sich das beipflichtende Gejohle der Menge mit dem Grollen des Donners.

8. KAPITEL

Wasser und Blut

Das Dorf am Fuß des Siegbergs lag wie ausgestorben. Nicht einmal streunende Hunde oder Ratten bevölkerten die Gassen. Die Läden waren vor die Fenster geschlagen, die Türen fest verschlossen, um Blitz, Donner, Regen und Wind auszusperren, so gut es eben ging. In den Häusern saßen die Menschen im Licht einer Kerze oder einer Öllampe beisammen, um gemeinsam dafür zu beten, daß der himmlische Zorn bald abklingen, zumindest aber den Ort verschonen möge. Etliche Handwerker hatten sich hier niedergelassen, um von der Abtei, die Erzbischof Anno im Jahre des Herrn 1064 auf dem Berg gegründet hatte, zu profitieren. Die Arbeit für die Mönche ernährte sie und ihre Familien gut, genauso wie die Bauern, die im Umland siedelten. Sollte der Allmächtige vorhaben, all das durch einen einzigen Blitzschlag in ein Haus oder eine Scheune zu zerstören? War Gott oder der Teufel verantwortlich für das schwere Unwetter, das die Städte und Dörfer am Rhein heimsuchte?
Wer in Siegburg durch die Ritzen der Fensterläden gespäht und die einsame Gestalt gesehen hätte, die durch die Gassen wanderte, hätte wohl den Teufel für den Urheber des Ungewitters gehalten. Was sonst sollte der schwarzgekleidete Mann mit dem düsteren Gesicht, bärtig und auf der linken Wange gräßlich entstellt, sein als ein Sendbote Satans? Es sei denn, es wäre der Höllenfürst selbst gewesen.
Solche Gedanken gingen auch durch den Kopf des Kirchendieners Anselm, als er endlich dem unablässigen Pochen an

seiner Tür nachgab und dem Fremden öffnete. Anselm konnte nicht wissen, daß es vor kurzem dem Bruder Portarius oben auf dem Siegberg, der jetzt nach der Abtei allgemein Michaelsberg genannt wurde, ganz ähnlich ergangen war.

Erschrocken starrte Anselm auf den Unbekannten und brachte nur stotternd seine Frage vor: »Was wollt Ihr, Herr?«

Der Fremde lächelte, aber das ließ ihn nicht weniger furchteinflößend aussehen. »Ich sah Licht hinter Eurem Fenster. Und da Euer Haus so nah bei der Kirche steht, dachte ich, Ihr gehört dazu.«

»Das kann man sagen, Herr. Ich bin der Kirchendiener.«

»So hat mich die Fügung zu dem Richtigen geführt. Nach meinem Gespräch mit dem Pförtner von Sankt Michael hatte ich gehofft, Euch zu finden.«

»Ihr wart in der Abtei?«

»Ja.«

»Wann?«

»Bevor ich mich an den Abstieg machte.«

Anselm kratzte seinen fast kahlen Kopf und blickte über die Schultern des Fremden zu dem Berg hinauf, der sich wegen des düsteren Himmels nur als massige, dunkle Erhebung darstellte. Die Regenschleier verwischten vollends alle festen Konturen.

»Bei diesem Teufelswetter seid Ihr vom Kloster herabgekommen, den ganzen Weg?« stieß Anselm schließlich fassungslos hervor.

»Zuletzt herab, aber zuerst hinauf.«

Das war ein Umstand, der den Fremden gewiß nicht menschlicher erscheinen ließ, fand Anselm. Jeder normale Mensch war froh, sich vor dem Gewitter in eine trockene Ecke zu verziehen, und dieser seltsame Mann erstieg bei

Blitz und Donner erst den Berg und kam dann auch wieder hinab!

Auf der anderen Seite sah sich Anselm dadurch etwas beruhigt, daß der Fremde mit Bruder Hilarius gesprochen hatte. Anselm kannte und schätzte den Klosterpförtner als einen bodenständigen Mann. Das Amt des Portarius brachte es mit sich, daß man einen Menschen einzuschätzen lernte, um zu wissen, wen man ohne Bedenken einlassen konnte und wen nicht. Wenn Hilarius sich mit dem Fremden eingelassen hatte, war der wohl ein weniger bedrohlicher Mensch, als sein düsteres, häßliches Aussehen erwarten ließ.

»Darf ich fragen, was Euch bei solchem Wetter umtreibt?«

»Natürlich dürft Ihr das«, antwortete der Fremde und erzählte Anselm von seinem Gelübde, das Grab Annos zu berühren und den Erzbischof um Hilfe anzuflehen. »Von dem Pförtner der Abtei erfuhr ich, daß Anno in Eurer Kirche aufgebahrt wurde, bevor man ihn zu seiner letzten Ruhestätte brachte. Ich dachte, wenn ich mein Gebet an der Stelle wiederhole, wo Anno aufgebahrt war, erhört er mein Flehen um so eher.«

»Möglich wäre es«, sagte Anselm wenig überzeugt. »Wartet hier bitte. Ich hole den Schlüssel und führe Euch dann in die Kirche.«

Es war keine beglückende Aussicht, durch den strömenden Regen zu laufen, und waren es auch nur wenige Schritte. Aber er dachte an seine Frau und seine Kinder drinnen im Haus. Hätte er den Fremden auf später vertröstet, wäre es Anselms Christenpflicht gewesen, ihm einstweilen eine Unterkunft anzubieten. Und dieser häßliche Pilger war gewißlich kein Anblick, den der Kirchendiener seinen Kindern zumuten wollte. Also holte er Schlüssel und Umhang und sprang hinaus in den Regen, wo er seine Entscheidung schon nach den ersten Schritten bereute. Er trat gleich in zwei mit Schlammwasser gefüllte Löcher und war an beiden Beinen klatschnaß bis hinauf zu den Knien.

Der Fremde schritt mit stoischer Ruhe neben Anselm her. Ihm schien das Wetter nicht das geringste auszumachen. Er schien es nicht einmal zur Kenntnis zu nehmen.

In der finsteren Kirche streifte Anselm seinen Umhang ab und schlug ihn gegen einen Pfeiler, damit das Gröbste an Wasser herauslief, bevor er den Fremden zu der Stelle von Annos vorletzter Ruhestätte führte. Dort ließ der Pilger sich zum stummen Gebet nieder.

Als er sich wieder erhob, fragte er: »Habt Ihr damals Annos Leichnam gesehen?«

»Selbstverständlich«, antwortete Anselm. »Als Kirchendiener habe ich doch die Aufsicht über dieses Haus. Außerdem habe ich mir nicht nehmen lassen, ein Gebet an Annos Sarg zu sprechen.«

»Der Sarg stand offen, nehme ich an.«

»Nein, er war verschlossen.«

»Die ganze Zeit über?« fragte der Fremde in einem Tonfall, als sei das für ihn besonders wichtig.

»Ja, die ganze Zeit über.«

»Aber eben habt Ihr behauptet, Annos Leichnam gesehen zu haben.«

»Ich habe den Sarg gesehen, das ist doch dasselbe.«

»Nicht ganz«, knurrte der Fremde und wirkte aus einem Anselm nicht verständlichen Grund verärgert. »Nicht ganz. Also hat niemand mehr in Annos Antlitz geblickt, als man ihn hierher nach Siegburg brachte?«

»Nein, wie auch.« Allmählich ärgerte sich Anselm über die Fragen des Pilgers, und unwirsch erkundigte er sich: »Warum verlangt es Euch, das alles so genau zu wissen?«

Der Fremde zeigte wieder sein kaltes Lächeln. »Ich hätte gern gewußt, ob Anno im Tod mit dem seligen Ausdruck im

Gesicht zu sehen war, den ein so voller Güte und Selbstauf-
opferung geführtes Leben wie das seine verdient.«

Anselm dachte noch über die Worte des Fremden nach, als
der längst wieder in den dunklen Gassen verschwunden
war. Schließlich zuckte der Kirchendiener ratlos mit den
Schultern, verschloß das Kirchenportal und lief mit hasti-
gen Schritten zu seinem Haus, wo seine Familie ihn schon
erwartete. Den lästigen Fremden sollte doch der Teufel holen!

Der Mann mit den zwei Gesichtern schritt die lange Gasse
entlang, an deren Ende die Schenke Zum heiligen Michael
lag, als er abrupt stehenblieb und lauschte. Der Regen trom-
melte laut auf die Dächer, aber noch ein anderes Geräusch
drang an die Ohren des Schwarzgewandeten: Schritte. Er
hatte sich also nicht getäuscht. Ein rascher Schulterblick
zeigte ihm zwei schemenhafte Umrisse, die im Regen wirkten, als würden sie auseinanderfließen.

Der Schwarze setzte seinen Weg fort, bis er an ein Haus mit
einer vorspringenden Mauern kam. Er drückte sich in den
Schatten der Mauer, so daß die beiden Verfolger ihn nicht
sehen konnten, bis sie ihn erreicht hatten. Als sie zu der
Stelle kamen, wo er sich versteckt hielt, konnte er erkennen,
daß es tatsächlich zwei Männer waren. Einer groß und sehr
kräftig, der andere ein Stück kleiner und von drahtiger Gestalt. Suchend blickten sie sich um

Der Schwarze hatte seinen Mantel abgestreift und warf ihn
jetzt über den Kopf des Drahtigen. Gleichzeitig sprang er
mit gezücktem Schwert aus seinem Versteck, direkt vor den
Größeren der beiden Verfolger. In den aufgerissenen Augen
des anderen zeichnete sich Überraschung ab, dann Angst
und die Ahnung des nahen Todes. Wie nah der Tod war, er-

fuhr der Mann, als die Klinge des Schwarzen tief in seine Brust schnitt. Röchelnd brach der Getroffene zusammen, und sein Blut vermischte sich mit dem Regenwasser, das durch die Gasse rann.

Dem Drahtigen gelang es, den Mantel abzustreifen. Er sah seinen sterbenden Gefährten. Der Anblick lähmte ihn, lange genug, daß der Schwarze auch ihn angreifen konnte. Doch diesmal ging der Angriff fehl, weil der Angreifer auf dem glitschigen Boden ausrutschte und stürzte.

Der drahtige Mann war flink wie ein Wiesel und kam über den Gestürzten, ehe der sich wieder erheben konnte. Der Drahtige hielt in jeder Hand einen Dolch mit breiter Klinge, und beide Klingen richteten sich gegen den Hals des Bärtigen.

»Gib auf!« herrschte der Drahtige seinen Gegner an. »Sonst stirbst du gleich hier, neben meinem Freund!«

»Nicht die beste Gesellschaft für die Ewigkeit«, sagte der Schwarze naserümpfend.

»Willst du uns verhöhnen?«

»Welchen Sinn hätte das? Ich weiß, daß ihr beide nur Handlanger seid. Ich sollte eher euren Auftraggeber verhöhnen, daß er zwei so traurige Gestalten auf mich angesetzt hat.«

»Du Hund!«

Eine schnelle Bewegung des Drahtigen, und der Dolch in seiner Rechten ritzte die Kehle des Bärtigen auf. Es war nur ein kleiner Schnitt, aber groß genug, um Blut fließen zu lassen.

Der Drahtige kam nicht mehr dazu, sich über sein Werk zu freuen. In seiner Erregung nachlässig geworden, hatte er nicht darauf geachtet, daß der Schwarze seine Beine scherenartig um die Unterschenkel des Drahtigen schloß. Das brachte den Mann zu Fall.

Der Schwarze wälzte sich auf ihn und drückte die Schwert-

128

klinge gegen den dürren Hals. »Sag mir, wer euch geschickt hat, dann schenke ich dir dein kümmerliches Leben!«

Die Antwort des Drahtigen bestand darin, daß er dem Schwarzen mitten ins Gesicht spie. Gleichzeitig versuchte er, seine beiden Dolche zum Einsatz zu bringen.

Der Mann mit den zwei Gesichtern führte sein Schwert mit einer schnellen Bewegung und schnitt den Hals des anderen in zwei Hälften. Der abgetrennte Kopf rollte durch die abschüssige Gasse und war schon ein ganzes Stück entfernt, als die beiden Hände mit den Dolchen schlaff zu Boden sanken.

Der Schwarze erhob sich, befühlte kurz seine Wunde und blickte verächtlich auf den Geköpften hinab, wobei er sagte: »Dummkopf! Was nützen dir zwei Waffen, wenn du noch nicht mal eine richtig zu führen verstehst!«

Er steckte sein Schwert zurück in die Lederscheide, hob den Mantel auf und setzte seinen Weg fort, ohne sich noch einmal nach den beiden Toten umzusehen.

9. KAPITEL

Der Prozeß

Als Alessandro erwachte, rieb er sich die Augen und blinzelte wie ein kleines Kind. Er wirkte unschuldig und unbeschwert wie sonst nie. Als hätte der lange, tiefe Schlaf ihm einen Traum aus glücklichen Jugendtagen beschert. Die Läden waren vor die Fenster geschlagen und schwächten das trübe Licht, das über Köln am Rhein lag, zusätzlich ab. Draußen heulte der Wind ums Haus und warf die Regentropfen mit fettem Klatschen gegen die Fensterläden. In dem Zimmer, das Eigil Treuer seinem Gast aus Italien zur Verfügung gestellt hatte, herrschte ein dämmriges Zwielicht. Es dauerte etwas, bis Alessandro die Gestalt bemerkte, die am Fußende seines Betts auf einem Schemel saß und ihn mit freundlicher Besorgnis anblickte.

»Ravena?« fragte er unsicher, als traue er so kurz nach dem Erwachen seinen Augen nicht. »Was tut Ihr hier?«

»Ich habe über Euren Schlaf gewacht.«

Alessandro runzelte die Stirn und schien sich allmählich zu erinnern. »Das Feuer ... die Frau und ihre Tochter ...«

»Ihr habt das Kind gerettet«, sagte Ravena, und Stolz schwang in ihrer Stimme mit. »Es ist noch schwach, aber es wird durchkommen. Ebenso die Mutter. Mein Vater hat den Medicus, der Euch untersucht hat, auch zu den beiden geschickt. Sie haben Unterkunft bei unserem Gesinde gefunden.«

»Euer Vater ist ein großherziger Mann.« Alessandro warf

Ravena einen prüfenden Blick zu. »Oder habt Ihr ihn darum gebeten?«

Ravena schlug die Augen auf. »Wie kommt Ihr auf so etwas?«

»Ich kenne Euch noch nicht lange, Ravena, aber dafür schon recht gut. Und Euren Vater auch.«

»Mein Vater bezahlt den Medicus für die Böttchersfrau und ihre Tochter«, sagte Ravena ausweichend und wechselte rasch das Thema: »Wie fühlt Ihr Euch, Alessandro?«

»Müde.« Er faßte sich an die Stirn. »Mein Kopf fühlt sich seltsam an. Wie eine matschige Birne.«

»Die hättet Ihr Euch leicht zuziehen können, wenn der herabstürzende Balken Euer Haupt statt Euren Arm getroffen hätte«, sagte Ravena in einer Mischung aus Belustigung und mildem, ehrlicher Sorge entspringendem Vorwurf. »Es war sehr leichtsinnig von Euch, in das brennende Haus zu laufen.«

»Einer mußte es wagen«, entgegnete Alessandro, während er den Verband betrachtete, den der Medicus um seinen verletzten Arm gewickelt hatte. »Immerhin konnte ich ein Leben retten.«

»Ich weiß«, sagte Ravena leise. »Ihr habt mehr gewagt als jeder Nachbar der unglückseligen Familie, mehr als jeder Bürger dieser Stadt. Ich achte Euch sehr dafür.«

»Es war Christenpflicht. Ein Menschenleben ist kostbar, überaus kostbar.«

Ravena hatte den Eindruck, daß Alessandro noch mehr sagen wollte. Er setzte schon zum Sprechen an, biß sich dann aber auf die Unterlippe und wandte den Blick von ihr ab. Die Trauer war in seine Augen zurückgekehrt, gemischt mit Schuld. Am liebsten hätte sie ihn auf der Stelle gefragt, was ihn derart bedrückte. Vielleicht hätte sie ihn trösten können, wenigstens ein wenig. Aber sie wagte es nicht, das Thema anzuschneiden. Wenn es geschah, dann mußte es von Alessandro selbst kommen, seinem ureigensten Bedürfnis entspringen.

»Das Unwetter tobt noch immer«, sagte er schließlich, als er sich wieder Ravena zuwandte. »Wie viele Stunden habe ich geschlafen? Ist es bereits Abend?«

Ravena lächelte. »Es ist bereits Morgen, Alessandro.«

»Morgen? Aber dann habe ich ja ... fast vierundzwanzig Stunden geschlafen?«

Sie nickte. »Der Medicus gab Euch ein Pulver ein, das den langen, festen Schlaf bewirkte. Er sagte, dieser Schlaf sei für Euch die beste Medizin. Ihr wart sehr erschöpft, aber die Armwunde ist nicht weiter schlimm. Der Medicus meinte, Ihr seid kräftig und die Wunde würde schnell verheilen.«

»Euer Medicus scheint ein vernünftiger Mann zu sein. Leider treiben sich in seinem Beruf auch viele Quacksalber herum, die mehr Schaden als Nutzen stiften. Hat der Medicus auch etwas darüber gesagt, ob ein gutes Frühmahl meine Aussicht auf Heilung fördert?«

Ravena lachte. »Der Wink ist angekommen. Ich werde mich sofort darum kümmern und Euch etwas zu essen bringen.«

»Nicht nötig, ich habe lange genug im Bett gelegen.«

»Da irrt Ihr Euch«, sagte Ravena streng. »Der Medicus sagte nämlich, daß Ihr den ganzen heutigen Tag das Bett hüten sollt, um Euch zu erholen. Und wehe Euch, ich ertappe Euch dabei, wie Ihr den Rat mißachtet!«

Sie verließ das Zimmer und kam wenig später mit einem großen Tablett zurück, darauf frisches, noch warmes Brot, Käse, Wurst, kaltes Fleisch, Honigwein und Ziegenmilch. Ravena schob einen Schemel neben das Bett und stellte das Tablett darauf.

Während Alessandro es sich schmecken ließ, sagte er kauend: »Ihr versteht es, einen Mann zu verwöhnen, Ravena.

Ich habe großes Glück, daß sich meine Familie für eine Verbindung mit dem Haus Treuer entschieden hat.«

»Warum eigentlich?« fragte sie zu seiner offensichtlichen Überraschung.

»Wie meint Ihr?«

»Ich frage mich schon seit geraumer Zeit, warum das reiche und angesehene Haus Beltrami sich ausgerechnet das Haus Treuer ausgewählt hat. Es dürfte Euch bekannt sein, daß mein Vater in den letzten Jahren viel Pech gehabt hat. Und nach Köln sind wir erst vor einem knappen Jahr gekommen, haben also mit dem ursprünglichen Haus Treuer nichts zu tun. Mein Vater hat nur die Erlaubnis von Bischof und Wikvorstand erhalten, den Namen weiterzuführen.«

Alessandro trank mit sichtlichem Genuß von dem Honigwein und erklärte: »Eben das waren zwei gute Gründe für die Entscheidung.«

»Erklärt mir das bitte näher!«

»Der Name des Hauses Treuer hat über die deutschen Lande hinaus einen sehr guten Ruf. Deshalb hat Euer Vater den Namen angenommen, und deshalb war es für uns Beltramis verlockend, fortan mit diesem Namen verbunden zu sein. Und daß Euer Vater in geschäftlichen Dingen derzeit auf fremde Hilfe angewiesen ist, hat uns die Verhandlungen über die Teilhaberschaft mit ihm sehr erleichtert.«

»Habt Ihr ihn etwa ...«

»Wir waren nicht ungerecht zu ihm, wenn Ihr das meint«, sagte Alessandro schnell, bevor Ravena aufbrausen konnte. »Aber der Vertrag enthält ein paar für uns günstige Bedingungen, die wir unter anderen Umständen in dieser Form nicht hätten durchsetzen können.«

»Hat das den Ausschlag für die Entscheidung gegeben, Euch mit dem Haus Treuer zu verbinden?«

»Nein, den gab etwas ganz anderes.«

»Was?« fragte Ravena gespannt.

Alessandro sah ihr tief in die Augen. »Den Ausschlag gab die Kunde, daß Eigil Treuer eine Tochter von außergewöhnlicher Schönheit hat.«

Für einen Augenblick war Ravena verblüfft und sprachlos, dann aber lachte sie laut auf. »Alessandro Beltrami, das ist eine faustdicke Lüge, aber ich bin Euch dafür nicht böse.«

Auch Alessandro lachte und sagte: »Hätte ich vorher von Eurer Schönheit gewußt, hätte Euer Vater den Vertrag nach seinem Belieben gestalten können.«

Sie unterhielten sich in dieser leichtherzigen Weise noch eine ganze Weile. Ravena fand großen Gefallen an dem sorglosen, heiteren Alessandro, der leider häufig hinter dem schwermütigen zu verschwinden schien.

Als Alessandro sein Frühmahl längst beendet hatte, trat Oda ein und sagte: »Ravena, es ist jetzt soweit. Du mußt dich ankleiden, wenn du deinen Vater und Lothar begleiten willst.«

Ravena nickte und sagte zu Alessandro: »Während meiner Abwesenheit wird Oda für Euch sorgen und darauf achten, daß Ihr Eure Bettruhe auch einhaltet.«

»Wo wollt Ihr hin?« fragte Alessandro.

»Zum Bischofspalast. Habt Ihr vergessen, daß der Hexenliese heute der Prozeß gemacht wird?«

»Das hatte ich in der Tat vergessen«, seufzte Alessandro. »Und Ihr, Ravena, wollt Euch das wirklich anhören? Es könnte ähnlich unerfreulich werden wie gestern die Wahrheitsprobe.«

»Ich weiß. Aber es geht in dieser Sache auch um die Anschuldigungen gegen Euch, Alessandro. Deshalb ist es mir sehr wichtig.«

Trotz des tosenden Unwetters drängte es die Kölner, dem Prozeß gegen die Hexenliese beizuwohnen. Längst nicht alle, die am frühen Morgen zum Bischofspalast aufgebrochen waren, hatten einen Platz im Gerichtssaal gefunden. Draußen im Regen füllte den Raum zwischen dem Palast und der alten Römermauer eine enttäuschte Menge aus, die wütende Rufe hören ließen, als die Wachen des Stadtvogts die Treuers, obwohl erst spät eingetroffen, hereinwinkten und ihnen einen freigehaltenen Platz in der vordersten Reihe zuwiesen, direkt neben dem Wikvorsteher. Die vollbesetzten Bänke und die dichten Menschentrauben, die jeden erdenklichen freien Platz dazwischen ausfüllten, bereiteten Ravena Sorge. Sie erinnerte sich noch gut an die aufgeheizte Stimmung, die gestern erst am Wassergalgen und dann beim brennenden Haus des Böttchers geherrscht hatte. Die Bevölkerung war aufgeschreckt, zutiefst verunsichert und schien zu jeder Tat bereit, durch die sie ihrer Angst Luft verschaffen konnte.

Ravena hoffte inständig, daß Dankmar von Grevens Bewaffnete die Menge unter Kontrolle halten konnten, aber sie bezweifelte es. Schon jetzt hatten die Wachen alle Hände voll damit zu tun, die Schaulustigen so weit zurückzudrängen, daß noch genug freier Raum für die Verhandlung blieb. Vor dem langgestreckten Richtertisch hatte sich gleich ein halbes Dutzend Speerträger drohend aufgebaut.

Ein Ausrufer betrat den Saal, in der Hand einen Stab, mit dem er so lange auf den Boden stampfte, bis die schwatzende Menge einigermaßen Ruhe hielt.

»Bürger von Köln, laßt den gebotenen Anstand walten!« mahnte er mit lauter Stimme. »Nehmt Eure Hüte ab und senkt Eure Häupter, denn Seine Eminenz, Erzbischof Hildolf von Köln, betritt den Saal.«

Noch einmal klopfte er mit seinem Stab auf den Boden, um seine Aufforderung zu unterstreichen. Kaum war das Geräusch verhallt, betraten drei Männer den Saal und nahmen hinter dem Richtertisch Platz: Hildolf, rechts neben ihm Dankmar von Greven und an Hildolfs linker Seite Abt Patrick von Groß Sankt Martin. Während Erzbischof und Stadtvogt prunkvolle Gewänder trugen, begnügte sich der Abt mit einer einfachen Mönchskutte. Der Vogt ergriff das Wort, erklärte die Sitzung für eröffnet und befahl, die Angeklagte hereinzuführen.

Vier Wachen zerrten die mit Stricken gebundene Hexenliese herein, die in ihren zerfetzten Lumpen und dem verfilzten Haar einen erbärmlichen Anblick bot. Der Blick ihrer Augen war leer. Sie schien nichts von dem wahrzunehmen, was um sie herum vorging. Das war, dachte Ravena, vielleicht auch besser so. Die versammelte Menge kannte kein Mitleid mit der Frau, und die Mahnung des Aufrufers, den Anstand zu wahren, schien vergessen. Gejohle und Gepfeife brandete auf, gefolgt von Spottversen, zotigen Ausrufen und Unrat, der gegen die Angeklagte geworfen wurde.

Der Ausrufer hämmerte unablässig mit seinem Stab auf den Boden. Zwecklos. Erzbischof Hildolf erhob sich und sprach mahnende Worte. Vergebens. Da stand der Stadtvogt auf und gab seinen Männern einen Wink. Die Speere wurden drohend gegen die Menge gerichtet. Ein Unterführer verschwand durch eine Seitentür und kehrte kurz darauf mit zwanzig weiteren Bewaffneten zurück, die sich zu ihren Kameraden gesellten. Offenbar hatte Dankmar aus den gestrigen Vorkommnissen gelernt. Der Aufmarsch der Wachen ließ den Aufruhr abklingen. Allmählich beruhigten sich die Leute und harrten der kommenden Dinge. Nach einem ungehaltenen Rundblick auf die Bürger seiner Stadt erteilte Hildolf dem Abt von Groß Sankt Martin das Wort und bat ihn, die Anklage vorzutragen.

Patrick erhob sich und deutete auf die Angeklagte. »Dieses Weib, das man früher unter dem Namen Elisabeth in Köln kannte und das jetzt allgemein als Hexenliese bezeichnet wird, ist angeklagt der Teufelsbuhlschaft und des Praktizierens heidnischen Glaubens. Eine öffentliche Probe für zweitgenannten Frevel gab sie vor zwei Tagen auf dem Fest des hier anwesenden Kaufmanns Eigil Treuer. Im Beisein aller hier versammelten hohen Herren erklärte sie, für die heidnischen Schicksalsgöttinnen, Nornen genannt, zu sprechen. Darin liegt nicht nur das Eingeständnis, dem Aberglauben anzuhängen, sondern auch das, die Gebräuche des Aberglaubens zu pflegen. Eine doppelt verwerfliche Tat also.«

Hildolf nickte. »Dies ist der Punkt der heidnischen Riten. Kommen wir jetzt zum Vorwurf der Teufelsbuhlschaft.«

»Sehr wohl, Eminenz«, sagte Patrick geflissentlich und wandte sich wieder der Angeklagten und den Zuschauern zu. »Den Pakt mit dem Teufel hat die Angeklagte gestern eingestanden, nachdem sie dreimal bei ordentlicher Ermahnung zur Wahrheit der Probe am Wassergalgen unterzogen wurde. Im Beisein Seiner Eminenz des Erzbischofs Hildolf, des Stadtvogts Dankmar von Greven, des Kölner Präpositus Heimar von Brosach und anderer hoher Herren von geistlichem und weltlichem Stand, darunter auch der Vortragende als Abt von Groß Sankt Martin, gab sie zu, Abrede mit dem Teufel getroffen zu haben, um den Herrn Alessandro Beltrami aus Venedig, Gast des Kaufmanns Eigil Treuer, mit bösen, verleumderischen Lügen zu überhäufen. Der Angeklagten wurde die Nacht des Bedenkens gewährt. So mag sie sich nun äußern, ob sie ihr Eingeständnis widerruft oder ob sie es bestätigt.«

Der Abt und alle anderen im Saal blickten gespannt zu der gefesselten Frau. Deren Blick war noch immer getrübt, und sie gab durch nichts zu erkennen, daß sie Patricks Ausführungen verstanden hatte.

»Erklär dich, Weib!« forderte er.

Aber erst als eine der Wachen mit dem stumpfen Speerende in die rechte Seite der Hexenliese stieß, regte sie sich und blickte um sich, als sei sie gerade aus tiefem Schlaf erwacht.

»Was wollt ihr?« fragte sie mit ihrer tonlosen Stimme, die an ein ewiges Flüstern gemahnte. »Warum starrt ihr alle mich so an?«

»Weib, hast du nichts gehört von dem, was ich eben sagte?« fuhr der Abt sie an.

»Nein, ich hörte nichts. Die Nornen sprachen zu mir, und ich lauschte ihren weisen Worten.«

»Heidnischer Aberglaube!« erscholl Hildolfs zürnende Stimme. »Sie gibt es hiermit öffentlich zu!«

»Es ist der Glaube unserer Vorfahren, der rechte Glaube«, erklärte die Hexenliese mit leiser, ruhiger Stimme.

»Du widerrufst also nicht?« fragte der Erzbischof.

»Nein. Weshalb auch?«

»Weil es hier um deinen Kopf geht, Weib«, wurde sie von Abt Patrick belehrt. Er atmete tief durch und fragte: »Was haben dir die Nornen gesagt?«

»Sie sprachen mir Mut zu. Es war die Norne des zukünftigen Schicksals, die mir eine schwere Prüfung voraussagte, mich aber gleichzeitig tröstete. Die Stunde meines Todes sei noch nicht gekommen.«

»Noch nicht, aber schon bald!« meldete sich eine höhnische Stimme aus dem Publikum. »Ein Sturz von der Stadtmauer wird dir schon die heidnischen Götter austreiben und den Teufel gleich mit!«

»Du glaubst also an die Nornen«, stellte der Abt fest. »Und was ist mit dem Teufel? Hältst du die Behauptung aufrecht, daß er dich zur Lüge angestiftet hat?«

»Zur Lüge?« wiederholte die Hexenliese verständnislos.

»Du hast den Kaufmann aus Venedig mit Lügen überhäuft und gestern gesagt, der Teufel hätte sie dir eingeflüstert«, brachte Patrick ihr in Erinnerung.

In den Augen der Angeklagten leuchtete es auf. »Das hat er, ja, das hat er. Der Teufel kam zu mir, und ich konnte nicht anders, als ihm zu folgen. Ich weiß, das war eine schwere Sünde. Ich kann nur hoffen, daß ich Vergebung erlange.«

Hildolf beugte sich zu ihr vor und sagte mit einfühlsamer Stimme: »Gott ist barmherzig, auch zu den schwersten Sündern.«

»Nicht Gott muß mir verzeihen, sondern die Nornen«, wurde der Erzbischof von der Hexenliese belehrt. »Ich gab vor, in ihrem Namen zu sprechen, und an ihnen habe ich Verrat geübt.«

Hildolf zog ein langes Gesicht, in dem sich seine ganze Verblüffung widerspiegelte. Die Zuhörer, eben noch ganz gegen die Hexenliese eingenommen, erinnerten sich ihrer Abneigung gegen den ungeliebten Erzbischof, und Spottrufe flogen durch den Raum: »Hört, hört, da staunt selbst unser kluger Bischof!« – »Vielleicht hätte König Heinrich die Hexenliese zum Erzbischof ernennen sollen!« – »Ein großer Hut macht eben noch keinen großen Kopf!«

Von diesen und anderen Spottrufen überschwemmt, rötete sich Hildolfs Antlitz. Er warf dem Ausrufer einen auffordernden Blick zu, und der traktierte mit seinem Stock den Boden wie ein Wahnsinniger. Erneut war es Dankmar von Greven mit seinen Bewaffneten, der die Menge zur Ruhe brachte.

»Noch einmal so ein Aufruhr, und der Saal wird von meinen Männern leergefegt!« drohte der Stadtvogt.

Als der Saal sich zum größten Teil beruhigt hatte, sagte Abt Patrick: »Alle hier haben es gehört. Die Angeklagte hat nicht nur zugegeben, einem heidnischen Glauben zu huldigen, sondern auch, mit dem Teufel zu buhlen. Sie hat ihr Geständnis von gestern nicht widerrufen.« Er wandte sich an den Erzbischof. »An Euch, Eminenz, ist es nun, ein Urteil zu fällen in dieser zweifachen Versündigung gegen Gott, unseren Vater.«

»Halt!« stieß Ravena hervor und sprang auf. »Das ist nicht recht!«

Es gab keinen im Saal, der sie nicht überrascht angestarrt hätte. Selbst die Augen der Hexenliese waren auf Ravena gerichtet. Ihr Vater und Lothar waren vielleicht noch überraschter als alle anderen.

Ravena hatte plötzlich Angst vor dem eigenen Mut. Aber sie hatte es nicht ertragen können, wie die Frau, deren Geist offenbar verwirrt war, als Teufelsbuhlerin abgekanzelt wurde.

Hildolf wirkte erbost über die neuerliche Störung der Verhandlung. Mit zusammengekniffenen Augen sah er zu Ravena herüber. Doch als er zu ihr sprach, tat er das mit gemäßigter, fast freundlicher Stimme: »Die Tochter des Kaufmanns Eigil Treuer hat einen Einwand zu erheben? So sprich, mein Kind!«

Ravena überwand ihre Hemmungen und sagte: »Ich halte die Frau nicht für böse. Sie hat ein schweres Schicksal hinter sich, und ihr Geist hat sich verwirrt. Vielleicht hat ihr jemand eingeflüstert, was sie auf der Feier im Haus meines Vaters zu Alessandro Beltrami gesagt hat. Aber das war bestimmt nicht der Teufel, sondern ein Mensch aus Fleisch und Blut!«

»Woher willst du das wissen?« fragte Hildolf, noch immer ruhig. »Warst du vielleicht dabei?«

Etwas Lauerndes lag in seiner Stimme und in seinem Blick. Ravena bemerkte, daß der ganze Saal den Atem anhielt. Da begriff sie, was Hildolf mit seiner Frage bezweckte. Wenn Ravena sich auf die Seite der Hexenliese schlug, vielleicht sogar vorgab, mehr über den angeblichen Teufel zu wissen, würde Hildolf nicht zögern, auch sie der Teufelsbuhlschaft anzuklagen. Ravena fühlte sich plötzlich, als ginge sie über sehr dünnes Eis, das bei jedem Schritt einbrechen konnte.

Während sie noch nach den passenden Worten suchte, um der Hexenliese zu helfen, ohne sich selbst in Verdacht zu bringen, erhob sich ihr Vater und sagte: »Verzeiht die vorlaute Rede meiner Tochter, Ehrwürdige Eminenz. Sie mußte gestern mit ansehen, wie ihr zukünftiger Gemahl fast verbrannt wäre. Die Aufregungen der letzten Tage waren wohl zuviel für Ravena. Ich hätte sie nicht mitbringen dürfen. Seid ihr also nicht gram und tut so, als hättet Ihr ihre Worte nicht gehört!«

»So soll es sein«, antwortete Hildolf. »Ein vorlauter Frauenmund soll die Findung eines wahren und gerechten Urteils nicht stören.«

»Danke, Eminenz«, sagte Eigil und drückte seine Tochter mit sanfter Gewalt zurück auf die Bank.

Als Ravena, betroffen über ihren mißglückten Hilfsversuch, wieder auf der hölzernen Bank saß, hörte sie hinter sich das Getuschel der Leute über Eigil Treuers vorlaute Tochter.

Hildolf erhob sich von seinem Platz, und sofort gehörte ihm die ungeteilte Aufmerksamkeit. Wenn er den Kölnern auch sonst nicht viel galt, waren sie doch höchst gespannt auf seinen Richtspruch.

»Die Verhandlung hat ergeben, daß die Angeklagte heidnischen Göttern huldigt und mit dem Teufel buhlt«, stellte er fest. »Es kann darum nur ein Urteil geben: Morgen zur Mittagsstunde wird das Weib von der Stadtmauer gestürzt, um ihre sündhafte Seele auf immer dem Zugriff des Bösen zu entziehen.«

Die Menge war begeistert und rief immer und immer wieder: »Der Hexensturz! Der Hexensturz!«

Ravena hörte die Rufe noch, als sie mit ihrem Vater und mit Lothar längst den Bischofspalast verlassen hatte. Und sie sah das Gesicht der Hexenliese vor sich, das unschuldig und unbeteiligt wirkte, als hätte die Frau nicht begriffen, daß der Erzbischof ihr ureigenes Todesurteil verkündet hatte.

Erst spät fiel Ravena auf, daß es nicht mehr regnete und stürmte. Die Wolkendecke zerfaserte allmählich, und durch die ersten Lücken fielen, zaghaft tastend noch, die Strahlen der Sonne.

Für die Kölner war die plötzliche Wetterbesserung ein Zeichen, daß Hildolfs Spruch Gott versöhnt hatte. Sie lachten, tanzten und sangen wie Kinder, denen ein unverhofftes Geschenk zuteil geworden war. Wer bis jetzt noch an der Schuld der Hexenliese gezweifelt hatte, sah sich eines anderen belehrt. Das Weib war schuldig, wenn der Himmel sich so über das Urteil freute.

Ravena aber blickte zweifelnd zur Sonne hinauf und fragte sich, ob das heitere Wetter nicht vielleicht dem Lachen des Teufels entsprang.

10. KAPITEL

Schwarz gegen Weiß

Auf dem Rückweg vom Bischofspalast zum Wik spürte Ravena, daß ihr Vater böse auf sie war. Seine Blicke waren so düster, wie es bis vor kurzem der Himmel über Köln gewesen war. Aber er sagte nichts. Ravena wußte nicht, ob sie darüber froh oder besorgt sein sollte. Lothar schien der Vorfall zu amüsieren. Hin und wieder, wenn sein Blick auf Ravena fiel, gestattete er sich ein leichtes Grinsen.

Die Heimkehrer aus dem Bischofspalast wurden von allen, die nicht dem Prozeß hatten beiwohnen können, mit Fragen nach dem Urteil bestürmt. Die meisten zeigten sich zufrieden, als sie erfuhren, daß die Hexenliese morgen von der Stadtmauer gestürzt werden sollte. Die schlagartige Besserung des Wetters war auch für sie der letzte Beweis, daß die Verurteilte mit dem Teufel im Bund stand und daß Gott sich über die Wiederherstellung der gerechten Ordnung freute.

Zu denen, die im Haus Treuer mehr über den Ausgang des Prozesses erfahren wollten, gehörte auch die Frau, die von Alessandro vor dem Flammentod gerettet worden war. Nelda war ihr Name, und man sah ihr deutlich die überstandenen Strapazen und den Schmerz um den Verlust von Mann und Sohn an. Tiefe Furchen hatten sich in ihr Gesicht gegraben, und Ravena hatte den Eindruck, daß Neldas Haar über Nacht ein gutes Stück grauer geworden war. Die Böttcherswitwe hielt ihre Tochter auf dem Arm und drückte das Kind fest an sich, als werde sie von der Furcht beherrscht, die kleine Hedwig könne ihr von jenen bösen Mächten entrissen werden, die gestern ihr Haus in Brand gesetzt hatten. Daß Nelda die Schuld an dem Brand dem Teufel und der Hexenliese zuschrieb, ging aus ihren Worten überdeutlich hervor.

»Hat der Bischof die Hexe getötet?« fragte sie hoffnungsvoll. »Ist das böse Weib, das mir Mann und Kind geraubt hat, zur Hölle gefahren?«

»Noch nicht«, antwortete Eigil Treuer. »Aber morgen zur Mittagsstunde wird das Todesurteil vollstreckt.«

»Auf welche Weise?«

»Die Hexe wird von der Stadtmauer gestürzt.«

»Der Hexensturz!« Neldas Augen leuchteten auf. »Ja, das ist gut. Ihr Leib wird zerschmettert, und ihre Glieder werden gebrochen. Ihre schwarze Seele wird keinen Unterschlupf mehr haben und nicht anders können, als zum Teufel zu gehen. Zum Teufel, da, wo ihr Platz ist!«

Ohne noch ein weiteres Wort zu sagen, drehte sie sich um und ging mit Hedwig zurück zu der Kammer, die Eigil ihr überlassen hatte.

Lothar blickte ihr zweifelnd nach und sagte halblaut, so daß sie es nicht hören konnte: »Ich fürchte, die Frau ist nicht mehr recht bei Sinnen.«

»Kein Wunder angesichts dessen, was hinter ihr liegt«, meinte Eigil. »Auch meine erste Frau, Ravenas Mutter, starb bei einem Feuer. Ich kann nachempfinden, wie die Böttcherswitwe sich jetzt fühlt.«

»Natürlich, natürlich«, stimmte Lothar geflissentlich zu. »Aber ist hier der richtige Platz für das Weib? Wir sind Geschäftsleute, keine Mildtäter.«

Eigil bedachte seinen Stiefsohn mit einem wenig freundlichen Blick. »Wir sind vielleicht nicht so wohlhabend, wie es angemessen wäre, aber der Frau und dem Kind einstweilen Unterkunft zu gewähren übersteigt wohl kaum unsere

Mittel. Außerdem ist es Christenpflicht. Eine Pflicht, deren Erfüllung dem Ansehen unserer Familie in dieser Stadt nicht schaden wird, im Gegenteil. Wie ich hörte, war der Böttcher Eckart in Köln ein angesehener Mann.«

Lothar sah Eigil mit übertriebener Unterwürfigkeit an. »Recht hast du, Vater, wie immer. Ich werde noch viel von dir lernen müssen, bevor ich dich würdig vertreten kann.«

Eigil nickte. »Zum Glück haben wir jetzt mit Alessandro Beltrami einen weiteren erfahrenen Kaufmann im Haus.«

Lothar nickte, sagte aber nichts weiter. Ravena glaubte, daß ihm Ravenas Vermählung mit dem Venezianer nicht willkommen war. Lothar wollte gern die Geschäfte seines Stiefvaters weiterführen und das Handelshaus Treuer eines Tages ganz übernehmen. Mit Alessandro war ihm eine starke Konkurrenz erwachsen.

Daran dachte Ravena nur kurz. Ihre Gedanken kreisten fast unablässig um den Prozeß und um das Urteil, das morgen vollstreckt werden sollte. Ihre Ansicht, daß der Hexenliese ein großes Unrecht geschah, hatte sich nicht geändert.

»Ist es nicht seltsam, wie sich die Schicksale der beiden Frauen gleichen?« fragte sie.

Ihr Vater sah sie irritiert an. »Wovon sprichst du, Ravena?«

»Von Nelda und der Hexenliese. Auch die Hexenliese hat ihre Kinder bei einem Brand verloren. Beider Sinne wurden durch ein schweres Schicksal verwirrt. Aber während man Mitleid mit der einen hat, will man die andere tot sehen.«

»Vergiß nicht, daß die Hexenliese ihren Teufelsbund eingestanden hat, gestern bei der Wahrheitsprobe und heute im Prozeß erneut. Das ist der Unterschied.«

»Aber woher will man wissen, was an ihren Worten wahr ist und was nur der Verwirrung ihres Geistes entspringt?«

»Erzbischof Hildolf hat das Urteil gefällt. Bezweifelst du

seine Fähigkeit, solche Fragen besser zu beurteilen als jeder andere in Köln?«

»Ja!« antwortete Ravena zur Verblüffung der beiden anderen. »Hildolf war doch froh, in der Hexenliese einen Sündenbock für das Unwetter und den Brand zu haben. Die Kölner schätzen ihn so wenig, daß es leicht dazu hätte kommen können, daß sie seinen Kopf fordern statt den der Hexenliese.«

Eine schnelle Bewegung Eigils, und der Rücken seiner rechten Hand schlug Ravena mit einem lauten Klatschen ins Gesicht. Anfangs war sie nur überrascht. Dann aber spürte sie den Schmerz, der sich mit einem starken Brennen mischte. Schlimmer als das waren für Ravena die Scham, die sie über diese Behandlung empfand, und die Tatsache, daß ihr Vater überhaupt dazu fähig war. Er hatte sie noch nie geschlagen, nicht einmal, als sie ein kleines, manchmal recht aufsässiges Mädchen gewesen war.

Eigil war sehr erregt. Sein Atem ging schnell und stoßweise. Die Hand, mit der er zugeschlagen hatte, zitterte. Er starrte auf die Hand und schien selbst nicht ganz zu fassen, was er eben getan hatte.

Eigil atmete tief durch und sagte mit vibrierender Stimme: »Ich verbiete dir, noch einmal schlecht über Erzbischof Hildolf oder andere hohe Herren Kölns zu reden, Ravena. Schon was du dir im Bischofspalast geleistet hast, hat Hildolf über alle Maßen beschämt. Am liebsten hätte er dich morgen zusammen mit der Hexe von der Stadtmauer stürzen lassen. Wenn du so weitermachst, redest du nicht nur dich um Kopf und Kragen, sondern unsere ganze Familie. Du solltest nicht so rücksichtslos sein!«

Leise, mit gesenktem Blick, erwiderte Ravena: »Ich wollte nur ein Menschenleben retten.«

»Es ist nicht deine Sache, dir um die Hexe Gedanken zu

machen. Der Erzbischof hat sein Urteil gefällt. Das ist unwiderruflich, und alle Bürger Kölns haben das zu akzeptieren, auch du!« Eigils Stimme wurde ruhiger, und auch sein Zittern ließ nach, aber noch immer sah er seine Tochter wütend an. »Ich habe dir in letzter Zeit zu viele Freiheiten gelassen. Das wird sich jetzt ändern. Bis zu deiner Vermählung mit Alessandro wirst du dein Zimmer nur zu den Mahlzeiten verlassen!«

Ravena fehlten die Worte zu einer Erwiderung. Sie fühlte sich schamerfüllt und verletzt. Schweigend ging sie an ihrem Vater und dem feixenden Lothar die Stiege hinauf ins Obergeschoß, wo ihr Zimmer lag. Bevor sie eintreten konnte, löste sich der Schatten einer älteren, rundlichen Frau aus dem Halbdunkel und trat auf sie zu.

Oda nahm Ravena tröstend in die Arme und sagte leise: »Ich war zufällig auf dem Gang und habe alles mit angehört. Du darfst deinem Vater nicht gram sein. Es sind harte Zeiten für ihn. Jetzt geh auf dein Zimmer. Ich komme gleich zu dir.«

Als Ravena auf ihrem Bett saß, konnte sie ihre Tränen nicht länger zurückhalten. Vor ihrem Vater und vor allem vor Lothar, dem sie nicht noch mehr Grund zur Schadenfreude geben wollte, hatte sie nicht weinen wollen. Aber jetzt, wo sie allein war, brach sich ihr Schmerz über die, wie sie fand, ungerechte Behandlung Bahn. Ihre rechte Wange brannte, stärker als anfangs, aber das war weit weniger schlimm als der Schmerz in ihrer Seele.

Oda kam mit einer tönernen Dose zurück, die sie auf den kleinen Tisch stellte. Sie setzte sich neben Ravena, nahm sie erneut in die Arme und streichelte sanft über ihr Haar. Früher, als Ravena noch ein Kind gewesen war, hatte Oda das oft getan, wenn Ravena Kummer hatte. Nach dem großen Feuer und dem Tod von Ravenas Mutter war Oda ihr so etwas wie eine zweite Mutter geworden. Wie andere Mädchen in Anwesenheit ihrer Mutter fühlte Ravena, wenn Oda bei ihr war. Oda wußte Trost und Rat, und selbst wenn nicht, so reichten allein ihre Nähe und ihre Berührungen aus, damit es Ravena besser ging. Diesmal war es nicht anders. Ravenas Tränen flossen spärlicher und versiegten schließlich ganz. Sogar das Brennen der Wange linderte Oda. In der Tondose befand sich eine Salbe, die zwar ein wenig streng roch, aber das brennende Gefühl in eine angenehme Kühle verwandelte.

»Woher stammt die Salbe?« fragte Ravena.

»Ich bereite sie selbst zu. Die Zutaten habe ich von meiner Großmutter.«

»Sei vorsichtig, sonst wirst du auch noch als Hexe angeklagt!«

Ravena sprach nur halb im Scherz. Sie hatte heute am eigenen Leib erlebt, wie schnell man in die Nähe einer solchen Anklage rücken konnte. Hildolf schien wenig Skrupel zu kennen, ein Menschenleben zu opfern, wenn es seinen Interessen diente. Darin war er wohl allen Mächtigen gleich.

»Erzähl mir von der Verhandlung«, bat Oda.

Ravena berichtete ihr in aller Ausführlichkeit und fragte dann: »Glaubst du, daß die Hexenliese mit dem Teufel im Bunde ist? Daß der Bischof sie zu Recht verurteilt hat?«

»Ein Bischof sollte so etwas wissen. Aber leider sind die Dinge nicht immer so, wie sie sein sollten. Ich habe nicht den Eindruck, daß die Frau eine wahre Hexe ist. Ihr Name entstand wohl mehr aus Spott. Vielleicht auch, weil sie den Menschen unheimlich ist. Den Menschen ist alles unheimlich, was anders ist als sie, was sie nicht verstehen. Oft ist es dann nur ein kleiner Schritt zu bösen Folgen. Nämlich dann, wenn die Menschen das, was anders ist, zerstören wollen. Nur weil sie glauben, damit das Böse aus der Welt zu schaffen, das eigentlich in ihnen selbst steckt.«

»Aber warum glauben sie das?«

»Weil es immer mächtige Herren gibt und geben wird, die den Menschen gerade das einreden. Diese Herren machen sich die Ängste und Vorurteile zunutze, um ihre eigenen Ziele zu verwirklichen. So wie Hildolf die Vorurteile gegenüber der Hexenliese ausnutzt, um den Volkszorn von sich selbst abzulenken.«

»Oda, du sprichst sehr kluge Worte.«

»Ich bin nur eine einfache Frau. Aber deswegen kann ich doch meinen Kopf benutzen. Jeder kann es, so er nur will.« Sie stand auf und nahm ihre Salbendose an sich. »Jetzt hast du dir genug Altweibergeschwätz angehört. Fast hätte ich vergessen, daß Alessandro nach dir gefragt hat.«

»Aber ... ich darf das Zimmer nicht verlassen.«

»So sehr, wie dein Vater sich für deine Vermählung mit Alessandro einsetzt, wird er kaum etwas dagegen einwenden, wenn du deinen zukünftigen Gemahl besuchst. Oder steht dir nicht der Sinn danach?«

»Doch, schon«, antwortete Ravena, um einen gleichgültigen Tonfall bemüht.

Oda lächelte. »Den Eindruck habe ich auch.«

Als Ravena Alessandros Zimmer betrat, saß er aufrecht in seinem Bett und beschäftigte sich mit einem Spiel, das auf einem Schemel aufgebaut war. Schwarze und weiße Holzfiguren standen auf einem Brett, das mit schwarzen und weißen Quadraten übersät war. Eigil hatte das Spiel früher hin und wieder gegen Freunde betrieben. Daher kannte Ravena es, auch wenn ihr die Regeln nicht geläufig waren. Sie wußte, daß man es Schach nannte.

Mit gespielter Strenge sagte sie: »Ich weiß nicht, ob der Medicus das gemeint hat, als er Euch Bettruhe verordnete.«

Alessandro grinste wie ein Knabe, der sich über einen gelungenen Streich freute. »Wieso nicht? Schach kann man bequem im Sitzen spielen, fast sogar im Liegen.«

»Aber gegen wen spielt Ihr?«

»Gegen mich selbst.«

»Das geht?«

»Sogar sehr gut«, sagte Alessandro und zog eine schwarze Figur, die wie ein Roß geformt war, ein kurzes Stück über das Brett. »Ich kann mir keinen gleichwertigeren Gegner vorstellen.«

»Aber Ihr kennt doch Eure Pläne und wißt somit im voraus, was die andere Seite beabsichtigt.«

Er zog einen weißen Turm und schlug damit das schwarze Roß vom Spielfeld. »Trotzdem ist es spannend, die verschiedenen Spielweisen aufeinandertreffen zu lassen.«

»Ihr habt verschiedene Spielweisen, je nachdem, ob Ihr gerade die schwarzen oder die weißen Figuren führt?«

»Aber sicher. Darin besteht ja gerade die Herausforderung bei einem Spiel gegen sich selbst. Man kann die beiden Seiten, die einem Menschen innewohnen, gegeneinander antreten lassen.« Er hielt mit jeder Hand eine Figur unterschiedlicher Farbe hoch. »Schwarz und Weiß, Böse und Gut, Teufel und Gott. Beides ringt in uns seit dem Augenblick, wo wir unseren ersten eigenständigen Gedanken fassen. Und es läßt uns nicht los, bis wir im Grab liegen. Erst dann ist die endgültige Entscheidung gefallen, was wir aus unserem Leben gemacht haben, ob das Böse oder das Gute in uns gesiegt hat.«

»Und was siegt bei Euch, Alessandro?«

Er sah nachdenklich auf die beiden Figuren in seinen Händen und murmelte, wie zu sich selbst: »Das ist die große Frage.«

Auf einmal wirkte er wieder sehr ernst. Um ihn abzulenken, fragte Ravena ihn, wie es ihm ging.

Er legte die Schachfiguren weg und betrachtete Ravena. »Vielleicht sollte ich das lieber Euch fragen. Ihr seht aus, als hättet Ihr Kummer.«

»Woran ...«

»Eure verweinten Augen verraten Euch.« Alessandro klopfte mit einer Hand aufs Bett. »Setzt Euch zu mir und sagt mir, was Euch bedrückt!«

Zögernd trat sie ans Bett und setzte sich auf die Kante.

Noch bevor sie etwas sagen konnte, stieß Alessandro hervor: »Man hat Euch geschlagen! Eure Wange ist gerötet. Wer hat das getan? Sagt es mir, damit ich es dem Kerl heimzahlen kann!«

Ravena versuchte zu lächeln. »Ich möchte wirklich nicht, daß Ihr Euch meinetwegen mit meinem Vater anlegt.«

»Euer Vater war das? Wieso?«

Ravena berichtete ihm ebenso ausführlich wie zuvor Oda von dem Prozeß, von ihrem vergeblichen Eintreten für die Hexenliese und von der Szene, die sich vorhin unten im Haus zwischen ihr, ihrem Vater und Lothar abgespielt hatte.

»Jetzt haltet Ihr mich vermutlich für sehr töricht«, schloß sie. »Eine dumme Gans, die es wagt, sich mit dem Erzbischof von Köln anzulegen.«

Alessandro sah ihr in die Augen. »Im Gegenteil, ich bewundere Euch für Euren Mut. Ihr seid mutiger, als ich es von mir selbst behaupten kann.«

»Das verstehe ich nicht.«

Alessandros Blick huschte durch den Raum, als suche er jemanden, bevor er leise sagte: »Hier im Haus, wo die Wände Ohren haben könnten, möchte ich nicht darüber sprechen.

Ein abgelegener Platz wie Euer Teufelshorn wäre dafür geeignet.«

»Ich darf das Haus nicht verlassen, hat mein Vater gesagt.«

»Wenn ich um einen Spaziergang mit meiner Zukünftigen bitte, wird er sich schon erweichen lassen.«

»Aber ein Spaziergang hat nun wirklich nichts mehr mit Bettruhe zu tun.«

Erneut setzte Alessandro sein spitzbübisches Lächeln auf.

»Ich soll das Bett den ganzen Tag über hüten. Vom Abend hat der Medicus nichts gesagt.«

11. KAPITEL

Tod auf dem Rhein

Der Abend war nicht mehr fern, und die sinkende Sonne tauchte den Rhein in ein goldenes Licht. Die Bäume an beiden Ufern warfen lange Schatten, die auf den Wellen tanzten und wie gierige Riesenfinger nach dem Schiff griffen, das mit geblähtem Segel und hoher Geschwindigkeit flußabwärts fuhr. Schwärzer noch als die Schatten wirkte die Gestalt, die aufrecht am Bug des Schiffs stand und nach vorn starrte, dorthin, wo irgendwo am linken Ufer die Stadt Köln lag. Das Schiff würde nicht bis nach Köln fahren, sondern in einer versteckten Einbuchtung, die durch starkes Buschwerk weder von Land noch vom Wasser aus einzusehen war, anlegen. Von dort aus würde Wolfram von Kaiserswerth das letzte Wegstück zu Fuß zurücklegen und dank einiger bestechlicher Wachen in die Stadt gelangen, ohne daß jemand von seiner Ankunft erfuhr. Denn nicht als Burggraf Wolfram, Vertrauter des Königs, war er unterwegs. Nicht einmal die Mannschaft dieses Schiffs wußte, wer er in Wahrheit war. Für gutes Geld hatte er rauhe Burschen angeheuert, die keine Fragen stellten und, solange nur die Bezahlung stimmte, zu allem bereit waren.

Obwohl einige unter ihnen ein oder auch mehrere Menschenleben auf dem Gewissen haben mochten, zeigten sie großen Respekt, sogar Furcht vor dem Mann in Schwarz. Niemand sprach ihn an, wenn es nicht unaufschiebbar war, und trotz der Enge, die auf dem Schiff herrschte, versuchte jeder, einen möglichst großen Bogen um ihn zu machen. Da die Männer einiges gewohnt waren, konnte es nicht allein an der Verunstaltung seines Gesichts liegen. Wolframs ganze Haltung, sein Blick, seine Art zu sprechen, alles stieß selbst die abgehärteten Schiffer ab, so wie es alle Menschen auf Abstand zu ihm hielt.

Wolfram dachte an die Furcht, die er in den Augen des Klosterpförtners und des Kirchendieners gesehen hatte. Furcht und Unbehagen, ja Abscheu. Es hatte ihn nicht überrascht. Er kannte das seit vielen Jahren, seit aus ihm ein Mann mit zwei Gesichtern geworden war, äußerlich und innerlich. Manche waren sogar bereit, ihn für den Teufel selbst zu halten, wie dieses Hexenweib in Köln, das vor lauter Angst um ihre wertlose Seele seinen Einflüsterungen erlegen war.

Oft hatte er darüber nachgedacht, ob nicht etwas Wahres an dieser Einschätzung war. Steckte etwas Teuflisches in ihm? Hatte Satan die gräßliche Wunde in Wolframs Gesicht ausgenutzt, um in ihn zu fahren und ihn zu seinem Werkzeug zu machen? Je länger Wolfram über diese Frage nachdachte, desto unsicherer wurde er. Niemand, auch er selbst nicht, wußte, wie sein Leben verlaufen wäre, hätte er sich die Schande erspart, daß der junge König Heinrich vor seinen Augen von Anno entführt wurde. Das war die innere Wunde, die vielleicht noch schwerer wog als sein entstelltes Antlitz. Seit jenem Tag hatte Wolfram sein Leben in den Dienst des Königs gestellt, um die Schande wiedergutzumachen. Und wo Wolfram ein letzter Rest Freiraum blieb, dachte er an Rache.

Vor zwei Jahren, als es ihm gelungen war, Anno von Köln mit der Miselsucht anzustecken, hatte er geglaubt, er hätte den jahrelang in ihm brennenden Rachedurst endlich gestillt. Aber weit gefehlt, das Feuer loderte weiter. Es war wie eine glühende Kette, die ihn an Heinrich schmiedete und die Wolfram zwang, auch den letzten Feind des Königs zu vernichten. Und inzwischen war er sich nicht einmal mehr sicher, ob er Anno wirklich den Tod gebracht hatte.

Als Heinrich ihm in Speyer von seinem Traum und dem Verdacht, Anno könne seinen Tod nur vorgetäuscht haben, erzählt hatte, war Wolfram geneigt gewesen, seinem schwer geprüften König Verfolgungswahn zu unterstellen. Mehr aus Pflichtbewußtsein als wegen eigener Zweifel hatte sich Wolfram daran gemacht, die Hintergründe von Annos Sterben und Beisetzung auszuforschen. Aber der Weg, der ihn bis nach Siegburg geführt hatte, brachte auch Wolfram ins Wanken. Seit Annos Tod in Köln hatte niemand mehr die Leiche gesehen. Immer nur war von seinem Sarg die Rede. Heinrich hatte mächtige Feinde, die ebenso undurchschaubare Ränkespiele trieben wie der König selbst. Wolfram hielt es für möglich, daß ein angeblich von den Toten auferstandener Erzbischof Anno in den Plänen von Heinrichs Gegnern eine Rolle spielte.

Gern wäre Wolfram länger in Siegburg geblieben, um sich zu vergewissern, ob wirklich Annos Leichnam in der Abteikirche von Sankt Michael begraben lag. Schweren Herzens hatte er das auf später verschoben. Drängendere Aufgaben harrten seiner in Köln. Die Zeit lief unaufhörlich ab, und je mehr Tage verrannen, desto geringer wurde die Aussicht, jenen legendären Kelch des Herrn zu finden, auf den Heinrich seine letzte Hoffnung gründete, über den Mönch Hildebrand, der sich Papst nennen ließ, zu obsiegen.

Gewiß würde es Wolfram nicht leicht werden, seine Mission in Köln zu erfüllen. Schon auf dem Weg nach Siegburg hatte er bemerkt, daß er verfolgt wurde. Die beiden Kerle, die ihm in die Falle gegangen waren, hatten mit Sicherheit nicht auf eigene Rechnung gehandelt, waren keine gewöhnlichen Gassenräuber gewesen. Eine noch unbekannte, aber nicht zu unterschätzende Macht war hinter Wolfram her – und vielleicht auch hinter dem Kelch des Herrn.

Wolfram war so in seine Gedanken versunken gewesen, daß er erst spät bemerkte, wie man hinter ihm das Segel einholte. Offenbar war die Mannschaft dabei, die Geschwindigkeit deutlich zu verringern. Wolfram wandte sich an den stiernackigen Schiffsführer, Wigbrand, und fragte ihn nach dem Grund.

»Der viele Regen der letzten Zeit trägt die Schuld, Herr«, antwortete Wigbrand und streckte den rechten Arm aus, um nach vorn zu deuten. »Dort kommen wir bald an eine Stelle, die man den Wilden Mann nennt. Wenn der Rhein viel Wasser trägt, bildet sich dort ein gefährlicher Strudel, der ein Schiff leicht in die Tiefe reißen kann. Nur wenn wir langsam und vorsichtig fahren, können wir den Wilden Mann umgehen.«

Mit zusammengekniffenen Augen sah Wolfram nach vorn, ohne einen Strudel zu entdecken.

»Warum Wilder Mann?« fragte er.

»Man sagt, ein Wilder Mann schlafe an dieser Stelle auf dem Boden des Rheins. Trägt der Fluß viel Wasser, weckt ihn das Rauschen, und vor Wut, in seinem Schlaf gestört worden zu sein, schleudert er jedes vorbeikommende Schiff wüst hin und her, bevor er es zu sich in die Tiefe zieht.«

»Das sind doch Ammenmärchen!« entfuhr es einem wütenden Wolfram.

»Gewiß, Herr, da habt Ihr recht. Aber trotzdem ist es eine sehr gefährliche Stelle.«

»Dann sieh zu, daß wir heil an ihr vorbeikommen«, knurrte Wolfram. »Sonst nutzt all das viele Geld, das ich dir und deinen Männern zahle, euch nichts.«

Wigbrands bellende Stimme erscholl, und seine Befehle trieben die Mannschaft an die Ruder, um der Strömung entgegenzuwirken. Vier Männer bewaffneten sich mit überlangen Stangen, um das Schiff wegzustoßen, wenn der Wilde Mann es gegen eins der hier verhältnismäßig dicht beieinanderliegenden Ufer schleudern sollte. Wigbrand stellte sich neben Wolfram, um vom Bug aus jede mögliche Gefährdung rechtzeitig zu erspähen.

»Da vorn, Herr, erkennt Ihr es?«

Jetzt sah Wolfram den Wilden Mann ganz deutlich. Gischt spritzte auf, wo Wasser gegen Wasser kämpfte. Abgerissene Zweige und was das Unwetter alles in den Rhein gefegt hatte, tanzten um den Strudel. Wolfram meinte, sogar einen Hut zu erkennen.

Wigbrand rief dem Steuermann eine knappe Anweisung zu, und der führte sofort eine Kursänderung durch, um das Schiff rechts am Strudel vorbeizuführen.

»Werden wir es schaffen?« fragte Wolfram, von der plötzlichen Spannung ergriffen, die sich über das Schiff gesenkt hatte.

»Wir tun, was wir können«, antwortete Wigbrand ausweichend. »Aber der Wilde Mann ist unberechenbar.«

Als Wolfram, was höchst selten geschah, zu lachen anfing, laut und schallend, gab es niemanden auf dem Schiff, der ihm keinen zweifelnden Blick zuwarf. War ihr seltsamer Auftraggeber etwa vor Angst, im Rhein zu versinken, wahnsinnig geworden? Wolfram konnte diese Frage deutlich von ihren Gesichtern ablesen. Dabei war das Gegenteil der Fall. Er dachte glasklar und hatte sich über die Vorstellung erheitert, daß die Suche nach dem Kelch des Herrn, nach dem von der ganzen Christenheit verehrten Heiligen Gral, an einem Wasserstrudel im Rhein scheitern sollte.

»Alles bereitmachen!« rief Wigbrand übers Deck, und niemand an Bord hatte mehr Zeit, sich über das Gelächter des Schwarzen zu wundern.

Als das Schiff die Ausläufer des Wirbels erreichte, stand die Anspannung den Männern ins Gesicht geschrieben. Sie mochten eine Auseinandersetzung mit der bloßen Faust oder der blanken Klinge nicht scheuen, aber die Aussicht, im Rhein zu ersaufen, ließ keinen von ihnen gleichgültig. Noch dazu, wenn die Gefahr bestand, daß dort unten tatsächlich ein dämonischer Wassergeist hauste, ein Wilder Mann.

Wolfram hatte häufig die Erfahrung gemacht, daß die härtesten Kerle auch am stärksten vom Aberglauben erfüllt waren. Vor mancher Schlacht hatte er beobachtet, wie erfahrene Recken dem Christengott durch ein Gebet oder aber einer heidnischen Gottheit durch ein geheimes Ritual huldigten. Gingen sie unverletzt aus dem Kampf hervor, so sahen sie ihren Aberglauben bestätigt. Fehlte ihnen ein Auge oder eine Hand, die Nase oder ein Ohr, so fanden sie im nachhinein einen Grund, weshalb ihr Gott ihnen trotz der Huldigung gezürnt hatte. Überlebten sie aber die Schlacht nicht, so hatten sie die beste Aussicht, ihren ureigensten Glauben auf seinen Gehalt zu überprüfen.

Während das Schiff trotz des eingeholten Segels und der verlangsamenden Manöver der Besatzung mit immer größerer Schnelligkeit auf den Strudel zuschoß, stieg in Wolfram auf einmal der unbändige Wunsch auf, von dem Wilden Mann auf ewig in die Tiefe gerissen zu werden. Oft schon hatte er sich gefragt, was an dem Gerede von Pfaffen und Heidenpriestern dran war. Gab es ein Leben nach dem Tod, eine Belohnung für gute und eine Bestrafung für schlechte Taten? Und falls ja, wartete auf ihn der Himmel ewiger Glückseligkeit oder das Höllenfeuer der Verdammnis? Wolfram konnte nicht anders, als seinem Weg zu folgen, aber immer öfter zweifelte er daran, daß es, auch wenn er auf der Seite seines Königs stand, Gottes Weg war. In zu viele Leiber war seine Klinge schon gefahren, zu viele vor Todesangst aufgerissene Augen hatten im letzten Moment des Lebens in sein häßliches Antlitz gestarrt. War der Strudel da vorn, das nasse Grab, nicht selbst dann eine Erlösung, wenn das Fegefeuer auf Wolfram wartete?

Dann war keine Zeit mehr für zweifelnde Gedanken. Die Gischt des Strudels leckte am Schiffsrumpf empor, und der Wilde Mann schüttelte das hölzerne Gefährt, als sei es nur ein Spielzeug in der Hand eines zornigen Kindes. Wigbrands abgehackte Befehle, das Rauschen des Wassers, das hölzerne Knirschen der Planken, das dumpfe Geräusch im Wasser treibender Äste, die gegen den Rumpf schlugen, das alles vereinigte sich in Wolframs Ohren zu einer Melodie, die ihn in die Vergangenheit entführte. Noch einmal erlebte er jenen beschämenden Augenblick, als er den Bewaffneten unter Dankmar von Grevens Kommando unterlag, spürte er den schmerzhaften Schwertstreich auf seiner Wange, fühlte er sich von den Feinden hochgehoben und über Bord geworfen. Nicht der Umstand, gegen eine Überzahl an Gegnern unterlegen zu sein, war das eigentlich Beschämende, sondern die Tatsache, daß er den jungen Heinrich nicht hatte beschützen können. Er hätte vorsichtiger sein, hätte seine Männer mit aufs Schiff nehmen müssen. Aber der gut geplante Königsraub hatte auch Wolfram überrascht.

Damals, als er in der Strömung des Rheins um sein Leben kämpfte, hatte er nicht für eine Sekunde Angst gehabt. Nur die Sorge um Heinrich trieb ihn an, verlieh ihm die Kraft zu überleben. So war es seit damals geblieben. Angst um sein Leben war Wolfram fremd. Seit Kaiserswerth war der Tod sein ständiger Vertrauter, und Wolfram seinerseits war sein williger Verbündeter.

Und jetzt, am Wilden Mann, lachte er, während das Schiff schwankte und sich drehte, während Wigbrands Männer entsetzt auf ihre zerbrechenden Ruder starrten. Wolfram lachte auch noch, als das Schiff wieder ruhigere Fahrt machte und der Strudel hinter ihnen lag, als manch einer der harten Männer hinter ihm sich Schweiß und Rheinwasser aus dem Gesicht wischte und sich bekreuzigte.

Für Wolfram war das eben Erlebte wie ein berauschender Trunk gewesen, und gut gelaunt wandte er sich an Wigbrand. »Gut gemacht! Du und deine Männer, ihr habt euch eine Belohnung verdient.«

Vielleicht war es dieser seltene Überschwang der Gefühle, der Wolfram von Kaiserswerth sorglos machte, ihn seine übliche Vorsicht vergessen ließ. Sonst wäre ihm wohl eher aufgefallen, daß eine ungewöhnliche Zahl von Büschen und belaubten Ästen, scheinbar Opfer des zurückliegenden Sturms, auf das jetzt nur langsam den Fluß hinabfahrende Schiff zutrieben, obwohl die Strömung dazu kaum Anlaß bot. Auch dem erfahrenen Schiffsführer Wigbrand fiel nichts aufs, weil seine Erleichterung, die Wut des Wilden Mannes überlebt zu haben, alles andere überlagerte.

Wolfram wurde erst stutzig, als einer der Büsche sich über die Reling schob. Der Busch verschwand, fiel ins Wasser zurück, und an seiner Stelle sprang ein mit einer Axt bewaffneter Mann an Bord. Das Schiff wurde an beiden Seiten von weiteren Bewaffneten geentert, von Männern, die sich die günstigste Stelle für einen Überfall ausgesucht hatten. Jedes Schiff, das den Wilden Mann glücklich hinter sich gebracht hatte, würde hier mit sehr langsamer Fahrt vorbeikommen. Die Besatzung war erschöpft und unaufmerksam. Die eng beieinanderliegenden Ufer machten es leicht, schwimmend zum Schiff zu gelangen. Eine bessere Stelle für einen Anschlag konnten Flußräuber wohl auf dem ganzen Rhein nicht finden.

Während Wigbrand einen Warnruf an seine Männer ausstieß, hatte Wolfram schon sein Schwert gezogen und sprang auf den Mann mit der Axt zu. Sein Gegner war groß und muskulös, was gut zu erkennen war, da die nasse Kleidung wie eine zweite Haut an seinem Leib klebte. Der Mann ließ einen gutturalen Kampfschrei hören und schwang die langstielige Waffe mit der breiten Klinge über seinem Haupt. Die Klinge wirkte irgendwie schmutzig, und Wolfram begriff, daß es das getrocknete Blut getöteter Feinde war. Er beschloß, die Axt nicht auch noch zu beflecken, und tauchte zur Seite weg, als die schwere Waffe auf ihn niederfuhr.

Ein Seil auf den Planken ließ ihn stolpern, und ein Sturz schien unvermeidlich. Aber es gelang Wolfram, sein Gegenüber mitzureißen. Beide rollten über das Deck, bis Wolframs Kopf gegen etwas Hartes stieß. Plötzlicher Schmerz paarte sich mit einer alles ausfüllenden Dunkelheit. Als Wolfram gewahr wurde, daß er sich am Rande einer Bewußtlosigkeit befand, nahm er alle Kräfte zusammen, atmete tief durch und konzentrierte sich darauf, bei Sinnen zu bleiben. Es war eine Frage des Willens, und der seine war stark genug, die aufkeimende Ohnmacht zu unterdrücken.

Wolfram konnte wieder klar sehen, aber was er sah, gefiel ihm nicht. Während überall an Bord der Kampf zwischen Besatzung und Flußräubern tobte und ein Ausgang schlecht vorherzusagen war, schien Wolfram seinen Zweikampf mit dem Axtschwinger bereits verloren zu haben. Wolframs Schwert war ihm beim Sturz entglitten und lag zwei Armlängen entfernt auf den Planken. Wolfram selbst lag rücklings da und sah zu dem über ihm stehenden Gegner hinauf, der mit seiner Axt zu einem tödlichen Schlag ausholte.

Das plötzliche Aufblitzen in den Augen des anderen ließ Wolfram erkennen, daß die Axt nun auf ihn niederfahren würde. Das war der Augenblick, in dem Wolfram sich herumwarf und zur Seite rollte. An der Stelle, an der er eben noch gelegen hatte, fuhr die Axt tief in die Planken, und splitterndes Holz spritzte in alle Richtungen.

Leider hatte Wolfram so gelegen, daß er sich nicht zu der Seite wegrollen konnte, wo seine Waffe lag. Das Schwert war nun noch weiter von ihm entfernt, fast unerreichbar. Noch einmal würde sein Gegner sich kaum ausmanövrieren lassen.

Aber der Muskulöse hatte Schwierigkeiten, seine tief in die Planken gefahrene Klinge wieder herauszuziehen. Das gab Wolfram kostbare Zeit, vielleicht nur wenige Augenblicke, gleichwohl genug, um über Leben oder Tod zu entscheiden. Wolfram versuchte gar nicht erst, zu seinem Schwert zu gelangen. Seine Rechte tastete nach dem Messer, das er versteckt in einer Lederscheide an seiner rechten Hüfte trug. Doch das Leder war leer. Er mußte das Messer eben beim Sturz verloren haben. Also warf er sich mit bloßen Händen auf den Gegner, verschränkte seine Hände ineinander und ließ sie auf den Hinterkopf des anderen niederfahren.

Erneut stieß der muskulöse Flußräuber einen kehligen Laut aus, diesmal vor Überraschung und Wut. Er wirbelte zu Wolfram herum, und der sah die Axt, die der andere soeben herausgezogen hatte. Schnell stieß Wolframs rechte Hand vor. Sein Zeige- und sein Mittelfinger fuhren in die Augen des Gegners. Unter Schmerzensgebrüll sank der Flußräuber auf die Knie und faßte mit beiden Händen an seine Augen. Er schien nicht mehr an seine Axt zu denken, die mit einem dumpfen Geräusch vor ihm auf die Planken fiel. Wolfram bückte sich schnell, riß die Waffe an sich und holte zu einem Schlag gegen den vor ihm knienden Mann aus. Die Klinge traf den Hals und trennte das Haupt vom Rumpf. Der abgeschlagene Kopf flog durch die Luft über die Reling und verschwand im Rhein. Danach erst sank der Enthauptete zu Boden, und der hervorschießende Blutschwall färbte das Deck rot.

»Jetzt habe ich dich doch befleckt«, brachte Wolfram keuchend hervor und betrachtete die bluttriefende Axtklinge. »Allerdings auf andere Weise, als dein Besitzer sich das vorgestellt hatte.«

In tiefen Atemzügen schöpfte Wolfram Luft, und mit jedem Atemzug fühlte er sich besser. Auch während des hinter ihm liegenden Zweikampfs hatte er keine Angst gehabt. Es war ihm nur darum gegangen, den anderen zu besiegen, besser zu sein. Und es war ein überaus befriedigendes Gefühl, es geschafft zu haben.

Sein Blick glitt über das Deck, und er sah, daß der Kampf noch immer unentschieden hin und her wogte. Eisen, Holz und bloße Fäuste trafen aufeinander. Wunden wurden gerissen, Schreie ausgestoßen, und immer wieder tränkte Blut die Decksplanken.

Ganz in Wolframs Nähe verteidigte sich einer seiner Männer mit einem abgebrochenen Ruder gegen die Schwerthiebe eine Flußräubers. Der Mann mit dem zerbrochenen Ruder wich immer weiter zurück, bis die Reling in seinem Rücken ihn aufhielt. Abermals wollte der Flußräuber mit dem Schwert zustoßen und dem Gegner diesmal vielleicht den Todesstoß versetzen. Aber Wolfram war schneller, und die Axtklinge fraß sich tief in den Rücken des Feindes. Der Getroffene sackte vornüber und fiel bäuchlings zu Boden, ohne den Mann überhaupt gesehen zu haben, der ihm den Tod brachte.

Wie ein Berserker fuhr Wolfram unter die Flußräuber, und die erbeutete Axt hielt blutige Ernte. Bald waren alle Feinde tot oder zurück in den Rhein geworfen. Nur einer der Räuber, ein sehr junger Bursche mit dunkelblondem Haar, befand sich noch lebendig an Bord. Wigbrand focht mit ihm.

Der Junge machte seine Sache nicht schlecht, hatte aber der rohen Kraft des massigen Schiffsführers letztlich nichts entgegenzusetzen. Erst verlor der Jüngling sein Schwert, dann den Boden unter den Füßen. Hilflos lag er vor Wigbrand, der den letzten, tödlichen Schlag ausführen wollte.

Wolfram sprang hinzu und hielt Wigbrands Schwertarm fest.

»Laß ihn leben!« befahl der Graf von Kaiserswerth.

Wigbrand sah ihn verständnislos an. »Warum?«

»Weil ich es befehle.«

»Aber diese Ratte ist nichts weiter als ein Flußräuber. Je mehr man von dem Gezücht tötet, desto besser!«

Seit Beginn des Überfalls war auch Wolfram davon ausgegangen, es mit Räubern zu tun haben, wie sie überall an den großen Flüssen auf wehrlose Handelsschiffe lauerten. Diese Bande hier hatte das Pech gehabt, auf Wolfram und seine kampferprobte Mannschaft zu treffen. Je länger Wolfram aber darüber nachdachte, desto mißtrauischer wurde er angesichts der Tatsache, daß die Feinde den Überfall trotz des erbitterten Widerstands fortgesetzt hatten. Als hätten sie es gerade nicht auf leichte Beute abgesehen, sondern auf etwas anderes. Auf Wolfram? Wenn er an die beiden Verfolger in Siegburg dachte, war dieser Gedanke nicht von der Hand zu weisen.

Deshalb sagte er: »Ich will mir den Knaben mal näher betrachten. Wir nehmen ihn mit.«

»Wie Ihr wollt«, brummte Wigbrand, ohne sein Unverständnis zu verbergen. Für ihn gab es keinen ersichtlichen Grund, sich mit dem Gefangenen länger als unbedingt nötig aufzuhalten.

Einer von Wigbrands Leuten fesselte den Jungen, während die übrige Besatzung das Segel hißte und das Schiff wieder auf Kurs brachte.

Oder wie Wigbrand es ausdrückte: »Sehen wir zu, daß wir so schnell wie möglich von hier wegkommen. Mag sein, daß noch mehr von diesen zweibeinigen Ratten im Ufergebüsch auf uns lauern. Möge der Wilde Mann sie verschlucken!«

Alle toten Feinde wurden über Bord geworfen. Unter den Besatzungsmitgliedern gab es mehrere Verletzte, aber nur einen Toten. Keiner trauerte um den Kameraden. Wie die Leichen der Feinde wurde auch er über die Reling geworfen, und schon hatten die Männer ihn vergessen.

Das Schiff segelte mit der Strömung und entfernte sich schnell vom Wilden Mann. Die Laune der Besatzung besserte sich angesichts der Gewißheit, daß mit den treibenden Leichen auch der Tod hinter ihnen zurückblieb. Es war ein trügerischer Gedanke. Denn der Tod war ein ständiger Gefährte, mal unsichtbar und mal deutlich zu erkennen.

In diesem Fall trug er ein schwarzes Gewand und hatte zwei Gesichter.

12. KAPITEL

Alessandros Geständnis

Als es an ihrer Tür klopfte, zuckte Ravena zusammen. Obwohl schon Stunden vergangen waren, steckte ihr die Auseinandersetzung mit ihrem Vater noch in den Knochen. Sie wußte nicht, wie sie reagieren würde, wenn sie ihn das nächste Mal sah. Zu Mittag und bei der Abendmahlzeit hatte sie sich durch Oda damit entschuldigen lassen, daß es ihr nicht gut ginge. Die treue Oda hatte ihr jedes Mal etwas zu essen aufs Zimmer gebracht. Ravenas Magen war zwar leer, aber trotzdem hatte sie keinen Appetit und rührte die Mittagsspeise nicht an. Am Abend hatte Oda so lange bei ihr gesessen, bis Ravena wenigstens ein ordentliches Stück von der Kaninchenpastete verspeist hatte.

»Herein!« rief Ravena zögernd und war erleichtert, daß nicht ihr Vater ins Zimmer trat. Aber es war auch nicht Oda, sondern Alessandro. Er trug den linken Arm in einer Schlinge, schien ansonsten aber wieder gut auf den Beinen zu sein.

»Ihr blickt überrascht«, stellte der Venezianer fest. »Habt Ihr etwa unseren Spaziergang vergessen?«

»N-nein, ich dachte nur nicht ...«

»Daß ich es ernst meine?«

»Ja, vielleicht.«

»Wenn ich jetzt nicht an die frische Luft komme, gehe ich ein«, stöhnte Alessandro. »Hinter mir liegen fünf Partien Schach.«

»Wer hat gewonnen?«

»Immer ich.«

»Das dürfte nicht weiter schwer gewesen sein«, sagte Ravena lächelnd. »Ich meinte die Farbe, Weiß oder Schwarz?«

»Einmal gewann Weiß, aber viermal Schwarz«, antwortete Alessandro, und sein ernster Blick wollte nicht zu seinem heiteren Tonfall passen. Er schien das Spiel als ein Omen zu nehmen, für was auch immer.

»Habt Ihr schon mit meinem Vater gesprochen?« fragte Ravena schnell, um ihn abzulenken.«

»Worüber?«

»Habt Ihr vergessen, daß mein Vater mich derzeit als Gefangene hält?«

»Eure bitteren Worte tun Eurem Vater unrecht, Ravena. Er hat sofort zugestimmt, als ich ihn um die Erlaubnis zu einem Spaziergang bat. Er war sehr erfreut zu hören, daß wir uns gut verstehen und die Einzelheiten unserer Vermählung besprechen wollen.« Als er ihren verblüfften Gesichtsausdruck bemerkte, fügte er schnell hinzu: »Irgendwie mußte ich ihm den Ausflug doch schmackhaft machen. Im übrigen glaube ich, daß er den Streit mit Euch bereut.«

»Möglich«, sagte Ravena leise und fuhr mit der Hand über die rechte Wange, die dank Odas Salbe fast gar nicht mehr brannte.

Kaum hatte sie ihre Hand wieder weggenommen, da berührte Alessandro sanft ihre Wange. »Ich werde Euch niemals Schmerzen zufügen, Ravena. Nicht, wenn der Herr im Himmel mir gnädig ist!«

Das klang seltsam in ihren Ohren, halb wie ein Eid und halb wie ein Gebet.

Sie warf ihren Mantel über und ging hinter Alessandro die Stiege hinab. Als Ravena fast unten war, verlangsamte sie ihren Schritt, denn dort standen ihr Vater und Oda.

»Oda wird euch begleiten«, erklärte Eigil, wobei er mehr Alessandro als Ravena ansah.

»Traut Ihr mir nicht zu, mich ehrenhaft zu verhalten?« fragte Alessandro, nicht ohne eine gewisse Schärfe im Ton.

»Bitte, Alessandro, seht es nicht als Mißtrauen an. Es ist wegen der Leute. Ich will nicht, daß man sich über euch die Mäuler zerreißt. Immerhin seid ihr noch nicht verheiratet.«

Damit verschwand Eigil in seinem Schreibzimmer. Irgendwie war Ravena enttäuscht. Vielleicht durfte sie in Alessandros Gegenwart kein tröstendes Wort von ihrem Vater erwarten, schon gar keine Entschuldigung. Aber ein einziger Blick, der zu erkennen gab, daß er sein Verhalten von heute morgen bedauerte, hätte ihr schon viel bedeutet. Statt dessen strafte er sie mit Mißachtung, und das verstärkte den Schmerz in ihr noch. Auch wenn Oda einen Gutteil von Ravenas Erziehung übernommen hatte, so hatte Ravena doch immer das Gefühl gehabt, daß der frühe Tod ihrer Mutter ein besonders enges Band zwischen ihr und ihrem Vater geknüpft hatte. War sie einer Selbsttäuschung erlegen, oder hatte sie dieses Band durch ihren Auftritt im Bischofspalast zerrissen?

Sie gingen durch das abendliche Köln, in dem die Handwerker ihre Werkstätten und die Kaufleute ihre Läden schlossen. Anfangs herrschte allgemeines Schweigen. Alessandro schien Ravenas Bedrückung zu spüren und versuchte sie aufzuheitern, indem er vom Leben in Venedig erzählte, wo es Kanäle statt Straßen und Boote statt Fuhrwerken gab. Es waren lustige Geschichten, und tatsächlich mußte Ravena bald schmunzeln.

Vor dem Stadttor sagte Oda zu ihrer beider Überraschung: »Ich glaube, hier lasse ich euch zwei allein.« Sie warf Alessandro einen strengen Blick zu. »Ich hoffe, Herr, Ihr mißbraucht mein Vertrauen nicht!«

Alessandro verneigte sich tief, zog seinen Hut vor Oda und

sagte theatralisch: »Niemals, großherzige Oda, würde ich wagen, Euch zu enttäuschen.«

»Was willst du tun?« fragte Ravena ihre Amme.

»Einfach hier draußen sitzen und auf den Fluß sehen. Ich komme viel zu selten dazu. Holt mich hier wieder ab, aber noch, bevor die Wachen die Tore schließen!«

»Versprochen«, sagte Ravena und drückte Oda einen Kuß auf die Wange.

»Soll ich auch?« fragte Alessandro mit gespielter Schüchternheit und blickte dabei Oda an.

»Untersteht Euch!« schnaubte Oda.

Lachend gingen Alessandro und Ravena den Fluß entlang in Richtung Teufelshorn, und der Venezianer sagte: »Eure Oda ist eine ebenso warmherzige wie kluge Frau.«

»Sie war mir eine zweite Mutter.«

»Ihr habt viel von Eurer zweiten Mutter gelernt, Ravena.« Alessandro blieb stehen und betrachtete sie eindringlich. »Nur die Schönheit müßt Ihr von Eurer ersten Mutter geerbt haben.«

Ravena fühlte sich ein wenig unbehaglich und sah hinaus auf den Fluß, der die Strahlen der schon sehr tief stehenden Sonne in goldene Sprenkel auflöste. »Meine Mutter war eine sehr schöne Frau.«

»Könnt Ihr Euch gut an sie erinnern?«

»Manchmal glaube ich es. Und dann wieder denke ich, es ist nur das Bild, das ich mir von ihr gemacht habe.«

»Das verstehe ich. Mir geht es ähnlich, obwohl Leona erst seit einem guten Jahr tot ist.«

»Darf ich Euch eine sehr persönliche Frage stellen, Alessandro?«

»Wer sonst, wenn nicht Ihr?«

»Schön. Ihr scheint Eure Frau sehr geliebt zu haben. Ich frage mich, wieso Ihr Euch so rasch nach Ihrem Tod wieder verheiraten wollt. Und bitte kommt mir nicht mit der geschäftlichen Verbindung zwischen den Häusern Beltrami und Treuer. Ein Mann wie Ihr ist nicht in meiner Lage. Ihr könnt selbst über Euer Leben verfügen.«

Er schwieg lange, bevor er sagte: »Vielleicht ist es gerade der Schmerz über den Tod meiner Frau, den ich vergessen will.«

Sie gingen weiter und schwiegen, bis sie zum Teufelshorn kamen. Das Unwetter hatte auch die Landzunge nicht verschont. Etliche Bäume und Sträucher waren entwurzelt, und der Boden war reichlich feucht, weshalb Ravena die Decke hervorholte und ausbreitete.

Das Wasser des Rheins stand hoch und schwappte fast an ihre Füße. Viel Treibgut kam den Fluß hinunter, Beute des Sturms und zahlreicher Überschwemmungen. Einmal war Ravena, als sehe sie einen menschlichen Leib ohne Kopf. Aber das Licht war schon schwach, und sie nahm an, daß sie einer Täuschung erlegen war.

»Ihr seid oft hier gewesen, nicht wahr?« fragte Alessandro.

»Sagte ich Euch nicht, daß dies mein Lieblingsplatz in Köln ist?«

»Das habe ich nicht vergessen. Ich meinte eben nicht Euch allein. Ich nehme an, auf dieser Decke saß sonst der junge Kanzlist neben Euch. Rutger ist wohl sein Name.«

Ravena fühlte, wie sie blaß wurde. Bestürzt sah sie Alessandro an. »Woher wißt Ihr, daß Rutger und ich ...«

»Wir Italiener haben ein Auge für die Liebe. Und daß Rutger in Euch verliebt ist, würde ich auch erkennen, wäre ich halbblind. Die Frage ist nur: Erwidert Ihr seine Gefühle?«

»Ich glaubte es, bis vor kurzem noch. Aber jetzt bin ich mir meiner Gefühle nicht mehr so sicher.«

»Was hat Euch schwankend gemacht?«

»Ihr kennt die Antwort«, sagte sie stockend.

»Vielleicht möchte ich sie trotzdem hören.«

Ravena hob den Kopf und sah ihm in die Augen. »Ihr seid die Antwort, Alessandro.«

Hatte sie gehofft, daß er sich darüber freute? Falls ja, so sah sie sich getäuscht. Mit versteinertem Gesicht sah er sie an, bevor er ruckartig aufstand und an den Fluß ging. Sie befürchtete schon, er würde nicht anhalten und im Wasser verschwinden wie ein Traum, der in jene unerklärlichen Sphären entfleucht, aus denen er aufgetaucht ist. Lange stand Alessandro mit dem Rücken zu ihr am Wasser, und als er sich endlich umdrehte, schimmerten seine Augen feucht.

»Ich bin deine Liebe, falls es wirklich das ist, was du für mich empfindest, nicht wert.« Es war das erste Mal, daß er im vertrauten Ton mit ihr sprach. »Ich habe dich belogen, so wie ich deine ganze Familie belogen habe.«

»Inwiefern?«

»Was die Hexenliese bei dem Festmahl über mich sagte, ist wahr. Ich habe geschwiegen und zugelassen, daß sie zum Tod verurteilt wird. Deshalb sagte ich heute zu dir, daß du mehr Mut bewiesen hast als ich.«

»Was die Hexenliese sagte, ist ... wahr?« wiederholte Ravena schleppend. »Was ist wahr?«

»Ich allein trage die Schuld am Tod meiner Frau und meines Sohns.«

Sie schüttelte den Kopf. »Das kann ich nicht glauben.«

»Vielleicht *willst* du es nicht glauben. Aber doch ist es so.«

Ravena stand auf und trat zu ihm. »Bitte, Alessandro, erklär es mir!«

»Du weißt, daß Leona jünger war als ich, nur wenig älter, als du es bist. Ich habe dir gesagt, es machte ihr nichts aus. Aber das war gelogen. Ich war arglos, und nur durch einen

Zufall kam ich dahinter, daß ihr Herz nicht mehr mir gehörte, sondern einem Jüngling aus einer anderen Kaufmannsfamilie, einem gewissen Flavio. Ein schöner Bursche mit einem Gesicht wie das einer Madonna und langem, lockigem Haar. Ich stellte Leona zur Rede, und wir ... wir hatten einen Streit ...«

Er rang um Fassung. Ravena drückte seine Hände, um ihm zu zeigen, daß er nicht allein war.

»Es war ein heftiger Streit«, fuhr er endlich fort. »Voller bitterer Vorwürfe und Schuldzuweisungen. Und als ich schon glaubte, es könne nicht schlimmer kommen, sagte Leona mir, das Kind in ihrem Bauch, unser Giraldo ... es sei nicht mein Sohn, sondern der dieses Flavios. In jenem Augenblick verlor ich vor lauter Schmerz die Gewalt über mich. Ich packte Leona und warf sie in einer Weise durch den Raum, wie man es nicht mit einer Frau tun sollte, die ein Kind erwartet. Wie man es mit keiner Frau tun sollte. Leona stolperte und stürzte. Ich sprang sofort zu ihr und sah, daß sie eine große Wunde am Kopf hatte. Sofort sandte ich nach einem Arzt, aber als der kam, war Leona bereits tot.«

»Das ist schlimm«, sagte Ravena mit fast tonloser Stimme. »Aber du hast es nicht gewollt. Es war ein Unfall!«

Alessandro sah sie traurig an. »Ändert das etwas an meiner Schuld?«

»Du warst erregt, du kannst nichts dafür.«

»Das wird mancher anders sehen. Doch gleich, wie man die Schuld bewertet, ich habe beide getötet, mein Weib und meinen ungeborenen Sohn.«

»Deinen Sohn? Eben sagtest du, dieser Flavio sei der Vater gewesen.«

»Das hatte Leona zu mir gesagt. Bevor sie in meinen Armen starb, vergab sie mir und bat auch mich um Vergebung für das, was sie mir angetan hatte. Dafür, daß sie mich mit Flavio hintergangen hatte. Und dafür, daß sie mich über Giraldo belogen hatte.«

»Belogen?«

»Im Sterben noch sagte Leona mir, daß ich doch Giraldos Vater sei. Sie hatte mich im Streit angelogen, weil sie wütend auf mich war, weil sie mich verletzen wollte.«

Mehr konnte Alessandro nicht sagen. Seine Stimme versagte, und er blickte wieder auf den Rhein hinaus, der gierig die letzten Sonnenstrahlen verschluckte.

Ravena dachte über das eben Gehörte nach und kam zu dem Schluß, daß es nur einen Grund für Alessandros Geständnis gab: Sie bedeutete ihm sehr viel.

Sie legte den Kopf auf seine Schulter und sagte: »Ich mag nicht viel tun können, um dir zu helfen, Alessandro. Aber was immer ich zu tun vermag, um dich vergessen zu lassen, das werde ich tun!«

»Danke«, sagte er und sah sie unendlich traurig an. »Ich fürchte nur, du wirst nicht viel Gelegenheit dazu haben. Wenn erst ganz Köln weiß, daß ich Weib und Kind erschlug, wird dein Vater die Verbindung mit dem Haus Beltrami ebenso drängend auflösen wollen, wie er sie herbeigesehnt hat.«

»Warum sollte ganz Köln von deinem Schicksal erfahren? Kaum jemand gibt etwas auf die Worte der Hexenliese.«

»Das ist es ja gerade! Wenn ich mich nicht offenbare, wird dieses Weib morgen als Teufelsbünderin getötet. Das muß ich verhindern, will ich nicht noch ein weiteres unschuldiges Leben auf dem Gewissen haben.«

»Aber woher kennt die Hexenliese deine Geschichte?«

Alessandro zögerte kaum merklich, bevor er sagte: »Ich weiß es nicht.«

»Vielleicht gibt es einen anderen Weg«, sagte Ravena. »Vielleicht kommt es morgen mittag gar nicht zu der Hinrich-tung!«

»Das kann ich mir nicht vorstellen. Ich werde jedenfalls dort sein. Und falls man das Weib töten will, werde ich meine Geschichte allen erzählen!«

»Du bist sehr tapfer, Alessandro.«

»Nein, nur sehr verzweifelt.«

Wieder drückte sie seine Hände und versprach: »Ich werde bei dir sein, ganz gleich, was kommt!«

Die Sonne ging unter. Sie mußten sich beeilen, wenn sie die Stadt noch vor Schließung der Tore erreichen wollten. Schnell falteten sie die Decke zusammen, legten sie an den angestammten Platz und verließen, Hand in Hand, die Landzunge.

Sie blickten sich nicht noch einmal um. Sonst hätten sie vielleicht die Gestalt bemerkt, die ihr Versteck im dichten Buschwerk verließ und ihnen folgte.

13. KAPITEL

Feuer und Schmerz

Die Männer hatten sich um das prasselnde Feuer versammelt und sangen, nein, grölten ein Lied über wackere Seefahrer und blaßhäutige Jungfrauen, deren Fleisch zarter war als der zarteste Fisch. Passend dazu hatten sie gefangene Fische aufgespießt, um sie über den zuckenden Flammen zu braten. Das Holz war noch feucht von dem vielen Regen und ließ eine dunkle Rauchfahne aufsteigen. Trotzdem machte sich Wolfram von Kaiserswerth keine Sorgen, daß das Feuer den geheimen Unterschlupf verraten konnte. Dichtes Buschwerk ringsum, das sich bis zum Rhein hinzog, verbarg die Männer und ihr Feuer vor neugierigen Blicken. Da die Sonne längst untergegangen war und die Nacht ihren schwarzen Mantel über das Land ausgebreitet hatte, konnte auch der Rauch nicht entdeckt werden. Die Finsternis sog ihn in sich auf.

Er hätte seinen Männern auch kaum untersagen können, ein wenig zu feiern, angesichts der aufreibenden Ereignisse, die hinter ihnen lagen. Erst der Wilde Mann und dann der Überfall – eins dieser Ereignisse allein hätte bei einer der üblichen Schiffsbesatzungen gereicht, um sie nach einem warmen Feuer, einem reichlichen Essen und einem guten Schluck rufen zu lassen. Auch für letzteres war gesorgt. Ein Krug mit Dinkelbier und einer mit Würzwein kreisten, und wer an die Reihe kam, führte das jeweilige Gefäß gierig an seine Lippen.

Nur Wolfram hielt sich mit dem Trinken zurück. Seit dem

Königsraub von Kaiserswerth war er nicht mehr betrunken gewesen. Er hatte sich geschworen, daß ihm nie wieder etwas so Schändliches widerfahren sollte. Deshalb wollte er für den Rest seiner Tage wachen Geistes sein. Außerdem brachten große Mengen an Wein und Bier das Vergessen mit sich. Vergessen aber wollte er nicht. Im Gegenteil, er wollte immer an seine Schande denken, damit sie ihm eine ständige Warnung war.

Wolfram aß auch nur mäßig von dem Fisch, der überreichlich vorhanden war. Die hier bei ihrem Versteck aufgestellten Reusen hatten den Männern einen ordentlichen Fang eingebracht, mehr, als sie bei dieser ausgelassenen Mahlzeit verdrücken konnten. Gerade deshalb sah Wolfram keinen Sinn darin, sich möglichst schnell möglichst viel in den Magen zu stopfen. Es war genug für alle da. Zudem hatte die Völlerei rings um ihn etwas Ungeordnetes, fast schon Barbarisches an sich, und Wolfgang haßte die Unordnung. Er hatte gern alles unter seiner Kontrolle und mochte nicht so ein Durcheinander, wie es auch bei Heinrichs Entführung auf Annos Schiff geherrscht hatte.

Ein Stöhnen erregte seine Aufmerksamkeit, und er blickte nach links, wo der Gefangene lag und mit Stricken so fest verschnürt war, daß er weder Arme noch Beine bewegen konnte. Noch auf dem Schiff hatte der Jüngling einen Fluchtversuch unternommen und trotz seiner Fesseln über Bord springen wollen. Vermutlich hätte das den Tod des Jungen bedeutet, denn mit gefesselten Gliedern hatte er nur eine geringe Aussicht, gegen die reißende Kraft des angeschwollenen Vater Rhein zu bestehen. Wolfram war gerade noch rechtzeitig hinzugesprungen und hatte ihn zurückgerissen. Wigbrand hatte mit dem Schwertknauf zugeschlagen und den Gefangenen ins Reich der Träume geschickt. Wolfram stellte fest, daß der Gefesselte zu nah beim Feuer lag. Einige der aufstiebenden Funken, die wie aufgescheuchte Glühwürmchen durch die Nacht flogen, trafen den Jungen. Obwohl nur winzig, waren die Funken schmerzhaft genug, daß ihr Brennen den Gefangenen aus dem Schlaf riß. Während Wolfram beobachtete, wie die Funken durchs Dunkel tanzten, um rings um den Jungen – oder eben auch auf ihm – niederzugehen, kam ihm eine Idee.

Seinen Holzspieß mit dem gebratenen Fisch mitnehmend, gesellte er sich zu dem Gefangenen, der ihn mit einer eigenartigen Mischung aus Neugier und Furcht ansah. Wolfram aß von dem Fisch und betrachtete dabei eingehend sein Gegenüber. Nicht nur Neugier und Furcht sprachen aus dem Blick des Jungen, sondern auch Wut, Abscheu vielleicht, auf jeden Fall aber Halsstarrigkeit. Wolfram begann zu ahnen, daß er es trotz der Jugend des Gefangenen nicht leicht mit ihm haben würde. Um so mehr freute er sich auf das Kommende.

»Du hast bestimmt auch Hunger«, sagte Wolfram, heftig kauend, und hielt den Fischspieß vor das Gesicht des Jungen. »Für dich war es wohl ein nicht minder anstrengender Tag wie für uns. Möchtest du?«

Der Jüngling wandte sein Gesicht ab und blickte angestrengt auf die dunkle Front der hohen Büsche.

»Magst du keinen Fisch?« fuhr Wolfram im Plauderton fort. »Soll ich dir etwas anderes bringen?«

Wolfram erhielt keine Antwort. Der Junge rührte sich nicht und blickte starr die Büsche an.

Der Burggraf von Kaiserswerth hantierte mit dem Spieß vor dem glatten, jugendlichen Gesicht, diesmal allerdings nicht, um dem anderen etwas zu essen anzubieten. Er bohrte die Spitze des Stocks, die sich zusammen mit dem Fisch im Feuer befunden hatte, langsam in die linke Wange des Jungen. Blut trat hervor, und augenblicklich roch es nach verbranntem Fleisch. Der Junge schrie vor Schmerz auf und warf sich auf die andere Seite, um der glühenden Stockspitze zu entkommen. Die schwärzliche Wunde in seinem Gesicht war so groß wie eine Daumenkuppe.

»Das tut weh, nicht?« fragte Wolfram ohne echtes Mitgefühl. Seine Stimme klang nicht länger leutselig, sondern, passend zu seinem Blick, hart und kalt. »Ich weiß, wie so etwas schmerzt, gerade auf der linken Wange. Du solltest höflicher zu mir sein und mir antworten, wenn ich dich etwas frage! Dann muß ich dir auch nicht mehr weh tun.«

Die Männer hatten mitbekommen, was Wolfram mit dem Gefangenen veranstaltete. Sie stellten ihren Gesang und ihre zotigen Gespräche ein, um die Szene in aller Ruhe zu betrachten. Einige verließen das Feuer und setzten sich zu Wolfram und dem Jungen, damit ihnen auch ja nichts entging. Schadenfreude stand in ihre sonnenverbrannten Schiffergesichter geschrieben und auch die Gier nach den Schmerzen des Jünglings.

»Beginnen wir doch mit etwas ganz Einfachem, deinem Namen«, schlug Wolfram vor und sprach jetzt wieder wie ein väterlicher Freund. »Also, wie heißt du?« Als der Junge nichts sagte, fuhr Wolfram fort: »Du kannst mir ruhig deinen Namen nennen. Das ist nichts Ehrenrühriges. Du verrätst niemanden damit.«

Der Gefangene schwieg, und Wolfram bohrte das glühende Holz abermals in das Jünglingsgesicht, dicht bei der anderen Wunde. Ein heftiges Zusammenzucken und ein erneuter Aufschrei waren die Folgen, aber der Gefangene sagte auch diesmal kein einziges Wort. Die beiden Wunden, so dicht beieinander, wirkten wie die entzündeten Stiche eines gefährlichen, übergroßen Insekts.

Wolfram strich mit einer Hand über die linke Wange des

Jungen und verharrte bei den Wunden. »Ein so schönes Gesicht«, murmelte er wie zu sich selbst. »Warum tust du dir das an?« Seine Finger drückten zu, genau auf die frischen Wunden. Blut quoll hervor, und der Atem des gefangenen ging schnell und stoßweiße, als könne er den Schmerz nur noch mühsam unterdrücken.

»Wenn du jetzt schon meinst, es kaum mehr ertragen zu können, solltest du besser sprechen«, riet Wolfram. »Denn ansonsten ist dies erst der Anfang. Feuer und Schmerz sind wie zwei Liebende, deren einmal entfachte Glut alles um sie herum verzehrt.«

Diesmal erhielt er eine Antwort, allerdings nicht mit Worten. Der Gefangene bäumte sich auf, so weit es ihm seine Fesseln erlaubten, und spie Wolfram ins Gesicht. Der Graf von Kaiserswerth hob ungerührt einen Arm und wischte damit über seine Wange, um den schleimigen Auswurf zu entfernen.

Auch wenn Wolfram sich äußerlich unbeeindruckt zeigte, innerlich war er hocherfreut über die Reaktion. Sie zeigte ihm, daß er dabei war, den Widerstand des Jungen zu brechen. Je mehr Schmerz der Gefangene erfuhr, desto größer würde der innere Druck werden, etwas gegen den Schmerz zu tun. Jetzt spuckte er, aber schon bald, das glaubte Wolfram fest, würde er sprechen.

Ein schon reichlich angetrunkener Schiffer stürzte sich auf den Jungen und prügelte mit bloßen Fäusten auf ihn ein. »Hurensohn, du spuckst unseren Herrn an? Ich werde dir beibringen, dich anständig zu benehmen!«

Der Einfluß von Wein und Bier sorgte dafür, daß die Faustschläge ungezielt erfolgten. Aber der Schiffer traf doch häufig genug, daß die Haut des Jungen an mehreren Stellen um Mund und Augen aufplatzte.

»Genug!« sagte Wolfram schließlich, weil es für sein Vorhaben nicht hilfreich war, wenn der Schiffer den Gefangenen besinnungslos prügelte. »Hör jetzt auf!«

Aber der Schiffer war wie von Sinnen und drosch ohne Unterlaß auf sein Opfer ein, das nicht viel mehr tun konnte, als den Kopf von der einen Seite zur anderen zu werfen, um möglichst vielen Schlägen auszuweichen. Wolfram gab den anderen Männern einen Wink, und sie rissen ihren Gefährten gewaltsam von dem Gefangenen.

Der Junge würgte und spuckte Blut hervor. Fast sein gesamtes Gesicht war jetzt blutverschmiert.

»Wirklich schlimm, was einem alles widerfahren kann, wenn man aufsässig ist«, sagte Wolfram mit gespieltem Entsetzen. »Du solltest ein wenig freundlicher zu mir sein!«

Der alte Trotz kehrte in den Blick des Gefangenen zurück. Offensichtlich war er noch nicht soweit, weshalb Wolfram seinen Männern befahl, die Stricke zu lösen und den Jungen bis auf die Haut auszuziehen.

Erst blickten sie ihren Herrn irritiert an. Dann aber machten sie sich voller Eifer daran, seine Anweisungen auszuführen. Sie hatten heute einen Kameraden verloren, und einige von ihnen waren bei dem Überfall der sogenannten Flußräuber verwundet worden. Dies war eine willkommene Gelegenheit, sich an einem der Feinde zu rächen. Auch wenn sie nicht wußten, was ihr Herr mit dem Gefangenen vorhatte. Es würde gewiß ein beeindruckendes Schauspiel werden.

Als der Junge nackt war, rammten die Schiffer auf Wolframs Befehl vier Holzpflöcke in die Erde, zwei etwa in Kopfhöhe des Jungen, zwei in der Höhe seiner Füße. Die beiden oberen Pflöcke hatten einen großen Abstand zueinander, die beiden unteren ebenso. Die Männer fesselten die Handgelenke des Gefangenen an die oberen Pflöcke und die Fußgelenke an die unteren. Vollkommen wehrlos, ein fleischgewordenes Kreuz, lag der Jüngling zu ihren Füßen und sah mit zunehmender Angst zu ihnen auf.

Rauhe Scherze über das nackte Geschlechtsteil des Jungen erklangen, über seine zarte Haut und sein strammes Hinterteil. Wolfram wußte, daß Frauen bei Schiffern Mangelware waren, wenn ihr Schiff nicht in einem Hafen lag. Nach dem christlichen Glauben war es eine schwere Sünde, wenn ein Mann sich mit einem Mann einließ, aber unter Schiffern und Soldaten war es ein weit verbreitetes Laster, und niemand beschwerte sich groß darüber. Die anzüglichen Bemerkungen, die der Junge über sich ergehen lassen mußte, waren daher mehr als bloße Sprüche. Viele der Männer hätten sich wohl nur allzu gern auf ihn gestürzt und ihrer Lust freien Lauf gelassen.

Der Gefangene erkannte das auch und zerrte mit aller Macht an seinen Fesseln, als glaubte er tatsächlich, sie mit einer gewaltigen Kraftanstrengung zerreißen zu können. Es brachte ihm nichts weiter ein als neuen Spott und, wo die Fesseln tief ins Fleisch geschnitten hatten, blutende Gelenke.

Wolfram ging zurück zum Feuer und streifte unterwegs den Fisch an einem Strauch ab. Er hielt den Holzspieß in die Flammen, bis die Spitze rot glühte. Als er zu dem Gefangenen zurückkehrte, ließ er das glühende Holz langsam vor seinen Augen hin und her wandern und beobachtete, wie Hunderte von Schweißperlen, Zeugen nackter Angst, die glatte Stirn bedeckten.

»Noch einmal, mein Freund«, sprach Wolfram halb bittend und halb fordernd. »Nenn mir deinen Namen!«

Als er keine Antwort erhielt, führte er den Spieß langsam an dem nackten Leib hinab, berührte die Haut des Jungen aber nur ganz sachte mit der glühenden Spitze, so daß der

Gefangene den Schmerz mehr erahnte als daß er ihn spürte. Die Glut glitt über Nase, Mund und Kinn, wanderte den Hals hinunter, über Brust und Bauch, bis sie schließlich über dem Unterleib des jetzt zitternden Jungen verharrte. Der Gefangene sah Wolfram an und versuchte zu erahnen, was der Mann mit dem entstellten Gesicht mit ihm vorhatte. Und als Wolfram die glühende Spitze in die Hoden des Jungen stieß, füllten sich dessen Augen mit Tränen. Nicht nur ein einzelner Schrei kam jetzt über die Lippen des Jünglings, sondern ein langgezogenes Stöhnen und Brüllen, das untrennbar ineinander überging und kein Ende nehmen wollte. Als der erste Schmerz verklungen war, keuchte der Gefangene heftig und rang nach Atem wie ein Ertrinkender.

»Dein Name?« fragte Wolfram ruhig, aber bestimmt.

Noch einmal trafen sich ihre Blicke, nur kurz, dann war der Widerstand gebrochen.

Der Junge sagte etwas, sehr leise, so daß es fast in seinem Keuchen unterging. Es hörte sich so ähnlich an wie »Kittel«.

»Lauter!« verlangte Wolfram.

»Ketil«, kam es über die von den Fausthieben aufgerissenen, blutigen Lippen.

»Ein Name aus dem Norden, nicht wahr?« fragte Wolfram. »Bedeutet er nicht so etwas wie Krieger?«

»Ich weiß nicht«, sagte Ketil, schluckte heftig und spuckte wieder Blut.

»Du bist ein wirklich tapferer Krieger, Ketil«, sagte Wolfram ohne jeden Spott. »Aber weniger Tapferkeit ist manchmal gesünder. Immerhin hast du den Überfall überlebt, was sich von deinen Gefährten nicht behaupten läßt. Wart ihr gute Freunde?«

Wolframs Bemerkung über die toten Gefährten des Jungen

quittierten die Schiffer mit Gelächter. Ketils Stirn umwölkte sich. Offenbar dachte der Gefangene darüber nach, was er seinen Peinigern sagen durfte und was nicht. Er war doch zäher als Wolfram angesichts seiner Jugend angenommen hatte.

Wolfram stieß noch einmal zu und bohrte die glühende Spitze in Ketils Glied. Der Schrei des Jungen hatte nichts Menschliches mehr an sich. Der gefesselte Leib erging sich in heftigen Zuckungen, gleich einem heidnischen Ritual, einem Tanz, der helfen sollte, die Schmerzen zu vertreiben. Und Schmerzen hatte Ketil. Seine Lippen bebten, das Gesicht war vor Anstrengung zu einer Grimasse verzerrt.

»Denk nicht darüber nach, was du mir antworten willst!« ermahnte ihn Wolfram. »Sag mir einfach die Wahrheit, und das sofort! Sei aufrichtig zu mir, sonst bist du die letzte Zeit ein Mann gewesen! Hast du verstanden?«

»J-ja«, keuchte Ketil und wand sich noch immer vor Schmerz.

»Gut, mein Junge. Also, warst du gut mit deinen Gefährten bekannt?«

»Wir ... waren Brüder.«

»Brüder?« lachte Wigbrand. »Ihr saht euch aber gar nicht ähnlich. Jedenfalls mußt du ja eine mächtig große Familie haben! Wenn ich's mir recht überlege ...«

Wolfram brachte den Schiffsführer mit einer Handbewegung zum Schweigen und wandte sich wieder dem Jungen zu. »Brüder, sagst du. Aber du meinst nicht Kinder derselben Mutter, oder?«

»Nein, wir ...«

»Ja?«

»Wir gehörten alle einer Bruderschaft an, einer geheimen Bruderschaft.«

»Weiter!« forderte Wolfram. »Erzähl mir mehr von dieser Bruderschaft! Sag mir, wie ihr euch nennt?«

»Wir selbst nennen uns die Ausgestoßenen.«

»Hm«, machte Wolfram und rieb über sein bärtiges Kinn. »Ausgestoßene gibt es überall, wo Menschen leben. Aber noch nie hörte ich von einer Bruderschaft dieses Namens.«

»Die Kölner haben uns noch einen anderen Namen gegeben: die Schatten von Köln.«

»Die Schatten von Köln?« wiederholte Wolfram zögerlich. »Auch das sagt mir nichts. Euch etwa?« Während er die Frage aussprach, drehte er sich zu den Schiffern um.

Die sahen ihren Anführer ratlos an, und bei einigen war der Blick von Bier und Wein verschleiert. Ein vielfältiges Gemurmel erhob sich, dem Wolfram entnahm, daß seine Leute mit den Schatten von Köln ebensowenig anfangen konnten wie er selbst. Das war nicht weiter verwunderlich. Er hatte seine Mannschaft in Mainz und in Bingen zusammengesucht, also ein gutes Stück von Köln entfernt.

Ketils Angst vor weiteren Mißhandlungen war größer als seine Skrupel, Verrat zu üben. Wolfram brauchte ihn nur scharf anzusehen, und der Junge sagte: »Die Kölner ... sie nennen uns so, weil wir im Verborgenen leben. Heimlich schlagen wir zu und ziehen uns schnell in das Dunkel zurück, das andere zu betreten fürchten.«

»Ihr schlagt zu? Mit welchem Ziel?«

Ketil wirkte irritiert. »Ziel? Ich weiß nichts von einem Ziel. Wir tun, was man uns befiehlt.«

»Und wer erteilt euch die Befehle?«

»Unser ... Anführer ...« kam es stockend über die blutenden Lippen.

Wolfram hielt die Spitze des Spießes dicht vor Ketils Augen.

»Hat euer Anführer auch einen Namen?«

Nach kurzem Zögern antwortete Ketil: »Er heißt Georg.«

»Georg, wirklich?« fragte Wolfram erregt. »Beschreib ihn mir!«

»Was soll ich über ihn sagen? Er ist blind.«

Wolfram war wie vor den Kopf geschlagen und konnte seine Überraschung nicht verbergen. In den erstaunten Blicken, die die Schiffer ihrem Anführer zuwarfen, stand ihre Verwunderung geschrieben.

Der Burggraf von Kaiserswerth zwang sich zur Ruhe und vergewisserte sich: »Euer Anführer ist wirklich blind?«

»Ja.«

»Wann und wo hat er sein Augenlicht verloren?«

»Er wurde nach dem Aufstand der Kölner gegen Erzbischof Anno geblendet.«

Wolfram nickte. Für ihn gab es keinen Zweifel mehr, wer ihm die vermeintlichen Flußräuber und auch die Verfolger in Siegburg auf den Hals gehetzt hatte.

»Welche Befehle hat der Blinde euch erteilt?«

»Wir sollten Eurem Schiff auflauern.«

»Und welche Befehle hatten Eure Gefährten in Siegburg?«

»In Siegburg? Ich weiß nicht, wovon Ihr sprecht.«

Wolfram glaubte ihm. Es gab für Ketil keinen vernünftigen Grund, ihn in dieser Sache anzulügen. Außerdem unterstützte es Wolframs Vermutung darüber, wie gut die Schatten von Köln organisiert waren. Je weniger die eine Gruppe wußte, was die andre tat, desto sicherer waren die einzelnen Abteilungen.

»Ihr hattet vermutlich den Befehl, mich festzusetzen«, schlußfolgerte Wolfram.

»Nein, ... wir ... sollten Euch töten.«

Wolfram stellte noch ein paar weitere Fragen über die sogenannten Ausgestoßenen. Als er alles, was Ketil wußte, erfahren hatte, ging der Graf von Kaiserswerth gedankenverloren ich Richtung Rhein. Ein Schiffer rief ihm nach, was mit dem Gefangenen geschehen sollte.

»Nehmt ihn euch«, antwortete Wolfram ohne jedes wirkliche Interesse.

Das ließen sich die Schiffer nicht zweimal sagen. Eilig streiften sie ihre Hosen ab und stürzten sich auf Ketil.

Wolfram hörte die Schreie und das Stöhnen des Jungen nur wie aus weiter Ferne. Seine Gedanken kreisten einzig und allein um den Blinden.

14. KAPITEL

Der Hexensturz

»Kommt, ihr Kölner, eilt herbei, hört der Hexe Wehgeschrei! Wenn die Mittagsglocke tönt, ihr den Hexensturz vernehmt!«

Die Bürger Kölns folgten der Aufforderung der Ausrufer und strömten am späten Vormittag in den Osten der Stadt, dem Flußufer entgegen. Dort, unweit des Buttermarkts, sollte die Hexenliese ihr Ende finden. Die Stadtmauer war an dieser Stelle sehr hoch und mit einer plattformartigen Erweiterung versehen, eine Baumaßnahme, die ursprünglich Verteidigungszwecken gegolten hatte. Jetzt diente sie der Vollstreckung der Gerechtigkeit – oder dessen, was Bischof Hildolf und sein Vogt dafür hielten.

Mit Bitterkeit dachte Ravena an das Schicksal der Verurteilten, während sie mit ihrem Vater, ihrer Stiefmutter, Lothar, Oda und Alessandro dem Menschenstrom folgte. Die skeptischen Blicke, die ihr Vater ihr zuwarf, entgingen ihr nicht. Zweifellos fragte er sich, ob seine aufsässige Tochter heute den Mund halten würde, wie er es ihr befohlen hatte. Eigentlich hatte er Ravena gar nicht mitnehmen wollen, aber als Alessandro beim Frühmahl mit Engelszungen auf ihn eingeredet hatte, hatte er nachgegeben. Den zukünftigen Schwiegersohn nicht zu vergällen schien ihm wichtiger zu sein, als Ravena gegenüber unnachgiebige Strenge zu zeigen. Vergeblich allerdings hatte Ravena an diesem Morgen auf ein Wort oder eine Geste der Versöhnung seitens ihres Vaters gehofft.

So leid ihr das Zerwürfnis mit ihrem Vater auch tat, zurzeit wurde sie von anderen Gedanken beherrscht. Von Gedanken, die um Alessandro und die Hexenliese kreisten. Nach außen hin ließ Alessandro sich nicht anmerken, was ihn bewegte, bedrückte. Er war höflich zu allen und wechselte sogar ein paar scherzhafte Worte mit Eigil. Ravena aber, die seit Alessandros Geständnis gestern abend wußte, wie es in ihm aussah, bemerkte den verkniffenen Zug um seinen Mund, die Anspannung seiner Gesichtszüge. Sah man von der Hexenliese ab, war Alessandro wohl der Mensch in ganz Köln, dem der Gang zur Hinrichtungsstätte am schwersten fiel. Am liebsten hätte Ravena ihn auf der Stelle in den Arm genommen und sich fest an ihn gedrückt, um ihn zu trösten und ihm zu zeigen, daß er nicht allein war. Alessandro wollte es nicht zur Hinrichtung der Hexenliese kommen lassen, war fest entschlossen, nötigenfalls vor dem versammelten Volk zu verkünden, daß ihre Worte, die sie auf Eigils Festmahl zu Alessandro gesprochen hatte, wahr waren. Hätte Eigil geahnt, was sein Gast plante, hätte er sich gewiß mehr Sorgen um ihn gemacht als um Ravena.

Wind kam auf und trieb die Wolken, die über der Stadt hingen, vor sich her. Leichter Regen fiel, aber es waren nur vereinzelte Tropfen. Fast so, als wisse auch das Wetter nicht recht, was es vom heutigen Tag halten sollte. Die Kölner dagegen schwatzten munter, lachten und sangen. In der Tat bot dieser November ihnen ungeahnte Abwechslung. Erst die Ankunft des venezianischen Kauffahrers und das Festmahl bei Eigil Treuer, dann die Wahrheitsprobe am Wassergalgen, der Hexenprozeß und nun die Hinrichtung. Dies waren Tage, von denen man sich den ganzen langen Winter und darüber hinaus erzählen würde.

Am Buttermarkt hatte fahrendes Volk seine Buden aufgebaut, um die zusammenströmenden Kölner zu unterhalten und dafür mit klingender Münze belohnt zu werden. An einer Bude wurde ein Puppenspiel aufgeführt, in dem eine Hexe einen Kaufmann verleumdete und dafür als Teufelsbuhlerin zum Tode verurteilt wurde. Während ihr Stiefbruder sich offenbar köstlich darüber amüsierte und laut lachte, wandte Ravena den Blick ab, wollte dem geschmacklosen Spiel nicht länger zusehen. Alessandro verstand sie, faßte sie am Arm und setzte einfach den Weg fort. Eigil, Margarete und Lothar folgten ihnen.

Rings um die Richtstätte hatten sich Mönche und Nonnen der Kölner Abteien versammelt, um den Vater im Himmel singend und betend um Erlösung von der Heimsuchung teuflischer Mächte zu bitten. Nur die Benediktiner von Groß Sankt Martin fehlten noch. Da die Hexenliese aus ihrem Bezirk kam, sollten sie die Verurteilte auf dem Weg zur Hinrichtung begleiten. Die versammelte Menge geriet in Aufruhr, als ein Trupp Reiter sich eine Gasse durch die Menschen bahnte. An ihrer Spitze ritt Dankmar von Greven auf einem tiefschwarzen Roß, das kaum minder prachtvoll herausgeputzt war wie der Stadtvogt selbst. Seinen Reitern folgte eine große Anzahl Fußsoldaten, die dafür sorgten, daß die von den Berittenen erkämpfte Gasse auch frei blieb. Sobald der Weg zur Richtstätte gebahnt war, erschien ein Ausrufer, der das Nahen der Verurteilten ankündigte. Es war eine lange Prozession, angeführt von Erzbischof Hildolf, der auf einem Schimmel ritt. Das Pferd war für den kleinen Mann zu groß, und tatsächlich hatte Hildolf Mühe, sich auf dem Tier zu halten. Zuweilen blieb der Schimmel stehen, anscheinend irritiert von den vielen versammelten Menschen und ihrem Lärm. Dabei geriet der Bischof kräftig ins Schwanken und erinnerte an eine Vogelscheuche, die vom Wind hin und her geschaukelt wurde. Schließlich erbarmte sich einer von Dankmars Männern, griff kurzerhand ins Zaumzeug des Schimmels und führte das Tier ruhigen Schrittes das letzte Stück zum Richtplatz.

Der Vorfall war Wasser auf die Mühlen der spottlustigen Kölner. Ausrufe von einem Bischof, der auf einem zu hohen Roß sitze, und von der Wankelmütigkeit der hohen Herren begleiteten Hildolf, der sich auf seinem stattlichen Schimmel wohl einen würdigeren Auftritt erhofft hatte. Die rötliche Verfärbung seines Gesichts ließ Hildolfs Scham, wohl aber auch seinen Zorn deutlich erkennen. Mit Hilfe eines Soldaten stieg er ab und sprach mit dem Stadtvogt, der eine beschwichtigende Geste machte. Anscheinend glaubte Dankmar, das Volk unter Kontrolle zu haben.

Das Auftauchen des Eselskarrens mit der angeketten Hexenliese lenkte die allgemeine Aufmerksamkeit auf sich. Abt Patrick und seine Mönche schritten mit monotonem Gesang voran. Ravena verstand ihr Latein nicht, aber wahrscheinlich baten auch sie Gott um Schutz vor dem Bösen, vor dem Teufel und seinen Anhängern unter den Menschen. Die Hexenliese wirkte wieder völlig teilnahmslos. Angesichts der wüsten Beschimpfungen und der Hohngesänge, die sich über sie ergossen, war es wohl gut, daß sie sich in ihre eigene Welt zurückgezogen hatte. Plötzlich sprang eine Frau an den Wachen vorbei mitten in den Weg und hielt die ganze Prozession auf. Es war Nelda, und sie hielt ihre Tochter Hedwig auf dem Arm.

»Tötet das Hexenweib!« kreischte die Böttcherswitwe so laut, daß es weithin zu hören war. »Die Hexe hat das Unheil über Köln gebracht. Sie hat meinen Mann und meinen Sohn auf dem Gewissen. Tod der Hexe!«

»Tod der Hexe!« schrien auch die Umstehenden.

Die Worte flogen über den Platz, wurden von den Menschen begeistert aufgenommen und immer wieder ausgestoßen. Es klang wie ein einziger Ruf aus tausend Mündern.

Ravena bemerkte, daß Alessandro schwer durchatmete und sich in Bewegung setzen wollte. Sie griff mit beiden Händen seinen rechten Arm und hielt ihn fest.

»Bleib!« bat sie und blickte ihn flehend an.

»Ich muß das beenden«, erwiderte er, und wegen des allgemeinen Lärms vernahm nur Ravena seine Worte. »Je eher, desto besser. Sonst kommt das arme Weib gar nicht bis zur Richtstätte. Die Leute sind aufgewühlt. Sie sind imstande, die Frau vom Karren zu zerren und bei lebendigem Leib in Stücke zu reißen. Ich muß ihnen augenblicklich die Wahrheit sagen!«

»Nein, nicht, Alessandro! Warte noch!«

Er blickte Ravena voller Unverständnis an. »Worauf?«

»Darauf, daß ihr auch so geholfen wird.«

»Wie kommst du darauf? Wer sollte ihr helfen?«

»Ich ... weiß nicht.« Ravena nahm ihren Mut zusammen und fügte hinzu: »Ein Engel vielleicht?«

»Ein Engel?«

Es stand Alessandro deutlich ins Gesicht geschrieben, was er von ihrer Äußerung hielt. Das dumme Geschwätz eines überdrehten Weibes, mehr konnte es nicht für ihn sein.

»Ich hatte in der Nacht einen Traum«, sagte Ravena so leise, daß nur er es hörte. »Die Hexenliese stand bereits auf der Stadtmauer und sollte in die Tiefe gestürzt werden. Aber plötzlich erschien ein großes Licht, es kam geradewegs vom Himmel und senkte sich auf die Stadtmauer nieder. Aus dem Licht trat eine Gestalt und reichte der Hexenliese die Hand. Sie ergriff die Hand und folgte der Gestalt hinein ins Licht.«

»Und dann?«

»Das war das Ende meines Traums.«

»Ein seltsamer Traum«, äußerte Alessandro unzufrieden.

»Vielleicht ein Hinweis, daß Gott der Hexenliese beisteht und ihr allen Aberglauben verziehen hat.«

»Wenn es doch so leicht wäre, Gottes Verzeihung zu erlangen!« seufzte Alessandro aus tiefstem Herzen. »Aber ein Traum wird das Weib da vorn nicht retten.«

»Vielleicht doch!« rief Ravena aus. »Sieh!«

Dankmars Männer schritten ein und hielten das Volk fern von dem Eselskarren. Zwei Männer packten Nelda und führten sie mit sanfter Gewalt beiseite.

Als die Prozession ihren Weg fortsetzte, sprach Dankmar von Greven mit lauter Stimme: »Kölner, hört mir zu. Wir haben uns hier versammelt, um beizuwohnen, wenn das Urteil vollstreckt wird, das Seine Eminenz, unser allergnädigster Erzbischof Hildolf, gestern über die Hexenliese gesprochen hat. Bewahrt also Ruhe und stört den Ablauf nicht! Nur wenn alles für unseren Herrn im Himmel zum Wohlgefallen geschieht, wird der Hexensturz uns von der Macht des Teufels befreien.«

Seine Worte waren gut gewählt. Die Aussicht, daß der Teufel bei einer nicht ordnungsgemäßen Urteilsvollstreckung möglicherweise in jemand anderen fuhr und die Stadt erneut schwer geprüft wurde, mäßigte die Erregungen der Menge. Ungehindert gelangten die Schottenmönche mitsamt dem Eselskarren zur Stadtmauer. Dort zerrten Dankmars Soldaten die Hexenliese vom Karren und schleppten sie über die bereits bröckelnde Treppe auf die Plattform, wo sich auch der Erzbischof, Abt Patrick und der Stadtvogt einfanden. Hildolf segnete die unten Versammelten und forderte sie auf, zum Gebet niederzuknien. Willig befolgte das Volk die Anordnung des Mannes, über den sie eben noch Hohn und Spott ausgegossen hatten.

Für Ravena ein Anlaß zur Verwunderung über die Wankelmütigkeit der Menschen. Je größer die Anzahl des versammelten Volks, desto leichter schienen die Menschen zu beeinflussen zu sein. Fast so, als sei eine Menge so schwach wie der schwächste einzelne. Ravena fröstelte. Die Menschen, die dicht an dicht den Buttermarkt und die angrenzenden Gassen ausfüllten, jagten ihr Angst ein.

Alessandro legte einen Arm um Ravena, wie um sie zu wärmen. Als sie ihn ansah, lächelte er. Ravena bewunderte ihn dafür. An ihr wäre es gewesen, ihm Trost zu spenden, nicht umgekehrt.

Auch sie knieten sich hin wie alle anderen, während Hildolf da oben auf der Plattform ein Gebet für ganz Köln sprach. Am Ende des Gebets stimmte Abt Patrick einen Lobgesang an, in den erst seine Schottenmönche und dann alle versammelten Mönche und Nonnen einfielen.

Nur eine Gruppe von Klosterbrüdern, die etwas abseits von den anderen stand, verhielt sich seltsam ruhig. Für Ravena war nicht erkennbar, aus welchem Kloster sie stammten. Alle hatten ihre Kapuzen tief ins Gesicht gezogen, und mit gesenkten Häuptern verharrten sie still an ihrem Platz. Vielleicht Wandermönche, die nur vorübergehend in Köln zu Gast waren, dachte Ravena. Möglicherweise folgten sie einem Gelübde, das ihnen den Gesang verbat.

Als der Gesang erstarb, wandte Hildolf sich an die Gefangene: »Du hast den falschen Göttern gehuldigt und mit dem Teufel gebuhlt. Schwer wiegen deine Sünden, Weib. Aber größer als alle Schuld ist die Gnade Gottes des Allmächtigen. Gib dich in Seine Hände, und Er wird dir alle Schuld vergeben. Bereust du deine Sünden?«

Die Hexenliese starrte ihn an, als hätte sie seine Worte zwar gehört, aber nicht verstanden. Sie wirkte schwach und stand nur aufrecht, weil zwei Wachen sie festhielten. Ihr Haupt mit dem verfilzten grauen Haar pendelte wie der Kopf einer Schlange, aber kein Laut kam über ihre Lippen.

»Verstehst du mich nicht, Weib?« fragte der Erzbischof. »Hat der Teufel deine Ohren verschlossen für Worte der Reue und Vergebung?«

»Der Teufel?« fragte die Hexenliese unvermittelt und legte den Kopf schief, als müsse sie die Worte auf sich wirken lassen. Angst trat in ihre Augen. »Ich hätte mich nicht mit ihm einlassen sollen! Der Teufel hat mir Angst gemacht. Er wollte meine Seele auf ewig verdammen. Nur deshalb tat ich, was er mir geheißen.«

»Gerade dadurch hast du ihm deine Seele ausgeliefert«, sagte Hildolf. »Aber wenn du aufrichtig bereust, wird der Allmächtige ihm deine Seele entreißen.«

»Ja, ich bereue«, sprach die Hexenliese mit ihrer kreidigen, brüchigen Stimme. »Ich hätte die Schicksalsgöttinnen nicht verraten dürfen!«

Hildolfs Gesicht versteinerte bei diesen Worten. Er trat einen Schritt von der Hexenliese weg und sagte mit zitternder Stimme: »Ich merke, Weib, daß du nicht bereit bist zur Buße. Zu tief steckt der Irrglaube in dir, hat der Teufel Besitz von dir ergriffen. Du hättest mit der Buße nicht dein irdisches Leben, wohl aber deine unsterbliche Seele retten können. Jetzt mußt du hoffen, daß dir im Fegefeuer Läuterung widerfährt.« Er wandte sich an die Wachen: »Nehm ihr die Ketten ab! Ungebunden von weltlicher Macht soll sie hinübergehen in die Ewigkeit!«

Ravena war von der Szene so gefangen gewesen, daß sie zusammenzuckte, als Alessandro heimlich ihre Hand drückte. Sie sah an seinen Augen, daß die Zeit jetzt gekommen war. Nur widerwillig ließ sie ihn gehen, aber sie respektierte seine Entscheidung und achtete seinen Mut. Ihr Herz pochte, als Alessandro auf die Treppe zuging, die hinauf zur

Plattform führte. Niemand sonst schien auf ihn zu achten. Aller Augen verfolgten das Geschehen auf der Stadtmauer. Niemand der versammelten Kölner wollte sich den Abschluß und Höhepunkt entgehen lassen – den Hexensturz.

Noch jemand hatte sich in Bewegung gesetzt. Die Mönche, die Ravena vorhin schon aufgefallen waren, zehn bis zwölf an der Zahl, hielten ebenfalls auf die Treppe zu. Sie erreichten die untersten Stufen noch vor Alessandro und gingen mit weiterhin gesenkten Häuptern zur Plattform hinauf. Dankmar von Greven sah ihnen skeptisch entgegen, während seine Männer die Hexenliese von den Ketten befreiten.

»Führt sie an den Rand der Mauer!« befahl Hildolf.

Zwei Wachen packten die Hexenliese am Arm und führten den Befehl aus.

Ravena stockte der Atem. Sie wußte nicht, wohin sie sehen sollte. Nach oben auf die Stadtmauer, von der die verwirrte Frau in den Tod gestürzt werden sollte. Oder zu Alessandro, der sich vergebens bemühte, sich an den Mönchen vorbeizudrängeln, um schneller nach oben zu gelangen. Verfluchte Alessandro in diesem Augenblick die Tatsache, daß Ravena ihn vorhin, als er sich öffentlich erklären wollte, zurückgehalten hatte?

Die ersten Mönche erschienen oben auf der Mauer, und dann ging alles blitzschnell. Sie streiften ihre Kapuzen ab, und unter den Kutten zogen sie Waffen hervor. Die Mönchskluft hatte alle getäuscht. Jetzt, wo die unbedeckten Häupter zu erkennen waren, konnten die Männer kaum noch als Klosterbrüder durchgehen. Ravena blickte in verwegene, oft unrasierte, von Narben verunstaltete Gesichter. Die Männer schienen ihr Vorgehen genau besprochen zu haben. Sie griffen die Wachen an, ohne daß es eines Befehls bedurft hätte. Jedenfalls nahm Ravena von ihrer Position aus nichts Entsprechendes wahr.

Dankmar von Greven wurde gleich von zwei Angreifern bedrängt. In einer Hand sein Schwert, in der anderen einen Dolch, verteidigte sich der Stadtvogt, und seine Schwertklinge verletzte einen Gegner an der linken Schulter. Sämtliche Wachen, die sich oben auf der Plattform aufhielten, waren in den Kampf verwickelt. Auch die beiden Soldaten, die eben noch die Verurteilte zum Mauerrand geführt hatten, mußten sich ihrer Haut erwehren. Die Hexenliese stand vor dem Abgrund und starrte die Kämpfenden an, ohne daß Ravena erkennen konnte, welche Gefühle und Gedanken die Frau bewegten. Hildolf und Abt Patrick hatten sich in den hintersten Winkel zurückgezogen und wirkten ebenso überrascht wie erschrocken.

Ravenas Blick wanderte zurück zu Alessandro, den der Vorfall genauso verblüfft hatte wie alle anderen. Wie er am Fuß der Treppe standen die Bürger Kölns auf dem Platz und starrten mit in den Nacken gelegten Köpfen nach oben. Es war nicht jenes Schauspiel, das sie sich an diesem Mittag erhofft hatten, aber es nahm sie nicht weniger gefangen als der Hexensturz. Vermutlich sogar noch mehr, da wohl niemand damit gerechnet hatte.

Auf der Plattform sah es zwar so aus, als würden die falschen Mönche die Oberhand gewinnen, aber unten nahte ein großer Haufen von Stadtwachen, zu Fuß und beritten. Die Reiter kamen zuerst bei der Mauer an, sprangen aus den Sätteln, drückten Alessandro beiseite und stürmten mit gezogenen Schwertern die Treppe hinauf. Es war nur eine Frage weniger Minuten, dann würden die falschen Mönche den Wachen zahlenmäßig hoffnungslos unterlegen sein.

Einer der Angreifer, ein sehr kräftig gebauter Mann mit auffällig hellem Haar, sprang zu Hildolf und Patrick. Er stieß den Schottenabt einfach zur Seite. Patrick stolperte über den Saum seiner Kutte und wäre fast von der Stadtmauer gestürzt, hätte er sich nicht im letzten Augenblick an einer Zinne festgehalten. Der Mann mit dem weißblonden Haar legte den linken Arm um Hildolf und zog den Erzbischof an sich. In der rechten Hand hielt der Weißblonde ein Schwert mit kurzer Klinge, die er gegen den Hals des Bischofs drückte.

Mit volltönender Stimme rief er: »Wachen, laßt sofort eure Waffen fallen, oder euer Bischof stirbt vor euren Augen!«

Seine mächtige Stimme und vor allem wohl der Anblick des Erzbischofs in der Gewalt des Mannes ließen die Wachen erstarren. Jedoch niemand von ihnen ließ einfach so Schwert oder Speer fallen. Vielmehr blickten sie den Stadtvogt an, der sich eben noch selbst im Zweikampf befunden hatte. Dankmar stand keuchend und aus mehreren kleinen Wunden blutend vor seinen Gegnern und schien sich nicht sicher, ob es ratsam war, seine Aufmerksamkeit von ihnen ab- und seinen eigenen Männern zuzuwenden.

Der Mann, der Hildolf festhielt, hatte erkannt, daß die Wachen auf ein Wort ihres Vogts warteten, auf die Entscheidung, ob sie den Kampf fortsetzen oder verloren geben sollten. Mit lauter Stimme forderte er: »Dankmar von Greven, befehlt Euren Männern, die Waffen fallen zu lassen und uns ungehinderten Abzug zu gewähren. Andernfalls stirbt Hildolf!«

Mit unsicherem, aber zornigem Blick sah der Vogt zu dem Weißblonden und seinem Gefangenen hinüber. Selbst auf die Entfernung konnte Ravena ihm ansehen, daß Dankmar sich am liebsten auf den Mann mit dem Kurzschwert geworfen und ihm den Garaus gemacht hätte.

Der Erzbischof bemerkte das Zögern seines Vogts und rief mit sich vor Angst überschlagender Stimme: »Dankmar, tut, was der Mann verlangt!« Überflüssigerweise, als sei das nicht jedem auf der Plattform und unten am Buttermarkt längst klar, fügte er hinzu: »Diese Männer sind gefährlich!« Der Stadtvogt schien nicht viel von dem Gedanken zu halten, sich den Männern in den Mönchskutten kampflos zu ergeben. Er wirkte, als hätte er das Lebens des Erzbischofs nur zu gern geopfert und den Kampf fortgesetzt. Aber selbst der mächtige Stadtvogt konnte in ernste Schwierigkeiten geraten, wenn bekannt wurde, daß er seinen Bischof einer Räuberbande überlassen hatte. Das mochte auch Dankmar erkennen, und er befahl seinen Männern, die Waffen abzulegen.

»Gut so«, lobte der Weißblonde mit kaum verhohlenem Spott. »Ich bin sehr zufrieden mit Euch, Dankmar. Nun seid so gut und veranlaßt, daß Eure Männer den Weg nach unten freigeben!«

Auch diesen Befehl erteilte Dankmar und hoffte vielleicht, die Gegner einzukesseln, wenn sie sich erst auf der Treppe befanden. Seine Männer brauchten ihre Waffen nur wieder aufzunehmen und konnten dann leicht die Treppe von oben wie von unten abriegeln.

Der Weißblonde gab einem seiner Gefährten einen Wink, und der, ein hagerer Mann mit langem, dunklem Haar ging zur Hexenliese. Er sprach leise auf die Frau ein, legte dabei einen Arm um sie und führte sie von dem Abgrund weg zur Treppe. Alle falschen Mönche zogen sich in Richtung Treppe zurück, auch der Weißblonde, der Hildolf mit sich nahm.

Dankmar trat einen Schritt auf sie zu und rief: »Laßt Seine Eminenz los, Ihr habt es versprochen!«

»Davon weiß ich nichts«, erwiderte der Weißblonde ungerührt.

»Ihr habt versprochen, Hildolf am Leben zu lassen, wenn wir die Waffen niederlegen und die Treppe freigeben«, erinnerte ihn der Vogt.

»Hildolf lebt ja auch noch.«

»Dann laßt ihn auf der Stelle frei!«

»Den Teufel werden wir tun, Vogt! Meint Ihr, ich wüßte nicht, was in Eurem Kopf vorgeht? Sobald Ihr den Bischof sicher habt, hetzt Ihr Eure Wachen auf uns. Nein, werter Herr Vogt, wir spielen das Spiel nach unseren Regeln. Der Bischof bleibt als Pfand in unserer Hand, bis wir in Sicherheit sind. Nur wenn niemand auch nur den Versuch unternimmt, uns aufzuhalten oder zu verfolgen, werdet Ihr Euren Oberpfaffen unversehrt wiedersehen.«

»Das ... das kann ich nicht zulassen!« donnerte der Vogt und trat noch weiter auf den Weißblonden und Hildolf zu.

»Bleibt stehen!« sagte der Weißblonde scharf, und widerwillig hielt Dankmar an. »Ihr seid nicht in der Position, Bedingungen zu stellen, Vogt. Wenn Ihr Hildolf wohlbehalten zurückhaben wollt, habt Ihr Euch genau an das zu halten, was ich Euch sage. Wir werden Euren Pfaffen freilassen, wenn uns keine Gefahr mehr droht.«

»Das glaube ich nicht«, sagte Dankmar hart. »Ihr wollt euch Seiner Eminenz bemächtigen. Welchen Grund sonst sollte es für diesen Überfall geben?«

»Einen guten«, sagte der Weißblonde lächelnd und befahl seinen Leuten: »Bringt die Frau weg.«

Zwei der falschen Mönche geleiteten die Hexenliese die Treppe hinunter. Einer der beiden hielt dabei die geschwächte Frau fest, damit sie nicht doch, und sei es auch nur versehentlich, in die Tiefe stürzte.

Der Stadtvogt sah ihnen mit offenem Mund nach und wandte sich dann wieder fassungslos an den Weißblonden: »Ihr seid hier, um das Hexenweib zu retten?«

»Was ist daran so erstaunlich?«

»Ich finde es überaus erstaunlich, daß Ihr für dieses heidnische Weibsstück Kopf und Kragen riskiert.«

»Das bleibt Euch unbenommen«, erwiderte der Weißblonde achselzuckend, während er begann, sich mit seinem Gefangenen auf die Treppe zuzubewegen. Seine Gefährten schirmten ihn mit stoßbereiten Waffen ab, so daß jeder Versuch Dankmars und seiner Männer, Hildolf durch einen überraschenden Angriff zu befreien, von vornherein zum Scheitern verurteilt war.

Als der Weißblonde und Hildolf bereits die Hälfte der Treppe hinter sich gebracht hatten, rief Dankmar: »Was, beim Allmächtigen, macht das Hexenweib für Euch so wichtig?«

»Nichts, was Euch etwas anginge, Vogt«, erwiderte der Anführer der falschen Mönche, ohne stehenzubleiben. »Falls Ihr Euch aber Sorgen um die Frau macht, so seid beruhigt: Wir werden sie gewiß nicht schlechter behandeln als Ihr.«

Der Weißblonde und ein am ganzen Leib zitternder Hildolf erreichten das untere Ende der Treppe, wo die beiden Männer mit der Hexenliese warteten. Die kleine Gruppe verharrte dort, bis auch der letzte von ihnen nach unten gekommen war. Ein paar der Männer waren verwundet, aber nicht so schwer, daß es sie bei der Flucht behindert hätte.

Der Anführer sah nach oben, zu Dankmar. »Wenn auch nur einer Eurer Männer uns folgt oder zu seiner Waffe greift, könnt Ihr die Totenmesse für Euren Bischof bestellen!«

Wuterfüllt mußte der Stadtvogt mit ansehen, wie die falschen Mönche mit Hildolf und der Hexenliese durch die Gasse schritten, die von Dankmars Männern vorhin gebahnt worden war. Mitten hindurch zwischen den Kölnern, die das alles voller Staunen miterlebten. Die Menschen waren von dem Geschehen so in den Bann gezogen, daß nicht einer auf die Idee kam, seinen Spott über den ungeliebten und jetzt hilflosen Erzbischof auszugießen. Ein seltenes, unheimliches Schweigen hatte sich über den ganzen Buttermarkt gesenkt und dauerte an, bis die sich entfernende

Gruppe in einer schmalen Seitengasse eingetaucht und verschwunden war.

Erst dann erklang irgendwo in der Menge eine Frauenstimme, die halb ehrfürchtig und halb aufgeregt rief: »Das waren die Schatten von Köln!«

15. KAPITEL

Die Schatten von Köln

»Die Schatten von Köln!«

Der Ausruf wurde von anderen aufgenommen, ging von Mund zu Mund, hallte von der Stadtmauer wider und erfüllte den ganzen Buttermarkt. Die Menschen riefen es in einer Mischung aus Angst und Ehrfurcht. Aber noch immer rührte sich niemand, stand jedermann wie angewachsen auf seinem Platz. Als wären sie gelähmt vor Furcht – Furcht vor den Schatten von Köln.

Das laute Plärren eines Kindes löste die Menschen aus der allgemeinen Erstarrung. Es war Hedwig, die Tochter der Böttcherswitwe. In das Kindergeschrei hinein fiel die zeternde Stimme der Mutter: »Der Teufel hat die Hexe beschützt. Satans Macht war stärker als die des Bischofs. Gott gnade Köln, Gott gnade uns allen!« Sie fiel auf die Knie, hielt mit der linken Hand weiterhin ihre Tochter fest und bekreuzigte sich mit der rechten.

Viele Kölner taten es ihr nach, während der Stadtvogt und seine Männer endlich ihre Waffen aufhoben und eiligst von der Stadtmauer herabkamen. Dankmar von Greven bestieg seinen Rappen und preschte an der Spitze seiner Schar in die Richtung, wo die falschen Mönche verschwunden waren.

Ravena lief zu Alessandro, der neben der Treppe stand und noch immer reichlich verblüfft wirkte. Als sein Blick auf Ravena fiel, lächelte er, wenn auch etwas angestrengt.

»Dein Köln ist wahrhaftig eine aufregende Stadt, Ravena.«

»Aufregend ja, aber nicht *mein* Köln. Ich war in Hamburg glücklicher.«

»Ach ja«, sagte er mit einem übertriebenen Seufzer. »Hier in Köln erwartet dich ja diese ungeliebte Heirat mit dem Venezianer. So ein alter Kerl, der gut und gern dein Vater sein könnte.«

Damit hatte er es geschafft, Ravena zum Lachen zu bringen. Alessandro fiel in ihr Lachen ein und schien erleichtert darüber, daß er sein dunkles Geheimnis nicht hatte preisgeben müssen. Die Leute in ihrer Nähe, darunter Ravenas Familie, zeigten sich über diesen Heiterkeitsausbruch eher befremdet. Nur Oda zwinkerte ihnen aufmunternd zu.

»Wer oder was sind die Schatten von Köln?« fragte Alessandro.

»Ich weiß nicht viel darüber. Eine Bande von Räubern und Mördern glaube ich. Es heißt, sie tauchen wie aus dem Nichts auf und verschwinden genauso überraschend, als könnten sie sich in Luft auflösen. Manche Leute munkeln auch, sie seien böse Geister. Ich hielt alles nur für Gerüchte, habe nie geglaubt, daß es sie wirklich gibt.«

»Räuber und Mörder?« Alessandro runzelte die Stirn. »Ist es hier in Köln Brauch, daß die Mörder Menschenleben retten?«

»Vielleicht waren es ja gar nicht die Schatten von Köln«, schlug Ravena vor.

»Wie fromme Klosterbrüder, die Sehnsucht nach ihrem Bischof hatten, sahen sie mir auch nicht gerade aus. Oder habt ihr hier in Köln ein Kloster, in dem die frommen Brüder sich lieber mit dem Schwert als mit dem Wort Gottes beschäftigen?«

Ravena hob langsam ihre Schultern an und ließ sie wieder fallen. »Ich weiß nicht, was ich von alldem halten soll, Alessandro. Aber eins weiß ich sicher: Ich bin dankbar und froh, daß es so gekommen ist. Froh für die Hexenliese, für dich und auch für mich.«

»Für dich selbst auch? Warum das?«

Ravena legte ihre Hände in seine. »Weil ich Angst hatte, dich zu verlieren.«

Ravenas Angehörige traten näher, und Ravena hörte Lothar zu Eigil sagen: »Eine ärgerliche Geschichte ist das mit dem Hexenweib. Wäre schön gewesen, sie läge jetzt zerschmettert unter der Stadtmauer. Aber so kann sie weiter ihr unsinniges Geschwätz über unseren Gast Alessandro verbreiten.« Lothar blieb vor Ravena und Alessandro stehen und fügte hinzu: »Natürlich sind das alles nur Lügen. Nicht wahr, Alessandro?«

»Wie kannst du unseren Gast nur so etwas fragen?« fuhr Eigil seinen Stiefsohn an. »Das Geschlecht der Beltramis ist für seine Ehrenhaftigkeit und Aufrichtigkeit bekannt.« Er setzte eine entschuldigende Miene auf und sah Alessandro an. »Verzeiht Lothar seine Bemerkung, mein Freund. Der Junge hat einfach so drauflosgeplappert. Das Ungestüm ist das Vorrecht der Jugend.«

Ravena sah Alessandro an und bemerkte, wie es in ihm arbeitete. Wollte er sein Geheimnis lüften? Zum wiederholten Mal fragte sie sich, ob es gut oder schlecht für ihn war. Ravena hatte Angst davor, weil sie fürchtete, der Jubel, mit dem Alessandro in Köln und besonders von Eigil empfangen worden war, könne nur allzu leicht in Ablehnung umschlagen. Andererseits mochte es Alessandro helfen, sich nicht länger so bedrückt zu fühlen, wenn er die Last des schrecklichen Unglücks nicht weiterhin allein mit sich herumtrug. Zwar hatte er sich Ravena gegenüber erklärt, aber das schien ihm die ganze Sache nicht leichter zu machen. Ein bißchen war sie darüber enttäuscht, vielleicht sogar, wenn sie ganz ehrlich zu sich selbst war, mehr als ein bißchen. Wenn sie Alessandro so viel bedeutete, wie er sagte und wie sie inzwischen selbst hoffte, hätte es für ihn nicht eine Erleichterung bedeuten müssen, sich ihr anzuvertrauen? Oder hatte er ihr gar nicht alles gesagt?

Der letzte Gedanke tauchte nur flüchtig in ihr auf. Sie kam nicht dazu, ihn weiterzuverfolgen, weil eine Nachricht sich durch die Menge bis zu ihnen fortpflanzte, ein aufgeregter Ruf: »Man hat Hildolf gefunden!«

Es war unmöglich herauszubekommen, wer diese Nachricht aufgebracht hatte und was im einzelnen mit dem Erzbischof geschehen war. Jedenfalls hieß es, daß Hildolf in der Nähe des Augustinerklosters von Sankt Nikolaus aufgefunden worden sei – und daß er lebte. Ein Menschenzug in Richtung von Sankt Nikolaus formierte sich und setzte sich erst stockend, dann immer flüssiger in Bewegung.

»Wir sollten uns beeilen, damit wir den Abschluß des Schauspiels nicht versäumen«, schlug Lothar vor, den die Zurechtweisung seines Stiefvaters offenbar wenig beeindruckt hatte.

Aber er hatte recht. Auch Ravena war neugierig auf das, was der Bischof zu berichten hatte, falls er wirklich noch am Leben war. Noch begieriger war sie allerdings darauf, mehr über die falschen Mönche zu erfahren, die angeblichen Schatten von Köln. Man mochte vom Stadtvogt halten, was man wollte, aber er hatte dem weißblonden Mann eine Frage gestellt, die auch in ihr brannte: Aus welchem Grund hatten diese Männer ihr Leben gewagt, um die Hexenliese zu retten? Daran, daß sie wirklich Gesandte des Teufels waren, wollte Ravena nicht glauben. Eher schon mochten sie von jenem Mann geschickt worden sein, der sich vor der Hexenliese als Teufel ausgegeben hatte.

Obwohl die Gassen von Menschen geradezu verstopft waren, wurde der Menschenstrom immer schneller. Die Neugier auf das Schicksal des Erzbischofs war wie ein Sog, der die Masse vom Buttermarkt zu Sankt Nikolaus riß. Manch einer wurde von den Nachrückenden fast erdrückt und zog sich schmerzhafte Verletzungen zu. Einmal wurde Ravena von Alessandro im letzten Augenblick beiseitegezogen, bevor eine Horde grobschlächtiger und offenbar angetrunkener Männer sie überrannte. Als das Dach des Augustinerklosters vor ihnen auftauchte, geriet der Menschenstrom allmählich ins Stocken, und bald ging es gar nicht mehr vorwärts. Die Männer des Stadtvogts hatten zwei Gassen abgeriegelt und verteidigten die Zugänge mit ihren blanken Waffen. Es schien Ravena keine übertriebene Maßnahme zu sein. Wohl nur die Angst vor den scharfen Klingen konnte die aufgeregten Kölner zum Stehen bringen.

Eigil drängte sich bis an die Wachen vor und nannte seinen Namen. Aber erst nachdem ein paar Pfennige aus Eigils Hand in die Hände der Wachen gewechselt waren, wurden die Treuers, zum Unmut der übrigen Kölner, durchgelassen. Jenseits der Gasse öffnete sich ein halbrunder Platz, auf dem sich bereits zahlreiches Volk versammelt hatte. Es mochten zum Teil diejenigen Kölner sein, die es am schnellsten vom Buttermarkt zu Sankt Nikolaus geschafft hatten, noch bevor Dankmar die Gassen sperren ließ. Der Rest bestand wahrscheinlich aus den Anwohnern des Viertels.

Dankmar von Greven stand neben einer Holzkiste, auf der ein erschöpfter Hildolf saß und den Inhalt eines großen Krugs gierig in sich hineinschüttete. Das überstandene Abenteuer mußte ihn regelrecht ausgedörrt haben. Seine reich bestickte Bischofskleidung befand sich in einem erbärmlichen Zustand, aber ansonsten mußten die Entführer recht pfleglich mit ihm umgesprungen zu sein. Ravena jedenfalls vermochte keine Verletzungen auszumachen.

Eigil wandte sich an den Stadtvogt und fragte, was geschehen sei.

»Das seht Ihr doch«, lautete die wenig freundliche Antwort. »Das Pack hat Seine Eminenz hier zurückgelassen und ist verschwunden.«

»Verschwunden?« fragte Lothar. »Wohin denn?«

»Wenn ich das wüßte!« schnaubte Dankmar. »Meine Männer suchen bereits sämtliche angrenzenden Gassen ab, haben aber bislang keine Spur gefunden.«

»Aber Seine Eminenz muß doch gesehen haben, wohin die Mönche gelaufen sind«, wunderte sich Eigil.

Hildolf setzte den Krug ab, wischte mit dem Handrücken über seine feuchten Lippen und sagte atemlos: »Mönche waren das wohl kaum, eher Sendboten des Teufels!«

»Und Ihr konntet nicht sehen, wohin sie sich wandten, Eminenz?« faßte Ravenas Vater nach.

»Wie denn?« schnappte Hildolf empört. »Sie zogen mir einen Sack über den Kopf und banden ihn zu. Es hat eine ganze Weile gedauert, bis ich da rausgekommen bin. Ich wäre fast erstickt! Außerdem stank der Sack nach Hafer!«

Fast war Ravena von der Erklärung des Erzbischofs etwas enttäuscht. Die Geschichte mit dem Sack bedeutete, daß seine Entführer Wesen aus Fleisch und Blut waren, die ihren Fluchtweg geheimhalten wollten. Also keine Geister, die aus dem Nichts kamen und sich in Luft auflösten. Nichtsdestotrotz lag ein großes Geheimnis über diesen sogenannten Schatten von Köln.

»Und die Hexenliese?« frage Eigil.

»Was soll mit der schwarzen Seele sein?« erwiderte Hildolf gereizt.

»Haben ... diese Männer sie mitgenommen?«

Der Erzbischof blickte Ravenas Vater an, als sei das Schicksal der Hexenliese das letzte, was ihn in diesem Moment in-

212

teressierte. »Hier ist sie jedenfalls nicht. Meinetwegen soll sie geradewegs zur Hölle gefahren sein. Genau da gehört sie nämlich hin!«

Nach und nach trafen Wachen des Stadtvogts ein, Boten der ausgesandten Suchtrupps. Sie meldeten mehrere Zeugenaussagen betreffend Männer in Mönchskutten, die sich fluchtartig fortbewegt hätten. Aber das half beim Aufspüren der Entführer nicht weiter; wenn man den Aussagen Glauben schenkte, waren die Gesuchten in alle vier Himmelsrichtungen geflohen.

»Sie haben sich vermutlich aufgeteilt«, schlußfolgerte Dankmar. »Dadurch erschweren sie uns die Verfolgung und lassen uns im Unklaren, wo ihr eigentliches Ziel liegt, ihr Unterschlupf, wie ich vermute. Ein ebenso schlaues wie feiges Pack!«

»Wieso feige?« fragte Alessandro. »Ich finde, Ihre Tat zeugt von großer Kühnheit. Die Wachen befanden sich in mehrfacher Überzahl, und doch ist den Unbekannten ihr Vorhaben geglückt, ohne daß sie einen einzigen Mann verloren haben. Das ist in meinen Augen ein mutiges Vorgehen, dem wohl eine nicht minder geschickte Planung zugrunde liegt.«

Dankmar warf ihm einen finsteren Blick zu. »Diese Strolche haben Seine Eminenz als Geisel genommen und schändlich mißhandelt. Das kann ich nicht anders benennen als feige! Bewundert Ihr etwa diese Tat?«

»Selbstverständlich bedaure ich die Unannehmlichkeiten, die Seine Eminenz erleiden mußte«, antwortete Alessandro diplomatisch. »Gleichwohl sehe ich keinen Grund, Männer, die sich einer Übermacht zum Kampf stellen, als feige zu bezeichnen.«

In Dankmars Blick lag jetzt unverhohlene Verachtung. »Bei Euch in Venedig mag es als mutig gelten, einen wehrlosen

Mann Gottes mit der blanken Klinge zu bedrohen. Wir hier in Köln haben eine andere Auffassung von Mut.«

»Ich weiß«, sagte Alessandro mit einem vieldeutigen Lächeln. »Bei Euch gilt als besonders mutig, eine verwirrte Frau von der Stadtmauer zu stoßen.«

Das war zuviel für den von den zurückliegenden Ereignissen ohnehin erregten Stadtvogt. Er zog sein Schwert und reckte es drohend gegen Alessandro. »Hütet Eure Zunge, Italiener! Ihr solltet der letzte sein, der das Urteil seiner Eminenz in Zweifel zieht. Schließlich seid Ihr es gewesen, den das Weib mit seinem bösen Geschwätz in Verruf gebracht hat. Und wart Ihr nicht auch dabei, als sie am Wassergalgen hing und ihren Umgang mit dem Teufel gestand?«

»Das war ich in der Tat, und ich muß sagen, daß es ein sehr erbärmliches Schauspiel war. Hätte man Euch in den Käfig gesteckt, hättet Ihr auch alles gestanden, was man Euch in den Mund legt.«

»Ich werde Euch Eure lästernde Zunge herausschneiden!« drohte Dankmar und tat einen Ausfallschritt auf Alessandro zu.

Der wich zur Seite aus und hatte, wie aus dem Nichts gezaubert, einen Dolch mit langer, schmaler Klinge in der Rechten. Die Waffe fiel durch das aufwendig gestaltete Griffstück mit den eingefaßten kleinen Rubinen auf. Die Enden der Parierstangen waren in Richtung Klinge umgebogen. Eine schnelle Bewegung von Alessandro, und eine der gebogenen Parierstangen verhakte sich mit Dankmars Klinge. Alessandro drehte sich, und es sah aus wie die elegante Bewegung eines geübten Tänzers. Aber es war eine Bewegung, die eine große Kraft entfaltete, stark genug, um Dankmar die Waffe zu entreißen. Klirrend fiel das Schwert zu Boden und rutschte vor Hildolfs Füße. So schnell, wie er den Dolch gezogen hatte, ließ Alessandro ihn auch wieder unter seinem Umhang verschwinden. Ruhig stand er vor Dankmar und lächelte ihn an, schien nicht einmal etwas außer Atem zu sein.

Der Stadtvogt bleckte die Zähne und sah aus wie ein Wolf, der sich im nächsten Augenblick auf sein Opfer stürzen wollte. »Ihr seid ein geschickter Mann, Italiener, ein gefährlicher Mann. Ich gebe zu, ich habe Euch unterschätzt. Darf ich Euch jetzt bitten, mein Schwert aufzuheben?«

»Ich habe es nicht verloren«, erwiderte Alessandro ruhig. »Euch dagegen ist das Schwert heute schon zum zweiten Mal aus der Hand gefallen.«

Endgültig aus der Fassung gebracht, wollte Dankmar sich, wie es schien, mit bloßen Händen auf Alessandro werfen.

Da erhob sich Hildolf und sagte streng: »Begrabt jetzt euren Streit! Ihr benehmt euch wie Kinder, nicht wie erwachsene Männer, nicht wie ehrbare Kaufherren!«

Er gab einer der Wachen einen Wink. Der Mann hob das Schwert auf und reichte es Dankmar, der es zögernd zurück in die Scheide steckte.

»Der Tag war überaus anstrengend«, fuhr der Erzbischof fort. »Da ist es nur verständlich, wenn wir alle aufgeregter sind, als es uns zukommt. Deshalb wollen wir so tun, als hätte es diese dumme kleine Auseinandersetzung nicht gegeben.«

Eigil beeilte sich, dem Bischof mit blumigen Worten für seine Großmut zu danken. Ravena fand, daß ihr Vater es ein wenig übertrieb. Es lag nicht zuletzt in Hildolfs eigenem Interesse, daß Alessandro nicht verärgert wurde. Die Verbindung mit dem Haus Beltrami würde den Kölner Fernhandel neu beleben und dadurch letztlich auch Hildolfs Kasse füllen.

Ravenas Vater verabschiedete sich eilig von Bischof und

Stadtvogt, um weitere Mißhelligkeiten zu vermeiden. Die Gruppe von Eigil Treuer hatte den Platz fast verlassen, als sie vom Vogt zurückgerufen wurde.

»Ja?« fragte Ravenas Vater unsicher. »Gibt es noch etwas?«

»In der Tat«, antwortete Dankmar. »Ich habe die ganze Zeit überlegt, weshalb mir der Blondkopf so bekannt vorkam.«

»Wer?«

»Der Mann, der Seine Eminenz bedroht hat«, erläuterte der Vogt. »Ich kannte ihn irgendwoher. Jetzt ist es mir wieder eingefallen. Schon damals beim Aufstand gegen Erzbischof Anno gehörte er zu den Aufrührern. Er war beim Haus Treuer angestellt. Habt Ihr viele Männer aus der damaligen Zeit in Euren Diensten?«

»Nur einen, und der hat keine Ähnlichkeit mit dem blonden Mann von vorhin. Die meisten guten Kräfte haben Köln in der Zeit nach dem Aufstand verlassen. Und für das Haus Treuer gearbeitet zu haben war damals, so kurz nach dem Aufstand, alles andere als Referenz.«

Hildolf sah den Vogt wißbegierig an. »Wer ist denn nun dieser Mann, der mich durch die halbe Stadt geschleppt hat?«

»Ein Friese namens Broder. Er fuhr als Steuermann mit Rainald Treuers Sohn und war während des Aufstands so etwas wie die rechte Hand von Georg Treuer.«

16. KAPITEL

Angeklagt

Auf dem Rückweg zu ihrem Haus war Eigil Treuers tiefe Verstimmung offensichtlich. Er sprach kein einziges Wort mit Ausnahme einiger halblauter Flüche, die über seine verkniffenen Lippen kamen. Schließlich blieb Alessandro stehen und fragte ihn, ob er Eigil verärgert habe.

»Wie kommt Ihr darauf?« erwiderte Ravenas Vater. Er, der seine Gefühle meistens unter Kontrolle hatte, zumindest dann, wenn es sich um geschäftliche Angelegenheiten handelte, sprach mit einem Unterton, dem Ravena einen Vorwurf gegen Alessandro zu entnehmen glaubte.

»Ich nehme an, mein Streit mit dem Vogt ist Euch nicht sehr willkommen.«

Eigil seufzte. »Darüber macht Ihr Euch ein wenig spät Gedanken, mein Freund. Der Stadtvogt ist der zweitmächtigste Mann Kölns, gleich nach dem Bischof. Ich kann keinen Sinn darin erkennen, daß man ihn sich zum Feind macht. Er ist gewiß nicht gut auf Euch zu sprechen, und diese Abneigung kann sich leicht auf das ganze Haus Treuer übertragen.«

»Schweigen ist häufig die einfachste Methode, um Ärger zu vermeiden. Aber wer zuviel schweigt, wird irgendwann nicht mehr sagen können, wer er ist und wofür er eintritt.«

»Ich habe nichts dagegen, wenn ein Mann für das eintritt, was ihm wichtig erscheint, Alessandro. Aber war das vorhin wirklich wichtig für Euch? Man hatte fast den Eindruck, Ihr wolltet Euch auf die Seite dieser Schurken schlagen, mögen sie nun die Schatten von Köln oder sonstwer gewesen sein.«

»Wer immer sie waren, sie haben ein Menschenleben gerettet«, sagte Alessandro in einem Tonfall, der verriet, daß er nicht bereit war, von seiner Überzeugung abzuweichen.

Für eine kleine Weile standen er und Eigil sich gegenüber und starrten sich an, als versuche ein jeder zu erkennen, was er von dem anderen zu halten habe. Offenbar wäre es Ravenas Vater lieber gewesen, sein zukünftiger Schwiegersohn hätte einen weniger sturen Kopf gehabt.

»Heute ist kein guter Tag«, meinte Eigil schließlich. »Das Auftauchen dieser Schurken, Euer Streit mit Dankmar und dann auch noch die Mitteilung des Vogts, daß der Anführer der Bande früher für das Haus Treuer gearbeitet hat. Das wirft ein noch schlechteres Licht auf unsere Familie.«

»Was können wir dafür?« fragte Margarete. »Dieser Broder, oder wie sein Name war, hat für Rainald Treuer gearbeitet. Aber der ist tot, und wir haben nichts mit dem zu tun, was sich Anno 1074 in Köln ereignet hat.«

»Das ist wohl wahr«, stimmte Eigil seiner Frau zu. »Aber Gerüchte und Verdächtigungen sind zuweilen stärker als die Wahrheit. Wenn das Volk sich das Maul zerreißt, zählen klare Gedanken nicht mehr. Wir können nur hoffen, daß das Auftauchen des Friesen uns keine Unannehmlichkeiten bereitet. Für heute jedenfalls ist mein Bedarf an Mißhelligkeiten gedeckt.«

Sie gingen weiter und wurden in den Gassen des Wiks immer wieder nach den Ereignissen auf der Stadtmauer gefragt. Jeder, der nicht dabeigewesen war, schien die Geschichte mindestens zwei- oder dreimal hören zu wollen. Überall standen die Menschen beisammen und diskutierten über das Geschehen. Auch auf dem Hof der Treuers hatten sich die Angestellten versammelt und redeten sich die Köpfe heiß über die Neuigkeit, die wie ein Lauffeuer durch Köln ging.

Bei ihnen stand Rutger. Als Ravenas Blick sich mit seinem kreuzte, erschrak sie. Er sah aus, als habe er seit Nächten nicht geschlafen. Tiefe Ringe hatten sich unter seine Augen gegraben, und sein Gesicht wirkte schmaler als sonst. Ravena konnte in seinen Zügen nichts von der Aufgeschlossenheit und Zuversicht entdecken, die sie so sehr an Rutger gemocht hatte. Sein Antlitz hatte etwas Hartes, Düsteres angenommen.

Das zu erkennen war wie ein Dolchstoß in ihr Herz. Sie wußte, daß sie nicht unschuldig an den Veränderungen war. Aber Rutger seinerseits wußte, daß sie sich Eigils Willen beugen und Alessandro heiraten würde. Allerdings hatte Ravena nicht vorausgesehen, daß sie Alessandro auf Anhieb so sehr mögen würde. Ihre unverhohlene Zuneigung zu dem Venezianer mußte es Rutger doppelt schwer machen, dies alles mit Fassung zu tragen. Auf der einen Seite fühlte sich Ravena schuldig, weil sie Alessandro mochte und dadurch Rutger um so mehr verletzte. Dann wieder sagte sie sich, daß sie nichts für ihre Gefühle konnte. Sie war froh, als sie das Haus betraten und Ravena nicht länger Rutgers anklagende Blicke auf sich spüren mußte.

Eigil bat Oda, für eine Mahlzeit zu sorgen. »Nach all den Aufregungen haben wir uns eine Stärkung wohl verdient.«

Die Dienerin war kaum im Durchgang zur Küche verschwunden, da trat Rutger ein. Ravena ahnte, daß sein Erscheinen nichts Gutes zu bedeuten hatte. Dieser Tag schien, abgesehen von der Rettung der Hexenliese, nichts Erfreuliches zu bringen.

Eigil nickte seinem Kanzlisten zu. »Tretet näher, Rutger, und setzt Euch mit uns zu Tisch. Sicher habt Ihr bereits gehört, was sich an der Stadtmauer ereignet hat, und seid begierig, Näheres zu hören. Wir haben alles miterlebt, und ich kann nicht sagen, daß ich darüber besonders froh bin.«

Rutger tat ein, zwei Schritte auf die anderen zu, blieb dann aber abrupt stehen, als sei er gegen eine unsichtbare Schranke gestoßen. »Im ganzen Wik und wohl in ganz Köln spricht man von nichts anderem. Stimmt es, daß Broder, der Steuermann aus Rainald Treuers Diensten, die falschen Mönche angeführt hat?«

»Auch das habt Ihr bereits vernommen?« Eigil stöhnte gequält und ließ sich auf einen der klobigen Stühle fallen, die den großen, sechseckigen Tisch umstanden. »Ich wußte, daß diese Geschichte uns Ärger bereiten wird!« Er sah zu Rutger hinüber. »Der Stadtvogt sagte, er habe diesen friesischen Steuermann erkannt. Der Teufel mag wissen, was den Kerl und seine Kumpane bewogen hat, das Hexenweib zu retten!«

»Vielleicht nicht nur der Teufel.« Rutger, der eben noch seinen Brotherrn angesehen hatte, drehte den Kopf und blickte Alessandro an. »Fragt einfach den Italiener! Er wird es ebensogut wissen.«

Verwirrt pendelte Eigils Blick zwischen Rutger und Alessandro. »Ich verstehe nicht. Was wollt Ihr damit sagen, Rutger?«

»Es ist natürlich nur eine Vermutung, aber ich glaube fest, daß sie der Wahrheit entspricht.«

Eigils Faust fiel schwer auf die Tischplatte und ließ sie mit dumpfem Dröhnen erzittern. »Sagt endlich, was Ihr meint, Rutger! Ich bin wahrhaftig nicht in der Stimmung für irgendwelche Rätseleien.«

Rutger atmete tief durch. »Nach meinem Dafürhalten hat der Italiener die falschen Mönche geschickt, um das Hexenweib zu retten.«

Nach dieser Erklärung herrschte Stille. Jeder im Raum

schien den Atem anzuhalten. Auch Ravena fand keine Worte. Nicht etwa aus Angst, ihr Vater könne sie wieder wegen vorlauter Äußerungen rügen. Sie war, wie wohl alle hier, von Rutgers Einlassung vollkommen überrascht. Ausgerechnet Alessandro zu beschuldigen, die falschen Mönche geschickt zu haben, erschien Ravena so absurd wie sonst nichts auf der Welt. Sie hatte miterlebt, wie Alessandro drauf und dran gewesen war, sein düsteres Geheimnis zu lüften, um die Hexenliese vor dem Todessturz zu bewahren. Sie wandte den Kopf zur Seite und sah Alessandro an, der dicht bei ihr stand. Er fixierte Rutger mit den Augen eines Raubvogels, der seine Beute einschätzte. Vermutlich versuchte Alessandro zu verstehen, was Rutger mit seiner Aussage bezweckte. Ihm fiel wohl nur dieselbe Antwort ein wie ihr, und die hieß Ravena.

Eigil fand als erster die Sprache wieder. Er beugte sich vor, betrachtete seinen Kanzlisten mit zweifelndem Blick und fragte: »Seid Ihr ganz bei Trost, Rutger? Ihr seht schlecht aus. Vielleicht seid Ihr krank und benötigt einen Medicus.«

Oda kam aus der Küche und wollte etwas sagen, wohl bezogen aufs Essen. Aber sie merkte gleich, daß etwas nicht stimmte. Wortlos stellte sie den Weinkrug und die Zinnbecher, die sie auf einem hölzernen Tablett trug, auf den Tisch. Sie ging nicht in die Küche zurück, sondern blieb hinter Ravena stehen, wofür Ravena dankbar war.

»Mein Kopf ist vollkommen klar«, sagte Rutger. »Leider. Ich hätte Euch gern die Schande erspart, Eigil Treuer. Aber um Unheil von Euch und Eurer Familie abzuwenden, hielt ich es für das beste, Euch von meinem Verdacht wissen zu lassen.«

»Worauf begründet sich Euer Verdacht?« fragte Ravenas Vater im Tonfall eines Richters, der einen zweifelhaften Zeugen vernimmt.

Rutger warf einen kurzen Blick auf Alessandro und antwortete dann, wieder an seinen Brotherrn gewandt: »Euer Gast aus Venedig ist der einzige Mensch in Köln, in dessen Interesse das Verschwinden der Hexenliese liegt. Immerhin hat sie ihn einer schweren Schuld bezichtigt.«

Eigil schüttelte den Kopf und brummte: »Ihr redet unsinnig, Rutger. Ihr solltet wissen, daß die Hexe ihren Teufelspakt eingestanden hat. Der Teufel hat ihr eingeflüstert, was sie auf unserer Feier zu Alessandro sagen sollte.«

»Selbst wenn es so ist, muß es sich nicht um eine Lüge handeln«, blieb Rutger stur.

»Ihr sprecht keinen Verdacht aus, sondern eine bloße Vermutung«, tadelte Eigil ihn. »Noch dazu eine sehr haltlose und unverschämte, weil Ihr damit unseren Gast beleidigt. Ich weiß nicht, was Euch zu diesem seltsamen Auftritt veranlaßt hat, Rutger, aber Ihr solltet ihn jetzt beenden und das Haus auf der Stelle verlassen! Ich will Euch zugute halten, daß die Ereignisse des heutigen Tages uns allen aufs Gemüt geschlagen sind.«

Rutger aber wandte sich nicht zum Gehen um, sondern zeigte auf Alessandro. »Wenn Ihr mir nicht glaubt, so fragt doch Euren wohlfeilen Gast aus Venedig! Gestern abend hat er zugegeben, daß die Worte der Hexenliese wahr sind. Vielleicht hat er den Mut, sein Geständnis vor Euch zu wiederholen.«

»Gestern abend?« Eigil fuhr mit der rechten Hand durch sein dünnes graues Haar und sah Rutger ratlos an. »Da soll Alessandro Euch gegenüber seine Tat gestanden haben?«

»Er gestand es nicht mir, sondern Eurer Tochter.«

Eigil nagte an seiner Unterlippe und überlegte wohl, ob er der Sache weiter auf den Grund gehen oder ob er seinen Kanzlisten aus dem Haus werfen sollte, bevor Rutgers scharfe Zunge weiteres Unheil stiftete. »Sprecht Ihr von dem Spaziergang, den Alessandro mit Ravena unternahm?« fragte er endlich. »Ihr könnt nicht wissen, was da gesprochen wurde. Oda war bei den beiden, nicht Ihr!«

»Da täuscht Ihr Euch, Eigil«, erwiderte Rutger, und in seiner Stimme lag der Anflug eines Triumphs. »Oda blieb jenseits der Mauern zurück und ließ die beiden allein zum Fluß gehen.«

Eigils Kopf ruckte zu Oda herum. »Stimmt das?«

»Ja, Herr«, antwortete Oda ruhig, ohne eingeschüchtert zu wirken. Sie stand bereits so lange in seinen Diensten, daß sie sich längst auch an einen wütenden Eigil gewöhnt hatte.

»Aber ich hatte dir doch befohlen, bei Ravena und Alessandro zu bleiben!«

»Damit es kein Gerede der Leute gibt, ich weiß. Aber zu so später Stunde war außerhalb der Stadt kaum jemand anzutreffen. Da hielt ich es für besser, die beiden eine Weile allein zu lassen. Wenn man einander heiraten möchte, hat man zuweilen Dinge zu besprechen, die nicht für fremde Ohren bestimmt sind.«

»Das stimmt allerdings.« Eigil klang nicht mehr so verärgert wie noch vor wenigen Augenblicken; vielleicht erinnerte er sich an seine beiden Hochzeiten. Er stützte das Kinn auf die rechte Faust und blickte abermals seinen Kanzlisten an. »Woher wollt Ihr denn wissen, was zwischen Alessandro und meiner Tochter besprochen wurde? Ihr wart doch gar nicht dabei!«

»Und ob ich das war! Ich bin ihnen heimlich zum Teufelshorn gefolgt, und dort habe ich sie belauscht. Sie waren so mit sich beschäftigt, daß sie mich nicht bemerkten.«

»Sie waren am Teufelshorn?« fragte Eigil ungläubig. »Niemand, der bei gesundem Verstand ist, betritt die Landzunge, auf der Satan sich eingenistet haben soll. Eure Worte sind allesamt höchst zweifelhaft, Rutger. Ich glaube Euch nicht und ersuche Euch zum zweiten Mal, mein Haus zu verlassen. Und zum Ende des Monats packt Ihr am besten ganz Eure Sachen! Einem Kanzlisten, der mir wilde Lügen auftischt, kann ich nicht länger trauen.«

»Er lügt nicht«, kam es da von Alessandro. »Ich war mit Ravena tatsächlich am Teufelshorn und habe ihr dort gestanden, daß ich die Schuld trage am Tod meiner Frau und meines in ihr reifenden Sohns. Bevor Ravena mich heiratet, sollte sie die Wahrheit über mich kennen.«

Schon Rutgers Äußerungen hatten Eigil aufgebracht und verwirrt. Nach Alessandros Eröffnung aber schien Ravenas Vater endgültig aus der Fassung zu geraten. Mit einer fahrigen Bewegung langte er zum Weinkrug und einem der Zinnbecher. Aber seine zitternden Hände stießen den Becher um. Mit einem singenden Geräusch rollte das Gefäß über den Tisch und wäre zu Boden gefallen, hätte Oda es nicht im letzten Augenblick festgehalten.

Eigil ließ den Weinkrug los, stemmte die Ellbogen auf den Tisch und stützte die Stirn in beide Hände. So saß er eine ganze Weile da und versuchte, Ordnung in seine Gedanken zu bringen. Schließlich wandte er sich Alessandro zu.

»Ihr habt mich schwer enttäuscht«, sagte Eigil traurig. »Wenn ruchbar wird, daß Ihr der Mörder Eures eigenen Weibes und Eures ungeborenen Sohns seid, ist der Name Beltrami dadurch befleckt. Als Gemahl meiner Tochter würdet Ihr auch den Namen Treuer in den Schmutz ziehen. Ihr werdet verstehen, daß ich unter diesen Umständen von einer privaten wie geschäftlichen Verbindung unsrer beiden Häuser Abstand nehmen muß.«

»Ich verstehe es«, antwortete Alessandro und sah Ravena an. »Auch wenn ich es sehr bedaure.«

Ravena fühlte sich, als würde ihr der Boden unter den Füßen weggezogen. Mit allem möglichen hatte sie an diesem

Tag gerechnet, aber nicht mit dem Auftritt Rutgers. Ihre Knie wurden weich. Oda faßte sie am Arm und half ihr, sich auf einen der Stühle zu setzen. Die fürsorgliche Oda gab ihr etwas von dem Wein zu trinken, und danach fühlte sich Ravena nicht mehr ganz so schwach.

Eigil warf seiner Tochter einen strengen Blick zu. »Von dir hätte ich erwartet, daß du mich sofort über Alessandros Geständnis in Kenntnis setzt. Aber du hast mich ja nicht zum ersten Mal enttäuscht.« Er machte eine wegwischende Handbewegung. »Reden wir später darüber. Jetzt solltest du dich auf dein Zimmer zurückziehen und dich ausruhen.«

»Nein!« erwiderte Ravena und nahm all ihre Kräfte zusammen, um auf ihren Vater keinen schwankenden, unsicheren Eindruck zu machen. »Wenn niemand hier das Wort für Alessandro ergreift, will ich es tun. Es ist mir eine Pflicht und ein Bedürfnis.«

»Welches Wort willst du ergreifen, Tochter? Was gibt es noch zu sagen, wenn Alessandro selbst seine Schuld eingesteht?«

»Was Alessandro getan hat, macht ihn noch lange nicht zum Mörder«, sagte Ravena und blickte den Venezianer an. Es war ihm gewiß nicht recht, wenn sie seine Geschichte vor den anderen ausbreitete, aber sie sah keinen anderen Weg, um ihrem Vater die Lage klarzumachen. »Alessandro hatte erfahren, daß seine Frau Leona sich einem anderen hingegeben hat. Es kam zum Streit zwischen ihnen. Leona sagte Alessandro, das Kind in ihrem Leib, der ersehnte Sohn, stamme von dem Nebenbuhler. Da stieß Alessandro sie im Zorn von sich fort. Leona fiel unglücklich und verletzte sich dabei tödlich. Erst im Sterben erfuhr Alessandro von ihr, daß er doch der Vater des Kindes sei.« Ravena sah in die Runde. »Alessandro mag Schuld auf sich geladen haben, aber ein Mörder ist er ganz gewiß nicht.«

Eigil wandte sich an Alessandro: »Ist es so gewesen, wie meine Tochter sagt?«

»Jedes Wort Ravenas ist wahr«, sagte Alessandro leise, sah dabei aber nicht Eigil an, sondern Ravena.

Sie las einen stummen Vorwurf in seinem Blick, als wollte er fragen: Warum mußtest du das erzählen?

»Das ändert die Lage«, sagte Eigil nachdenklich. »Es ist nach wie vor keine erfreuliche Angelegenheit, und ich hätte mir gewünscht, in all das früher eingeweiht worden zu sein. Aber ein Mörder ist Alessandro nicht. Die Frage ist: Können – sollen – wir die Sache für uns behalten? Und wenn nicht, ist dann noch eine Hochzeit zwischen Alessandro und Ravena möglich?«

Rutger trat an den Tisch heran und behauptete: »Sie lügen beide! Offenbar will Ravena den Italiener schützen. Gestern am Teufelshorn hat Alessandro eine ganz andere Geschichte erzählt.«

Betroffen sah Ravena zu Rutger auf. Wie konnte er so etwas behaupten?

Eigil, dem Verzweifeln nahe, fragte mit gequältem Gesichtsausdruck: »Welche Geschichte hat Alessandro gestern erzählt, Rutger?«

»Gestern am Teufelshorn hat der Italiener Eurer Tochter gestanden, daß er seine Frau absichtlich getötet hat, weil er die Schande nicht ertragen konnte. Dabei hat er in Kauf genommen, daß auch sein ungeborener Sohn, sein eigen Fleisch und Blut stirbt. Ravena beschwor ihn, dies nicht öffentlich kundzutun, um die Hochzeit nicht zu gefährden. Der Italiener sagte ihr, sie solle ganz beruhigt sein, niemand würde etwas erfahren. Er habe auch Vorsorge getroffen, daß die Hexe nicht in einem Anfall von Reue noch mehr von ihrem Wissen preisgeben könne. Als ich heute von den falschen Mönchen hörte, wußte ich, was er gemeint hat. Wahrscheinlich ist die Hexe von ihnen längst endgültig zum Schweigen gebracht worden.«

»Das stimmt alles nicht!« rief Ravena. »Rutger lügt!«

»Ich weiß nicht«, kam es zweifelnd von Eigil. »Eben noch, als ich Rutger keinen Glauben schenken wollte, hat Alessandro selbst Rutgers Worte bestätigt.«

»Was Rutger bis dahin sagte, entsprach der Wahrheit«, erklärte Ravena. »Aber was er eben vortrug, waren nichts als gemeine Lügen!«

Vorwurfsvoll blickte sie Rutger an, aber der vermied es, Ravena in die Augen zu sehen. Sein schlechtes Gewissen war für Ravena offensichtlich, aber Eigil, der an diesem Tag schon so viele unglaubliche Dinge gehört hatte, vermochte es nicht zu erkennen.

»Welchen Grund zu lügen sollte Rutger haben?« fragte Ravenas Vater.

»Ich bin der Grund«, gestand Ravena. »Rutger liebt mich, und ich habe ihn auch geliebt. Wir wollten heiraten, aber dann kam die von dir in die Wege geleitete Verbindung mit Alessandro dazwischen. Ich habe Rutger gesagt, daß ich mich dem Wort meines Vaters füge. Aber schwerer hat Rutger wohl getroffen, daß ich begonnen habe, echte Zuneigung für Alessandro zu empfinden. Jetzt versucht er mit schmutzigen Lügen, Alessandro in Verruf zu bringen.«

»Ihr wolltet heiraten?« Für Eigil schien das kaum vorstellbar zu sein. »Davon habe ich nie etwas gemerkt.«

»Wir haben uns nur heimlich getroffen, um dich nicht zu verärgern, Vater. Oft gingen wir hinaus zum Teufelshorn. Daher kannte Rutger den Platz und wußte gestern abend, wo er sich verbergen konnte, um uns heimlich zu belauschen.«

Eigil stand auf und ging vor dem Tisch hin und her. Er tat Ravena leid. Ihr Vater wirkte auf sie wie ein in die Enge getriebenes Tier.

»Ich weiß nicht, was ich noch glauben soll«, stieß er hervor, als er endlich stehenblieb. »Ich scheine der letzte in diesem Haus zu sein, der über wichtige Neuigkeiten unterrichtet wird.« Er fixierte Rutger. »Ihr liebt meine Tochter?«

»Ja, Herr.«

»Und Ihr habt mir in allem die Wahrheit gesagt? Könnt Ihr das beschwören?«

»Nur die Wahrheit, Herr.«

Ravena beobachtete Rutger genau, während er sprach. Er mußte doch vor so einer schwerwiegenden Lüge zurückschrecken, mußte zumindest zu erkennen geben, daß er sich zu so einer schändlichen Behauptung überwinden mußte. Aber nichts davon sah sie in seinen Zügen. Er schien ein völlig anderer Mensch zu sein als jener Rutger, den sie gekannt und geliebt hatte. Konnte Liebe so in Haß umschlagen? Und konnte der Haß einen Menschen so verändern? Es mußte so sein, denn eine andere Erklärung gab es nicht.

Eigil sah jetzt Alessandro an. »Ihr liebt meine Tochter auch?«

»Mehr als mein Leben.«

»Aber Ihr kennt sie erst seit drei Tagen!«

»Mir ist, als würde ich sie ein ganzes Leben kennen.«

Es tat Ravenna gut, das aus Alessandros Mund zu hören. Nur hätte sie viel dafür gegeben, wenn Alessandro diese Worte zu einer anderen Gelegenheit gesprochen hätte, zu ihr allein.

»Was ist mit Eurer ersten Frau?« fuhr Eigil fort. »Habt Ihr sie auch geliebt?«

»Das habe ich.«

»So sehr, wie Ihr jetzt meine Tochter liebt?«

Alessandro zögerte, bevor er sagte: »Ich glaube nicht, daß man zwei verschiedene Menschen auf genau dieselbe Weise lieben kann. Jeder Mensch ist anders, und so unterscheidet sich auch die Liebe. Aber eins steht fest: Meine Liebe zu Leona war echt und tief, und ebenso echt und tief sind meine Gefühle für Ravena!«

»Eure echte und tiefe Liebe hat Euch nicht gehindert, Eure erste Frau zu töten!«

Zum ersten Mal, seit Rutger seine Beschuldigungen erhoben hatte, flackerte Zorn in Alessandros Augen auf. »Wollt Ihr mich beleidigen, Eigil Treuer?«

»Ich will niemanden beleidigen. Ich versuche nur, die Lüge von der Wahrheit zu trennen. Und ich muß gestehen, daß mir das noch niemals so schwergefallen ist.«

Alessandro nickte verstehend. »Dies ist kein leichter Tag für Euch, Eigil, das weiß ich. Ob Ihr mir nun glaubt oder nicht, ich kann nur immer wieder sagen: Ich habe Hand an meine Frau gelegt, aber es geschah im Zorn und keinesfalls in böser Absicht. Nie wieder würde ich so etwas tun, aber für Reue ist es nun zu spät.«

»Auch Ihr würdet schwören, daß Ihr die Wahrheit sagt?« vergewisserte sich Eigil.

»Jederzeit.«

Ravena kam nun an die Reihe. Eigil trat zu seiner Tochter und legte die Hände auf ihre Schultern. Zum ersten Mal seit ihrem Streit gestern gab er Ravena zu erkennen, daß seine väterliche Zuneigung nicht erloschen war. So sehr Ravena das erleichterte, sie konnte sich in der gegenwärtigen Lage nicht so richtig darüber freuen.

»Und du, mein Kind, liebst Alessandro?«

Sie sah zu ihm auf, blickte ihm tief in die Augen. »Ja, Vater.«

»Aber du hast auch Rutger geliebt, oder?«

»Das habe ich. Vor wenigen Tagen noch glaubte ich, ich könne niemals einen anderen Mann lieben.«

»Was hat diese Auffassung ins Wanken gebracht?«

»Alessandro.«

»Und Rutger? Sind deine Gefühle für ihn ganz erloschen?«

»So etwas zu sagen, wäre leichtfertig. Aber dieser Mann hier, der mit Lügen nur so um sich wirft, ist nicht mehr der Rutger, dem ich meine Liebe geschenkt habe.«

»Du sagst, daß er lügt. Und du sagst, daß du Alessandro liebst. Da liegt der Verdacht nahe, daß du Alessandro auch dann verteidigen würdest, wenn er im Unrecht wäre.«

»Ich glaube, das würde ich tun«, antwortete Ravena ehrlich. »Aber ich muß es nicht tun, weil er wahr spricht.«

»Und auch du würdest schwören, nehme ich an.«

»Das würde ich, gleich hier und jetzt, wenn du es verlangst.«

»Ich weiß noch nicht, was ich verlangen soll«, sagte Eigil nachdenklich. »Das alles ist so verwirrend, daß ich erst darüber nachdenken muß.«

Oda meldete sich überraschend zu Wort: »Ich bin nur eine einfache Frau, aber darf ich etwas fragen?«

»Nur zu, wenn es uns weiterbringt«, seufzte Eigil. »Ich bin für jede Hilfe dankbar.«

»Rutger sagt, Alessandro hätte die falschen Mönche gesandt, um die Hexenliese zum Schweigen zu bringen. Aber wenn diese Mönche oder wer immer sie waren nur noch wenige Augenblicke gewartet hätten, wäre die Hexenliese von der Mauer gestürzt und für immer stumm gewesen. Wozu sollte Alessandro sich also die ganze Mühe machen?«

»Eine kluge Frage, Oda«, lobte Eigil und sah sich zu Rutger um. »Was antwortet Ihr darauf?«

»Wie ich schon sagte, befürchtete Alessandro, die Hexe könne angesichts ihres nahen Todes von Reue übermannt werden und noch mehr über ihn erzählen, um ihren Kopf zu retten. Er schickte die Mönche, um das zu verhindern. Einmal vor Ort, haben die Schurken ihren Auftrag ausgeführt, obwohl der Hexensturz kurz bevorstand. Vielleicht handelten sie vorschnell aus Angst, den richtigen Zeitpunkt zum Eingreifen zu versäumen.«

Oda war mit der Antwort nicht zufrieden, wie ihr verkniffener Mund und ihre zuckenden Gesichtsmuskeln verrieten.

Eigil bemerkte es. »Du hast noch Zweifel, Oda?«

»Wenn Alessandro die Hexenliese wirklich zum Schweigen bringen wollte, hätten diese bewaffneten Mönche es einfacher haben können. Warum haben sie das Weib nicht einfach getötet, anstatt es mit sich zu nehmen?«

»Nun, Rutger, was sagt Ihr dazu?« fragte Eigil.

»Ihr solltet das lieber Alessandro fragen. Ich kenne weder seine Gedanken und Pläne noch die seiner Kumpane.«

»Ich frage aber Euch«, beharrte Ravenas Vater.

»Ich kann es mir nur zusammenreimen«, antwortete Rutger zögernd. »Vielleicht will Alessandro die Hexe nicht nur aus dem Verkehr ziehen, sondern auch von ihr in Erfahrung bringen, woher sie ihr Wissen über ihn hat. Mal gesetzt den Fall, daß es ihr nicht vom Teufel zugeflüstert wurde.«

»Hm«, machte Eigil nachdenklich. »Da könnte etwas dran sein. Eine wirklich verzwickte Angelegenheit. Je mehr ich Licht in sie zu bringen versuche, desto düsterer wird alles für mich. Ich weiß nicht, wer hier lügt, und ich weiß auch noch nicht, wie ich das herausfinden kann. Bis ich Näheres erfahre, darf kein Wort von dem, was hier besprochen wurde, nach außen dringen. Ich wünsche und verlange von jedem hier, absolutes Stillschweigen zu bewahren! Andernfalls könnte es unabsehbare Folgen für unsere ganze Familie haben.«

»Sollten wir nicht gerade deshalb die Sache augenblicklich dem Bischof oder dem Stadtvogt melden?« fragte Lothar. »Wenn herauskommt, daß wir so etwas Schwerwiegendes verschweigen, kann uns das teuer zu stehen kommen.«

»Was willst du denn melden, wenn du die Wahrheit nicht kennst?« erwiderte Eigil. »Ich jedenfalls wüßte es nicht. Außerdem befinden sich Erzbischof Hildolf und Dankmar von Greven zur Zeit nicht in der allerbesten Stimmung. Sie ausgerechnet jetzt mit dieser Sache zu behelligen, wäre ausgesprochen unklug.«

»Was willst du statt dessen tun, Vater?« erkundigte sich Lothar.

»In Ruhe nachdenken, vielleicht eine Nacht darüber schlafen, um all die verwirrten Gedanken wenigstens einigermaßen zu ordnen. Vielleicht weiß man morgen auch schon mehr über diese Männer, mögen sie nun Mönche oder die Schatten von Köln gewesen sein.«

Nachdem alle ihr Stillschweigen zugesichert hatten, löste sich die Versammlung auf. An ein gemeinsames Mahl war nicht mehr zu denken. Erst ging Rutger hinaus, dann zog sich Alessandro auf sein Zimmer zurück. Ravena sagte, daß auch sie keinen Hunger mehr verspüre.

»Dann solltest du auf dein Zimmer gehen«, sprach ihr Vater. »Aber bleib auch dort! Bis die Sache geklärt ist, solltest du weder Umgang mit Alessandro noch mit Rutger pflegen. Oda wird dir später etwas zu essen bringen.«

»Ja, Vater«, sagte Ravena und ging die Stiege hinauf.

Oben blieb sie kurz im Gang stehen und sah zu Alessandros Zimmer hinüber. Nur ein paar Schritte, und schon wäre sie bei ihm. Aber etwas hielt sie zurück. Sie dachte an den verletzten Ausdruck in seinen Augen, als sie seine Geschichte preisgab. Vielleicht war es besser, wenn sie beide in Ruhe über alles nachdachten. Zögernd wandte sie sich um und ging zu ihrem eigenen Zimmer.

17. KAPITEL

Der venezianische Dolch

Beim Frühmahl am nächsten Morgen war die allgemeine Stimmung im Hause Treuer ebenso gedrückt wie am Vortag. Als Ravena hinunterkam, saßen ihr Vater, ihre Stiefmutter, Lothar und Oda schon am Tisch. Oda aß häufig zusammen mit ihnen, obwohl sie zur Dienerschaft gehörte. Durch die langen Jahre treuer Dienste und die enge Verbundenheit mit Ravena war Oda gleichwohl ein Teil der Familie.

Auch gestern, nach der Auseinandersetzung mit Rutger, hatte sich Oda um Ravena gekümmert, hatte ihr Speisen aufs Zimmer gebracht und versucht, sie zu trösten. Irgendwann hatte es geklopft, und Alessandro war eingetreten. Oda hatte sich zurückziehen wollen, aber Alessandro bat sie zu bleiben. Oda kannte Eigil Treuer, und Alessandro hatte wissen wollen, was er von Ravenas Vater zu erwarten hatte. Aber weder Ravena noch Oda hatten eine Vorstellung, zu welchem Entschluß Eigil gelangen würde. Ravena hatte vorgeschlagen, unter vier Augen mit Rutger zu sprechen. Sie hoffte, ihn vielleicht dazu bewegen zu können, seine Lügen zurückzunehmen. Sowohl Alessandro als auch Oda rieten ihr ab. Rutger hatte sich in seine Sache verrannt, sagte Alessandro, und war schon viel zu weit gegangen, um jetzt noch kehrtzumachen. Und Oda meinte, Ravena könnte im unglücklichsten Fall Rutgers Verzweiflung und seinen Haß nur noch mehr anstacheln. Also blieb Ravena auf ihrem Zimmer und versuchte vergeblich, einen Ausweg aus der bedrückenden Lage zu finden. Sie selbst war der Stein, der den Weg versperrte. Sie träumte sehr schlecht, von Teufeln und Hexen, die sie heimsuchten und quälten. Als sie am Morgen durch die Weckrufe des Ausrufers erwachte, fühlte sie sich wie gerädert.

»Wo steckt Alessandro?« fragte ihr Vater, noch bevor sie an der Tafel Platz genommen hatte.

»Er wird wohl noch auf seinem Zimmer sein«, antwortete Ravena, während sie sich setzte und ihren Blick über die Speisen gleiten ließ. Sie hatte gestern nach all der Aufregung kaum etwas zu sich genommen. Obwohl Ravena sich jetzt nicht wesentlich besser fühlte, spürte sie ihren leeren Magen. Sie tat sich Brot und Apfelmus auf und wollte gerade in das noch ofenwarme Brot beißen, als in der Halle Stimmen und Schritte ertönten.

Den Treuers blieb kaum Zeit, sich zum Eingang umzudrehen, da erschienen auch schon mehrere Männer mit blanken Waffen. Es waren Stadtwachen, angeführt von niemand geringerem als Dankmar von Greven. Der Stadtvogt war der einzige, der weder Schwert noch Speer in Händen hielt, aber seine Rechte lag auf dem Schwertknauf an seiner Seite, bereit, die Waffe jederzeit zu ziehen.

Dankmars Blick huschte durch den Raum, bevor er sich auf Eigil heftete. »Wo steckt er?« schnarrte der Stadtvogt, als spreche er nicht zu einem angesehenen Kaufmann, sondern zu einem seiner Soldaten.

»Ich weiß nicht, wovon Ihr sprecht, Vogt«, sagte Eigil in einem Ton, der seine Verstimmung deutlich machte. »Über Euren Auftritt bin ich recht überrascht. Eine Erklärung wäre wohl angemessen.«

»Wir suchen Euren Gast, den Venezianer«, sagte Dankmar ohne jede Freundlichkeit. »Wo habt Ihr ihn versteckt?«

»Wir haben ihn gar nicht versteckt«, erwiderte Eigil. »Wozu auch?«

»Und wo ist er dann?«

»In seinem Zimmer, nehme ich an. Wir haben ihn heute noch nicht gesehen.«

»Oben?« fragte Dankmar und zeigte die Stiege hinauf.

Eigil nickte und wollte etwas hinzufügen, kam aber nicht dazu. Auf Dankmars Wink trampelten die Wachen mit ihren schweren Lederstiefeln die Treppe hinauf, Dankmar mitten unter ihnen. Bevor sie oben ankamen, blieben sie unvermittelt stehen. Auf dem oberen Absatz der Stiege war Alessandro erschienen. Er war noch nicht ganz angezogen und wirkte, als habe der Lärm der Wachen ihn aus dem Schlaf gerissen.

»Was ist hier los?« fragte er. »Was bedeutet dieser Aufruhr?«

Dankmar drängte sich an seinen Männern vorbei nach oben, zog dabei sein Schwert und drückte die Spitze gegen Alessandros Brust. »Alessandro Beltrami aus Venedig, ich nehme Euch in Gewahrsam, weil Ihr einen Bürger der Stadt Köln getötet habt!«

Die Wachen stürzten sich auf Alessandro, der sich nach Kräften gegen sie wehrte. Er trug keine Waffen bei sich, und seine bloßen Fäuste kamen nicht lange gegen die Schwerter und Speere der Soldaten an. Dankmars Männer überwältigten ihn, warfen ihn zu Boden und banden seine Hände auf den Rücken. Sie sprangen recht roh mit Alessandro um, und Ravena hörte ihn zwei- oder dreimal schmerzerfüllt aufstöhnen. Sie zuckte dabei zusammen wie unter Peitschenhieben.

Dankmar aber sah sich das alles mit leuchtenden Augen an. Nach dem gestrigen Zwischenfall mit Alessandro mußte es für ihn eine Genugtuung sein, den Venezianer gebunden und hilflos vor sich liegen zu sehen.

»Ein Mord?« fragte Eigil fassungslos. »Wer ist getötet worden.«

»Euer Kanzlist«, antwortete Dankmar. »Ein gewisser Rutger.«

Ravena stöhnte laut auf, als der Name fiel. Sie konnte kaum glauben, daß Rutger wirklich tot war. Gestern hatte sich Rutger in einem häßlichen Licht gezeigt. Aber das war jetzt bedeutungslos. Sie dachte an den Rutger, den sie geliebt hatte. Tod! Das klang so endgültig, daß sie es einfach nicht wahrhaben wollte.

»Was hat Eure Tochter?« fragte Dankmar. »Sie ist plötzlich so blaß im Gesicht.«

Eigil warf Ravena einen besorgten Blick zu und sagte zu Dankmar: »Kein Wunder, wenn Eure Männer hier wie eine wilde Horde hereintrampeln und Ravenas zukünftigen Mann verhaften, während Ihr von Mord redet!«

»Bedankt Euch bei Eurem zukünftigen Schwiegersohn hier«, sagte Dankmar und deutete mit seiner Schwertspitze auf den am Boden liegenden Alessandro. »Er hat den Mord begangen, nicht ich.«

»Wann soll das gewesen sein?« erkundigte sich Eigil.

»Nach Einbruch der Nacht, als die Plätze und Gassen längst leer waren und brave Bürger sich zur Ruhe begeben hatten.«

»Dann kann es unmöglich Alessandro gewesen sein«, sagte Eigil. »Er hat oben geschlafen.«

»Dafür solltet Ihr nicht Eure Hand ins Feuer legen, Eigil Treuer!« Dankmar gestattete sich ein Lächeln, aber darin lag nichts Freundliches; es war ein Ausdruck des Triumphs. Er wandte sich an diejenigen seiner Männer, die unten geblieben waren. »Holt den Zeugen herein!«

Zwei der Wachen gingen nach draußen und kehrten kurz darauf mit einem rothaarigen Mann mittleren Alters zurück. Es war ein Nachbar der Treuers, der Segelmacher Genrich. Er grüßte Eigil und die anderen, wirkte aber zu Ravenas

Verwunderung sehr scheu. Das war sonst nicht seine Art. Genrich war meistens sehr fröhlich und erzählte gern eine Zote, wenn man sich mit ihm unterhielt.

»Ihr kennt Genrich wohl als zuverlässigen Mann hier im Wik«, sagte Dankmar, während er die Stiege hinabkam; seine Männer schleppten Alessandro hinterdrein. »Oder zweifelt hier jemand an Genrichs Aufrichtigkeit?«

»Natürlich nicht«, sagte Eigil Treuer. »Genrich ist uns stets ein guter Nachbar gewesen.«

Ravena sah ihrem Vater an, daß er sich ebenso unwohl in seiner Haut fühlte wie der Segelmacher. Der Stadtvogt führte offensichtlich etwas im Schilde. Er wirkte wie ein Feldherr, der den Feind in die Falle gelockt hatte und, schon in der Vorfreude des Sieges, nur noch darauf wartete, dem Gegner den entscheidenden Stoß zu versetzen.

Dankmar nahm, ohne zu fragen, ein Stück Ziegenkäse von der Tafel und biß hinein. Kauend sagte er: »Genrich, erzählt doch noch einmal, was Ihr heute morgen beobachtet habt!«

»Aber ... Herr, Ihr wißt doch schon alles«, stammelte der Segelmacher mit einem ängstlichen Seitenblick auf Eigil.

»Ich schon, Euer Nachbar aber nicht«, erwiderte Dankmar mit nur aufgesetzter Freundlichkeit; das Lächeln, mit dem er Genrich bedachte, erinnerte an ein Raubtier, das die Zähne zeigte. »Vielleicht glaubt Eigil Treuer Euch eher als seinem Vogt.«

»Ich stand heute morgen sehr früh auf«, begann Genrich zögernd. »Ich habe schon seit Tagen einen schlechten Schlaf. Meine Frau Hilma meint, das alles sei die Schuld der Hexenliese. Das Hexenweib will uns den Schlaf stehlen, sagt Hilma, damit wir müde und unaufmerksam werden und uns dann leichter vom Teufel einwickeln lassen, wenn der unsere Seelen ...«

»Schon gut!« unterbrach Dankmar den Segelmacher. »Erzählt nicht von Hexen und vom Teufel, sondern davon, was Ihr am frühen Morgen gesehen habt!«

»Eigentlich war es noch Nacht, vollkommen dunkel jedenfalls«, sagte Genrich. »Ich beschloß, die Zeit zu nutzen und etwas zu arbeiten. Hilma schlief noch fest, und in der Werkstatt störe ich sie nicht. Als ich dann über den Hof zur Werkstatt ging, habe ich ihn gesehen.«

»Wen?« hakte der Stadtvogt nach.

»Ihn!« sagte Genrich und zeigte auf Alessandro, der, von Wachen umringt, mit auf dem Rücken gefesselten Händen am unteren Treppenabsatz stand. »Der Italiener ging auf das Haus der Treuers zu, auf dieses Haus. Er wirkte sehr erschöpft.«

»Woran habt Ihr das erkannt, Genrich?« fragte Dankmar.

»An seinem schleppenden Gang. Ich wunderte mich nur, habe mich aber nicht weiter darum gekümmert. Ich wollte ja arbeiten.«

»Natürlich«, sagte der Vogt, schien aber gar nicht richtig hingehört zu haben. Er wandte sich Eigil zu und sprach frohlockend: »Wollt Ihr noch immer behaupten, daß Euer Gast die ganze Nacht über unter Eurem Dach friedlich geschlafen hat?«

»Ich ...«, brachte Eigil nur hervor, bevor seine Stimme mit einem kläglichen Ton abbrach. Er sah Dankmar an, dann Genrich und schließlich Alessandro.

»Bemüht Euch nicht, Eigil«, ergriff der Venezianer das Wort. »Euer Nachbar spricht die Wahrheit. Auch ich konnte nämlich nicht schlafen. Nachdem ich mich lange im Bett herumwälzte, hoffte ich, daß die frische Nachtluft mir guttun würde. Deshalb unternahm ich einen Spaziergang.«

»Und bei der Gelegenheit habt Ihr gleich den Kanzlisten Rutger umgebracht«, sagte der Vogt.

»Das ist nicht wahr! Weshalb hätte ich das tun sollen?«

Die Antwort kam aus dem Eingang, wo unvermutet Nelda erschienen war: »Der Italiener wollte seinen Nebenbuhler beseitigen. So ist es bestimmt gewesen. Sollte mich nicht wundern, wenn ihm das Hexenweib dabei geholfen hat. Er hat nämlich für ihre Befreiung gesorgt!«

»Was?« rief Dankmar und starrte die Frau an. »Wer bist du, Weib?«

Nelda ging nicht darauf ein, sondern zeigte auf Alessandro. »Ihn müßt Ihr fragen! Er ist der Mörder. Erst hat er Frau und Kind getötet und jetzt den jungen Rutger. Man sollte ihn so behandeln wie die Hexe und ihn von der Stadtmauer stürzen!«

Ravena hatte gehofft, daß der verwirrte Geist der Böttcherswitwe sich wieder klären würde. Aber das Gegenteil schien der Fall zu sein, wenn Nelda jetzt sogar den Mann beschuldigte, der ihr Leben und das ihrer Tochter unter größter Gefahr gerettet hatte. Das Feuer, das ihr Mann und Sohn geraubt hatte, schien ihr auch den klaren Verstand genommen zu haben. Geblieben war nur der Haß auf die Hexenliese und grenzenlose Rachsucht.

Dankmar ließ sich von Eigil erklären, wer Nelda war. Dann bot er ihr einen Stuhl an und fragte sie: »Ihr habt eben sehr viele Dinge über Alessandro Beltrami gesagt. Rutger war also sein Nebenbuhler? Alessandro hat Weib und Kind umgebracht und für die Rettung der Hexe gesorgt? Erklärt Euch doch näher, Nelda!«

»Ich habe es gestern mit angehört, als Rutger ins Haus ging. Ich stand bei der Tür und hörte zu, ohne daß die anderen es bemerkten. Versteht Ihr?«

»Gewiß«, versicherte Dankmar und zeigte sein Raubtierlächeln. »Und nun sagt mir, was Ihr gehört habt – bitte!«

Nelda erzählte zwar häufig zusammenhanglos, aber durch

einiges Nachfragen erfuhr Dankmar von dem gesamten Streit, den es gestern durch Rutger gegeben hatte.

»Ich danke Euch, Nelda«, sagte der Vogt schließlich und wandte sich wieder den anderen zu. »Jetzt haben wir aber gleich zwei gute Gründe für Alessandro, den Kanzlisten umzubringen. Rutger war auch in Ravena verliebt, und er wußte um die Schandtaten aus Alessandros Vergangenheit. Im Verein mit Genrichs Aussage und dem Dolch ist das wohl Beweis genug für die Schuld Eures Gastes, Eigil Treuer.« Dankmar beugte sich zu Ravenas Vater vor. »Und Ihr solltet Euch in Zukunft besser vorsehen! Was Rutger Euch gestern zugetragen hat, hättet Ihr mir auf der Stelle melden müssen!«

»Was ist das mit dem Dolch?« fragte Alessandro.

»Rutger wurde mit einem venezianischen Dolch getötet. Ihr tragt doch auch so einen – oder habt ihn zumindest gestern noch getragen. Ich selbst hatte Gelegenheit, mich aus nächster Nähe davon zu überzeugen.«

»Habt Ihr die Mordwaffe, den Dolch, bei Rutgers Leichnam gefunden?«

Der Vogt nickte. »*In* seinem Leichnam, um genau zu sein.«

»Dann kann es nicht mein Dolch sein. Der liegt oben in meinem Zimmer.«

Dankmar schickte einen Mann hinauf, das nachzuprüfen. Der Soldat kehrte bald mit der Waffe zurück. Es war eindeutig der Dolch mit den in Richtung der langen, schmalen Klinge gebogenen Parierstangen und den im Griff eingefaßten Rubinen, mit dem Alessandro gestern den Vogt entwaffnet hatte.

»Na bitte«, sagte Dankmar zufrieden und nahm die Waffe an sich. »Da ist ja der Beweis für Eure Schuld.«

»Was sagt Ihr?« entfuhr es Alessandro. »Das ist doch wohl eher der Beweis meiner Unschuld!«

»Keineswegs«, erwiderte der Stadtvogt kühl. »Die Mordwaffe ist sehr ähnlich gefertigt, eindeutig eine venezianische Arbeit. Ich kenn mich mit Waffen gut aus, müßt Ihr wissen. Und ich wüßte zur Zeit niemanden in Köln, der einen Dolch aus Venedig trägt. Ist es in Italien nicht üblich, mit zwei Waffen zu kämpfen, eine in jeder Hand?«

»Wer sich auf eine Waffe nicht verlassen will, tut das«, antwortete Alessandro. »Ich aber habe nur diesen einen Dolch und hatte auch keinen anderen.«

Eigil fragte: »Sind sich die beiden Dolche wirklich so ähnlich?«

»Überzeugt Euch selbst«, schlug Dankmar vor. »Begleitet mich zur Leiche. Sie müßte noch dort liegen, wo sie aufgefunden wurde.«

Kurz darauf verließ eine bunte Schar das Anwesen der Treuers. Dankmar von Greven ritt auf seinem Rappen voran. Ihm folgten zu Fuß seine Wachen, in ihrer Mitte der noch immer gefesselte Alessandro. Ihnen hatten sich Eigil Treuer, Lothar, Ravena und Oda angeschlossen. Erst wollte Eigil seiner Tochter verbieten mitzukommen. Dann aber hatte er eingesehen, daß sie vielleicht von allen hier, ausgenommen Alessandro, diejenige war, die das Ganze am meisten anging.

Ravena versuchte, in Alessandros Nähe zu kommen. Sie sah ihn an und hätte gern gewußt, wie es jetzt in ihm aussehen mochte. Seine Fahrt nach Köln hatte ihm wahrhaftig kein Glück gebracht.

Alessandro wandte den Kopf zu ihr um und lächelte tapfer. »Ich bin unschuldig, Ravena!«

»Das mußt du mir nicht sagen, Alessandro. Das weiß ich.«

Die Dächer von Groß Sankt Martin wuchsen vor ihnen in

die Höhe. Dankmar lenkte den Rappen zu einer schmalen Gasse zwischen Kirche und Altem Markt. Eine Menge Volk hatte sich dort versammelt und wurde nur von einigen Wachen des Stadtvogts davon abgehalten, die Gasse zu überströmen. Dankmar stieg aus dem Sattel, um mit seinem Gefangenen und den Mitgliedern der Familie Treuer die Gasse zu betreten.

»Ein Mönch von Groß Sankt Martin, der eine frühe Erledigung zu besorgen hatte, stieß hier auf den Toten«, erklärte der Vogt. »Er lag genauso da, wie er noch jetzt zu sehen ist.«

Dankmar trat zur Seite und gab den Blick auf den Leichnam frei. Der Leib eines Mannes lag in seitlicher, verkrümmter Haltung auf dem schmutzigen Boden. Im ersten Augenblick hoffte Ravena, es möge ein anderer sein, nicht Rutger. Dieses Gesicht wirkte so fremd. Überraschung und Schrecken waren tief in die verzerrten Züge gegraben, und das war es, was das Antlitz so veränderte und Ravena fremd erscheinen ließ, was ihr doch so vertraut gewesen war.

Ja, es war Rutger, und der Anblick tat ihr in der Seele weh. Sie sah den Rutger vor sich, an den sie ihr Herz verloren hatte. Sie hörte seine Stimme lachen, wenn sie einen Scherz machte, hörte ihn große Pläne für ihre gemeinsame Zukunft schmieden. Auch wenn Rutger sich in den letzten Tagen verändert hatte, der alte Rutger war doch in ihm gewesen. Und den mit einem Dolchstoß ausgelöscht zu sehen, traf Ravena, als hätte sie und nicht Rutger die Klinge ins Herz bekommen.

Die Waffe ähnelte tatsächlich dem Dolch Alessandros. Die Parierstangen waren in ähnlicher Weise umgebogen. Auch die Mordwaffe hatte einen kunstvoll gearbeiteten Griff mit eingelassenen Edelsteinen. Nur handelte es sich in diesem Fall nicht um Rubine, sondern um Smaragde.

»Sind sich die Waffen nicht erstaunlich ähnlich?« fragte da auch schon der Stadtvogt.

»In Venedig gibt es viele Waffen, die so aussehen«, sagte Alessandro.

»Mag sein«, brummte Dankmar. »Aber hier ist nicht Venedig. Wer sonst außer Euch sollte hier in Köln so eine Waffe führen?«

»Die Besatzung!« rief Ravena, einer Eingebung folgend. »Auch die Männer von Alessandros Schiff kommen aus Venedig.«

»Die Seeleute werden sich wohl kaum mit Edelsteinen geschmückte Waffen leisten können«, wehrte der Vogt lachend ab. »Man kann es drehen und wenden, wie man will. Der Verdacht fällt nur auf einen einzigen Mann, auf Alessandro. Und da es ein schwerwiegender Verdacht ist, bringe ich ihn jetzt in den Kerker!«

Als Ravena wieder zu Hause war, grübelte sie in ihrem Zimmer. Zwei Bilder hatten sich in ihrem Kopf festgesetzt und beschäftigten sie unablässig. Zum einen war da Rutgers Leiche. Der kümmerliche Rest eines Menschen, der einmal voller Leben gewesen war. Und dann Alessandro, sein angeblicher Mörder. Als die Wachen ihn zum Kerker geführt hatten, hatte er sich noch einmal zu Ravena umgesehen. Für einen langen, leider nicht unendlichen Augenblick hatten ihre Blicke einander getroffen. Deutlich hatte sie in Alessandros Blick die Bitte gelesen, ihm zu vertrauen. Aber warum bat er sie überhaupt darum? Er mußte doch wissen, daß Ravena ihn nicht für einen Mörder hielt.

Leider genügte es bei weitem nicht, daß Ravena ihn für unschuldig hielt. Zu viele Verdachtsmomente sprachen gegen Alessandro. Da war die Mordwaffe, der venezianische

Dolch. Und da war der Grund, Rutger zu töten. Alessandro hatte wohl gleich mehrere Gründe gehabt, und da schien er der einzige zu sein. Aber konnte ein Mann wie Alessandro so dumm sein, seinen leicht zu erkennenden Dolch in der Leiche zurückzulassen? Oder hatte jemand gewollt, daß man Alessandro für den Mörder hielt?

Unablässig dachte sie darüber nach, wer einen Grund gehabt haben könnte, Rutger zu töten und die Tat Alessandro anzuhängen. Schließlich, als ihr bereits der Kopf schmerzte, kam sie darauf. Sofort stürzte sie aus ihrem Zimmer, eilte die Stiege hinab und lief über den Hof zur Kanzlei.

Nur ein einziger Mann hielt sich in der Kanzlei auf. Er stand am Pult und nahm mit einem Federkiel Eintragungen in ein großes, ledergebundenes Buch vor. Immer wieder verglich er Angaben aus zwei anderen Listen miteinander, bevor er die nächste Eintragung vornahm. Er war so in seine Arbeit versunken, daß er Ravena nicht einmal bemerkte, als sie dicht neben ihm stand.

»Du hast es getan, nicht wahr?«

Lothar zuckte zusammen, als er Ravenas Stimme hörte. Vor Schreck zog er mit dem Federkiel eine dunkle Tintenlinie quer über eine Buchseite.

»Mein Gott, hast du mich erschreckt! Ich war so in der Arbeit versunken. Vater hat mich beauftragt, Rutgers Arbeit fortzuführen, bis wir einen neuen Kanzlisten haben. Es ist wirklich nicht leicht, sich in all das innerhalb kürzester Zeit einzuarbeiten.«

»Wenn dir das zuviel ist, hättest du Rutger nicht töten dürfen!«

Lothar trat einen Schritt zurück und starrte Ravena an wie

eine Geistererscheinung. »Du meinst hoffentlich nicht ernst, was du da sagst!«

»Ich meine es sogar sehr ernst damit«, entgegnete Ravena. »Ich habe lange nachgedacht, wer ein Interesse daran haben könnte, Rutger *und* Alessandro aus dem Weg zu schaffen. Die Antwort darauf bist du.«

»Ach ja? Kannst du mir das genauer erklären?«

»Du bist begierig darauf, mehr Verantwortung in Vaters Geschäft zu übernehmen. Denn du möchtest zum Oberhaupt des Handelshauses Treuer aufsteigen. Meine Heirat mit Alessandro hätte dich weit zurückgeworfen. Es ist kein Geheimnis, daß mein Vater Alessandro gern an seiner Seite im Geschäft gesehen hätte.«

»Und um Alessandro aus dem Weg zu räumen, bringe ich erst einmal Rutger um, ja?«

»Du wolltest auch Rutger los sein, zu deiner eigenen Absicherung. Wenn aus ihm und mir doch noch ein Paar geworden wäre, hättest du als Stiefsohn Eigils abermals abseits gestanden. Rutger war ein guter Kanzlist und wäre sicher auch ein guter Kaufherr gewesen. Da kam dir der Einfall, beide Hindernisse auf einen Schlag aus der Welt zu schaffen.«

»Und der Dolch? Wie habe ich das hinbekommen?«

»Als Mitglied der Familie Treuer hast du vielfältige Kontakte. Irgendwo ließ sich ein ähnlicher Dolch wie der Alessandros gewiß auftreiben. Alles deutet auf dich, Lothar!«

»Vor allem du deutest auf mich. Du hast es nie verwinden können, daß du deinen Vater mit meiner Mutter und mit mir teilen mußtest. Stimmt das nicht?«

»Du lenkst vom Thema ab.«

»Wirklich? Ich dachte, unser Thema ist die Suche nach Gründen. Ich suche gerade einen Grund, warum du mir die schreckliche Tat anhängen willst.«

»Du gibst es also nicht zu?« hakte Ravena nach.

»Den Teufel werde ich tun!« schnaubte Lothar und wies mit dem Federkiel zur Tür. »Und jetzt scher dich hinaus!«

Als Ravena die Kanzlei verließ, wußte sie nicht mehr, was sie glauben wollte. War Lothars Empörung echt gewesen, oder konnte er sich einfach nur ziemlich gut verstellen?

18. KAPITEL

Das Urteil

Der Gerichtssaal im Bischofpalast rief unschöne Erinnerungen in Ravena wach. Hier hatte sie vor drei Tagen erlebt, wie das Todesurteil über die Hexenliese gefällt wurde. Und sie hatte keinen Grund anzunehmen, daß Alessandro heute mehr Gerechtigkeit widerfahren würde. Ganz Köln fieberte dem Prozeß entgegen, und die große Spannung machte vergessen, unter welch merkwürdigen Umständen sich alles ereignete.

Schon die Schnelligkeit, mit der es zum Prozeß kam, erstaunte und erschreckte Ravena. Alessandro Beltrami kam aus einer einflußreichen Familie, und es war für die Stadt Köln nicht unwichtig, gute Beziehungen zu den Beltramis zu pflegen. Vor diesem Hintergrund hätte Ravena eine ausführliche Untersuchung der gegen Alessandro erhobenen Vorwürfe erwartet, bevor der Prozeß anberaumt wurde. Die Eröffnung der Verhandlung gleich am Tag nach Alessandros Festnahme löste die schlimmsten Befürchtungen in ihr aus. War Alessandro bereits verurteilt worden, bevor die Richter überhaupt den Saal betraten? Beim Streit mit dem Stadtvogt hatte Alessandro sich einen erbitterten Feind gemacht, soviel stand fest. Und das schien sich jetzt zu rächen.

Ravenas Eindruck verfestigte sich, als die drei Richter den Saal betraten: Erzbischof Hildolf, Dankmar von Greven und Heimar von Brosach. Der Präpositus gehörte dem Gericht an, weil Alessandro Gast des Kaufmanns Eigil Treuer im Kölner Wik war und somit der von Heimar repräsentierten Wiksgerichtsbarkeit unterfiel. Als die drei zu ihrem Tisch gingen, achtete Ravena fast nur auf den Stadtvogt. Er bewegte sich, wie die beiden anderen, gemessenen, würdevollen Schrittes, aber hinter seiner ausdruckslosen Miene verbarg sich nur unzureichend die Vorfreude darauf, Alessandro den Prozeß zu machen. War Ravena wirklich die einzige, der das auffiel? Bildete sie sich das gar nur ein aus Sorge um Alessandro? Auf einmal empfand sie die Luft im Gerichtssaal als überaus stickig, kaum noch zu ertragen. Sie hatte das Gefühl zu ersticken, und sog die Luft in heftigen, kurzen Atemzügen ein.

Oda, die zu ihrer Linken saß, streichelte beruhigend Ravenas Arm und flüsterte ihr ins Ohr: »Atme ruhig und gleichmäßig, Ravena, dann geht es dir gleich wieder besser. Das ist nur die Aufregung. Du mußt dich zusammennehmen! Wenn Alessandro dich so sieht, ist das für ihn gewiß keine Hilfe.«

Ravena nickte und versuchte, den Rat zu befolgen. Zu ihrer Rechten saßen ihr Vater, Margarete und Lothar. Eigil sah seine Tochter besorgt an. Bereute er schon, daß er sie mitgenommen hatte? Dachte er an die Schande, die sie ihm in seinen Augen beim Prozeß gegen die Hexenliese bereitet hatte? Wäre es nicht um Alessandro gegangen, hätte Ravena bestimmt nicht mitkommen dürfen. Aber hier lagen die Dinge anders, das sah auch Eigil ein. Außerdem war es möglich, daß Ravena vom Gericht als Zeugin aufgerufen wurde.

Margarete legte sich halb über Eigil und wischte mit einem Tuch den Schweiß von Ravenas Stirn. »Du siehst nicht gut aus, Kind. Wirst du krank?«

»Das ist nur die Aufregung«, antwortete Ravena.

Ihr Blick traf sich mit dem Lothars, und sie dachte an das

Gespräch in der Kanzlei. Noch immer war sie sich nicht sicher, ob sie den Stiefbruder mit ihrem Verdacht tief verletzt hatte oder ob er bloß Theater spielte. Jetzt war sein Gesicht ausdruckslos wie eine Maske. Er wandte den Kopf um und sah zu den Richtern hinüber, so wie die meisten Menschen, die den Saal bis in den hintersten Winkel ausfüllten.

Die Leute reckten die Köpfe, schoben und drängelten, um möglichst viel zu sehen. Die Treuers in der vordersten Bankreihe hatten diese Sorge nicht. Sie hatten einen freien Blick auf das, was sich am Richtertisch ereignete, und sie sahen auch in jeder Einzelheit, wie der Angeklagte von den Wachen hereingeführt wurde. Alessandros Hände und Füße waren mit kurzen Ketten gefesselt, so daß er nur sehr kleine Schritte machen konnte. Ein Soldat trieb ihn zu größerer Eile an, indem er das stumpfe Ende seines Speers in Alessandros Rücken stieß. Alessandro verzerrte das Gesicht vor Schmerz, stolperte und schlug hin. Die Wachen lachten, aber kein einziger half dem Gefesselten beim Aufstehen. Alessandro kam auch so wieder auf die Beine und setzte den Weg zum Richtertisch fort.

Ravena zwang sich, die Tränen zu unterdrücken, die aus ihren Augen schießen wollten. Mehr noch als die körperlichen Schmerzen, die Alessandro zu erleiden hatte, war es die entwürdigende Behandlung vor aller Öffentlichkeit, die Ravena dem Weinen nahebrachte. Als sich ihr Blick mit dem Alessandros kreuzte, war sie froh darüber, daß sie die Tränen zurückgehalten hatte. Er sollte sich nicht auch noch Sorgen um sie machen. Sie hob den Kopf und zwang sich zu einem Lächeln, das, wie sie hoffte, Zuversicht ausstrahlte. Alessandro lächelte zurück. Insgeheim fragte sich Ravena, ob er dasselbe dachte wie sie: daß sie sich gegenseitig etwas vormachten.

»Alessandro ist ein tapferer Mann«, sagte Oda zu Ravena. »Was auch immer geschehen mag, du kannst stolz auf ihn sein.«

Der Ausrufer hämmerte mit seinem schweren Holzstab auf den Boden, bis im Zuschauerraum einigermaßen Ruhe eintrat.

Dankmar von Greven erhob sich und sprach, zu Alessandro gewandt: »Alessandro Beltrami aus Venedig, Ihr werdet vor diesem hohen Gericht folgender drei Verbrechen angeklagt. Zum ersten wird Euch vorgeworfen, Euer Weib, das Euer ungeborenes Kind in sich trug, aus Eifersucht erschlagen zu haben. Zum zweiten wird Euch vorgeworfen, die von diesem Gericht zum Tode verurteilte Hexenliese befreit und dadurch die Vollstreckung des gegen sie ergangenen Urteils vereitelt zu haben. Zum dritten wird Euch vorgeworfen, den Kanzlisten Rutger aus Köln erdolcht zu haben, um ihn als Zeugen gegen Euch sowie als Nebenbuhler um die Gunst Ravenas, der Tochter des Kaufmanns Eigil Treuer, aus dem Weg zu räumen. Wie erklärt Ihr Euch zu den einzelnen Anklagepunkten?«

Der Stadtvogt setzte sich wieder und tauschte einen kurzen Blick mit Hildolf aus.

Alessandro sah in die Runde, bevor er Dankmar ansah und erwiderte: »Keine der von Euch vorgetragenen Anklagen ist begründet.«

»Ach nein?« fragte Dankmar. »So habt Ihr also nicht Euer Weib Leona getötet, als sie Euer Kind in sich trug?«

»Doch, das habe ich«, antwortete Alessandro nach kaum merklichem Zögern, und ein aufgeregtes Raunen ging durch die Menge. »Aber es war ein Unfall. Ich handelte nicht mit der Absicht, Leona und das Kind zu töten.«

»Schildert uns den Hergang dieses Vorfalls!«

»Warum?« entgegnete Alessandro. »Wir sind hier in Köln,

nicht in Venedig. Was in meiner Heimat geschah, fällt nicht in die Zuständigkeit dieses Gerichts.«

Hildolf ergriff das Wort: »Dieses Gericht sieht das anders. Offenkundig seid Ihr in Venedig der gerichtlichen Verfolgung entgangen. Woran das liegt, darüber können wir nur Mutmaßungen anstellen. Vielleicht war der Einfluß Eurer Familie groß genug, um Euch zu schützen. Hier in Köln ist das anders. Jede Eurer Taten scheint in einem Zusammenhang mit den anderen zu stehen. Daher ist dieses Gericht der Auffassung, wegen aller Anklagepunkte gegen Euch verhandeln zu dürfen und zu müssen. – Macht Euch bewußt, Alessandro, daß dieses Verfahren vielleicht die letzte Gelegenheit für Euch ist, Eure Sünden zu bekennen. Möglicherweise tretet Ihr bald schon vor Euren höchsten Richter, Gott den Allmächtigen. Solltet Ihr dann nicht Eure schweren Taten bereut haben? Also nutzt die Gelegenheit!«

Die Erklärung des Erzbischofs verstärkte Ravenas Befürchtung, daß Alessandros Verurteilung bereits feststand. Hildolfs Worte hörten sich an, als schärfe der Henker schon das Schwert für Alessandros Hinrichtung. Dieser Prozeß schien nicht mehr zu sein als eine Formangelegenheit.

Alessandro sah den Erzbischof herausfordernd an. »Ich soll bereuen, bevor ich verurteilt bin, Eminenz? Seid Ihr da nicht etwas voreilig?«

»Ich wollte es Euch nur einfach machen«, sagte Hildolf. »Ich dachte, es sei in Eurem Sinn, wenn ich Euch und Euren Freunden aus dem Haus Treuer die ausführliche Schilderung Eurer Untaten erspare. Aber bitte, wie Ihr wollt. Vogt, ruft den ersten Zeugen auf!«

Es war eine Zeugin, Nelda, die gestern noch zusammen mit ihrer Tochter das Haus der Treuers verlassen hatte. Diener des Stadtvogts waren gekommen, um sie abzuholen. Dankmar bot ihr Fürsorge und ein Unterkommen in seinem Haus an. Für Ravena war es offensichtlich, daß er die Zeugin dem Einfluß der Treuers entziehen und seinem eigenen Einfluß unterstellen wollte. Als Nelda sich entschied, mit Dankmars Dienern zu gehen, war Ravena halb erleichtert und halb bedrückt gewesen. Erleichtert, weil die verwirrte Frau es sich, absichtlich oder aufgrund ihres getrübten Geistes, offenbar vorgenommen hatte, Alessandro ins Unglück zu stürzen. Bedrückt, weil der Einfluß des Stadtvogts wohl kaum dazu führte, daß Nelda ihre Vorwürfe gegen Alessandro noch einmal überdachte.

Als Nelda, immer wieder von Dankmars Fragen unterbrochen, ihre Aussage machte, bestätigte sich Ravenas Befürchtung. Die Böttcherswitwe sprach in überraschend klaren Worten, und nur selten entbehrten ihre Äußerungen des Zusammenhangs. Wenn es denn einmal vorkam, unterbrach Dankmar durch eine Frage, die Nelda wieder in die richtige Bahn lenkte. Auf Ravena wirkte alles wie abgesprochen und eingeübt. Nelda sprach in einem leiernden Tonfall, als sei sie sich der Bedeutung ihrer Worte nicht bewußt. Als spreche sie nur nach, was jemand – Dankmar? – ihr eingetrichtert hatte.

Wie Nelda sprach, mochte seltsam sein, aber was sie sagte, war wirklich schlimm, war für Alessandro verheerend. Sie wiederholte all ihre Vorwürfe vom Vortag. Daß sie jetzt nicht mit der Erregung einer geistig Verwirrten sprach, sondern sehr ruhig und sachlich, ließ ihre Anschuldigungen nur glaubhafter erscheinen.

Als nächster Zeuge wurde der Segelmacher Genrich aufgerufen. Sowie er beim Eintreten die Treuers bemerkte, blieb er stehen und warf ihnen einen entschuldigenden Blick zu. Auch er wiederholte seine Aussage, wonach er gesehen hatte, wie Alessandro gestern vor Sonnenaufgang zum Haus der Treuers zurückgekehrt war.

Nach wie vor bestritt Alessandro diese Aussage nicht. Er blieb dabei, einen Spaziergang unternommen zu haben. Die Vorwürfe gegen ihn aber wies er weit von sich.

Auf Dankmars Befehl brachte ein Diener ein Brett herein, auf dem die beiden einander ähnelnden Dolche festgebunden waren. Der Diener hielt das Brett in die Höhe und ging langsam an den Zuschauern entlang, damit jeder die beiden Waffen in Augenschein nehmen konnte. An der Klinge der Mordwaffe klebte noch das Blut.

»Auch dafür, daß Eure Waffe der des Mörders so unglaublich ähnelt, habt Ihr gewiß eine Erklärung, Alessandro«, sagte Dankmar in dünkelhaftem Ton.

»Was soll ich da erklären? Der Dolch, den Ihr bei mir gefunden habt, ist ein anderer als der, mit dem Rutger ermordet wurde. Das spricht doch wohl für meine Unschuld und nicht für meine Schuld!«

»Das wäre so in jedem anderen Fall«, sagte der Vogt. »Aber hier haben wir es mit zwei sehr kostbaren Dolchen venezianischer Anfertigung zu tun, und Ihr seid der einzige Venezianer in ganz Köln, dessen Rang ihm das Führen so kostbarer, mit Smaragden und Rubinen besetzter Waffen ermöglicht. Könnt Ihr dagegen etwas einwenden?«

»Wieso sollte ich? Dauernd verlangt Ihr von mir, etwas gegen Anschuldigungen vorzubringen, die nicht mehr sind als Vermutungen. An Euch wäre es, diese Vermutungen zu beweisen, bevor Ihr von mir eine Verteidigung verlangt!«

»Ich würde nicht von Vermutungen, sondern von Hinweisen sprechen«, sagte Dankmar. »Ein einzelner Hinweis mag noch kein Beweis sein, aber ihre Vielzahl ist erdrückend.«

So ging es noch eine Weile weiter, bis das Gericht sich zur Beratung zurückzog. Ravena wollte aufstehen und zu Alessandro gehen, aber die Wachen gestatteten es nicht. So blieb ihr nichts anderes übrig, als ihm aufmunternd zuzulächeln. Sie tat es gegen besseres Wissen. Der Verlauf der Verhandlung und die Aussagen der Richter waren eindeutig gewesen, schlossen jede berechtigte Hoffnung auf einen Freispruch aus.

Schon nach kurzer Zeit kehrten die Richter zurück, und Hildolf verkündete das Urteil: »Es ist erwiesen und wird auch von dem Angeklagten nicht bestritten, daß der Kanzlist Rutger schwere Vorwürfe gegen ihn erhoben hat und zugleich sein Rivale um die Gunst der Treuer-Tochter Ravena gewesen ist. In der Nacht, nachdem Rutger seine Vorwürfe vorbrachte, wurde er erdolcht. Die Mordwaffe ähnelt auffällig dem Dolch, den der Angeklagte bei sich führte. Außerdem hat der Angeklagte in der Mordnacht das Haus des Kaufmanns Eigil Treuer verlassen, und niemand hat ihn in dieser Zeit gesehen. Nehmen wir all diese Umstände zusammen, so müssen wir zu der Erkenntnis kommen, daß der Angeklagte den Kanzlisten Rutger ermordet hat. Wenn der Angeklagte sich aber dazu veranlaßt sah, so müssen die von Rutger erhobenen Vorwürfe wahr sein. Daraus ergibt sich, daß der Angeklagte in allen Punkten für schuldig zu befinden ist. Darum verurteilt dieses Gericht Alessandro Beltrami zum Tod auf dem Richtblock. Die Hinrichtung wird übermorgen nach Sonnenaufgang vollzogen.«

Obwohl Ravena mit solch einem Urteil gerechnet hatte, fühlte sie sich wie vor den Kopf geschlagen. Etwas zu befürchten, war eine Sache, aber das Befürchtete eintreten zu sehen, noch einmal etwas anderes. Im ersten Augenblick war sie wie gelähmt. Sie sah nur Alessandro, der aufrecht vor seinen Richtern stand und die drei Männer gefaßt, aber voller Verachtung ansah. Alles andere nahm sie nur undeutlich wahr, besonders die erregten Stimmen der Zuschauer, die nicht mehr länger an sich halten konnten und das Urteil lauthals diskutierten.

Oda schlang die Arme um Ravena, sagte aber nichts. Oda wußte, daß Worte in einer solchen Lage nicht helfen konnten. Ravena wäre am liebsten aufgesprungen und zu Alessandro geeilt, um ihn ebenso zu trösten, wie Oda es bei ihr versuchte. Aber sie mußte mit ansehen, wie die Wachen Alessandro abführten. Als er in einem zwielichtigen Durchgang verschwand, fühlte Ravena eine ungeheure Leere in sich. Ganz so, als sei in ihr ein Leben, das gerade erst begonnen hatte, ausgelöscht worden.

19. KAPITEL

Die Ausgestoßenen

Alessandro, der in Ketten zwar, aber hoch erhobenen Hauptes von den Wachen aus dem Gerichtssaal geführt wurde. Dieses Bild ging Ravena nicht mehr aus dem Kopf. In seinen Augen hatte keine Furcht vor dem Kommenden gelegen, vor dem Tod auf dem Richtblock, nur Verachtung für seine Richter. Wäre Ravena sich noch nicht sicher gewesen, daß ihr Herz Alessandro gehörte, nach seinem Auftreten vor Gericht hätte es für sie keinen Zweifel mehr gegeben. Aber das Schicksal war grausam und würde ihr Alessandro in zwei Tagen fortnehmen.

War es nicht nur grausam, sondern auch gerecht? War dies Ravenas Strafe dafür, daß sie sich von Rutger abgewandt hatte? Der Mann, den sie geliebt hatte, war tot. Jetzt sollte sie auch den Mann verlieren, dem sie sich zugewandt hatte. Ravena lag auf ihrem Bett und weinte. Jetzt, wo Alessandro sie nicht sehen konnte, ließ sie ihren Tränen freien Lauf. Und der Himmel weinte mit ihr.

Als sie aus dem Bischofspalast getreten waren, hatte sie ein heftiger Herbststurm empfangen. Der Wind schlug den Menschen Regen und Hagel in die Gesichter. Hastig zerstreute sich die Menge, um in den Schutz ihrer Häuser zu fliehen, die Treuers ebenso wie alle anderen. Oda hatte Ravena auf ihr Zimmer begleitet und hatte angeboten, bei ihr zu bleiben. Aber Ravena hatte das abgelehnt. Sie wollte allein mit ihren Gedanken sein und mit ihren Tränen.

Noch immer brauste der Sturm ums Haus. Regen und Hagel

prasselten unablässig gegen die Marienglasscheibe des kleinen Fensters. Eine schwarze Decke hatte sich über den Himmel gelegt, obwohl es mitten am Tag war. Bald würde die Mittagsstunde schlagen. Ravena hatte kein Licht entzündet, und in ihrem Zimmer war es fast so dunkel wie in der Nacht.

Ein schweres Geräusch am Fenster schreckte sie auf. Sie lauschte, und nach einiger Zeit hörte sie es wieder. Erst dachte sie an besonders dicke Hagelkörner. Aber als das Geräusch zum dritten Mal ertönte, war es so laut, daß Ravena nicht an Hagel glauben konnte. Sie stand auf und trat ans Fenster. Das halbdurchsichtige Marienglas bot schon bei gutem Wetter nur eine verschwommene Aussicht. Jetzt aber, wo Regenschlieren die Scheibe von außen überzogen und das Glas von innen beschlagen war, konnte Ravena so gut wie nichts da draußen erkennen.

Zum Glück ließ sich das Fenster öffnen. Als Ravenas Vater das Haus hatte herrichten lassen, hatte er nicht nur Marienglas für die Fenster bestellt, sondern gleichzeitig dafür gesorgt, daß die Fenster in den oberen Stockwerken an Zapfen zu drehen waren. Durch die so entstandene Öffnung blickte Ravena nach draußen und ignorierte den Regen, der ihr hart ins Gesicht schlug.

Auf der Straße stand eine Gestalt und winkte ihr. Es war eine junge Frau, deren pausbäckiges Gesicht Ravena bekannt vorkam. Ravena mußte nur kurz überlegen. Sie hatte vor fünf Tagen mit der Frau gesprochen, auf dem Fest, das Eigil zu Ehren Alessandros gegeben hatte. Ihr Name war Dela, und sie hatte zu den Dienstboten gehört, die eigens für das Fest angestellt worden waren.

Ravena verstand Delas Zeichen. Sie sollte zu Dela hinunter auf die Straße kommen. Dann legte Dela einen Zeigefinger vor ihre Lippen und sah Ravena beschwörend an. Auch darüber mußte Ravena nicht lange rätseln. Sie sollte das Haus heimlich verlassen. Soviel war ihr klar, nur der Grund dafür lag im dunkeln. Ravena ahnte, daß es etwas mit Alessandro zu tun hatte. Etwas anderes konnte es kaum sein.

Sie gab Dela ein Zeichen, daß sie kommen würde, und verschloß das Fenster wieder. Rasch zog sie sich an, schlug einen wollenen Schal um ihren Hals und wählte ihren dicksten Umhang aus. Vorsichtig öffnete sie die Tür und blickte hinaus auf den Gang, der ebenso dunkel war wie ihr Zimmer. Der Gang war menschenleer. Ravena verließ ihr Zimmer, schloß die Tür hinter sich und ging auf Zehenspitzen zur Stiege. Auch hier war niemand zu sehen. Sie huschte die Stiege hinab, deren Bretter, obwohl sie sich Mühe gab, leise zu sein, bei jedem zweiten Schritt knarrten. Aber der Sturm war ihr Verbündeter. Das Prasseln des Regens und das Heulen des Winds verschluckten das sonst vielleicht verräterische Geräusch der Treppe.

Kaum war sie unten angelangt, nahm sie eine Bewegung zu ihrer Linken wahr. Schnell duckte sie sich in den Schatten des Treppenaufgangs. Gerade noch rechtzeitig, um nicht von Oda gesehen zu werden, die mit einem Besen aus dem Küchenbereich kam und in den Dienstbotentrakt ging. Ravena überlegte, ob sie Oda ansprechen und sie einweihen sollte. Sie entschied sich dagegen. Noch wußte sie nicht, was Dela von ihr wollte. Vielleicht schadete Ravena Alessandro, wenn sie zu jemandem sprach, selbst wenn dieser Jemand die vertrauenswürdige Oda war. Ravena beschloß, erst einmal Dela anzuhören. Danach konnte sie, wenn sie es für angebracht hielt, Oda noch immer einweihen.

Ravena wollte erleichtert aufatmen, als sie endlich nach draußen trat, aber der heftige Wind raubte ihr fast den

Atem. Sie zog den Schal vor den Mund und den Umhang so tief über ihren Kopf, daß von ihrem Gesicht nicht viel mehr als Augen und Nase zu erkennen war. So stemmte sie sich gegen den Wind und ging zu der Stelle, wo Dela gestanden hatte.

Vergeblich suchten Ravenas Augen nach der Frau, bis eine Stimme aus dem Dunkel einer überdachten Einfahrt sprach: »Hier bin ich, Herrin. Kommt hierher, ins Trockene!«

Zögernd trat Ravena in das muffig riechende Dämmer. Plötzlich war ihr unheimlich zumute. Die ganze Situation hatte etwas Unwirkliches.

Eine klitschnasse Dela stand in einem Winkel der Einfahrt und lächelte schüchtern. Offenbar fühlte auch sie sich nicht ganz wohl in ihrer Haut.

»Hier bin ich«, sagte Ravena überflüssigerweise. »Was gibt es Wichtiges, daß du nicht zu mir ins Haus kommen wolltest.«

»Niemand durfte mich bemerken, Herrin.«

»Das dachte ich mir fast«, sagte Ravena leicht säuerlich. Daß Dela sich offenbar alles aus der Nase ziehen lassen wollte, machte sie ungehalten.

Dela sah ängstlich zur Straße, wo der Regen große Pfützen gebildet hatte und unablässig weiteres Wasser zur Erde schickte. »Seid Ihr sicher, daß Euch niemand gefolgt ist?«

»Wer geht bei dem Wetter schon freiwillig nach draußen? Ernsthaft, ich habe aufgepaßt, niemand hat mich gesehen.«

»Das ist gut, sehr gut«, murmelte Dela und nickte zweimal. »Dann können wir jetzt gehen.«

»Gehen?« wiederholte Ravena mit einem zweifelnden Blick auf den Regen. »Wohin, in Gottes Namen?«

»Zu mir nach Hause. Keine Sorge, es ist nicht weit.«

»Das mag sein. Aber ich wüßte nicht, was ich bei dir zu Hause sollte.«

»Ich ... muß Euch etwas zeigen. Etwas sehr Wichtiges. Vielleicht kann es Euch helfen, den Italiener zu retten.«

»Alessandro?« Ravena spürte ihre Erregung. Also hatte sie richtig vermutet: Dela wußte etwas, das Alessandro nützen konnte. »Was ist es, das du mir zeigen willst?«

»Seht es Euch an, dann könnt Ihr entscheiden, was es Euch wert ist. Falls es Euch etwas wert ist.«

»Du verlangst eine Bezahlung?«

»Meine Familie ist arm, Eure dagegen ist wohlhabend. Was Euer Vater bei dem Fest zu essen auftragen ließ, kommt bei uns im ganzen Jahr nicht auf den Tisch. Ist es da nicht angemessen, wenn Ihr mir meinen Fund abkauft?«

Das erklärte die Heimlichtuerei und den Umstand, daß Dela Ravena mit zu sich nach Hause nehmen wollte. Was auch immer die junge Frau gefunden hatte, hier hätte Ravena es ihr, vielleicht mit Hilfe ihrer Familie, wegnehmen können. Wenn sie erst bei Dela war, mußte sie für die Ware bezahlen.

Kurz überlegte Ravena, um Hilfe zu rufen und Dela mit Gewalt zu zwingen, ihr Geheimnis preiszugeben. Aber das Risiko, daß Dela in der Aufregung entkommen könnte, erschien ihr zu groß. Außerdem hatte Dela recht: Wenn ihr Fund wichtig für Alessandro war, würde Ravena, ohne zu zögern, dafür bezahlen. Kein Preis wäre ihr zu hoch gewesen.

»Einverstanden, gehen wir zu dir«, sagte Ravena und zog den Umhang wieder tief über ihr Gesicht.

Auch Dela wickelte sich in ihren zerfasernden Umhang, und sie liefen durch den Regen. Den vielen Pfützen auszuweichen war ein Ding der Unmöglichkeit, und schnell waren Ravenas Füße vollkommen durchnäßt. Sie nahm an, daß es ihrer Begleiterin nicht anders ging. Auch von oben war Ravena bald naß. Gegen die herabstürzenden Wassermassen half der dickste Umhang nicht viel.

Als sie bereits den halben Wik durchquert hatten, ohne auf eine Menschenseele zu stoßen, zog Ravena Dela unter ein vorspringendes Dach und fragte: »Wo wohnst du denn nun? Du hast gesagt, es ist nicht weit!«

»Ist es auch nicht mehr.«

»Wie weit noch genau?«

Dela zeigte nach links. »Seht Ihr das schmale Eckhaus dort? Daneben öffnet sich eine schmale Gasse. Dorthin müssen wir.«

Es war wirklich nur noch ein kurzes Stück. Noch einmal liefen sie durch den Regen und tauchten in die von Dela bezeichnete Gasse ein. Die Häuser standen hier so eng zusammen, daß es fast wie ein überdachter Tunnel wirkte. Fast. Auch hier waren die beiden nicht vor dem allgegenwärtigen Regen geschützt.

In der finsteren Gasse stank es erbärmlich. Gerade wollte Ravena mit einer Hand ihre Nase zuhalten, da lösten sich schattenhafte Gestalten aus der Dunkelheit. Schweigend kamen sie näher, geradewegs auf die beiden Frauen zu.

»Wir müssen umkehren!« stieß Ravena hervor.

Dela aber lächelte sie an und erwiderte: »Das ist nicht vorgesehen.«

Erst da begriff Ravena, daß Dela sie in eine Falle gelockt hatte. Ravena wollte auf den offenen Platz hinauslaufen, aber Dela hielt sie am Arm fest. Delas freie Hand bewegte sich schnell auf Ravenas Gesicht zu. Dela hielt ein Tuch in der Hand, eine Art Lappen, und preßte es gegen Ravenas Nase und Mund. Ravena nahm einen scharfen, fast beißenden Kräutergeruch wahr.

Sie wollte sich von Dela losreißen, aber sie fühlte sich

plötzlich unendlich müde und schlaff. Ihre Beine waren ohne jede Kraft, und Ravena wäre hingefallen, wäre nicht eine der schattenhaften Gestalten hinzugesprungen und hätte sie aufgefangen. Ravena blickte in ein breites Gesicht, umrahmt von sehr hellem Haar, bevor bleierne Müdigkeit ihr das Bewußtsein raubte.

Als Ravena aus ihrem Alptraum erwachte, regnete es noch immer. Sie hörte das Prasseln und roch die Feuchtigkeit in der Luft, die ihr fast so schwer wie ein nasses Tuch erschien. Mit Schaudern dachte sie an ihren Traum zurück, an Delas Verrat und die Schattenwesen, die sich Ravena schweigend und bedrohlich genähert hatten. Ihre Erleichterung, daß die Falle in der finsteren Gasse nur ein Gaukelspiel ihres schlafenden Verstands gewesen war, paarte sich mit Enttäuschung. Der Beweis für Alessandros Unschuld, den Dela ihr im Traum versprochen hatte, wäre ihr höchst willkommen gewesen. Aber mit der Traumwelt war auch Ravenas kurz entflammte Hoffnung erloschen.
Sie wollte nicht länger vor der Wirklichkeit in eine Traumwelt fliehen, die sie letztlich nur enttäuscht zurückließ. Ravena wollte aus dem Bett steigen – und stellte dabei fest, daß sie gar nicht in ihrem Bett lag. In gar keinem Bett. Sie befand sich auf einem Lager aus Stroh, Laub und Decken, das zu ebener Erde in einem dunklen Raum bereitet war. Es gab keine Fenster, nur eine mit einer Matte verhängte Türöffnung. Da die Matte nicht ganz mit den Rändern der Öffnung abschloß, fiel schwaches Licht ein. Ravena gewöhnte sich an den Dämmer und stellte fest, daß sie nicht allein war. Dela hockte an ihrem Lager und sah sie fragend an.
»Geht es dir gut?«

Seltsam, dachte Ravena. Die Erkenntnis, daß sie doch nicht geträumt hatte, überraschte sie wenig. Viel verblüffter war sie über die Tatsache, daß Dela jede Form von Unterwürfigkeit abgelegt zu haben schien. Sie war höflich, aber ihre Worte und auch ihre Blicke verdeutlichten, daß sie sich als Ravena gleichgestellt betrachtete.

»Mein Kopf«, sagte Ravena und faßte an ihre Stirn. »Er tut nicht weh, aber da ist so ein drückendes Gefühl.«

»Das wird vergehen«, meinte Dela zuversichtlich. »Es ist eine Nachwirkung des Schlafkrauts.«

»Schlafkraut?« Ravena erinnerte sich an das Tuch in Delas Hand, das den scharfen Kräutergeruch verströmte. »Du hast mir dieses Kraut verabreicht und mir das Bewußtsein geraubt!«

»Eigentlich ist es eine Mischung mehrerer Kräuter«, erklärte Dela, als habe sie den Vorwurf in Ravenas Worten nicht bemerkt. »Wir nennen es der Einfachheit halber Schlafkraut.«

Ravena nickte und stellte fest, daß es ihrem Kopf schon besser ging. Ihre Hände und Füße konnte sie frei bewegen; es gab keine Fesseln. Niemand außer ihnen beiden schien in dem Raum zu sein. Aber sie wußte, daß Dela Helfer hatte. Die Schatten in der Gasse waren der Beweis. Wenn Delas Helfer erst in den Raum traten, bestand für Ravena kaum noch Hoffnung, der Gefangenschaft zu entfliehen. Sie mußte handeln, sofort!

»Hilfst du mir beim Aufstehen, Dela?« fragte sie und streckte ihre Hände nach der anderen Frau aus. »Ich muß mal auf die Beine kommen, damit ich richtig wach werde.«

»Gern«, antwortete Dela und reichte ihr die Hände.

Ravena umfaßte Delas Handgelenke und zog mit aller Macht. Darauf war Dela nicht gefaßt gewesen. Sie verlor das Gleichgewicht und stürzte neben Ravenas Lager auf den harten Boden. Ein Aufstöhnen Delas zeigte, daß der Sturz für sie nicht ganz schmerzfrei gewesen war. Ravena wollte sich auf Dela werfen, um sie vollends in ihre Gewalt zu bekommen. Aber Dela erholte sich schnell von ihrer Überraschung. Sie umklammerte Ravenas Leib und wälzte sich mit ihr über den Boden. Jede der beiden versuchte, die Oberhand zu gewinnen.

Kräftige Hände packten Ravena und zerrten sie von Dela weg. Offenbar war noch jemand im Raum gewesen und hatte sich im Hintergrund, geschützt von dem Halbdunkel, verborgen gehalten. Jemand Kräftiges, ein Mann von wuchtiger Statur, wie Ravena erkannte, während sie auf ihre linke Seite fiel.

»Genug jetzt!« befahl der Mann mit volltönender Stimme. »Der Herrgott hat die Frauen zu angenehmeren Dingen erschaffen, als sich zu prügeln.« Er beugte sich über Dela und fragte, jetzt sehr besorgt klingend: »Ist dir etwas zugestoßen?«

»Nur ein paar Prellungen, glaube ich. Sie hat mich überlistet, sonst wäre es nicht dazu gekommen.«

»Darüber bin ich gar nicht so unglücklich«, meinte der Mann. »Wenn sie uns wirklich helfen soll, kann etwas Listigkeit nicht schaden, wirklich nicht.«

»Euch helfen?« fragte Ravena entrüstet, während sie sich erhob. »Ich weiß nicht einmal, wer ihr seid, geschweige denn, was ihr von mir wollt. Vielleicht kann ich euch gar nicht helfen, vielleicht will ich es auch überhaupt nicht!«

Ravena hoffte, daß die harten Worte ihre Entführer beeindruckten. Sie ahnte, daß Dela und der Mann nicht allein waren. Sie wußte nicht, wo sie war, wer die anderen waren und wie viele sie waren. Aber jetzt Angst und Schwäche zu zeigen, hielt sie für den falschen Weg, lieferte sie den anderen nur noch mehr aus. Außerdem war sie wirklich wütend, teils auf Dela, die sie in die Falle gelockt hatte, teils aber auch auf sich selbst, weil sie Dela auf den Leim gegangen war.

»Du wirst uns schon helfen«, sagte der Mann und drehte sich zu Ravena um. »Es sei denn, du möchtest den Venezianer auf dem Richtblock enden sehen.«

»Alessandro?«

»So heißt er wohl«, brummte der Mann mit dem weißblonden Haar.

»Ich kenne dich!« stieß Ravena hervor. »Du bist der Anführer der falschen Mönche! Du hast Bischof Hildolf entführt! Der Vogt nannte deinen Namen: Broder.«

»Zu Diensten«, sagte der Mann mit einem ironischen Grinsen und einer angedeuteten Verbeugung.

Wenn Ravena ob all der Aufregungen nicht schon blaß war, wurde sie es vermutlich in diesem Augenblick. Der Friese Broder, Anführer der falschen Mönche – das konnte nur eins bedeuten: »Ihr ... ihr beide gehört zu den Schatten von Köln!«

Broder lachte herzhaft. »Wie du das sagst, klingt das richtig gefährlich.«

»Aber es stimmt, oder?«

»Es stimmt, und es stimmt nicht.«

»Wenn du weiterhin so klare Antworten gibst, wird dies ein sehr langes Gespräch.«

»Auf den Mund gefallen ist sie auch nicht«, meinte Broder mit einem Seitenblick zu Dela, bevor er sich wieder Ravena zuwandte: »Es stimmt, daß diejenigen, die uns nicht kennen, uns als die Schatten von Köln bezeichnen. Wir selbst ziehen es vor, uns die Ausgestoßenen zu nennen. Es trifft die Sache. Zufrieden?«

»Nicht einmal ansatzweise. Oder glaubst du, damit sind all meine Fragen beantwortet?«

»Nein, ihr Frauen seid ja nicht dumm.« Er zog Dela an sich, die neben seinem wuchtigen Körper wie ein Kind wirkte. »Dela hier ist der Beweis. Hätte sie sich in mich verliebt, wenn sie dumm wäre?«

»Was? Ihr seid Mann und Frau?«

»Wir sind nicht christlich getraut worden«, erklärte Broder. »Aber nach unseren Gesetzen sind wir Mann und Frau. Was guckst du so ungläubig? Wunderst du dich, weil Dela gut und gern meine Tochter sein könnte? Ein verdammtes Glück, daß sie's nicht ist!«

»Ich habe so das Gefühl«, sagte Ravena leise, fast mehr zu sich selbst, »daß ich mich hier noch über sehr viel mehr wundern werde.«

»Das muß alles sehr verwirrend für dich sein«, sagte Dela. »Aber fürchte dich nicht. Du bist hier bei Freunden. Niemand wird dir etwas antun.«

»Das sagst ausgerechnet du, eine eingefleischte Lügnerin?«

»Wann habe ich dich belogen?«

»Du scheinst ein schlechtes Gedächtnis zu haben«, sagte Ravena vorwurfsvoll. »Es ist noch nicht lange her, da hast du mir eine wilde Geschichte erzählt. Du wolltest mir etwas zeigen, das mir hilft, Alessandro zu befreien.«

Broder sagte: »Das stimmt doch auch. Wir sind das, was Dela dir zeigen wollte. Wir wollen dir helfen, deinen Venezianer aus dem Kerker zu holen.«

»Das verstehe ich nicht.«

»Wir bringen dich zu unserem Anführer«, sagte Broder. »Er wird dir Rede und Antwort stehen.«

»Ich dachte, du bist der Anführer der Schatten von ... der Ausgestoßenen.«

»Mein Wort gilt hier einiges, aber nicht alles«, erwiderte Broder und schmunzelte. »Und da ich manchmal ein sehr großes Mundwerk habe, ist das auch ganz gut so.«

Er schlug die Matte beiseite, und kalter Wind fegte in den Raum, der jetzt ein wenig heller war. Die Wände waren aus Stein, und die Einrichtung war äußerst spärlich. Es gab hier nichts außer einigen Schlaflagern ähnlich dem, auf dem Ravena eben erwacht war. Diese Räumlichkeit wurde offenbar zu nichts anderem genutzt als zum Schlafen.

»Wohl oder übel müssen wir noch einmal ein kurzes Stück durch den Regen«, sagte Broder. »Mir als altem Seemann macht das Wasser ja nichts aus. Und Euch?«

»Du warst Steuermann in den Diensten von Rainald Treuer, nicht wahr?«

Der Friese wirkte jetzt gar nicht mehr heiter. »Ja, aber das ist schon über zwei Jahre her. Fast ein ganzes Leben.«

Ravena trat an die Türöffnung und blickte ins Freie. Was sie dort sah, verschlug ihr den Atem. Wo immer sie sich befand, es war eine richtige Siedlung. Merkwürdig geformte Häuser und Türme, Wehrgänge, aber alles in einem halb zerfallenen Zustand. Pflanzen überwucherten Mauern, schienen sie zum Teil eingedrückt zu haben, und Bäume wuchsen aus Dächern. Es wirkte auf Ravena wie ein verwunschener Ort irgendwo in einem fernen Märchenwald. Hütten und Stallungen aus Holz schienen weitaus jünger zu sein als die steinernen Gebäude, waren mit Sicherheit nachträglich errichtet worden. In Köln war Ravena nicht, soviel war ihr klar. In der großen Stadt roch es stets mehr oder weniger abgestanden, als reiche die Luft nicht für die vielen Menschen aus. Abwässer und Fäkalien rochen manchmal nur streng, stanken manchmal aber auch zum Himmel; nie aber verschwanden ihre Ausdünstungen ganz. Hier dagegen war die Luft rein und auf eine natürliche Art würzig, fast wie im Wald. Als Ravena einen Schritt aus dem Gebäude trat und sich umblickte, sah sie tatsächlich, wie sich jenseits der Umgrenzungsmauern Bäume erhoben, nichts als Bäume.

»Wo sind wir hier?« fragte sie, ohne auf den Regen zu achten, der sie durchnäßte. »Was ist dies für ein Ort?«

»Wir sind gar nicht weit von Köln entfernt und laufen trotzdem nur wenig Gefahr, entdeckt zu werden«, erläuterte Broder. »Wie ihr seht, sind wir von Wald umgeben. Die meisten Menschen haben diesen Ort längst vergessen. Wer ihn von den Alten aber noch kennt, meist nur aus den Erzählungen der Eltern und Großeltern, meidet ihn aus Angst vor der Geisterkohorte.«

»Die Geisterkohorte?« fragte Ravena. »Was ist das nun wieder?«

»Man erzählt sich von toten Soldaten, die nachts aus ihren Gräbern auferstehen und Rache für ihr schmähliches Ende suchen. Die Geisterkohorte eben. Ein Aberglaube, der uns sehr nützlich ist. Verirrt sich tatsächlich einmal jemand in diese Gegend, sorgen wir mit ein bißchen Radau dafür, daß er vor der Geisterkohorte Reißaus nimmt. Aber das kommt nicht häufig vor.«

»Geisterkohorte, das klingt nach dem alten Rom«, meinte Ravena.

Broder nickte. »Ganz recht, vor etwa tausend Jahren war dies ein römischer Stützpunkt an der Grenze zum freien Germanien. Wer noch von diesem Ort weiß, nennt ihn deshalb die Römerburg. Kastell sagte man wohl damals.«

»Und woher rührt die Legende von der Geisterkohorte?«

»Du hast vielleicht von dem Krieg gehört, den die Germanen gegen die Römer führten. Erst war es nur ein Aufstand gegen einen ungerechten Statthalter, Varus genannt. Daraus entwickelte sich ein langer Kampf gegen die römischen Besatzer, denen die Germanen unter bekannten Fürsten wie Armin, Inguiomar und Thorag entgegentraten. Anfangs aber, als der Aufstand losbrach, war List die stärkste Waffe der Germanen. Die Römer trauten ihnen nicht zu, daß sie erfolgreich die Waffen gegen die fremden Herren erhoben. Auch die Besatzung dieses Kastells wiegte sich in Sicherheit und ahnte nicht, daß ihre germanischen Hilfstruppen längst auf die Seite der Aufständischen übergewechselt waren. Eines Nachts, als die meisten Römer schliefen, kamen die in ihren Diensten stehenden Germanen über sie und schnitten ihnen die Hälse durch. Ein schmähliches Ende für eine stolze Truppe. Seitdem heißt es, in der Nacht kämen die ruhelosen Toten zurück, um Rache zu üben an dem Volk, das sie verraten hat.«

Ravena schüttelte sich. »Eine unheimliche Geschichte. Sie paßt zu diesem Ort.«

»Uns gefällt es hier«, sagte Dela. »Viel besser als in Köln!« Als sie den Namen Köln nannte, tat sie es mit unverhohlenem Abscheu, und ihr Gesicht verdunkelte sich.

Broder umfaßte Dela und zog sie mit sich. »Gehen wir, ich habe mächtigen Hunger.«

Im strömenden Regen liefen sie durch das scheinbar unbewohnte Lager. Das Muhen von Kühen und das Meckern von Ziegen in den Stallungen waren die ersten Lebenszeichen, abgesehen von Broder und Dela, die Ravena wahrnahm. Dann aber sah sie Rauch aus mehreren Gebäuden aufsteigen. Doch, hier lebten Menschen, und vermutlich nicht einmal wenige. Sie hatten sich nur vor dem Unwetter versteckt.

Ravena betrat mit Broder und Dela ein großes Steingebäude, wobei sie fast von einer Horde lärmender Kinder über den Haufen gerannt worden wäre.

Broder schnappte sich einen rothaarigen Jungen von etwa zehn Jahren und hielt ihn fest. »Nicht so unvorsichtig, mein Kleiner! Was soll nur unser Gast denken, he?«

Der Junge warf nur einen flüchtigen Blick auf Ravena, dann sah er Broder an. »Laß mich los, Broder, sonst entkommt noch der Vogt!«

»Der Vogt? Wieso?«

»Wir spielen Jagd auf den Stadtvogt.«

»Ihr jagt Dankmar von Greven?«

»Ja, Broder«, antwortete der Junge ungeduldig.

Broder ließ ihn los und schubste ihn in Richtung der anderen Kinder, die schon fast um die nächste Ecke verschwunden waren. »Dann mal los, Junge! Sieh zu, daß du den Stadtvogt erwischst. Wenn du ihn hast, hau feste drauf. Und vergiß nicht, ihm auch einen Hieb von mir zu verpassen!«

Der Junge lief seinen Spielkameraden nach und gab durch nichts zu erkennen, ob er Broders Worte gehört hatte.

»Dankmar von Greven scheint hier nicht sonderlich beliebt zu sein«, stellte Ravena fest.

»So kann man es ausdrücken.« Broder sah sie forschend an. »Was hältst du von deinem Stadtvogt?«

»Wenig. Er hat Alessandro in den Kerker gebracht.«

»Weil Dankmar ihn für einen Mörder hält.«

»Nein, aus Rache. Nachdem du Hildolf verschleppt hattest und der Bischof wohlbehalten aufgefunden worden war, hatte Alessandro eine Auseinandersetzung mit dem Vogt. Sie kreuzten ihre Klingen. Alessandro hat Dankmar entwaffnet, hat ihn vor aller Augen lächerlich gemacht.«

Broder ließ einen anerkennenden Pfiff hören. »Dieser Venezianer wird mir immer sympathischer. Wird Zeit, daß wir ihn aus dem Kerker holen!«

Sie begegneten weiteren Menschen, Erwachsenen diesmal. Alle sahen Ravena neugierig an, aber sie entdeckte keine Feindseligkeit in den Blicken der Ausgestoßenen. Sie fragte Broder, warum die Menschen an diesem abgelegenen Ort sich den seltsamen Namen zugelegt hatten.

»Klingt doch angenehmer als Geisterkohorte, oder?« erwiderte der Friese augenzwinkernd. »Ich fürchte, die Wahrheit ist nicht so geheimnisvoll wie die Legende von den ruhelosen römischen Wiedergängern. Wir nennen uns die Ausgestoßenen, weil wir genau das sind: ausgestoßen. Damals, nachdem Bischof Anno den Aufstand gegen seine Willkürherrschaft mit Feuer und Schwert niedergeschlagen hatte, flohen viele, die seine Rache fürchteten, vor ihm in die Wälder und verbargen sich dort in mehreren Lagern, ähnlichen Zufluchtsorten wie diesem. Die meisten von ihnen kehrten Köln nicht aus freien Stücken den Rücken zu, sondern waren von Anno aus der Stadt verbannt worden, ausgestoßen. Zum Osterfest des Jahres 1075 hat Anno dann, wohl auf König Heinrichs Betreiben, die Verbannung aufgehoben. Schlagartig leerten sich die Flüchtlingslager tief in den Wäldern, und freudig kehrten die Menschen in ihre Heimatstadt zurück. Bald aber zeigte sich, daß viele von ihnen sich zu früh gefreut hatten. Gewiß, offiziell war die Verbannung aufgehoben. Aber Anno und sein Vogt, Dankmar von Greven, hatten sich die Namen der Aufrührer gemerkt. Mit der Zeit spürten diese Menschen den Haß von Bischof und Stadtvogt immer stärker. Dankmar verfolgte und bestrafte sie schon aus nichtigen Anlässen. Fand er keinen Vorwand, dann sorgte er für einen. So wie bei Delas Vater, dem Fischer Gerlach. Als der eines Tages seine Ware auf dem Markt feilbot, waren die frisch gefangenen Fische plötzlich allesamt faul. Der Vogt hatte Gerlach ablenken und seine Ware austauschen lassen. Für den Verkauf verfaulter Ware aber wurde Gerlach öffentlich ausgepeitscht.«

»Und?« fragte Ravena. Sie hatte das Gefühl, daß Broder noch mehr hatte sagen wollen. Dann aber war sein Blick auf Dela gefallen, und er hatte sich auf die Unterlippe gebissen.

Dela antwortete an Broders Stelle: »Mein Vater hatte ein schwaches Herz, aber darauf nahm Dankmar keine Rücksicht, als er die Strafe verhängte. Ich habe Dankmar auf Knien angefleht, meinen Vater zu verschonen, aber er hat mich nur ausgelacht. Fünfundzwanzig Schläge sollte mein Vater erhalten, aber schon nach zehn Schlägen hing er tot am Stäuppfahl.«

Dela schwieg, und ihr Blick war nach innen gerichtet. Vermutlich sah sie ihren Vater vor sich, wie er sich unter den Peitschenhieben wand und wie er sich dann gar nicht mehr rührte.

»Jeder hier kann eine ähnliche Geschichte erzählen«, fuhr Broder fort. »Viele von denen, die voller Vertrauen in das Wort Annos nach Köln zurückgekehrt waren, sahen sich bitter getäuscht und verließen die Stadt ein zweites Mal, diesmal vielleicht für immer. Hier sind sie versammelt, hier leben sie nun, die Ausgestoßenen.«

20. KAPITEL

Die toten Augen

Ravena folgte Broder und Dela in einen Raum, in dem ein Mann und eine Frau an einem Tisch saßen. Die Frau, die noch jung war und langes, blondes Haar hatte, las aus einem schweren, ledergebundenen Buch vor, wie man es sonst nur in den Klosterbibliotheken fand. Ravena wunderte sich, daß die Frau sehr langsam und stockend sprach, bis ihr einfiel, daß die Fremde nicht nur las, sondern die Worte gleichzeitig aus dem Lateinischen übersetzte. Nur sehr wenig Licht fiel durch eine kleine Fensteröffnung ein, die zum Schutz gegen Wind und Regen mit einem geölten Leinwandtuch verhängt war; Fensterscheiben aus Marienglas, wie in den Häusern wohlhabender Kaufleute, gab es in der Römerburg wohl kaum. Eine einsame Kerze auf dem Tisch sorgte dafür, daß die Frau genügend Licht hatte. Der Mann hörte andächtig zu und war derart entrückt, daß sein Blick ins Leere gerichtet war. Er war groß und muskulös und schien nicht mehr ganz so jung zu sein wie die Frau. Tiefe Falten hatten sich in das Gesicht gegraben. Das braune Haar aber zeigte noch keinen Ansatz von Grau. Als Ravena genauer hinsah, berichtigte sie ihren Eindruck. Der Mann schien auch erst in den Zwanzigern zu sein, aber er wirkte, als hätte ein sorgenvolles Leben Spuren in seinem Antlitz hinterlassen.

»Ah, unser Gast ist da«, sagte er, ohne in Richtung der Eintretenden zu sehen. »Es hat ein wenig gedauert.«

»Ravena wollte einige Fragen beantwortet haben, verständlicherweise«, kam es von Broder. »Das viele Reden hat mich ganz hungrig gemacht.«

»Was macht dich nicht hungrig, alter Freund?« fragte der Mann am Tisch lachend und legte eine Hand auf die Schulter der blonden Frau. »Kümmerst du dich um das Essen, Gudrun?«

Die Frau, Gudrun, schloß behutsam das Buch, erhob sich und ging an Ravena vorbei aus dem Zimmer, nicht ohne dem unfreiwilligen Gast ein freundliches Lächeln zu schenken.

Ravena war verwirrt. Als der Mann am Tisch zu der Frau gesprochen hatte, hatte er auch sie nicht angesehen. Sein starrer Blick ins Nichts ließ ihn wie einen Mann wirken, der mit dem Diesseits abgeschlossen hatte, dessen Geist bereits in jenseitigen Sphären wandelte.

»Verzeih mir, Ravena, wenn ich dich nicht ansehe«, sagte der Mann, als hätte er ihre Gedanken gelesen. »Aber du hast wohl schon bemerkt, daß meine Augen blind sind.«

Blind! Wie dumm sie gewesen war, daß sie nicht eher daran gedacht hatte. Der Blick des Mannes war nicht absichtlich entrückt, seine Augen waren ganz einfach tot.

»Und verzeih mir auch die etwas rüde Art, dich zu uns zu bringen«, fuhr der Blinde fort. »Aber ich sah keinen anderen Weg. Freiwillig wärst du Dela wohl kaum bis hierher gefolgt. Wir Ausgestoßenen genießen in Köln nicht gerade den besten Ruf. Schatten nennen die Kölner uns wohl, und es ist nicht einmal so falsch. Denn zu Schatten werden wir, wenn wir uns in der Stadt aufhalten, müssen es sein, um uns zu schützen. Sei also willkommen! Ich hoffe, du bist deinem Vetter nicht gram.«

»Meinem Vetter?« Ravena starrte den Mann an. »Ich kenne Euch ... dich nicht.«

»Ich glaube, unsere Verwandtschaft ist auch nur sehr entfernt, ein Faden eher als ein Seil. Aber es hat für deinen Vater ausgereicht, sich den Namen meines Vaters zuzulegen. Das Haus Treuer – ich hätte nicht gedacht, daß es in Köln so schnell wieder zu Ansehen gelangt.«

Ravena versuchte, in geordneten Bahnen zu denken. Was hatte sie über das Haus Treuer und den Aufstand gegen Anno gehört? Rainald Treuers Sohn Georg, der Anführer der Aufständischen, war zur Strafe von Anno geblendet worden. Er sollte zusammen mit seiner Geliebten, der Tochter eines anderen Kaufmanns, die Stadt verlassen haben.«

Sie sah den Mann an, obwohl das für ihn keine Rolle spielte. »Heißt das, du bist Georg Treuer?«

»Treuer war einmal mein Name, als ich noch ein Kölner Kaufmannssohn war. Jetzt reicht Georg völlig aus.«

»Und was bist du jetzt?«

»Mußt du das wirklich fragen?«

»Du bist der Anführer dieser Menschen, der Ausgestoßenen.«

»Richtig erkannt.« Er lachte. »Hat das nicht einen tieferen Sinn? Ein Blinder führt die Ausgestoßenen!«

Broder räusperte sich. »Vielleicht sollten wir uns setzen.«

»Oh, natürlich, nehmt Platz«, sagte Georg. »Wir haben nicht oft Gäste, und ich habe gar nicht gesehen, daß ihr noch steht.«

Erst als Broder herzhaft zu lachen begann, begriff Ravena, daß Georg über seine Blindheit gescherzt hatte. Zwei Bänke standen an dem länglichen Tisch. Ravena, Dela und Broder nahmen gegenüber von Georg Platz.

»Habt ihr nicht erst kürzlich einen Gast gehabt?« fragte Ravena. »Ich spreche von der Hexenliese.«

»Ja«, antwortete Georg. »Und sie ist noch bei uns.«

Ravena dachte über die unerwartete Begegnung mit ihrem Vetter nach. Alles erschien ihr unwirklich wie ein Traum.

Aber der Blinde saß ihr gegenüber, kein Traumgespinst, sondern ein Mann aus Fleisch und Blut. Und doch wirkte er auf sie wie ein Wesen aus einer anderen Welt.

»Ich bin erstaunt, dich so nah bei Köln zu finden, Georg«, sagte sie. »Man erzählt sich, nach deiner Blendung hättest du die Stadt verlassen und seist in die Fremde gegangen.«

»Ich war in der Fremde, aber nicht für lange. Was ich dort herausfand, bewegte mich zur Umkehr. Ich glaube, das, was ich suche, finde ich in Köln.«

»Und das wäre?«

Jeder heitere Zug verschwand aus seinem Antlitz, und sofort wirkte er zehn Jahre älter.

»Vergebung«, sagte er. »Vergebung für meine Sünden.«

»Wer soll dich von deinen Sünden lossprechen? Etwa der Erzbischof?«

»Der?« Es klang verächtlich. »Hildolf ist ein Bischof von König Heinrichs Gnaden. Und Heinrich wiederum trägt große Schuld an dem Aufstand gegen Anno. Er hat den Unmut geschürt, den Haß der Menschen, um seinen Feind Anno zu stürzen und gefügig zu machen. Wie soll also Hildolf mir meine Sünden vergeben können, der jenem König dient, dessen Schuld wohl noch größer ist als meine?«

»Ich kann nicht erkennen, worin deine Schuld liegen soll.«

Mit einem Seufzer sagte Georg: »Broder, entblöße deinen Rücken!«

Der Friese verzog das Gesicht. »Muß das wirklich sein?«

»Tu mir den Gefallen.«

Murrend streifte Broder Umhang und Kittel ab. Er drehte sich so, daß Ravena seinen Rücken sehen konnte. Es war kein schöner Anblick. Aufgeworfenes, vernarbtes Fleisch zeugte von schweren Mißhandlungen.

»Broder gehörte zu denen, die von Anno für ihre Teilnahme

am Aufstand mit der Stäupe bestraft wurden«, erklärte Georg. »Ich werde das vielfache Schreien und Peitschenknallen niemals vergessen, ebensowenig wie die Todesschreie der zahlreichen Kölner, die im Kampf gegen Anno gefallen sind. Andere sind noch da, aber verkrüppelt, entstellt oder entrechtet.«

»Das ist wohl eher Annos Schuld, nicht deine«, wandte Ravena ein.

»Es ist genauso meine Schuld, denn ich habe die Menschen angeführt. Damals war ich noch sehenden Auges, aber ich war verblendet. Ich glaubte wirklich an einen Sieg, an eine neue, gerechte Ordnung in Köln. Es war eine Zeit der Träume und Hoffnungen. Die Menschen verglichen mich mit dem heiligen Georg, dem Drachentöter, und nicht wenige glaubten, ich sei der heilige Georg selbst.« Er verstummte und fügte nach einer kleinen Pause hinzu: »Vielleicht habe ich es auch geglaubt.«

Gudrun kehrte mit einem großen Tablett zurück, auf dem sich ein Brot, Teller und Löffel befanden. Sie deckte den Tisch, und eine andere Frau, eine stämmige Alte, trug einen Topf mit dampfendem Inhalt herein. Es war eine würzige Fischsuppe. Georg, der wieder angekleidete Broder, Gudrun, Dela und Ravena ließen es sich schmecken.

Trotz all der Aufregungen und ungeklärten Fragen verspürte Ravena Hunger. Außerdem war es nicht verkehrt, bei Kräften zu bleiben. Es hatte den Anschein, als lägen anstrengende Tage vor ihr.

Während sie noch aßen, fragte Gudrun: »Georg, welche Art von Vergebung suchst du in Köln?«

Er ließ seinen Löffel sinken und setzte eine fast entschuldigende Miene auf. »Die Vergebung Gottes, die Erlösung von unseren Sünden, die er uns durch seinen Sohn Jesus Christus zuteil werden ließ.«

Das war eine Antwort, die aus Ravenas Sicht mehr verschleierte als erhellte.

»Eben noch hast du gesagt, du willst dich nicht an Bischof Hildolf wenden. Durch wen aber sonst in Köln soll dir Gottes Gnade zuteil werden?«

»Durch Gott selbst.«

Gudrun bemerkte Ravenas Verwirrung und legte eine Hand auf das Buch. »Dieses Buch stammt aus einer Abtei in der Nähe von Marburg. Ein Mönch, der uns freundlich gesinnt ist, hat es uns überlassen. Er hat mich auch das Lateinische gelehrt, wenigstens so weit, daß ich hier drin lesen kann, wenn auch nicht sehr fließend, wie du gehört hast. In dieser Schrift sind Legenden gesammelt, die sich um Joseph von Arimathia und den Kelch des Herrn ranken. Sagt dir das etwas, Ravena?«

»Den Namen habe ich schon einmal gehört. Ich glaube, er steht in der Heiligen Schrift.«

Gudrun nickte. »Joseph von Arimathia, ein angesehener Kaufmann, gehörte dem Sanhedrin an, dem Richterkollegium, das Jesus von Nazareth zum Tod am Kreuz verurteilte. Joseph beteiligte sich nicht an dem Todesurteil, weil er ein geheimer Anhänger von Jesus war. Als der Messias am Kreuz hing, ging Joseph mit dem Kelch, aus dem beim letzten Abendmahl getrunken wurde, zum Ort der Hinrichtung und fing das Blut des Erlösers darin auf. Dem Kelch des Herrn, dem heiligen Gral, werden wundertätige Kräfte zugeschrieben. Der auferstandene Jesus ernannte Joseph von Arimathia und sein Geschlecht zu Hütern des Grals. Joseph mußte mit seinen Getreuen fliehen und brachte den Kelch des Herrn vor den Verfolgern in Sicherheit, ins Abendland.«

»Nach Köln?« fragte Ravena ungläubig.

Georg gab die Antwort: »Nicht geradewegs. Joseph soll an

der Küste Britanniens gelandet sein. Aber der Gral war sehr begehrt, wurde geraubt und zurückgeraubt und fand schließlich ein neues Versteck, unter dem Kölner Dom. Unter der Erde hauste der Gralshüter Eleasar, ein Mann aus dem Geschlecht Joseph von Arimathias. Als das Versteck nicht länger sicher war, in den Tagen des Aufstands gegen Bischof Anno, verließ Eleasar mit seiner Tochter Köln, um den Gral in Sicherheit zu bringen. Gudrun, Broder und ich folgten ihnen, und mehrmals schien der Kelch des Herrn zum Greifen nah. Aber stets kamen wir zu spät, manchmal nur um einen halben Tag. Bis sich die Hinweise verdichteten, daß der Gralshüter mit seinem Schatz nach Köln zurückgekehrt war.«

»Aus welchem Grund?« fragte Ravena, noch immer nicht überzeugt, aber von der Geschichte um den Kelch des Herrn in den Bann geschlagen.

»Mächtige Herren suchen nach dem Gral, um ihn für ihre eigenen Zwecke zu benutzen. Eleasar und Rachel, so heißt seine Tochter, waren nirgends sicher, mußten überall mit Verrat rechnen. So beschlossen sie, in die Stadt zurückzukehren, die ihnen am vertrautesten war.« Nach einer kurzen Pause fügte Georg hinzu: »Jedenfalls nehmen wir an, daß es so ist. Alles, was wir in Erfahrung bringen konnten, deutet darauf hin.«

»Und wer sind nun wieder diese *mächtigen Herren*?«

»Hast du nichts von dem Streit um die Einsetzung der Bischöfe gehört, der zwischen Papst und König tobt? In Wahrheit geht es bei diesem Streit um mehr, um die Frage, wer Herrscher von Gottes Gnaden ist, Heinrich oder Papst Gregor. Wer den Kelch des Herrn in Händen hält, bedarf wohl keines weiteren Beweises, um sich als Gottes Stellvertreter auf Erden auszuweisen.«

»Das ist eine kaum glaubliche Geschichte«, teilte Ravena

ihre Zweifel mit. »Und sie erklärt nicht, wie der Gral dir helfen soll, Georg.«

»Er soll die Kraft besitzen, Schuld von Unschuld zu trennen. Ich möchte mich der Gralsprobe stellen, um endlich zu wissen, ob ich schuldig bin vor Gott!«

Sie sprachen bei heißem Würzwein noch eine ganze Weile über den Kelch des Herrn, ohne daß Ravenas Zweifel an der Geschichte ausgeräumt wurden. Aber Georg und seine Gefährten schienen davon überzeugt zu sein.

Schließlich fragte Ravena, weshalb man sie zur Römerburg geholt hatte. »Ich weiß nichts über den Kelch des Herrn.«

»Es geht um den Venezianer, Alessandro«, antwortete Georg. »Du sollst uns dabei helfen, ihn zu befreien.«

»Das möchte ich gern, sehr gern sogar. Aber ich verstehe nicht, welches Interesse ihr an Alessandro habt.«

»Er ist ein Verfolgter, einer, der von Bischof und Stadtvogt dem Tod geweiht wurde. Das genügt, um ihm unsere Hilfe zu gewähren. Alle hier haben die Willkürherrschaft zu spüren bekommen und wollen deshalb nicht länger dulden, daß die höheren Herren in Köln Menschenleben auslöschen.«

»Habt ihr deshalb auch die Hexenliese befreit?«

»So ist es.«

»Und ich? Was kann ich tun?«

»Es ist in Köln ein alter Brauch, daß zum Tode Verurteilte das Abendessen vor ihrer Hinrichtung mit ihren engsten Angehörigen einnehmen.«

»Und? Alessandro hat keine Angehörigen in Köln.«

»Aber er hat dich, Ravena. Ihr wolltet heiraten. Es hat schon einmal einen Fall gegeben, daß ein zum Tode Verurteilter das Mahl mit seiner Zukünftigen eingenommen hat. Du mußt es schaffen, morgen abend in den Kerker zu gehen, zu Alessandro. Es ist dein Recht, Speisen und Wein mitzubringen.« Georg langte unter seinen Umhang und holte eine Zinndose hervor, die er vor Ravena auf den Tisch stellte. »Dieses Pulver wirst du in den Wein geben, bevor du losgehst. Du hast die betäubende Wirkung der Kräuter, aus dem es besteht, ja selbst kennengelernt. Die Wachen fordern nach der alten Sitte ihren Anteil an dem Wein. Er wird sie lange schlafen lassen.«

»Und dann?«

»Meine Leute werden dir helfen, Alessandro aus dem Kerker zu holen.«

»Das ist aber ein sehr verwegener Plan«, fand Ravena.

»Wir haben keinen besseren. Ein so überraschendes Einschreiten wie bei dem Hexensturz wird uns so schnell nicht wieder gelingen. Dankmar von Greven ist gewarnt und wird bei Alessandros Hinrichtung eine ganze Armee aufmarschieren lassen. Bist zu gewillt, uns zu helfen, oder nicht?«

»Nicht euch werde ich helfen, sondern Alessandro.«

»Das bleibt sich gleich«, sagte Georg und wirkte erleichtert. »Wichtig ist nur, daß du auf unserer Seite stehst. Und jetzt ist es an der Zeit für dich, nach Köln zurückzukehren. Dein Vater wird sich schon Sorgen um dich machen.«

»Vorher habe ich noch eine Bitte. Ich möchte mit der Hexenliese sprechen.«

»Warum?« fragte Georg.

»Sie hat Dinge über Alessandro gesagt, die ihr angeblich der Teufel eingeflüstert hat. Ich möchte gern mehr darüber hören. Der Teufel hat ihr diese Dinge wohl kaum zugetragen. Aber wer sonst ist es gewesen?«

»Eine gute Frage«, meinte Georg. »Einverstanden, suchen wir Elisabeth auf!«

Es war ungewohnt für Ravena, daß jemand die Hexenliese bei ihrem richtigen Namen nannte. Als Ravena mit den anderen in einen Raum ging, wo mehrere Frauen bei Kerzenschein zusammensaßen und Kleider zusammennähten, fand sie es nicht mehr so ungewöhnlich. Eine der nähenden Frauen war jenes Weib, das in Köln als Hexenliese verrufen war, das jetzt aber nicht mehr viel mit dem armseligen Geschöpf gemeinsam hatte, das man zur Hinrichtung auf die Stadtmauer geschleppt hatte. Gewaschen und mit ordentlicher Haartracht, in einfachen, aber sauberen Kleidern hatte Elisabeth nichts Verkommenes mehr an sich. Sie hielt in ihrer Arbeit inne und blickte den Eintretenden entgegen. Als sie Ravena sah, trat Erkennen in ihre Augen. Vor einigen Tagen hatte Elisabeth völlig geistesabwesend gewirkt. Davon war nichts mehr zu spüren.

»Unser Gast möchte dich sprechen, Elisabeth«, sagte Georg.

»Ich habe nichts dagegen«, lautete die Antwort. »Die Tochter des Kaufmanns Eigil Treuer hat sich vor Gericht für mich eingesetzt. Das hat sonst niemand gewagt.«

Georg bat die anderen Frauen, den Raum zu verlassen. Ravena setzte sich neben Elisabeth auf die Bank und fragte sie nach dem, was sie über Alessandro gesagt hatte.

»Ich bereue, was ich getan habe«, sagte Elisabeth. »Es war nicht recht, aber ich handelte aus Angst vor dem Teufel.«

»Glaubst du wirklich, daß es der Teufel war?« fragte Ravena.

»Damals habe ich es geglaubt. Mein Geist war getrübt. Jetzt aber weiß ich es nicht sicher. Mag sein, es ist nur ein Mensch gewesen, dann aber war es ein sehr böser Mann. Einer, der viel vom Teufel in sich hat.«

»Mehr weißt du nicht über ihn? Woher kannte er so viele Einzelheiten aus Alessandros Vergangenheit?«

Elisabeth sah sie traurig an. »Wenn ich es wüßte, würde ich es dir sagen. Es tut mir leid, daß ich dir nicht helfen kann.«

»Ich weiß das, und dafür danke ich dir«, sagte Ravena und legte eine Hand auf Elisabeths knotige Rechte. »Ich bin froh, daß Broder und seine Freunde dich gerettet haben.«

Etwas Seltsames geschah mit Elisabeth, als Ravena sie berührte. Die Frau erstarrte, und ihr Blick verklärte sich. Jetzt erinnerte sie Ravena deutlich an jene geistesabwesende Hexenliese, die sie vor Gericht erlebt hatte. Elisabeth streckte ihren linken Arm aus und berührte Georgs Wange.

»Ihr seid von einem Fleisch und einem Blut«, sagte Elisabeth in jener fast tonlosen Art, in der sie früher oft gesprochen hatte. »Die Norne des Vergangenen zeigt mir eine Familie, der verschiedene Zweige entsprungen sind. Ihr beide stammt von dieser einen Familie ab, seid eins, noch immer. Die Augen des einen sind tot, aber die Augen der anderen werden seine Augen sein. Es ist so nah, daß die Norne des Gegenwärtigen es mir deutlich zeigt. Die lebenden Augen sehen, was der Besitzer der toten Augen sucht. Aber es liegt verborgen, hinter dem fallenden Kreuz.«

»Werde ich es finden?« fragte Georg, auf einmal sehr erregt.

»Ich kann nicht sehen, was die Norne des Zukünftigen mir zeigen will«, antwortete Elisabeth. »Die Schleier des Ungewissen liegen noch über dem Kommenden.«

Sie trat einen Schritt zurück und schlang, wie eine Frierende, die Arme um ihren dürren Leib. Tatsächlich zitterte sie, und erst nach einer Weile fand ihr Blick ins Hier und Jetzt zurück.

»Verzeiht, wenn ich euch erschreckt habe«, sagte sie schließlich. »Ich kann nichts dagegen tun, wenn die Schicksalsgöttinnen zu mir sprechen.«

»Du hast etwas von einem fallenden Kreuz gesagt«, sprach Georg. »Kannst du dieses Kreuz näher beschreiben?«

Elisabeth schüttelte den Kopf. »Die Nornen schweigen, und

ihre Worte, die wie Bilder sind in meinem Kopf, sind verklungen. Ich weiß nicht mehr als ihr, vielleicht sogar weniger.«

Als sie sich von Elisabeth verabschiedet hatten und durch die Gänge der Römerburg gingen, fragte Ravena die vier anderen: »Glaubt ihr, daß Elisabeth das alles wirklich gesehen hat?«

»Ich glaube es«, antwortete Georg. »Sie konnte nicht wissen, daß wir verwandt sind. Von mir hat sie es nicht.«

Ravena blieb stehen und sah ihn prüfend an: »Du erwartest Vergebung von Gott, glaubst aber gleichzeitig an die heidnischen Schicksalsgöttinnen unserer Vorfahren?«

»Warum soll es außer Gott nicht andere Mächte geben, die klüger sind als wir Menschen, die Dinge sehen, die uns auf immer verborgen bleiben? Es gibt auf unserer Welt ja auch mehr als einen König.«

»Zuweilen gibt es sogar mehr als einen Papst«, fügte Broder in einem leicht spöttischen Ton hinzu. »Nämlich immer dann, wenn die Könige sich so uneins sind, daß jeder seinen eigenen Papst einsetzt.«

Broder und Dela begleiteten Ravena zurück nach Köln. Sie gingen durch dichten Wald, und Ravena glaubte nicht, daß sie den Weg zur Römerburg allein wiederfinden würde. Vielleicht hatten die Ausgestoßenen ihr aus diesem Grund weder ein Schweigeversprechen abgenommen noch ihr die Augen verbunden. Sturm und Regen hatten etwas nachgelassen, aber nicht aufgehört. Ihre Schuhe waren bald naß und schlammig, ihre Kleider schmutzbespritzt. Irgendwann lichtete sich der Wald, und vor ihnen lag der Rhein, auf dessen anderer Seite die Mauern und Dächer von Köln aufragten. Jetzt erst wurde Ravena bewußt, daß sie sich auf der rechten Rheinseite befanden. Aber ja, Broder hatte erzählt, die Römerburg sei eine Grenzfestung gewesen, und soweit Ravena wußte, war der Rhein die Grenze zwischen dem von Römern besetzten und dem freien Germanien gewesen. In Köln hatten die Römer gesessen, auf der anderen Seite des Rheins aber hatte der gefürchtete germanische Urwald begonnen.

Broder ging voran und steuerte auf eine Hütte am Ufer zu. Ravena erinnerte sich, daß hier ein Fährmann namens Ansald lebte. Seine Geschäfte gingen nicht besonders gut, weil seine Fähre zu weit abseits der Stadt lag. Aber er schien sich nicht daran zu stören. Im Gegenteil, es hieß, er schätze die Abgeschiedenheit und habe deshalb seine Hütte auf der Köln abgewandten Flußseite errichtet.

Sie erreichten das schützende Vordach, und Broder klopfte kräftig gegen die Bohlentür, die nur Augenblicke später von Ansald geöffnet wurde. Der Fährmann hatte einen gedrungenen Körperbau, war dabei aber überaus kräftig. Es sah aus, als sei er ab einem gewissen Zeitpunkt in die Breite statt in die Höhe gewachsen.

»Da seid ihr ja endlich«, lautete seine Begrüßung. »Wollt ihr gleich übersetzen oder euch erst etwas trocknen? Drinnen brennt ein hübsches Feuer im Herd.«

»Machst du Witze, Ansald?« erwiderte Broder. »Wenn wir drüben sind, ist alles Trocknen vergebens gewesen. Laß uns lieber gleich übersetzen. Du weißt, ich halte gern einen Schwatz mit dir, aber dazu ist auch nachher noch Zeit.«

Ansald holte einen ölgetränkten Regenumhang aus dem Haus und ging mit den drei anderen zur Fähre. Beim Übersetzen war Broder ihm behilflich. Beide schienen nicht zum ersten Mal die Fähre gemeinsam über den Rhein zu bringen. In Ravena verfestigte sich immer mehr der Eindruck, daß Ansald zu den Ausgestoßenen gehörte, zumindest aber ihr Verbündeter war.

Als die Fähre am linken Rheinufer anlegte, war weit und breit kein Mensch zu sehen. Angesichts des Wetters und der abgelegenen Stelle kein Wunder.

Broder nahm Dela in den Arm und drückte ihr dicke Küsse auf beide Wangen. »Paß gut auf dich auf. Du weißt, wie du Verbindung zu uns aufnimmst, wenn etwas Unvorhergesehenes geschieht.«

»Du kannst dich auf mich verlassen, Broder.«

»Ich weiß.«

Ravena wandte sich an den Friesen. »Du kommst nicht mit in die Stadt?«

Broder fuhr mit der Hand über sein Gesicht. »Nicht jeder in Köln schätzt meinen Anblick. Ich möchte nicht da enden, wo dein Alessandro zur Zeit steckt. Wir sehen uns bald wieder.«

Damit wandte er sich um und ging wieder auf die Fähre, die kurz darauf ablegte.

»Komm!« sagte Dela. »Je eher du wieder bei deiner Familie bist, desto besser.«

Dela und Ravena gingen zum nächsten Stadttor.

»Werden wir keine Schwierigkeiten mit den Wachen bekommen?« fragte Ravena.

»Wieso? Wir beide sind Bürgerinnen der Stadt. Niemand in Köln weiß, daß ich auf der Seite der Ausgestoßenen stehe. Wir kennen andere Wege, um in die Stadt zu gelangen. Aber es sind geheime Wege, die man nicht ohne Grund benutzen sollte.«

»Auf einem solchen Weg wurde wohl auch Elisabeth aus der Stadt gebracht, nehme ich an.«

»Ja«, sagte Dela nur und war offensichtlich nicht gewillt, mehr über diese geheimen Wege zu verraten.

Vor ihnen tauchte das Stadttor mit den Wachen auf, die sich unter ein schützendes Dach ganz in der Nähe geflüchtet hatten. Beim Anblick der beiden Frauen traten sie mißmutig in den Regen.

»Seid Ihr nicht die Tochter des Kaufmanns Eigil Treuer?« rief einer der Männer, vermutlich der Anführer, ihnen entgegen.

»Das bin ich«, sagte Ravena und zeigte auf Dela. »Die Frau steht in meinen Diensten. Können wir passieren? Der Regen ist nicht gerade angenehm.«

»Wem sagt Ihr das, wem sagt Ihr das«, brummte der Wachtposten und zog sich nach einem knappen Nicken, das wohl so etwas wie die Genehmigung zum Eintreten darstellen sollte, mit seinen Männern wieder unter das Dach zurück.

Ravena war erstaunt, wie leicht es gewesen war, in die Stadt zu kommen. Aber warum hätten die Wachen auch Schwierigkeiten machen sollen? Gegen Ravena lag nichts vor. Daß ihr etwas mulmig gewesen war, hatte nur an ihrer eigenen Angst gelegen.

Im Wik blieb Dela stehen. »Geh lieber den Rest des Wegs allein, Ravena. Wahrscheinlich halten deine Leute schon Ausschau nach dir. Wenn sie uns zusammen sehen, stellen sie nur dumme Fragen.«

»Und was soll ich ihnen sagen, wo ich gewesen bin?«

»Spazieren, am Fluß. Das tust du doch gern, oder?«

»Schon, aber nicht bei solchem Wetter.«

»Der Mann, den du liebst, soll übermorgen hingerichtet werden. Da sollte es jedermann verständlich sein, wenn du selbst im Regen spazierengehst, um einen klaren Kopf zu bekommen. Erzähl doch, du hättest gehofft, der Sturm würde nachlassen, und dich deshalb irgendwo untergestellt.«

»Ja, das könnte gehen«, meinte Ravena. »Aber wie geht es weiter?«

»Wie besprochen. Morgen abend gehst du zum Kerker, und die Wachen werden dem Wein mit dem Schlafmittel hoffentlich reichlich zusprechen.«

»Ich höre bis dahin nichts mehr von euch?«

»Nein, das wäre zu gefährlich.«

»Aber woher wißt ihr, wann ich aufbreche?«

»Wir werden es sehen.«

»Und was ist, wenn es Schwierigkeiten gibt, wenn ich euch vorher erreichen muß?«

»Tritt in einem solchen Fall einfach vor euer Haus auf die Straße. Ich werde in der Nähe sein und es bemerken. Und wenn nicht ich, dann jemand anderes.«

»Wer?«

Dela schüttelte den Kopf. »Du weißt schon sehr viel von uns, Ravena. Einstweilen ist das genug.«

Als Ravena zu Hause anlangte, stürzten sich alle auf sie. Sie war mehrere Stunden fortgewesen, der Abend nahte bereits. Eigil überschüttete sie mit Vorwürfen, weil er sich Sorgen um sie gemacht hatte. Ravena blieb ruhig und bat ihn um ein Gespräch unter vier Augen.

»Wenn du gern möchtest«, brummte Eigil und ging mit ihr in sein Schreibzimmer, wo er sie streng ansah. »Nun, was hast du mir zu sagen?«

»Ich bin sehr froh, daß ich dich so in Sorge versetzt habe, Vater.«

»Froh? Willst du Spott mit mir treiben?«

»Im Gegenteil. In den letzten Tagen hatte ich befürchtet, deine Liebe zu mir sei erloschen. Aber wenn du dich um mich sorgst, muß in dir noch Liebe sein für mich.«

Der strenge Gesichtsausdruck fiel von ihm ab. Jetzt wirkte er tatsächlich nur noch wie ein besorgter Vater.

Er umfaßte ihre Schultern. »Natürlich liebe ich dich, Ravena. Meinst du, sonst wäre ich stundenlang auf der Suche nach dir durch den Regen gelaufen? Wo, beim Allmächtigen, warst du?«

»Am Fluß vor der Stadt. Ich wollte allein sein, um in Ruhe über Alessandro nachzudenken.«

»Alessandro!« Eigil wiederholte den Namen nicht gerade mit einem freundlichen Unterton. »Wie oft habe ich in den letzten Stunden schon bereut, daß ich dich ihm zur Frau geben wollte! Alles wäre sonst ganz anders gekommen, und Rutger wäre noch am Leben.«

»Da bin ich mir nicht sicher. Ich glaube an Alessandros Unschuld. Und ich bereue nicht, daß ich ihn kennen und lieben durfte, wenn auch nur für kurze Zeit. Für viel zu kurze Zeit.« Sie schluckte und sah Eigil in die Augen. »Vater, willst du mir einen Wunsch erfüllen? Es soll das letzte Mal in meinem Leben sein, daß ich dich um etwas bitte.«

»Sprich, Ravena!«

Sie erzählte ihm von dem Kölner Brauch betreffend das Henkersmahl des zum Tode Verurteilten. »Ich möchte diesen Abend mit Alessandro verbringen, unsere letzten gemeinsamen Stunden. Bitte, Vater, schlag es mir nicht ab! Setz dich bitte beim Vogt dafür ein, daß mir dieses Recht gewährt wird!«

Ravena sah in Eigils Augen, daß er erst Widerspruch anmelden wollte, vielleicht aus Sorge um seine Tochter, vielleicht auch aus Sorge um den Ruf des Hauses Treuer. Dann aber besann er sich und sagte: »Ich werde alles tun, was in meiner Macht steht, damit du Alessandro noch einmal sehen kannst.«

Sie wollte ihm danken, aber ihre Stimme versagte. Eigil

nahm seine Tochter in die Arme und drückte sie fest an sich. Sie verbarg ihr Gesicht an seiner Schulter. Als sie irgendwann zu ihm aufschaute, sah sie die Tränen in seinen Augen.

21. KAPITEL

Das Henkersmahl

Es hatte seit dem Sonntagmittag nicht mehr geregnet, aber der Himmel, von dunkelgrauen Wolken verhangen, sah aus, als wolle er jederzeit wieder anfangen zu weinen. Er schien nur auf einen Anlaß zu warten. Ravena hoffte, daß nicht ihr Scheitern diesen Anlaß bot. Während sie mit Oda und ihrem Vater auf den Kölner Dom zuging, in dessen Schatten der Bischofspalast und auch der Kerker lagen, sah sie mehrmals über ihre Schulter. Veranlaßt durch die Angst, Georgs Männer könnten nicht rechtzeitig vor Ort sein.

»Was ist?« fragte Eigil Treuer. »Hast du etwas vergessen, Ravena?«

»Nein, ich weiß auch nicht. Irgendwie bin ich unruhig.«

Das war nicht übertrieben. Seitdem sie heute aufgewacht war, fühlte sie sich über alle Maßen nervös. Während der Sonntagsmesse in Groß Sankt Martin war ihr das Stillsitzen so schwergefallen wie noch nie. Sie hatte gehofft, daß sie zum Abend hin ruhiger werden würde, aber das Gegenteil war eingetreten. Aus Sorge um Alessandro zitterten ihre Hände genauso wie ihr Herz. Natürlich würden die Ausgestoßenen sich im Verborgenen halten und nicht so dumm sein, sich offen auf der Straße zu zeigen. Aber ein kleiner Hinweis, ein kurzes Auftauchen von Dela vielleicht, hätte schon genügt, Ravena etwas zu beruhigen.

»Hast du es dir anders überlegt?« fragte Eigil mit einem besorgten Seitenblick auf seine Tochter. »Möchtest du lieber umkehren?«

»Nein, Vater, ganz bestimmt nicht.«

Sie lächelte ihn tapfer an, um seine Besorgnis zu zerstreuen. Es war ein ehrliches Lächeln. Seit sie gestern von ihrem unfreiwilligen Ausflug zur Römerburg heimgekehrt war, hatte sie wieder einen Vater. Er hatte sich beim Wikvorsteher Heimar von Brosach dafür eingesetzt, daß Ravena die Henkersmahlzeit mit Alessandro einnehmen durfte. Heimar hatte es nicht leicht gehabt, die Erlaubnis zu erlangen. Der Stadtvogt war dagegen, aber Bischof Hildolf hatte schließlich die Erlaubnis erteilt. Nach den Aufregungen der vergangenen Tagen wünschte er, daß möglichst bald wieder Ruhe in Köln einkehrte. Deshalb wollte er dem Kaufmann Eigil Treuer zu Gefallen sein.

Der hatte Wein und Essen für das Henkersmahl bereitgestellt. Oda trug den Korb mit der reichhaltigen Mahlzeit, und Eigil hielt in jeder Hand einen Krug Wein, einen kleinen für Ravena und Alessandro und einen großen für die Wachen. Vor einer halben Stunde hatte Ravena sich heimlich in die Küche geschlichen, wo die Sachen bereitstanden, und das Schlafmittel in den großen Krug geschüttet. Es war ein graues Pulver, das sich unter einem kurzen Aufbrausen mit dem Wein vermischte.

Ravena hatte ein schlechtes Gewissen gegenüber ihrem Vater und auch gegenüber Oda. Beide halfen ihr und wußten nicht, daß sie von Ravena getäuscht wurden. Aber Ravena hatte Angst, sie einzuweihen. Sie bezweifelte, daß Eigils Hilfsbereitschaft so weit ging, sich auf die Seite der Ausgestoßenen und damit gegen Bischof und Vogt zu stellen. Vermutlich hätte Ravena Oda ohne Gefahr einweihen können. Aber das versprach keinen Vorteil, und was Oda nicht wußte, konnte sie auch nicht unabsichtlich verraten.

Aber selbst wenn das Unternehmen glückte und Alessandro noch heute abend ein freier Mann sein sollte, wären die

Sorgen damit nicht von Ravenas Schultern genommen. Ein geglückter Befreiungsversuch würde auf Eigil Treuer den Verdacht werfen, in alles eingeweiht zu sein, das Ganze vielleicht gar selbst geplant zu haben. Ravena konnte nichts anderes tun als zu hoffen, daß ihr Vater glimpflich aus der Sache herauskam. Es war gegenüber ihrem Vater gewiß nicht gerecht, aber sie mußte wählen zwischen Unannehmlichkeiten für ihn und dem Henkersschwert, das auf Alessandro wartete. Und was auch immer geschah, sie würde bis zum letzten Atemzug alles dafür tun, um Alessandro vor dem Tod zu bewahren.

Als sie den Dom erreichten, ging das Grau des Nachmittagshimmels bereits ins Schwarz des Abends über. Frischer Wind kam auf und ließ Ravena frösteln.

»Wenn das so weitergeht, kriegen wir einen langen, kalten Winter«, bemerkte Oda, und es klang, als wollte sie Ravena nur etwas ablenken.

Ravenas Anspannung mußte für alle offensichtlich sein. Hoffentlich zogen die Wachen daraus keine Rückschlüsse auf ihre wahren Absichten. Ravena versuchte, sich mit dem Gedanken zu beruhigen, daß wohl jede Frau, die ihren Mann oder Geliebten zum Henkersmahl aufsuchte, ähnlich aufgeregt gewesen wäre.

Sie langten am bogenförmig gemauerten Eingang zum Kerker an, und Ravena spürte ihr Herz rasen. Zwei Wachen in schweren Lederhemden stellten sich in den Durchgang und versperrten ihnen damit den Weg. Den grinsenden Gesichtern entnahm Ravena, daß die beiden wußten, worum es ging.

»Hier geht es in den Kerker von Köln«, sagte der Größere von ihnen und entblößte dabei ein verfaultes Gebiß. »Wenn Ihr einen Sonntagsbesuch machen wollt, seid Ihr hier falsch.«

»Das sind wir nicht«, erwiderte Ravenas Vater. »Ich bin Eigil Treuer aus dem Wik, und wir wollen zu Alessandro Beltrami.«

Der Mann mit den schlechten Zähnen kratzte sich hinter dem Ohr. »Alessandro. Diesen seltsamen Namen habe ich doch schon einmal gehört.« Er wandte sich an seinen Kameraden. »Sag mal, Wignand, heißt so nicht dieser Italiener, der morgen einen Kopf kürzer gemacht werden soll?«

»Möglich«, meinte Wignand und runzelte die Stirn in übertriebener Weise. »Aber ich kann gar nicht richtig nachdenken, weil ich einen so trockenen Mund habe. Wenn ich einen trockenen Mund habe, ist mein ganzer Kopf wie ausgedörrt. Kein einziger vernünftiger Gedanke will mir dann kommen.«

»Geht mir ähnlich«, sagte der erste Wachtposten. »Kaum regnet es mal ein paar Stunden nicht, ist die Luft hier trokken wie die Haut einer alten Vettel.« Er grinste Oda an. »Verzeiht, Ihr wart natürlich nicht gemeint.«

Oda ignorierte die Unverschämtheit und sah durch ihn hindurch.

»Ich habe etwas gegen die Trockenheit«, sagte Eigil und hielt einen Weinkrug hoch.

Erst beim zweiten Hinsehen bemerkte Ravena, daß es der kleinere Krug war, nicht der mit dem Schlafpulver. Als der Wachtposten namens Wignand den Krug an sich nahm, überlegte sie verzweifelt, was sie tun konnte.

»Das reicht ja kaum für einen zum Waschen«, maulte Wignand.

»Ich würde mich damit auch nicht waschen, sondern es trinken«, sagte Eigil. »Es ist Honigwein, und kein schlechter.«

Wignand leckte über seine Lippen. »Das klingt schon besser. Aber auch zum Trinken ist es nicht viel. Was sagst du, Baltram?«

Der Mann mit dem fauligen Gebiß nahm Wignand den Krug ab und hielt ihn abschätzend hoch, um ihn von allen Seiten zu betrachten. »Für uns beide würde das ja vielleicht reichen, aber ich glaube, unsere Kameraden drinnen leiden noch mehr unter der trockenen Luft als wir.« Dabei zeigte er mit dem Daumen über seine Schulter ins Innere des Kerkers.

»Das stimmt«, seufzte Wignand. »Und da wir gute Menschen sind, müssen wir natürlich mit unseren Kameraden teilen.«

»Da hilft nur eins«, sagte Eigil und hielt ihnen den anderen Krug hin. »Wir tauschen die Krüge einfach aus. In diesem hier dürfte auch für eure Kameraden genug Wein drin sein.«

»Ihr seid ein kluger und freigebiger Mann«, sagte Baltram mit einem so breiten Grinsen, daß jeder einzelne seiner schwarzen Zahnstummel sichtbar war. »Mit so einem Kaufmann machen wir gern Geschäfte.« Er nahm den großen Krug an sich und gab den kleinen an Eigil zurück. »Jetzt erinnere ich mich auch an Alessandro. Wignand, du kennst doch den Weg zu seiner Zelle im rückwärtigen Trakt, nicht wahr?«

»Ja, es fällt mir gerade wieder ein.«

Ravena, ihr Vater und Oda wollten das Gebäude betreten, aber Baltram schüttelte den Kopf und sagte: »Nur das Mädchen. Niemand sonst darf zu dem Verurteilten. So hat es der Stadtvogt angeordnet.«

»Aber ...«, kam es protestierend von Eigil.

»Nichts aber«, versetzte Baltram. »So ist es Vorschrift. Entweder nur das Mädchen oder keiner!«

»Ist schon gut, Vater, mach dir keine Sorgen«, sagte Ravena.

Eigil stieß ein unbestimmbares Brummen aus, das sein Unbehagen deutlich zeigte. »Meinetwegen geh allein zu Alessandro. Aber in zwei Stunden komme ich wieder her, um dich abzuholen.« Und zu den Wächtern sagte er: »Paßt gut auf meine Tochter auf, sonst rede *ich* auch einmal mit dem Stadtvogt!«

Als Eigil und Oda davongingen, versetzte es Ravena plötzlich einen Stich ins Herz. Sie hatte das Gefühl, daß sie die beiden nie wiedersehen würde.

»Dann kommt, mein Fräulein«, sagte Wignand mit einer ungelenken Geste, die nur entfernt an eine galante Verbeugung erinnerte. »Ich bringe Euch zu Eurem Alessandro.«

Ravena nahm den Korb und den kleinen Weinkrug auf und folgte dem Wächter. Hinter dem Eingang führten ein paar Stufen hinunter ins fensterlose, nur von rußenden Fackeln erhellte Kerkergewölbe. Sie bogen um eine Ecke und stießen auf eine verschlossene Tür. Zwei weitere Wachen saßen vor der Tür auf einer Bank und unterhielten sich.

»Ihr solltet mal zu Baltram gehen«, schlug Wignand vor. »Der hat was gegen trockene Kehlen. Honigwein, bestimmt so süß wie unser Fräulein hier.«

»Der Besuch für den Italiener?« fragte einer der anderen, dessen Gesicht fast unter einem ergrauenden Bart verschwand.

Wignand nickte, und der Graubart zog einen großen Schlüssel unter seinem Wams hervor, mit dem er die schwere Tür öffnete.

Ravena und ihr Begleiter gingen hindurch, und letzterer sagte zu dem Graubart: »Aber nicht abschließen, bevor ich wieder da bin! Sonst vergeßt ihr mich und meine vertrocknete Kehle noch.«

»Keine Angst, Wignand«, lachte der Bärtige. »Wir sind zwar durstig, aber nicht gemein.«

Sie gingen durch einen langen Gang, der an beiden Seiten von verriegelten Türen gesäumt war. Die Kerkerzellen, vermutete Ravena.

Endlich blieb Wignand vor einer Tür zur Linken stehen, entriegelte sie und zog sie mit einem quietschenden Geräusch auf. Abgestandene Luft, fast schon Gestank, schlug ihr entgegen und verursachte ihr Übelkeit, aber sie kämpfte dagegen an. Die Zelle war fensterlos, und kein Licht brannte in ihr.

Eine schemenhafte Gestalt kam auf sie zu, und eine vertraute Stimme fragte ungläubig: »Ravena?«

»Ja, Italiener, du hast Glück«, sagte der Wächter. »Deine Liebste kommt, um das Henkersmahl mit dir einzunehmen.«

Zögernd trat Ravena ein, und Wignand zog eine Fackel aus der Wandhalterung, um sie ihr zu reichen.

»Hier, etwas Licht. Im Dunkeln ißt und trinkt es sich schlecht.«

Ravena stellte den Korb ab und nahm die Fackel an sich. Wignand schloß die Tür und schob den Riegel wieder vor. Mit eiligen Schritten, wohl von der Angst vor dem Durst seiner Kameraden angetrieben, entfernte er sich.

Das flackernde Licht der Fackel warf einen rötlichen Schein auf Alessandros Gesicht. Er sah schlecht aus, aber das war kein Wunder. Schon allein die lichtlose Abgeschiedenheit und die schlechte Luft hier unten hätten wohl ausgereicht, einen Mann zu zermürben. Die Aussicht, in wenigen Stunden den Kopf auf den Richtblock legen zu müssen, tat ein übriges. Er umarmte sie und drückte sie an sich. Sein strenger Geruch und das Kratzen seiner unrasierten Wangen störte sie kein bißchen.

»Rührend«, sagte eine quäkige Stimme aus dem hinteren Teil der Zelle. »Weiß Gott, Alexander, du bist ein glücklicher Mann. Nicht jeder kriegt am Abend vor seiner Hinrichtung solch reizenden Besuch.« Ein kleiner Mann mit grauem, verfilztem Haar und einem ebensolchen Bart trat auf sie zu und grinste von einem Ohr zum anderen. »Nicht erschrecken, mein Fräulein. Ich bin ein Mensch und kein Kerkerkobold. Als solcher hätte ich mich auch längst von diesem tristen Ort hinweggezaubert. Natürlich nicht, ohne den werten Alessandro mitzunehmen.«

Lächelnd sagte Alessandro: »Ravena, darf ich dir Fulbert vorstellen, meinen Mithäftling?«

Ravena nickte dem kleinen Mann freundlich zu und fragte: »Seid Ihr auch ...«

Fulbert führte den rechten Zeigefinger zum Hals und machte die Bewegung des Kehledurchschneidens. »Meint Ihr das? Nein, auf mich wartet nicht der Henker. Hoffe ich jedenfalls. Wahrscheinlich komme ich mit einem abgeschnittenen Ohr oder einer fehlenden Nase davon.«

»Darf ich fragen, weswegen Ihr hier seid?«

»Ich habe meinen Herrn bestohlen, einen wohlhabenden Schmuckhändler. Ich dachte, das bißchen, was ihm an Schmuck fehlt, fällt gar nicht auf. Aber er hat alles bis ins Kleinste nachgezählt, der mißtrauische Hund!«

Ravena sah sich in der Zelle um. Sitzgelegenheiten gab es nicht, noch nicht einmal ein ordentliches Lager zum Schlafen, nur altes, feuchtes Stroh, das dringend der Erneuerung bedurfte. Sie steckte die Fackel in den Spalt zwischen der Tür und ihrer Umfassung, öffnete den Korb und breitete die mitgebrachten Speisen auf dem Boden aus.

»Vater war sehr großzügig. Ich denke, davon werden auch drei satt.«

Fulbert sah sie mit großen Augen an. »Ist das eine Einladung?«

»Ja!«

Sie nahmen auf dem kalten, feuchten Boden Platz, aßen und tranken. Alessandro fragte, wie es ihr ging und wie sich seine Verurteilung auf die Lage im Haus Treuer ausgewirkt hatte. Ravena beantwortete seine Fragen und bedauerte, daß Fulbert anwesend war. Nicht, daß er ihr unangenehm gewesen wäre. Aber wäre sie mit Alessandro allein gewesen, hätte sie offen zu ihm sprechen können, sowohl über ihre persönlichen Gefühle als auch über die – hoffentlich – bevorstehende Befreiung Alessandros durch die Ausgestoßenen. So aber schwieg sie lieber. Sie wollte Fulbert nicht vorzeitig einweihen, weil sie nicht wußte, was sich an diesem Abend noch ereignen würde. Mißlang die Befreiung, hätte Fulbert auf die Idee kommen können, Ravena an den Stadtvogt zu verraten, um auf diese Weise seine eigene Lage zu verbessern.

Mit Schrecken dachte Ravena daran, was geschehen könnte, wenn die Ausgestoßenen nicht kamen. Irgendwann würden wohl die schlafenden Wächter aufgefunden werden. Würde man sie einfach nur für sturzbetrunken halten, oder würde der listige Dankmar von Greven die Wahrheit herausfinden?

Alessandro merkte, daß Ravena auffallend still war, und erzählte lustige Begebenheiten aus Venedig, um sie aufzuheitern. Es war schon seltsam, daß er, der zum Tode Verurteilte, sie aufmuntern wollte und nicht umgekehrt. Ravena bemühte sich, zu Alessandros Geschichten ein fröhliches Gesicht aufzusetzen. Aber der einzige, der laut – und mekkernd wie ein Ziegenbock – lachte, war Fulbert.

Mitten in Fulberts Gelächter ertönten Schritte, die rasch näherkamen, und Alessandro machte ein düsteres Gesicht. »Sie kommen, um dich hinauszubringen, Ravena. Es ist schade, daß du schon gehen mußt.«

Fulberts Lachen erstarb glucksend, und er sagte: »Nun küßt euch schon! Ich drehe mich auch zur Wand um.« Kaum hatte er das angekündigt, rutschte er auch schon auf seinem Hosenboden, bis er den beiden den Rücken zukehrte.

Alessandro beugte sich zu Ravena vor, umfaßte ihren Kopf sanft mit beiden Händen und zog ihn zu sich heran. Ihre Lippen trafen sich zu einem langen Kuß, den Ravena unter anderen Umständen sehr genossen hätte. Jetzt aber lauschte sie angespannt auf die Schritte und fragte sich, ob es die Wärter waren oder die Ausgestoßenen. Nur soviel stand fest: Da draußen näherten sich gleich mehrere Männer. Jetzt hörten sie auch dumpfe Stimmen. Die Tür wurde entriegelt und geöffnet, wobei die eingeklemmte Fackel zu Boden fiel.

»Wie ich sehe, kommen wir etwas ungelegen«, sagte Broder, als er Ravena und Alessandro in inniger Umarmung erblickte. »Ich hoffe, ihr findet gleichwohl die Zeit, mich zu begleiten.«

»Ich kenne Euch!« entfuhr es Alessandro. »Ihr seid der Mann, der die falschen Mönche angeführt und Bischof Hildolf als Geisel genommen hat.«

»Ich war so frei.«

»Sein Name ist Broder«, sagte Ravena und stand auf. »Er ist gekommen, um uns zu helfen, so wie er und seine Freunde Elisabeth geholfen haben.«

»Elisabeth?« wunderte sich Alessandro, während auch er aufstand.

»Die Hexenliese«, erklärte Ravena und wandte sich an Broder. »Schlafen die Wachen?«

Der Friese grinste. »Ohne Ausnahme. Das hast du gut gemacht, Ravena!«

»Ich habe gar nicht viel getan. Mein Vater hat ihnen den Wein übergeben.«

Sofort wurde Broder ernst. »Hast du ihn etwa eingeweiht?«

Ravena schüttelte den Kopf. »Keine Angst, er weiß von nichts.«

Alessandro sah sie erstaunt an. »Du bist in das hier eingeweiht und hast diesen Männern geholfen?«

»Warum verwundert dich das?« entgegnete sie. »Weil ich eine Frau bin?«

Broder räusperte sich vernehmlich. »Ich störe ja nur ungern, aber könnt ihr euch nicht später unterhalten. Wir sollten den Schlaf der Wachen ausnutzen. Außerdem könnte ein zufälliger Besucher jederzeit entdecken, was hier los ist.«

Fulbert blickte zögerlich in die Runde. »Kann ich auch mitkommen?«

Broder sah ihn irritiert an. »Wer ist das?«

»Ein Dieb, dem Dankmar Ohr oder Nase abschneiden wird, wenn er hierbleibt«, sagte Alessandro.

»Ohr oder Nase, hm?« machte Broder und seufzte. »Nun gut, dann komm mit. Aber beeil dich!«

Mit einem Freudenschrei sprang Fulbert auf. Er hatte durch sein Rutschen auf dem Boden Stroh und Dreck weggewischt. Ravena fiel an der Stelle, wo er gesessen hatte, eine seltsame, in den Stein eingeritzte Markierung auf, bestehend aus zwei sich kreuzenden Linien. Aber sie achtete nicht weiter darauf, weil Broder sie am Arm faßte und auf den Gang hinauszog, wo mehrere seiner Männer warteten. Alessandro und Fulbert folgten, und sie liefen den Gang entlang. Die schwere Bohlentür stand offen, und hinter ihr lagen zwei fest schlafende Wachtposten am Boden.

»Da muß noch etwas anderes als Honig im Wein gewesen sein«, bemerkte Broder augenzwinkernd bei ihrem Anblick. Als sie die Treppe hinaufgestiegen waren, blieb Ravena plötzlich stehen. Dort in der Toröffnung standen die beiden Wachtposten vollkommen aufrecht, ohne eine Spur von Müdigkeit oder Weinseligkeit. Erst als sie sich umdrehten und ihnen die Gesichter zuwandten, begriff Ravena, daß die beiden zu Broders Leuten gehörten. Sie hatten sich nur die Waffen, Lederhemden und Helme der Wächter genommen, um für einen zufälligen Beobachter von der Straße aus für die regulären Wachen gehalten zu werden. Baltram und Wignand lagen in einer dunklen Ecke, einer halb auf dem anderen, und mindestens einer von ihnen schnarchte für zehn.

»Wie geht es jetzt weiter?« fragte Alessandro. »Spätestens seit dem Prozeß gegen mich bin ich in ganz Köln bekannt, wenn nicht schon vorher durch meine groß gefeierte Ankunft. Ich komme niemals unerkannt aus der Stadt.«

»Niemand wird dich erkennen, wenn dich keiner sieht«, sagte Broder. »Hab Vertrauen, Freund, wir haben uns die Sache gut überlegt. Oder glaubst du, wir wollen zusammen mit dir auf dem Richtblock enden?«

Broder führte die insgesamt neunköpfige Gruppe zu den Abwassergruben, von denen mehrere in der Nähe des Kerkers lagen. In diesen Senken, die es überall in der Stadt gab, sammelte sich das Abwasser, um von hier aus in die unterirdischen Kanäle zu fließen, die aus der Römerzeit übriggeblieben waren und das Wasser in den Rhein leiteten. Neben einer der Gruben stand ein schmales, kleines Haus, in dem kein Licht brannte. Der Friese klopfte in einem bestimmten Takt gegen die Tür, die augenblicklich geöffnet wurde. Von Dela.

Broder und Dela umarmten sich kurz. Anschließend betrat er das spärlich eingerichtete Innere und zog eine Bodenmatte beiseite. Darunter kam eine Luke zum Vorschein, die man mit einem rostigen Eisenring öffnen konnte. Genau das tat Broder – und stand vor einer schmalen Stiege, die in die Tiefe führte. Die Stufen waren gut zu erkennen, weil unten Fackeln brannten. Das also waren die geheimen Wege, von denen Dela gesprochen hatte, zumindest einer davon.

»Los, los, es geht abwärts!« trieb Broder die Gruppe an und deutete einladend auf das Loch im Boden.

Zwei seiner Männer gingen voran, dann waren Alessandro,

Ravena und Fulbert an der Reihe. Je tiefer sie kamen, desto unerträglicher wurde der Gestank nach Unrat und Fäulnis, um ein Vielfaches schlimmer als in der Kerkerzelle.

»Die Abwasserkanäle«, sagte Ravena, als sie unten angelangt waren. »Das ist der Weg, der ungesehen aus der Stadt führt!«

»Kluges Kind«, lobte Broder. »Und jetzt heißt es: Nasen zu und vorwärts!«

Es war ein sehr unangenehmer Marsch. Sie wateten manchmal bis zu den Knien im stinkenden Wasser. Ravena, die von Alessandro fest an der Hand gehalten wurde, versuchte, nur durch den Mund zu atmen, um nicht ohnmächtig zu werden von dem mörderischen Gestank. Irgendwann fiel ihr auf, daß Dela nicht mitgekommen war. Ravena dachte, daß Dela schon wußte, warum sie nach Möglichkeit lieber durchs Stadttor ging.

Nach einer kleinen Unendlichkeit wurde die Luft allmählich besser. Frischer Wind wehte ihnen entgegen, und vor ihnen zeichnete sich das schwache Licht des Abendhimmels ab. Sie traten ins Freie, ans Ufer des Rheins. Hinter ihnen erhob sich düster die Stadtmauer von Köln – und vor ihnen lag ein Schiff.

Eine Gruppe von Männern löste sich aus dem Schatten des Schiffs und lief auf sie zu. Ravena erschrak und dachte an eine Falle. Dann aber erkannte sie die italienischen Seeleute, die mit Alessandro nach Köln gekommen waren. Sie umringten ihren Herrn und umarmten ihn, aber niemand sprach ein lautes Wort. Offenbar hatte jemand, vermutlich Broder, ihnen eingeschärft, vorsichtig zu sein.

»Ein Kauffahrer ohne Schiff ist nur ein halber Mann«, sagte Broder zu Alessandro. »Deshalb habe ich deine Männer unterrichtet. Sie hatten nicht viel dagegen, diese fremde, kalte Stadt zu verlassen. Nun, Italiener, sind wir als Gäste auf deinem Schiff willkommen?«

»Nichts lieber als das«, strahlte Alessandro. »Wohin soll ich euch bringen?«

»In Sicherheit«, sagte Broder und zeigte flußabwärts.

22. KAPITEL

Das fallende Kreuz

An Schlaf war in dieser Nacht nicht zu denken. Die Befreiung Alessandros und Fulberts und die glückliche Heimkehr wurde mit Wein und Gesang gefeiert. Auch die venezianischen Seeleute beteiligten sich daran. Nur fünf Mann waren als Wache bei ihrem Schiff geblieben, das gut versteckt am rechten Rheinufer lag, ungefähr eine halbe Fußstunde von der Römerburg entfernt. Ein einsamer Wanderer, der in dieser Nacht zufällig in die Nähe der alten Römerfeste gekommen wäre und das Lachen und Singen gehört, den tanzenden Lichterschein der Fackeln gesehen hätte, hätte wohl auf der Stelle die Flucht ergriffen und überall die Mär von der Geisterkohorte verbreitet.

An einer langen Tafel in einem von mehreren Fackeln erhellten Raum saßen Ravena, Alessandro, Fulbert, Broder, Georg und Gudrun mit anderen bei heißem Würzwein und süßem Gebäck, und der Anführer der Ausgestoßenen ließ sich die gelungene Rettung in allen Einzelheiten schildern. Von Alessandros Dankesbekundungen wollte er nichts wissen.

»Wenn einer nicht dem anderen helfen würde gegen Vogt und Bischof, säße kaum einer von uns hier«, sagte Georg. »Wir haben es uns zur Pflicht gemacht, denen zu helfen, die von den Mächtigen, leider oft allzu Mächtigen, verfolgt werden.«

Elisabeth betrat den Raum und blickte sich suchend um, kam dann auf Alessandro zu und sagte: »Du bist der Mann, den ich bloßgestellt und beleidigt habe. Und doch hast du versucht, mich vor dem Hexensturz zu retten.«

»Woher weißt du das?«

»Die Norne des Vergangenen hat es mir gesagt. Du wolltest meine Worte öffentlich bestätigen, um mich zu retten.«

»Die Ausgestoßenen sind mir zuvorgekommen, und sie haben ihre Sache sehr gut gemacht.«

»Trotzdem stehe ich in deiner Schuld«, sagte Elisabeth und sank vor ihm auf die Knie. »Vergib mir, was ich dir angetan habe!«

»Ich mache dir keinen Vorwurf, du hast aus Angst gehandelt. Steh bitte auf!«

Alessandro wollte Elisabeth aufheben, wobei sie ins Stolpern geriet. Ravena stand auf und stützte die Frau. Als Ravena sie berührte, erstarrte Elisabeth, und ihr faltiges Gesicht wandte sich Ravena zu. Elisabeths Augen blickten Ravena auf seltsame Art an. Einerseits wirkte ihr Blick entrückt, aber dann schien es wieder, als schaue sie tief in Ravena hinein.

»Das fallende Kreuz!« stieß Elisabeth hervor. »Deine Augen haben es geschaut.«

»Was?« fragte Ravena verständnislos.

Elisabeths Blick klärte sich schon wieder. Sie schwankte und setzte sich mit Alessandros Hilfe auf eine der Holzbänke, die die Tafel säumten.

Georg sprang auf und stieß aus Unachtsamkeit einen Weinbecher um, dessen roter Inhalt sich über die Tischplatte ergoß.

»Ravena, was hat du gesehen?« rief er mit sich fast überschlagender Stimme. »Sag es mir!«

»Ich weiß gar nicht, wovon Elisabeth und du sprecht.«

»Erinnerst du dich nicht, was die Nornen Elisabeth gesagt haben? Deine Augen würden schauen, was ich suche, verborgen hinter einem fallenden Kreuz. Wo hast du das Kreuz gesehen?«

»Da war kein Kreuz. Ich war im Kerker, nicht in einer Kirche. Oder ...«

»Sprich!« verlangte Georg, als Ravena stockte.

»In Alessandros Zelle war ein Zeichen auf dem Boden eingeritzt, zwei Linien, die sich kreuzten. Aber an ein Kreuz, wie man es in Kirchen sieht, hat es mich nicht erinnert. Es wirkte eher zufällig, zumal die Linien recht schief zueinander standen. Doch jetzt, wo ich darüber nachdenke, könnte man darin ein zusammenstürzendes Kreuz sehen, ein fallendes Kreuz.«

»Warum hast du mir nicht eher davon erzählt?« fragte Georg vorwurfsvoll.

»Ich habe nicht daran gedacht. Diese Linien im Boden erschienen mir nicht wichtig. Ich habe sie auch nur ganz flüchtig gesehen.«

Laut sagte Alessandro: »Dieses stürzende oder fallende Kreuz ist in meiner Zelle? Ich habe nichts davon bemerkt. Aber da es offenbar von großer Wichtigkeit ist, wäre ich dankbar für ein paar aufklärende Worte.«

»Mit ein paar Worten ist es nicht getan«, erwiderte Georg. »Es ist eine längere Geschichte.«

»Und?« fragte Alessandro. »Ich habe heute nacht nichts anderes vor.«

Georg überlegte eine Weile, setzte sich dann wieder und sagte: »Einverstanden. Ich werde dir erzählen, was hinter diesem Kreuz, wenn ich Elisabeths Worte richtig deute, verborgen liegt.«

Noch einmal erzählte Georg die Geschichte vom Kelch des Herrn, unterbrochen von etlichen Zwischenfragen Alessandros.

»Und du glaubst, der Gral liegt irgendwo im Kerker verborgen?« wollte Alessandro von Georg wissen, als der seinen Bericht beendet hatte.

»Ja. Ich war dumm, daß ich nicht schon eher darauf gekommen bin. Der Gralshüter Eleasar hatte sein Versteck schon einmal in den Gewölben unterhalb von Bischofspalast und Dom, ganz in der Nähe des alten Kerkers. Sich dort erneut zu verstecken, ist nur auf den ersten Blick kühn, in Wahrheit aber überaus schlau. Ich hätte nicht damit gerechnet und wohl kaum einer sonst. Andererseits kennt Eleasar sich da unten gut aus. Es gibt dort vielleicht mehr als das eine Versteck, wo ich ihm damals begegnet bin.«

»Dann wird dieser Kelch des Herrn gut bewacht«, meinte Alessandro. »Nicht nur von diesem Gralshüter, sondern auch von den Männern des Stadtvogts, wenn die auch nicht ahnen, welchen Schatz sie hüten.«

»Dankmars Soldaten hin oder her, ich muß den Gral finden!« sagte Georg mit entschlossener Stimme. »Es ist gefährlich, und deshalb werde ich niemanden bitten, mich zu begleiten.«

Georg brauchte niemanden zu bitten, denn jedermann in der Römerburg war entschlossen, ihm zu helfen, ungeachtet der Gefahr für Leib und Leben. In der darauffolgenden Nacht, drei Stunden vor Morgengrauen, brach ein großer Trupp zum Rhein auf, um mit Alessandros Schiff nach Köln zu fahren. Georg selbst führte seine Leute an, und Gudrun ließ es sich nicht nehmen, ihren Geliebten zu begleiten. Sie suchten schon so lange gemeinsam nach dem Kelch des Herrn, daß Gudrun jetzt, in den entscheidenden Stunden, nicht von Georgs Seite weichen wollte.

Als sich aber auch Ravena der Gruppe anschließen wollte, erhob sich allgemeiner Protest. Georg, Broder und vor allem Alessandro wandten ein, wenn es zum Kampf komme, könnte Ravena die Männer nur behindern.

»Bei Gudrun hat niemand diesen Einwand erhoben!« klagte Ravena,

Gudrun schlug ihren Mantel zurück und gab den Blick auf ein Wehrgehänge mit einem kurzen Schwert frei. »Ich habe gelernt, mich meiner Haut mit blanker Klinge zu erwehren.«

»Ich will ja gar nicht kämpfen«, erklärte Ravena. »Ich will auch nicht mit in den Kerker. Ich möchte meinen Vater ein letztes Mal sehen und ihm erklären, weshalb ich dies alles tue. Das bin ich ihm schuldig.«

»Wenn du unterwegs von den Wachen aufgegriffen wirst, gefährdet das unseren ganzen schönen Plan«, gab Broder zu bedenken.

»Ich werde sehr vorsichtig sein«, versprach Ravena. »Als es darum ging, die Kerkerwachen zu betäuben, habt ihr alle mehr Vertrauen in mich gehabt.«

Bevor Broder noch etwas erwidern konnte, entschied Georg: »Wir nehmen Ravena mit nach Köln. Ich selbst bin damals heimlich in den alten Kerker eingedrungen, um meinen gefangenen Vater zu sprechen. Wie kann ich da Ravena verwehren, ihren Vater ein letztes Mal zu sehen?«

Das Schiff legte ab, ohne das Segel zu setzen, das ein aufmerksamer Beobachter auf der Stadtmauer vielleicht auch im Dunkeln hätte erkennen können. Die Muskelkraft der Rojer brachte das Schiff flußaufwärts, und als Kölns Umrisse hinter einer Biegung auftauchten, wurde an Bord, wie auf ein geheimes Kommando, nur noch geflüstert. Ravena beobachtete Alessandro, der ruhig seine Befehle gab. Er war ein guter Schiffsführer. Wahrscheinlich war Georg ganz ähnlich gewesen, bevor das Schicksal ihn zum Anführer eines Aufstands bestimmte und ihm das Augenlicht raubte.

War es wirklich das Schicksal gewesen, oder hatte Georg große Schuld auf sich geladen, und seine Blendung war nichts anders als eine gerechte Strafe? Vielleicht würde die Frage schon bald beantwortet werden.

Ravenas Gedanken kreisten einmal mehr um Alessandro. Es war ein gutes Gefühl, endlich bei ihm zu sein, ganz bei ihm. Sie hatten sich ein Lager geteilt, wie Mann und Frau, und jeder hatte in der Nähe und Wärme des anderen gebadet, in seiner Liebe. Und doch spürte sie, daß etwas Alessandro bedrückte. Immer wieder kam er auf das fallende Kreuz zu sprechen und das, was dahinter verborgen sein sollte. Da endlich glaubte Ravena zu verstehen: Auch Alessandro wurde von einer schweren Schuld bedrückt, und auch er schien sich von dem Gral Vergebung zu erhoffen, Erlösung. Sie hatte ihn nicht darauf angesprochen, weil sie nicht wußte, ob sie ihn darin bestärken oder ob sie ihm lieber sagen sollte, er möge sich keine zu großen Hoffnungen machen. Ravena hatte Alessandro einfach nur in den Arm genommen und geküßt, um ihm zu zeigen, daß er nicht allein war, daß sie ihn liebte, ganz gleich, was er sich selber oder andere ihm vorwerfen mochten.

Das Schiff legte an derselben Stelle an, wo es in der letzten Nacht auf Alessandro und seine Retter gewartet hatte. Die Besatzung blieb an Bord, aber Alessandro wollte die Ausgestoßenen begleiten.

»Du kannst nicht mit Ravena gehen«, warnte ihn Broder. »Wenn man dich auf der Straße erkennt, ist der Teufel los.«

»Ich werde bei euch bleiben, Broder«, sagte Alessandro. »Ihr habt mir geholfen, aus dem Kerker zu entfliehen. Zum Dank helfe ich jetzt euch, in den Kerker hineinzukommen.«

Wieder gingen sie durch die unterirdischen Kanäle, aber diesmal nahmen sie einen anderen Weg, der länger war und immer wieder über enge, glitschige Treppen führte. Aber dafür mußten sie nicht durch die schmutzige Brühe waten, die träge dem Rhein zufloß. Dela erwartete sie schon in dem schmalen Haus an der Abwassergrube. Hier mußte Ravena sich von den anderen verabschieden, die sie noch einmal ermahnten, größte Vorsicht walten zu lassen. Alessandro aber sagte nichts. Er schloß Ravena einfach in seine Arme und drückte sie fest an sich.

Allein ging Ravena durch die menschenleeren, nachtdunklen Gassen Kölns. An jeder Biegung und Gabelung hielt sie an, lauschte auf verdächtige Geräusche und spähte in alle Richtungen. Sie wollte vermeiden, einem Nachtwächter oder herumstreunendem Gesindel in die Hände zu fallen. Je weiter sie in den Wik vordrang, desto sicherer fühlte sie sich. Ihr Herz schlug schneller, als das Haus der Treuers vor ihr auftauchte. Als sie sich vor dem Kerker von ihrem Vater und Oda verabschiedet hatte, war das mit dem Gefühl geschehen, die beiden niemals wiederzusehen. Jetzt war sie überaus dankbar für die Gelegenheit, den beiden erklären zu können, was geschehen war.

Im Haus war es dunkel, und die Eingangstür war verschlossen. Ravena betätigte den Türklopfer und hoffte, das dumpfe Pochen möge nicht die Nachbarn aufwecken. Es dauerte endlos lange, bis sich endlich jemand an der Tür zu schaffen machte. Als die Tür schließlich aufschwang, stand ihr ausgerechnet Lothar gegenüber.

»Du?« Ihr Stiefbruder, augenscheinlich noch überraschter als sie, stieß das mit spitzer Stimme hervor und starrte Ravena an wie einen Geist. »Wie kommst du hierher?«

»Darf ich reinkommen? Ich stehe schon eine ganze Weile vor dem Haus.«

Lothar ließ sie an sich vorbei, schob die Tür wieder zu und

verriegelte sie. Schritte ertönten, und Eigil trat, eine Kerze in der Rechten, auf sie zu. Er starrte Ravena genauso entgeistert an, wie es zuvor Lothar getan hatte. Dann stellte er die Kerze auf eine Anrichte und umarmte seine Tochter. Sie schloß die Augen und genoß es in dem Bewußtsein, daß dies die unwiderruflich letzte Begegnung mit ihrem Vater war. Als er sie endlich losließ, sagte er nichts, aber die unausgesprochene Frage stand deutlich in sein Gesicht geschrieben.

»Ich werde dir alles erklären, Vater, dir und Oda.«

»Und was ist mit Mutter und mir?« fragte Lothar. »Wir gehören auch zur Familie und haben ein Recht zu erfahren, wieso du uns das alles eingebrockt hast. Der Stadtvogt hat uns nach Alessandros Ausbruch die Hölle heißgemacht.«

»Das tut mir leid«, sagte Ravena aufrichtig und sah dabei ihren Vater an. »Nicht alles, was ich zu sagen habe, ist für viele Ohren bestimmt. Was Lothar und Margarete betrifft, wirst du an sie weitergeben. Ja?«

Er nickte und befahl Lothar, Oda zu wecken und in Eigils Schreibzimmer zu schicken. »Und zu niemandem sonst ein Wort!«

Als sie mit ihrem Vater allein war, erfuhr Ravena, daß man sie beschuldigte, bei der Flucht Alessandros geholfen zu haben. Dankmar von Grevens Männer hatten auf der Suche nach ihr das ganze Anwesen auf den Kopf gestellt.

»Ich weiß, daß ich dir und dem Namen Treuer geschadet habe«, sagte Ravena. »Und es tut mir leid, daß ich dich nicht vorher eingeweiht habe. Aber ich tat all das nur, um Alessandros Leben zu retten.«

»Du liebst ihn sehr und bist von seiner Unschuld überzeugt.« Es war mehr eine Feststellung als eine Frage. »Und du willst zu ihm zurück.«

»Ja, Vater«, sagte sie mit Tränen in den Augen. »Ich werde Köln – und dich – niemals wiedersehen.«

Eigil fragte nicht, wo Alessandro sich jetzt aufhielt und welche Pläne Ravena und der Venezianer hatten. Er wußte, daß es für alle besser war, wenn es nichts Wichtiges gab, das er, aus Versehen oder unter Zwang, verraten konnte.

»Es tut mir leid, daß alle deine Pläne mit Alessandro und mir durchkreuzt sind«, fuhr Ravena fort. »Ich weiß, daß du dadurch in große finanzielle Schwierigkeiten gerätst, Vater. Aber ich kann nichts anderes tun, als für dich zu beten und zu hoffen.«

»Ich werde es schon schaffen. Und wenn ich all dies verkaufen und mit einem kleinen Schiff ganz von vorn anfangen muß.«

Oda betrat das Schreibzimmer und umarmte Ravena, wie es keine liebende Mutter herzlicher hätte tun können. Auch sie verlangte keine großen Erklärungen, wollte nur wissen, ob es Ravena gutging.

Ravena wäre gern länger geblieben und mußte dem Drang widerstehen, den endgültigen Abschied von ihrem Vater und Oda hinauszuzögern. Aber je länger sie blieb, desto mehr brachte Ravena die beiden in Gefahr. Außerdem wollte sie noch im Schutz der Dunkelheit zu dem kleinen Haus an der Abwassergrube, dem vereinbarten Treffpunkt, zurückkehren.

Während sie noch über die passenden Abschiedsworte nachdachte, erfüllte Lärm das Haus, laute Stimmen und hektische Stiefeltritte. Die Tür wurde aufgestoßen, und mehrere Bewaffnete stürmten ins Zimmer, Männer des Stadtvogts. Hinter ihnen erschien Lothar und sah sehr zufrieden aus.

»Hast du die Wachen alarmiert?« fragte Eigil seinen Stiefsohn.

Der nickte selbstgefällig. »Ich habe es für uns alle getan. Ravena stürzt noch die ganze Familie ins Unglück.«

Eigils Antwort bestand in einer schallenden Ohrfeige. Der überraschte Lothar taumelte unter dem Gelächter der Wachen rückwärts, bis er gegen die Wand stieß, und hielt eine Hand gegen die schmerzende Wange.

Ravena empfand angesichts dessen keine Befriedigung. Lothar war für sie nicht wichtig. Als die Wachen sie abführten, dachte sie an Alessandro, den sie jetzt vielleicht nicht wiedersehen würde. Und sie fragte sich, ob Lothars Verrat und ihre Gefangennahme das sorgsam geplante Unternehmen gefährdete, das zu etwa dieser Zeit beim Bischofspalast seinen Anfang nehmen mußte.

»Feuer! Feuer!«

Dieser Ruf hallte durch das morgendliche, noch mehr schlafende als wachende Köln. Verwirrte, verschreckte Bürger krochen aus den Betten, stolperten zu den Fenstern, schlugen die Vorhänge, Matten oder Läden zur Seite und blinzelten hinaus in den milchigen Morgendunst, der die dunkle Nacht abzulösen begann. Was sie sahen, erfüllte sie mit Bestürzung: Aus dem östlichen Teil des Bischofspalastes, wo die Stallungen lagen, schlugen hohe Flammen und fraßen sich gierig voran. Ein kräftiger Wind blies von Westen, trieb die Flammen weiter und weiter, so daß es nur eine Frage der Zeit zu sein schien, bis die Häuser östlich des Bischofspalastes ebenfalls brannten. Halb angezogene Menschen stürzten auf die Straßen, die Augen nur mühsam geöffnet, und formierten sich unter den Anweisungen beherzter Mitbürger zu langen Ketten, die Eimer und Krüge mit Wasser weiterreichten, um den bedrohlichen Brand zu löschen.

»Die beiden Wachtposten haben den Eingang des Kerkers

verlassen«, sagte Gudrun, damit Georg sich ein Bild über das Geschehen machen konnte. »Sie laufen in Richtung des Feuers und blicken einigermaßen ratlos drein.«

»Dann los!« befahl Georg. »Stürmen wir den Kerker!«

Sein Trupp löste sich aus den Schatten der Häuser und lief auf den Kerker zu. Alle Männer waren wieder bei ihrem Anführer, auch Broder und die drei Ausgestoßenen, die das Feuer im Marstall des Bischofspalastes entzündet hatten. Das Ablenkungsmanöver zeigte seine erhoffte Wirkung: Es liefen so viele aufgeschreckte Menschen kreuz und quer, daß niemand auf die Ausgestoßenen achtete. Gudrun hatte Georg, wie so oft in den vergangenen zweieinhalb Jahren, bei der Hand genommen und wies ihn auf alles hin, was einen Blinden zu Fall bringen konnte. Sie erreichten den Kerkereingang. Von den beiden Wächtern, die hier eben noch gestanden hatten, war nichts mehr zu sehen.

»Seid vorsichtig!« ermahnte Broder leise die anderen. »Am unteren Ende der Treppe sind noch zwei Männer postiert. Ich brauche drei Freiwillige, die sich mit mir um Dankmars Schergen kümmern.«

Jeder wollte dabeisein. Zu den dreien, die der Friese auswählte, gehörte Alessandro.

Broder grinste ihn an. »Du kennst dich hier wohl ganz gut aus.«

»Notgedrungen«, gab Alessandro zurück und übernahm zusammen mit Broder die Führung.

Der Venezianer hielt in der Hand einen einfachen Dolch, bei weitem kein so kostbares Stück wie die Waffe, die der Stadtvogt ihm abgenommen hatte. Broder war mit einem ungeschlachten Kurzschwert bewaffnet, einer alten Waffe seiner Vorfahren, die auch Sax genannt wurde. Obwohl sie vorsichtig einen Schritt vor den anderen setzten, hatten die beiden Wachen etwas bemerkt. Einer trat ihnen mit gezogenem Schwert und forschendem Blick entgegen. Broder stürzte sich auf ihn und trieb ihn mit wütenden Schwerthieben zurück.

Alessandro sprang an den beiden Kämpfenden vorbei und stieß hinter der nächsten Biegung auf den anderen Wächter, der, vom Kampflärm alarmiert, seinen Speer zur Hand genommen hatte. Gegen den war Alessandros Dolch eine eher kümmerliche Waffe. Er ließ den Dolch fallen, machte einen Satz nach vorn und umklammerte mit beiden Händen den Speerschaft, um die Waffe dem Wächter zu entwinden. Aber der graubärtige Mann war stark und hielt mit zusammengebissenen Zähnen an seinem Speer fest. Unvermittelt ließ Alessandro los und drehte sich zur Seite. Von seiner eigenen Kraft mitgerissen, stolperte der Wächter an ihm vorbei. Alessandro sprang ihn von hinten an und warf ihn zu Boden. Jetzt hätte der Venezianer seinen Dolch gut gebrauchen können, um den Gegner endgültig außer Gefecht zu setzen. Der Mann bäumte sich auf und schüttelte Alessandro ab, wie es ein störrischer Esel mit einem ungeliebten Reiter tat. Alessandro schlug mit dem Kopf gegen eine Mauer und spürte ein schmerzhaftes Stechen. Es fühlte sich an wie eine Klinge, die in seinen Schädel gerammt wurde.

Der Wächter war aufgesprungen, stand jetzt über ihm und wollte ihm den Speer in die Brust rammen. Alessandro warf sich zur Seite. Die eiserne Speerspitze traf nur den Boden und brach ab. Während der Wächter noch verblüfft auf seine zerbrochene Waffe starrte, schnellte Alessandro sich vom Boden hoch und rammte seinen Schädel in den mächtigen Bauch des anderen. Der Wachtposten gab einen Laut von sich, als entweiche sämtliche Luft aus seinen Lungen, und stolperte nach hinten, vor die Füße von Broder und den beiden anderen. Broders Saxklinge am Hals des Wächters überzeugte diesen, den Kampf aufzugeben.

»Du hast aber lange gebraucht, Italiener«, meinte Broder spöttisch, während einer seiner Begleiter einen kurzen Pfiff ausstieß, das Zeichen für die anderen Ausgestoßenen, daß die Luft rein war.

»Ich hatte auch nicht zwei Helfer an meiner Seite«, entgegnete Alessandro und nahm seinen Dolch wieder an sich.

Die Ausgestoßenen kamen die Treppe herunter, und zwei Männer machten sich daran, den Wächter zu fesseln und zu knebeln.

»Habt ihr das mit dem anderen auch so gemacht?« fragte Alessandro.

»Der schweigt ohnehin«, sagte Broder. »Für immer.«

Einer der Männer, die den Graubart fesselten, fand unter seinem Wams den Schlüssel für die Tür zu den Kerkerzellen. Die Ausgestoßenen öffneten die Tür und gingen den von Fackeln erleuchteten Gang entlang. Vier von ihnen blieben bei der Bohlentür zurück, um den Gefährten den Rücken freizuhalten.

Die Tür der Zelle, in der Alessandro eingesessen hatte, war nicht verriegelt, und die Zelle war leer. Nur das faulige Stroh lag auf dem Boden. Alessandro leuchtete mit einer Fackel den Boden ab, bis er die von Ravena bezeichnete Stelle fand. Er erinnerte sich, daß Fulbert bei dem Henkersmahl, das dann doch keins geworden war, dort gesessen hatte.

Gudrun beugte sich über den Boden und sagte: »Da sind die beiden Linien, von denen Ravena gesprochen hat. Wenn man sie aus dem richtigen Winkel anblickt, erinnern sie wirklich an ein umfallendes Kreuz.«

Georg ließ sich auf die Knie nieder und tastete mit den Händen über den Boden. Gudrun nahm seine rechte Hand und führte sie zu den eingeritzten Linien, die Georg sehr eindringlich befühlte.

»Ist das ein Zeichen oder nur ein Zufall?« fragte Broder.

»Es ist bestimmt kein Zufall«, murmelte Georg, während seine Finger weiterhin den Linien folgten. »Dann hätten wohl kaum die Nornen Elisabeth davon erzählt.«

»Sie könnte die Linien bemerkt haben, als sie selbst im Kerker einsaß«, wandte Broder ein.

»Schon möglich. Aber woher hat sie vorher gewußt, daß Ravena das *fallende Kreuz* bemerkt. Elisabeth konnte doch nicht ahnen, in welcher Zelle Alessandro festgehalten wurde.«

Georg zog seinen Dolch, steckte die Spitze in eine der Linien und zog die Klinge ganz langsam die Ritze entlang.

»Was soll das werden?« erkundigte sich Broder.

»Elisabeth sagte, was ich suche, sei hinter dem fallenden Kreuz verborgen. Diese Linien müssen auf einen Eingang oder etwas Ähnliches hinweisen.«

»Meinst du einen verborgenen Mechanismus?« fragte Gudrun.

»Ja. Ich habe so etwas schon einmal erlebt, als ich vor zwei Jahren ...« Er stockte und zog scharf den Atem ein.

»Was ist?« schnappte Gudrun.

»Ich bin gegen einen Widerstand gestoßen, den ich mit bloßen Fingern nicht ertasten konnte. Mal sehen, was geschieht, wenn ich den Druck erhöhe!«

Ein schabendes Geräusch ertönte, wurde lauter, wandelte sich in ein Knarren, und im rückwärtigen Teil der Zelle entstand eine Lücke, als ein großer Steinquader nach hinten glitt.

»Nie wieder sage ich etwas gegen die Nornen«, murmelte Broder andächtig und wandte sich an Alessandro. »Man kann das Ding bestimmt auch von der anderen Seite öffnen, wenn es so etwas wie eine Tür darstellt. Hätten wir das eher gewußt, hätten wir uns bei deiner Befreiung viel Mühe er-

sparen können. Wahrlich, bei allen Heiligen, eine Kerkerzelle mit Hinterausgang!«

»Für uns ist es ein Eingang«, sagte Georg und tastete sich
zu der Stelle vor.

»Hier ist eine Fackel«, rief Alessandro.

»Danke, brauche ich nicht«, antwortete Georg und zwängte
sich durch das dunkle Loch.

»Aber vielleicht braucht er uns«, sagte Broder und folgte
seinem Freund, nachdem er zwei Mann bestimmt hatte, die
in der Zelle blieben und aufpaßten, daß niemand den Eingang wieder verschloß.

Alessandro und zwei weitere Ausgetoßene, die sich ebenfalls durch das Loch zwängten, nahmen Fackeln mit. Ein
gewundener Gang erstreckte sich auf unbestimmbare Län-
ge, so eng, daß keine zwei Menschen nebeneinander gehen
konnten, und so niedrig, daß die Augestoßenen sich arg
bücken mußten.

»Scheint für Zwerge gemacht«, knurrte Broder, als er sich
den Kopf heftig an der Decke stieß.

Irgendwann blieb Georg stehen, und allen anderen hinter
ihm blieb auch nichts anderes übrig.

»Hast du etwas entdeckt?« fragte Broder.

»Nein, nichts.«

»Warum gehst du dann nicht weiter?«

»Weil es hier für niemanden weitergeht. Hier ist nur Stein,
kein Durchgang. Es ist eine Sackgasse.«

Der Friese ließ einen Fluch hören. »Was für ein dämlicher
Hinterausgang, der ins Nichts führt!«

»Wir müssen etwas übersehen haben«, überlegte Georg
laut. Es muß hier irgendwo einen ähnlichen Mechanismus
geben wie in der Zelle. Sonst würde das alles keinen Sinn
ergeben.«

Alessandro strengte das ständige Bücken an, und er kauerte

sich auf den Boden. Dabei ertastete seine linke Hand einen Riß im Boden. Er brachte seine Fackel über die Stelle und sah zwei Linien, die einander in ähnlicher Weise kreuzten wie in der Zelle.

»Hier ist es!« rief er. »Ich habe den Mechanismus gefunden. Was muß ich tun?«

»Wenn du deinen Dolch durch die Ritzen führst, müßtest du in einer der Linien einen Widerstand entdecken«, antwortete Georg. »Drück deine Klinge dagegen!«

»Mehr nicht?«

»Mehr habe ich auch nicht getan.«

Alessandro befolgte die Anweisung, und tatsächlich glitt rechts neben ihm ein Steinquader in die Wand zurück. In dem engen Gang hörte sich das Schaben und Knarren vielfach lauter an als in der Zelle.

»Wer das gebaut hat, verstand etwas von seinem Handwerk«, sagte Alessandro. »Ich bin gespannt, was wir finden werden.«

Die Fackel voranhaltend, kroch er durch die Öffnung. Hier tat sich nicht ein weiterer Gang auf, sondern ein großer Raum, und zwar einer, in dem ein Mann aufrecht stehen konnte. Mit einem erleichterten Seufzer erhob er sich – und sah in das Gesicht einer wunderschönen Frau. Es war ein schmales Gesicht, dem die etwas zu lange Nase nichts von seiner Anmut nehmen konnte. Im Gegenteil, vielleicht wurden die ebenmäßigen Gesichtszüge durch diese kleine Unregelmäßigkeit noch mehr unterstrichen. Das Haar der Frau fiel in dunklen Locken auf die schmalen Schultern, und auch die Haut schien ein wenig dunkler als gewöhnlich zu sein. Aber das mochte auch an dem rötlichen Lichtschein der Fackel liegen.

»Wer seid Ihr?« fragte die Frau, die ein einfaches, sauberes Gewand trug.

»Das wollte ich Euch auch gerade fragen«, erwiderte Alessandro. »So viel Schönheit hatte ich hier unten nicht vermutet.«

Alessandros Begleiter kamen durch die Öffnung gekrochen und erhoben sich ebenso erleichtert wie zuvor der Venezianer. Die schöne Unbekannte blickte in die Gesichter der Ausgestoßenen und stieß überrascht drei Namen hervor: »Broder, Gudrun – Georg!«

Ihr Blick blieb auf dem Anführer der Ausgestoßenen haften, und jedem mußte klar sein, daß zwischen diesen beiden Menschen einmal ein enges Band bestanden hatte.

»Rachel!« sagte Georg. »Ich erkenne deine Stimme.«

»Wer ist Rachel?« frage Alessandro.

»Habe ich ihren Namen nicht genannt?« wunderte sich Georg. »Rachel ist die Tochter von ...«

»Mir«, erklang es aus dem Dunkel des hinteren Raums, aus dem ein schlanker, nicht sonderlich großer Mann trat, dessen Züge schärfer geschnitten waren als die der Frau, aber unverkennbar vieles mit ihnen gemeinsam hatten. Er hatte dieselben braunen, sanft dreinblickenden Augen. Sein dichtes, gewelltes Haar allerdings war schlohweiß.

»Ich nehme an, Ihr seid dann wohl Eleasar, der Hüter des Grals«, meinte Alessandro.

»Das ist mein Name«, bestätigte der Weißhaarige. »Und wer seid Ihr?«

»Alessandro Beltrami aus Venedig, zu Euren Diensten.«

»Das wohl kaum«, sagte Eleasar mit düsterem Unterton. »Sonst wärt Ihr nicht hergekommen.« Er wandte sich an Georg. »Ihr seid hartnäckig, Georg Treuer, hartnäckiger, als ich glaubte. In keiner Stadt sind wir vor Euch sicher gewesen. Ich dachte, nach Köln würdet Ihr Euch nicht wieder hineinwagen. Aber weit gefehlt. Was treibt Euch an, Verwegenheit oder Verbohrtheit?«

Statt zu antworten, stellte Georg eine Gegenfrage: »Heißt das, Ihr und Rachel habt gewußt, daß ich auf der Suche nach Euch war, die ganze Zeit über?«

»Sagen wir, es wurde uns sehr bald klar.«

»Warum seid Ihr vor mir davongelaufen?«

»Ihr habt nicht uns gesucht, sondern das Vermächtnis Joseph von Arimathias, den Kelch des Erlösers. Ihn zu finden seid Ihr hier eingedrungen. Nichts anderes ist Euch wichtig!«

»Ich will Euch den Kelch nicht wegnehmen. Ich brauche ihn nur, um endlich Gewißheit zu erlangen, Gewißheit über meine Schuld.«

»Jeder, der den Kelch an sich bringen will, hat dafür einen triftigen Grund bereit.« Eleasars Worte klangen nicht nur vorwurfsvoll, sondern beinah verächtlich.

»Habt Ihr keinen Grund, den Kelch für Euch zu behalten?«

»Nicht für mich. Ich bewahre ihn nur auf, wie es seit Jahrhunderten die Pflicht der Nachkommen Joseph von Arimathias ist.«

»Für wen oder was bewahrt Ihr den Kelch auf?«

»Für den Tag, an dem der Messias zu uns Menschen zurückkehrt, auf daß er wieder aus dem Becher trinken möge, der ihm beim letzten Abendmahl Wein gespendet und der sein für uns vergossenes Blut empfangen hat.«

»Das mag ja alles sein«, warf Broder ungeduldig ein. »Aber darüber können wir uns auch in aller Ruhe unterhalten, wenn wir in Sicherheit sind. Das hübsche Feuer im Bischofspalast brennt auch nicht ewig. Irgendwann werden Dankmars Männer herausfinden, daß es nur der Ablenkung dient.«

»Was für ein Feuer?« fragte Eleasar.

Georg weihte ihn in knappen Sätzen in alles ein und schloß: »Broder hat recht. Wir müssen schnell weg von hier. Packt

Eure wichtigsten Sachen zusammen – und vergeßt den Gral nicht!«

»Glaubt Ihr wirklich, wir begleiten Euch?«

»Das werdet Ihr! Wenn Ihr nicht freiwillig mitkommt, zwingen wir Euch. Aber Ihr werdet sicher vernünftig sein. Bedenkt, daß Euer Versteck nicht länger sicher ist. Zu viele Menschen wissen bereits davon. Außerdem werden Hildolf und Dankmar untersuchen, was sich hier zugetragen hat. Sie werden sich ihren Reim auf alles machen. Ihr werdet einsehen, Eleasar, daß Ihr und Rachel hier unten nicht mehr gut aufgehoben seid.«

»Das ist ganz allein Eure Schuld, Georg Treuer!«

»Mag sein, aber es ändert nichts an den Tatsachen.«

»Vater, wir sollten Georg folgen«, sagte Rachel. »Es mag nicht recht von ihm gewesen sein, uns hier aufzuspüren, aber er hatte seine Gründe, mögen wir sie nun billigen oder nicht. Ich bin sicher, daß er uns nichts antun und sich nicht an dem Kelch des Herrn vergreifen wird.«

»Darauf gebe ich mein Wort!« bekräftigte Georg.

»Der Herr wird wissen, warum er uns prüft«, sagte Eleasar leise und drehte sich um. »Ich werde das Nötigste zusammenpacken.«

Er ging in einen angrenzenden Raum, in dem einige Kerzen brannten, und begann, ein großes Bündel zu schnüren.

»Lebt Ihr nur hier unten?« fragte Alessandro Rachel. »Seht Ihr niemals das Tageslicht?«

»Mein Vater fast nie, seit wir nach Köln zurückgekehrt sind. Ich gehe hin und wieder nach oben, aber meistens nachts, wenn mir keine Gefahr droht, erkannt zu werden.«

»Aber wovon lebt Ihr?«

»Wir haben Freunde, die uns helfen.«

»Dann gibt es wohl mehr geheime Wege als der, den wir benutzt haben.«

»Ja. Den Weg, den Ihr gegangen seid, benutzen wir nicht. Er stammt, wie all diese Gänge und Räume unter der Erde, aus einer Zeit, als er noch nicht in einem Kerker endetete.«

Eleasar kehrte mit seinem Bündel zurück und sagte streng: »Du solltest nicht zuviel über die Welt hier unten erzählen, Rachel!«

Sie schlug die Augen nieder. »Du hast recht, Vater. Verzeih mir!«

»Ist alles, was Ihr braucht, da drin?« fragte Alessandro und zeigte auf das Bündel. »Auch der Gral?«

»Habt keine Sorge, den habe ich eingesteckt. Alles andere würde gegen meine Pflichten als Bewahrer des Kelches verstoßen. Möchtet Ihr das Bündel öffnen und nachsehen?«

»Das ist nicht nötig«, kam es von Georg. »Ich vertraue Eleasar. Außerdem sollten wir uns beeilen, da hat Broder ganz recht.«

Sie krochen den langen, unbequemen Gang zurück zur Zelle, wo Eleasar den Eingang wieder verschloß.

»Wozu das?« fragte Alessandro.

»Wir wollen es dem Bischof und dem Vogt doch nicht leichter machen als nötig«, antwortete der Gralshüter.

Unangefochten verließen sie den Kerker und traten ins Freie, wo die Kölner noch immer gegen das Feuer kämpften. Es war ihnen gelungen, die Flammen von den umstehenden Häusern fernzuhalten, aber der Ostteil des Bischofspalastes war nicht mehr zu retten. Eine große, schwarze Rauchwolke stieg über dem Gebäude auf, fast so finster wie die Nacht, die sich gerade erst verabschiedet hatte. Noch immer wanderten Eimer und Krüge von Hand zu Hand, wurde Wasserladung um Wasserladung in die Flammen gegossen. Doch das Feuer schien sich nicht daran zu stören, leckte gierig nach jedem Holzbalken und brachte den Marstall, soweit er noch nicht verbrannt war, zum Einsturz. Die Pferde des Bischofs waren dem Verhängnis entkommen, waren vermutlich von jemandem aus dem Stall getrieben worden. Jetzt vergrößerten sie das allgemeine Chaos, indem die edlen Rosse voller Panik durch die Gassen liefen und jeden, der nicht rechtzeitig auswich, zu Boden stampften.

Als die Ausgestoßenen und ihre Begleiter zu dem Haus liefen, in dem Dela sie erwartete, fiel Alessandro ein Trupp Soldaten auf, der einen Gefangenen mit sich führte. Die Männer kamen von Südosten, wo der Wik lag. Und als er genauer hinsah, erkannte er, daß es sich nicht um einen Gefangenen handelte, sondern um eine Gefangene.

»Ravena!«

Er zog seinen Dolch und rannte auf die Soldaten zu, die ihn anfangs nicht bemerkten, weil sie gebannt auf das riesige Feuer starrten. Gegen vier Soldaten mit Schwertern und Speeren war ein einzelner Mann mit einem Dolch nicht sonderlich aussichtsreich. Aber daran verschwendete Alessandro keinen Gedanken. Er dachte nur an Ravena und daran, daß er Köln nicht ohne sie verlassen wollte. Sie war nicht gefesselt, weil ihre Bewacher wohl glaubten, auch so mit einer einzelnen Frau fertig zu werden.

»Flieh, Ravena!« rief Alessandro und stürzte sich auf den ersten Wächter, wich dessem Speer geschickt aus und jagte seinen Dolch in den rechten Unterarm des Soldaten.

Der Mann brüllte vor Schmerz auf und ließ seine Waffe fallen. Ein zweiter Dolchstoß Alessandros glitt an den Metallplatten ab, mit denen das Lederwams des Soldaten besetzt war.

»Alessandro, hinter dir!«

Das war Ravena.

Alessandro wirbelte herum und sah eine Schwertklinge auf

sich zukommen. Er ließ sich zu Boden fallen, gegen die Beine des neuen Gegners. Der verlor das Gleichgewicht und stürzte. Alessandro warf sich auf ihn und rammte den Dolch in den Hals des Feindes. Ein gurgelndes Geräusch, und der Verletzte spuckte Blut, das Alessandros Gesicht besudelte.

Broder und seine Männer waren heran, und ihrer Übermacht hatten die übrigen Soldaten nichts entgegenzusetzen. Einer warf seine Waffen weg und floh, während seine Kameraden sich in ihrem Blut wälzten.

Alessandro schloß Ravena in die Arme, und für einen viel zu kurzen Augenblick gab es nur sie beide.

»Der Vogt!«

Eine Frau, Gudrun, hatte den Warnruf ausgestoßen.

Dankmar von Greven war mit ungefähr zwanzig Bewaffneten erschienen und hatte die Ausgestoßenen umzingelt. Langsam traten die Soldaten näher und schlossen dadurch den Kreis enger.

Dankmar, der ein Schwert in der Hand hielt, blickte ungläubig zu Georg und Gudrun hinüber. »Da hol mich doch der Teufel, der Treuersohn und Annos Tochter!«

Daß Gudrun die Tochter von Erzbischof Anno war, wußten nur sie, Georg, Broder und Dankmar von Greven. Er war es damals gewesen, der das kleine Kind im Auftrag des Erzbischofs an fahrendes Volk weggeben sollte, es aber als angebliches Findelkind gegen ein gutes Stück Geld dem Kaufmann Rumold Wikerst überließ. Für alle anderen galt Gudrun als die Tochter jenes Kaufmanns, der in den Wirren des Aufstands von 1074 den Tod gefunden hatte.

Niemand hatte viel Zeit, sich über Dankmars Ausruf zu wundern. Die Ausgestoßenen und die Soldaten standen sich mit blanker Klinge gegenüber und jede Seite wartete auf einen Fehler der anderen.

»Dankmar!« kam es scharf von Georg. »Ich hörte viele Stiefeltritte und das Klirren zahlreicher Klingen. Du scheinst eine Schar deiner Soldaten mitgebracht zu haben.«

»Worauf du dich verlassen kannst, Treuer. Wärst du nicht blind wie die Nacht, könntest du sehen, daß meine Männer entschlossen sind, dich und dein Gezücht ein für allemal auszulöschen.«

»Ich denke, Ihr seid der einzige, der dazu wild entschlossen ist«, entgegnete Georg. »Aber ich finde, wir haben genug Blut vergossen. Schon vor zwei Jahren ist viel zu viel Blut geflossen.«

»Heißt das, ihr ergebt euch?« fragte der Stadtvogt.

»Ja, wenn du mich im Zweikampf besiegst. Siege ich aber über dich, müssen deine Männer uns alle, ohne Ausnahme, ungeschoren gehen lassen. Willigst du ein, Vogt?«

»Ein Zweikampf zwischen uns beiden, Treuer? Glaubst du nicht, daß ich einem Mann ohne Augen gegenüber im Vorteil bin?«

»Ich habe Augen.«

»Augen, die nichts sehen können!«

»Dann nutz diesen Vorteil für dich aus, Dankmar. Ein leichter Sieg für dich, nicht wahr?«

Dankmar grinste. »Ja, warum nicht? Wenn du es so haben willst. Aber vorher sollen deine Männer die Waffen niederlegen!«

Auch Georg grinste, als hätte er den Gesichtsausdruck des Stadtvogts gesehen und wollte ihn erwidern. »Für wie dumm hältst du mich, Vogt? Man hat mir damals das Augenlicht ausgebrannt, nicht das Gehirn. Du hast dein Wort mir gegenüber schon einmal gebrochen. Damals, als ich mich in deine Hände gab und wir den Kampf gegen Annos und deine Streitmacht einstellten. Du hast versprochen, die Kölner zu schonen, aber dann hast du sie grausam mißhandelt.«

»Sie bekamen, was sie verdienten.«

»Dann gib mir jetzt, was ich verdiene! Bist du dazu bereit?«

»Ja, Treuer, ich werde dich in wenigen Augenblicken in Stücke hauen.«

»Dann befiehl deinen Männern, uns abziehen zu lassen, wenn es anders kommt!«

Dankmar wandte sich an seine Soldaten. »Ihr habt es gehört, Männer. Georg Treuers Wunsch soll euch Befehl sein! Und weint nicht um mich, wenn ich, von seiner Klinge niedergestreckt, vor euch liege!«

Er erntete schallendes Gelächter.

Alessandro wandte sich an Broder und fragte leise: »Was soll das werden? Will Georg uns allesamt ins Verderben stürzen?«

»Bleib ruhig, Freund«, erwiderte der Friese zuversichtlich. »Georg weiß, was er tut.«

Alessandro bezweifelte das, konnte aber nichts anderes tun, als dem sich anbahnenden Zweikampf zuzusehen. Mit einem Arm hielt er Ravena fest, in der anderen hatte er seinen blutigen Dolch. Wie auch immer der Kampf ausgehen würde, er hatte nicht vor, sich einfach so in die Hände des Stadtvogts zu begeben.

Dankmar trat erhobenen Schwerts zwei Schritte auf Georg zu. »Mach dich bereit zu sterben, Treuersohn!«

Georg veranlaßte Gudrun mit einer Geste seiner linken Hand, sich aus dem unmittelbaren Gefahrenbereich zu begeben. In der anderen hielt Georg seinen Dolch. Er stand einfach still da und wartete auf den Vogt.

Er konnte wohl auch kaum etwas anderes tun, dachte Alessandro mit Bitterkeit. Schließlich war Georg blind und konnte nichts von dem sehen, was Dankmar unternahm, um ihn zu töten.

Der Stadtvogt wagte einen plötzlichen Ausfall, aber Georg sprang rechtzeitig zur Seite. Dankmars Schwertstoß ging ins Leere. Vom eigenen Schwung mitgerissen, geriet der Vogt ins Stolpern. Georg stieß mit der linken Hand gegen seinen Rücken. Dankmar verlor vollends das Gleichgewicht und fiel schwerfällig zu Boden.

Er rappelte sich schnell wieder auf und warf einen unsicheren Blick auf Georg. Alle Überheblichkeit war von ihm abgefallen. Schlimmer noch für ihn, er verstand nicht, was mit ihm geschehen war, wie ein Blinder ein so geschicktes Manöver hatte ausführen können.

Auf den Gesichtern der Soldaten war das Lachen eingefroren. Auch sie begriffen, daß es bei diesem Zweikampf um Leben oder Tod ging – für *beide* Kämpfer.

»Was ist, Vogt?« fragte Georg. »Ist dein Eifer schon erlahmt? So ein kleiner Fehltritt sollte einen Dankmar von Greven nicht aus der Fassung bringen. Ein Mann, der Frauen und Kinder abschlachten läßt, um seinen Zorn zu befriedigen und seinen Geldbeutel zu füllen, muß doch ganz anderes gewohnt sein!«

»Verflucht seist du!« rief Dankmar und griff erneut an.

Auch diesmal wich Georg aus, aber das Schwert des Vogts verfehlte ihn nur um Haaresbreite. Dankmar wirbelte auf dem Absatz herum, und funkelte Georg böse an.

»Schon besser, Dankmar«, lobte Georg spöttisch. »Du machst dich. Aber du solltest die Sache rasch hinter dich bringen. Du schnaufst schon wie ein altes Weib, das zu viele Treppenstufen erklommen hat. Bist es wohl nicht mehr gewohnt, dir die Hände selbst schmutzig zu machen, was?«

»An dir mache ich mir die Hände gern schmutzig!« erwiderte der Stadtvogt, ließ sich diesmal aber nicht zu einem übereilten Angriff hinreißen.

Ganz langsam trat der Vogt auf Georg zu, wie ein Jäger, der sich an seine Beute anpirschte. Noch vier Schritte trennten die beiden, drei, zwei – da brachte sich Georg mit einer schnellen Bewegung hinter Dankmar, schlang den linken Arm um ihn und rammte den Dolch in seinen Rücken.

Der Vogt vollführte eine halbe Drehung um seine eigene Achse, bevor er auf die Knie sackte. Das Schwert fiel klirrend zu Boden. Ungläubig starrte er Georg an.

»Wie ...«

Mehr konnte er nicht mehr sagen. Er fiel auf die rechte Seite und blieb reglos liegen, und auch seine Augen waren tot.

»Ich kann nicht sehen«, sagte Georg, als könne Dankmar ihn noch hören. »Aber meine Ohren sind mir in manchen Dingen ein mehr als vollwertiger Ersatz.«

Broder beugte sich zu Alessandro und Ravena und sagte leise: »Das stimmt schon, aber natürlich haben wir das Kämpfen auch kräftig geübt.«

23. KAPITEL

Der Überfall

Selbst als sie wohlbehalten in der Römerburg angelangt waren, konnte Ravena noch immer nicht glauben, daß sie alles unbeschadet überstanden hatten. Zu deutlich sah sie Dankmar von Greven und seine Männer vor sich, in der Überzahl und bereit, die Ausgestoßenen auszulöschen. Gerettet hatte sie nur der unwirkliche Kampf zwischen Georg und dem Stadtvogt. Daß Georg, der Blinde, dem sehenden und kampferprobten Vogt so überlegen war, kam ihr noch immer wie ein Wunder vor. Und doch war es so geschehen. Dankmar hatte am Boden gelegen, Georgs Dolch im Rücken, tot.
Ravena vermochte sich nicht zu erklären, weshalb Dankmars Männer die Ausgestoßenen hatten abziehen lassen. Fühlten sie sich wirklich an den Befehl ihres toten Herrn gebunden? Oder war es nur die Verblüffung über den Ausgang des Kampfes gewesen, das ungläubige Staunen, verbunden mit einer geheimen Furcht vor dem Blinden, der den Sehenden das Fürchten lehrte?
Niemand hatte die Waffe gegen die Ausgestoßenen erhoben. Sie waren zu dem Haus an der Abwassergrube gegangen und hatten Köln durch die alten Römerkanäle verlassen. Broder hatte Dela mitgenommen. Es sah so aus, als wären die Ausgestoßenen zum letzten Mal in Köln gewesen. Ihr geheimer Weg durch die Kanäle war nun bekannt. Von der Stadtmauer aus hatten die Wachen im erstarkenden Morgenlicht gesehen, wie Alessandros Schiff ablegte und stromabwärts fuhr.

Ravena hatte am Heck gestanden und zurück zu der Stadt geblickt, in der sie ihren Vater und Oda zurückließ. Köln am Rhein, über dem die schwarze Rauchwolke des Feuers hing. Hatte die Stadt ihr Glück gebracht? Sie hätte es verneint, wäre nicht Alessandro gewesen.

Jetzt lag Alessandros Schiff wieder in seinem Versteck am Ufer, und die Ausgestoßenen wurden von den Gefährten in der Römerburg jubelnd empfangen. Der kleine Fulbert lief auf Alessandro und Ravena zu und überschüttete sie mit Fragen zu den Ereignissen in Köln.

»Habt ihr ihn gefunden, den Kelch des Herrn?« wollte er wissen.

Alessandro zeigte auf Eleasar und Rachel, die in all dem Trubel ein wenig verloren aussahen. »Dort stehen der Hüter des Kelches, Eleasar, und seine Tochter Rachel.«

Mit großen Augen sah Fulbert zu den beiden hinüber. »Und den Kelch selbst, habt ihr den auch mitgebracht?«

»Eleasar trägt ihn bei sich«, sagte Alessandro und blickte dem weißhaarigen Mann nach, der mit seiner Tochter, mit Georg und Gudrun im Hauptgebäude des alten Kastells verschwand. In der rechten Hand hielt Eleasar das Bündel.

Georg führte die kleine Gruppe in einen abgelegenen Raum, der Rachel und Eleasar einstweilen als Unterkunft dienen sollte. Hier brauchte Georg niemand, der ihm den Weg wies. Er kannte sich in der Römerburg ebenso gut aus wie jeder Sehende, besser vielleicht, denn die Nachtdunkelheit schränkte seine Orientierung nicht ein.

»Wenn es euch hier an irgend etwas fehlt, nur heraus mit der Sprache!« verlangte Georg. »Fühlt euch als Gäste, nicht als Gefangene!«

»Und was sind wir wirklich?« fragte Rachel.

Georg lächelte. »Es steht euch frei zu gehen, jederzeit.«

»Mit dem Kelch?« fragte Rachel, und Georg, der gelernt hatte, die feinsten Schwingungen in der menschlichen Stimme zu deuten, spürte deutlich ihren Zweifel.

»Ja, mit dem Kelch.«

»Das kann ich kaum glauben. Du hast solche Gefahren auf dich und deine Gefährten geladen, hast euch alle an den Rand des Todes gebracht, um meinen Vater und mich aufzuspüren. Und jetzt willst du uns ziehen lassen wie freie Menschen?«

»Ihr seid freie Menschen, glaubt mir bitte! Ich weiß, daß ich die Vergebung des Herrn nicht erzwingen kann. Eleasar ist der rechtmäßige Hüter des Grals, da hege ich keinen Zweifel. Nur wenn er einwilligt, kann der Kelch mir Erlösung bringen – oder Verdammnis. Ich weiß es nicht.« Georg trat auf Rachel zu, streckte suchend die Arme aus und faßte sie an den Schultern. »Doch seid wenigstens für ein paar Tage meine Gäste! Mit Dankmars Tod ist die Gefahr nicht gebannt. Bischof Hildolf wird Suchtrupps ausschicken, denen ihr in die Hände fallen könntet. Bleibt wenigstens so lange hier, bis die Lage sich wieder beruhigt hat!«

»Und dann läßt du uns gehen, mit dem Kelch?« fragte Rachel noch einmal.

»Wenn ich es doch sage! Ich habe nur eine Bitte an Eleasar.«

»Und die wäre?« fragte Rachels Vater.

»Falls Ihr gehen wollt, Eleasar, prüft vorher Euer Gewissen, prüft es gut und fragt Euch, ob es wirklich rechtens ist, mir die Gralsprobe zu verweigern. Nur wenn Ihr Euch da vollkommen sicher seid, solltet Ihr den Gral mit Euch nehmen, ohne daß ich mich seiner Macht aussetzen konnte.«

»Das klingt nicht nach einer übermäßigen Forderung«, sagte Eleasar nach kurzem Nachdenken. »So soll es sein!«

»Gut!« freute sich Georg. »Dann habe ich noch eine Bitte.«

»Ja?« fragte Eleasar.

»Laßt mich den Gral wenigstens einmal sehen.«

»Sehen?«

Georg hörte die Irritation in Eleasars Frage.

»Durch Gudruns Augen«, erklärte Georg.

Eine Weile herrschte Schweigen, dann sagte Rachel: »Vater, er hat so lange nach dem Kelch gesucht!«

»Also gut«, seufzte Eleasar.

Georg hörte, wie er sein Bündel auspackte.

Und Gudrun sagte: »Der Kelch ist wunderschön, aus einem hellen Silber, fast weiß. Er ist ganz schlicht gearbeitet, ohne jede Verzierung, wirkt allein durch seine Form und seine Farbe. Er ist eines Königs würdig.«

»Nicht eines Königs«, berichtigte Eleasar, und es klang ehrfürchtig. »Des Königs der Könige!«

Ravena hatte tief und fest geschlafen, zum ersten Mal wieder seit langer Zeit. Vermutlich lag es an Alessandro, in dessen Armen sie lag. Nicht ein einziges Traumbild hatte sich mit den aufregenden Ereignissen des vergangenen Tages beschäftigt: nicht mit ihrem Besuch zu Hause und dem Verrat Lothars, nicht mit ihrer Rettung durch Alessandro und die Ausgestoßenen, nicht mit dem Zweikampf zwischen Georg und dem Stadtvogt. Sie hatte von Hamburg geträumt, von ihren glücklichen Kindertagen, von ihrer Mutter, die sie angelächelt hatte.

Aber schöne Träume waren so trügerisch wie glückliche Kindertage. Dieser Gedanke durchzuckte sie, als eine laute Stimme und ein rötliches, tanzendes Licht sie weckten. Alessandro neben ihr setzte sich auf und sah den Mann im Eingang des kleinen Raums an, den man Ravena und Alessandro zugeteilt hatte. Es war Broder, der eine Fackel in der linken Hand hielt.

»Was sagst du?« fragte Alessandro und gähnte. Sie waren erst spät eingeschlafen, als ihre Ermattung schließlich ihre Leidenschaft überschattet hatte.

»Ich frage euch, ob ihr Fulbert gesehen habt!« Broder klang sehr erregt, seine Züge wirkten angespannt.

»Fulbert?« Alessandro sah Broder erstaunt an. »Glaubst du etwa, wir haben das Nachtlager mit ihm geteilt? Er wird wohl unter seiner eigenen Decke liegen.«

»Eben nicht! Da habe ich längst nachgesehen. Ich dachte, du wüßtest, wo er stecken könnte, Alessandro. Immerhin wart ihr Zellengenossen.«

»Für sehr kurze Zeit, ja. Aber ich habe nicht die geringste Ahnung, wo er sich aufhält.«

»Und du, Ravena?« fragte Broder.

»Ich weiß es auch nicht. Gestern bei der Abendmahlzeit habe ich ihn zuletzt gesehen, wenn ich mich recht entsinne. Warum ist das wichtig, Broder?«

»Weil ich fürchte, daß dieser Fulbert ein Verräter ist.«

»Sprich nicht in Rätseln!« verlangte Alessandro. »Was hat sich zugetragen?«

»Ich stand früh auf, um die Wachen zu überprüfen. Dabei traf ich auf Eleasar, der draußen umherging und sehr unruhig wirkte. Er und Rachel sind heute nacht im Schlaf gestört worden.«

»Scheint hier nicht unüblich zu sein«, brummte Alessandro.

Broder ging nicht darauf ein, sondern fuhr fort: »Rachel war erwacht, weil sie irgendwelche Geräusche gehört hatte. Sie weckte ihren Vater, und als der aufstand, huschte eine Gestalt aus dem Zimmer. Es war dunkel, und sowohl Vater als auch Tochter konnten nicht genau erkennen, wer der un-

gebetene Gast war. Aber ihre Beschreibung paßt auf Fulbert.«

»Der Gral!« stieß Alessandro erschrocken hervor.

»Ist noch da, sagt Eleasar. Offenbar haben sie Fulbert, wenn
er es denn war, gestört, bevor er zur Tat schreiten konnte.«

»Ich kenne Fulbert nicht sonderlich gut«, sagte Alessandro.
»Er ist ein Dieb, saß deshalb im Kerker und wartete auf seinen Prozeß. Die Vermutung, daß er den Kelch des Herrn
stehlen wollte, ist nicht von der Hand zu weisen. Es gibt bestimmt Menschen, die bereit sind, ein Vermögen für den
Kelch Christi zu zahlen.«

»Das wäre weniger schlimm«, erwiderte Broder. »Sein Vorhaben wurde rechtzeitig entdeckt, und ein einzelner Mann
allein kann uns kaum gefährlich werden. Was aber ist, wenn
er nicht allein ist, wenn er Verbündete hat, wenn er geschickt wurde, um uns auszuhorchen?«

»Dann ist die Römerburg die längste Zeit ein sicherer Zu-
fluchtsort gewesen«, meinte Ravena.

Broder nickte. »Das eben ist meine Befürchtung, die ...«
Er brach mitten im Satz ab, weil ungewöhnlicher Lärm an
ihre Ohren klang. Schreie und ein durchdringendes Klirren,
wie es aufeinanderprallende Waffen verursachten.

»Zu spät«, ächzte der Friese und war auf einmal bleich im
Gesicht. »Der Feind ist schon in unserem Lager!« Er drehte sich um, lief hinaus auf den Gang und schrie aus Lei-
beskräften: »Zu den Waffen! Ein Überfall! Zu den Waffen!«

Alessandro sprang auf, kleidete sich hastig an und griff
nach seinem Dolch.

»Bleib hier, Ravena, unter allen Umständen!«

Sie wollte etwas erwidern, wollte ihn bitten, vorsichtig zu
sein, aber da hatte er schon den Raum verlassen. Durch die
schmale Fensteröffnung, die mit einer dicken Flechtmatte

verhängt war, drang der Kampflärm herein. Ravena stand auf, ging zum Fenster und schlug die Matte zur Seite.

Ein kalter Luftstrom hüllte sie ein und ließ sie frösteln. Draußen war die Nacht noch nicht ganz entschwunden, war die Morgensonne noch bemüht, die Schleier von Finsternis und Morgendunst zu durchdringen. Über der Römerburg lag ein seltsames, schwaches Licht, das die Welt in ein Gemenge aus blassen Schemen verwandelte. Einige diese Schemen hatten die Umrisse von Menschen, und sie hieben aufeinander ein. Bei der Vorstellung, daß auch Alessandro gleich einer dieser Schemen sein würde, hielt es sie nicht länger in dem dunklen Zimmer. Rasch schlüpfte sie in Kleider und Schuhe und lief hinaus, wandte sich auf dem von einer vereinzelten Fackel beleuchteten Gang in die Richtung, die nach draußen führte.

Ravena kam nicht weit. Vier oder fünf Gestalten eilten ihr entgegen, Bewaffnete. Ihre Hoffnung, daß es Broders Leute waren, wurde bald enttäuscht. Unter den Männern war nur ein einziger, den sie erkannte: der kleine, grauhaarige Fulbert. Broder hatte also recht: Alessandros Zellengenosse war ein Verräter, ein Spion.

Angeführt wurden die Fremden von einem schwarzgekleideten Mann, dessen bärtiges Gesicht auf der linken Wange stark verunstaltet war. Aufgeworfenes Fleisch, Narbenwülse und nackter Knochen vereinigten sich zu einem schrecklichen Anblick. Fast war Ravena dankbar über das schwache Licht auf dem Gang.

Sie machte sich von dem Bann frei, der sich beim Anblick des Schwarzgekleideten über sie gelegt hatte, und überlegte, wohin sie fliehen konnte. Aber dazu war es zu spät, die Männer hatten sie fast erreicht. Also blieb sie einfach stehen und versuchte, möglichst tapfer zu wirken. Wenige Augenblicke später hatten die Bewaffneten sie umringt.

Fulbert zeigte auf Ravena. »Das ist Eigil Treuers Tochter, Herr.«

Der Schwarze musterte Ravena eindringlich, bevor er sagte: »Ihr seid wirklich schön, Ravena! Rutger hat kein bißchen übertrieben, als er von Euch schwärmte.«

Die Bemerkung verwirrte sie. Sie bemühte sich um Fassung und blickte den Mann trotz seiner gräßlichen Entstellung an. »Wer seid Ihr? Woher kennt ... kanntet Ihr Rutger?«

»Mein Name ist für Euch nicht von Bedeutung. Rutger stand in meinen Diensten. Es wird Euch wohl freuen zu hören, daß er mit Eurem Namen auf den Lippen gestorben ist. Der Arme hat Euch wirklich geliebt.«

Der Fremde schaffte es, Ravena mit jedem Satz, den er sagte, mehr zu verwirren.

»Ihr irrt Euch«, sagte sie. »Rutger stand in den Diensten meines Vaters.«

»Nein, Ihr irrt Euch! Ich habe Rutger viel besser bezahlt als Euer Vater. Er war für mich Auge und Ohr in Köln und im Hause Treuer, das schon während des Aufstands gegen Bischof Anno eine bedeutende Rolle gespielt hat. Ich schlug ihm vor, um die Zuneigung der Tochter des Hauses zu werben. Daß er sich wirklich in Euch verliebt, war eigentlich nicht vorgesehen, aber um so hilfreicher. Sein Haß auf den Venezianer ließ es überaus glaubhaft erscheinen, daß er das Opfer seines Nebenbuhlers wurde.«

»Und wessen Opfer wurde er wirklich?«

»Das Opfer seines Verrats. Alle Verräter ereilt irgendwann ihr verdientes Schicksal, die kleinen wie die großen. Selbst Bischof Anno, der Verräter von Kaiserswerth, bildet da keine Ausnahme.«

»Anno? Wie meint Ihr das?«

»Ach nichts, Ihr könnt davon nichts wissen.«

Der Schwarze schien bei diesen Worten zu lächeln. Aber da

ein Lächeln nicht zu seinem häßlichen Gesicht paßte, wußte Ravena nicht, ob es nicht bloß ein zufälliges Zucken seiner Mundwinkel gewesen war.

Einer Eingebung folgend, sagte sie: »Ihr habt Rutger auf dem Gewissen!«

»Stört Euch das? Ich dachte, Ihr hättet Euch längst in den Venezianer verliebt. Euer Rutger war mir tot nützlicher als lebendig. Seine persönlichen Gefühle beherrschten ihn, er war kein brauchbarer Spion mehr. Tot aber half er mir, Alessandro in den Kerker zu bringen – und um ein Haar auf den Richtblock.« Er seufzte, als ob er Alessandros Rettung zutiefst bedauerte, und wandte sich an seine Männer. »Nehmt das Weib mit! Dann kann sie uns nicht verraten. Und falls wir hier nicht rechtzeitig hinauskommen, gibt sie eine gute Geisel ab.«

Zwei Männer packten Ravena und schleppten sie mit sich, während es im Laufschritt tiefer ins Gebäude hineinging. Fulbert hatte die Führung übernommen und wies den anderen den Weg. Ravena bedauerte, daß keine Zeit für weitere Fragen blieb. Die Worte des Schwarzen hatten längst nicht alles erklärt, was für sie im unklaren lag. Eine Frage beschäftigte sie besonders: Warum hatte er Alessandro auf den Richtblock bringen wollen?

»Dort um die Ecke liegt der Raum!«

Als Fulbert das sagte, wußte Ravena, daß die Männer zu Eleasar und Rachel wollten – zum Kelch des Herrn.

Sie stürmten in den Raum, in dessen Mitte der Gralshüter und seine Tochter standen und ihnen ruhig entgegenblickten. Sie waren kein bißchen überrascht, schienen mit ungebetenem Besuch gerechnet zu haben.

»Sieht aus, als hätte man uns erwartet«, kicherte Fulbert. »Zum Weglaufen waren die beiden aber nicht klug genug.«

»Wohin sollten wir laufen?« fragte Eleasar. »In die Klingen eurer Männer, die hier überall lauern?«

»Oh, wie klug!« sagte der Schwarze. »Woher wißt Ihr, daß ich meine Leute an den Toren dieser Ruine postiert habe?«

»Ich weiß es nicht. Aber an Eurer Stelle hätte ich so gehandelt.«

»Ihr sprecht wie ein Feldherr, aber ich sehe kein Schwert an Euch, nicht einmal einen Dolch«, wunderte sich der Schwarze.

»Ich wurde nicht geboren, um Blut zu vergießen.«

»Um so besser. Ich hoffe, Ihr seid auch so klug, uns den Kelch des Herrn freiwillig zu übergeben.«

»Und wenn nicht?« fragte Eleasar.

Der Schwarze hob drohend sein Schwert. »Ich bin nicht so feinfühlig wie Ihr, was das Blutvergießen angeht. Möchtet Ihr zusehen, wie ich Eure schöne Tochter vor Euren Augen langsam in Stücke schneide?«

»Ich weiß, Ihr würdet es tun. Euer häßliches Gesicht ist nur der äußere Ausdruck Eurer finsteren Seele.«

Der Schwarze sprang vor und hieb die flache Schwertklinge gegen Eleasar Kopf. Der Gralshüter sank auf die Knie, eine klaffende Wunde an der Stirn. Rachel kniete sich neben ihren Vater und versuchte, mit einem Tuch die Blutung zu stillen.

»Wo ist der Gral?« fragte der Schwarze mitleidslos.

Rachel sah fragend ihren Vater an und als der nickte, zeigte sie auf das Bündel in der hinteren Ecke des Raums, zwischen ihren Nachtlagern.

»Hol ihn!« verlangte der Schwarze.

Rachel holte das Bündel und zog einen weißsilbernen Kelch hervor.

Für einen langen Augenblick schwiegen alle bei dem Anblick, bis Fulbert sagte: »Dafür würde ich bei gewissen Händlern einen hübschen Preis erzielen.«

»Dummkopf!« schnaubte der Schwarze und streckte die Hand aus.

Zögernd übergab Rachel ihm den Kelch, und er betrachtete ihn von allen Seiten.

»Makellos«, sagte er schließlich. »Das ist der richtige Ausdruck.« Sein Blick fixierte forschend Vater und Tochter. »Ist das auch wirklich der Kelch des Joseph von Arimathia? Oder wollt ihr mich täuschen? Schütte das Bündel aus, Weib!«

Rachel nahm das Bündel und schüttete den Inhalt fast achtlos auf den Boden. Ein paar Kleidungsstücke, zwei abgenutzte hölzerne Trinkbecher, ein paar kleinere persönliche Habseligkeiten, mehr kam nicht zum Vorschein.

»Wir haben also, was wir gesucht haben«, stellte der Schwarze zufrieden fest. »Ziehen wir uns zurück! Das Mädchen nehmen wir mit, bis wir in Sicherheit sind.«

Er meinte Ravena, die mit den Männern zum Ausgang laufen mußte. Dort wurde ihnen der Weg von einer Gruppe Ausgestoßener versperrt, angeführt von Broder.

Der Friese sah den Schwarzen an und sagte: »Du bist es also, Narbengesicht! Du hast schon einmal großes Unglück über Köln gebracht, als du die ganze Stadt in den Aufstand gegen Anno getrieben hast. Aber deine Gier nach Schandtaten scheint unersättlich.«

In Broders letzte Worte hinein rief Ravena: »Laß ihn nicht entkommen, Broder! Er hat den Gral!«

»Und ich habe das Mädchen«, sagte der Schwarze drohend. »Ist sie nicht eine Verwandte deines Freunds Georg Treuer? Wenn ihr mich nicht gehen laßt, hat er eine Verwandte weniger!«

Broder zögerte nicht lange und trat zur Seite. Ein Wink von

ihm, und seine Männer taten es ihm nach. Ravena bemerkte an ihnen die Spuren des Kampfes: Fast jeder war verletzt, und Broder blutete gleich aus mehreren Wunden.

»Ihr laßt uns wirklich gehen?« fragte der Schwarze skeptisch.

»Für uns zählt ein Menschenleben mehr als ein silberner Kelch«, erwiderte Broder. »Geht, aber laßt Ravena hier!«

»Wir nehmen das Mädchen noch ein Stück mit uns, bis wir uns sicher fühlen.«

»Ich kann dich wohl nicht daran hindern«, seufzte Broder.

Als Ravena mit dem Schwarzen und seinen Männern zum großen Tor ging, sah sie, daß die Ausgestoßenen den Kampf für sich entschieden hatten. Mehrere Angreifer lagen schwerverwundet am Boden und flehten ihren Anführer an, sie nicht zurückzulassen. Aber der Schwarze achtete gar nicht auf sie. Jenseits des Tors sprangen ein paar Bewaffnete aus den Büschen und gesellten sich zu ihren Gefährten. Der Anführer sprach mit einem seiner Männer, der daraufhin ein paar schrille Pfiffe ausstieß. Das Signal für die an den kleineren Toren Versteckten, sich zu den anderen zu gesellen.

Sie schleppten Ravena wohl eine Viertelstunde lang mit sich, bevor der Schwarze zu ihr sagte: »Jetzt haben wir uns lange genug mit Euch abgemüht. Euch ist wohl klar, daß ich Euch töten muß, damit Ihr nicht unseren Fluchtweg verratet.«

»Ich habe nichts anderes von Euch erwartet«, sagte Ravena und gab, während sie noch sprach, dem Mann, der sie festhielt, einen festen Stoß.

Der Mann war so überrascht, daß er Ravena losließ und gegen seine Gefährten taumelte.

Ravena achtete nicht weiter auf den Schwarzen und seine Leute. Sie lief den schmalen Waldpfad zurück, so schnell sie konnte, ohne auf die Äste zu achten, die ihr Kleid zerrissen und ihr ins Gesicht peitschten. Wenn sie stolperte, rappelte sie sich schnell wieder auf und rannte weiter, rannte um ihr Leben.

24. KAPITEL

Sünde und Vergebung

»Ravena!«

Das war Alessandros Stimme. Er befand sich bei einer Gruppe von Ausgestoßenen, die ihr auf halbem Weg zur Römerburg entgegenkamen. Bei seinem Anblick empfand Ravena eine unermeßliche Erleichterung – nicht über ihre Rettung, sondern darüber, daß Alessandro den Kampf überlebt hatte. Eine blutige Schramme lief quer über seine Stirn, und auch die linke Schulter blutete, aber es schien nichts Ernstes zu sein. Als sie in seinen Armen lag, waren alle Gefahren vergessen.

Erst die Stimme Georg Treuers erinnerte sie an das Überstandene: »Wo ist Wolfram hin?«

»Wolfram?« wiederholte Ravena. »Ist das der Mann mit dem entstellten Gesicht?«

»Er ist einer der engsten Vertrauten König Heinrichs«, erklärte Georg zu ihrer Überraschung. »Burggraf Wolfram von Kaiserswerth. Für seinen König geht er über Leichen, stürzt er ganze Städte ins Unglück.«

»Dann hat er den Gral im Auftrag des Königs geraubt?«

»Da bin ich mir sicher. Mit dem Kelch des Herrn kann Heinrich seinen Machtanspruch gegenüber dem Papst durchsetzen. Wir wußten schon seit Tagen, daß Wolfram sich in der Gegend von Köln herumtreibt. Einige von unseren Leuten haben ihn bis nach Siegburg verfolgt, aber dort starben sie. Ich würde meine Hand dafür ins Feuer legen, daß der Burggraf von Kaiserswerth sie auf dem Gewissen hat. Auf dem Rhein hätten wir ihn beinah erwischt, als wir seinem Schiff eine Falle stellten. Doch leider kämpften seine Männer besser als meine.«

»Er hat ein Schiff?« erkundigte sich Ravena.

»Ein gutes Schiff und eine zu allem entschlossene Mannschaft. Warum fragst du?«

»Wenn mich nicht alles täuscht, war er unterwegs zum Fluß. Jedenfalls ging es in die Richtung, als ich fliehen konnte.«

»Das kann eine Finte sein«, sagte Broder, der neben Georg und Gudrun trat. »Vielleicht hat das Narbengesicht Ravena absichtlich entkommen lassen, damit wir zum Rhein laufen, während er mit seinen Männern die Richtung ändert.«

»Zuzutrauen wäre es ihm«, gab Georg zu. »Aber wir haben keinen anderen Anhaltspunkt. Entweder wir suchen Wolfram am Fluß, oder wir geben es gleich ganz auf.«

Alessandro sprach: »Ich kehre zur Römerburg zurück und hole meine Besatzung, dann folge ich euch.«

»Verstärkung ist immer gut«, meinte Broder.

»Nicht nur Verstärkung«, sagte Alessandro. »Auch ich habe ein gutes Schiff und eine gute Mannschaft!«

Während Georg, Gudrun und Broder mit ihren Gefährten durch den Wald zum Rhein liefen, eilte Ravena mit Alessandro zur Römerburg. Dort kümmerten sich die Frauen um die Verletzten, auch um die verwundeten Feinde.

Bei deren Anblick schlug Ravena vor: »Vielleicht können wir von ihnen erfahren, welche Pläne dieser Wolfram verfolgt. Er hat sie im Stich gelassen, was ihrer Treue zu ihm nicht gerade dienlich sein dürfte.«

»Gut möglich, daß wir sie zum Reden bringen«, meinte Alessandro. »Aber erstens wüßten wir nicht, ob sie uns die Wahrheit sagen, und zweitens würde es zu lange dauern. Jede Minute zählt, wenn wir Wolfram noch erwischen wollen. Ich hole meine Männer.«

Verwundert blickte Ravena dem davoneilenden Alessandro nach. Er war so angespannt, als hätte er ein persönliches Interesse daran, den Gralsräuber zu stellen. Sie erinnerte sich an Wolframs Erklärung, Alessandro mit Absicht unter Mordverdacht gebracht zu haben, und ihr wurde klar, daß sie nicht alles über den Mann wußte, den sie liebte. Es gab ein Geheimnis um Alessandro, das er ihr nicht anvertraut hatte. Es hatte etwas mit dem Burggrafen von Kaiserswerth zu tun. Und auch mit dem Kelch des Herrn?

Ihr blieb keine Zeit, Alessandro zur Rede zu stellen. Sie konnte kaum atmen, geschweige denn sprechen, als sie abermals durch den Wald lief, um Alessandro zu seinem Schiff zu begleiten. Als sie ihm erklärt hatte, mitkommen zu wollen, hatte er zum Glück keine Einwände erhoben.

Das Schiff lag am Ende einer gebogenen Einbuchtung des Rheins, die vom Hauptarm aus nicht einzusehen war. Es war fest vertäut und mit Zweigen und Büschen bedeckt, so daß ein zufällig vorbeikommender Wanderer es auch aus der Nähe nicht erkennen konnte. Die drei Männer, die hier Wache hielten, sprangen auf, als Alessandro und Ravena sich mit den anderen näherten.

Alessandro fragte sie, ob vor kurzem ein Schiff vorbeigekommen war. Da die Männer beauftragt waren, daß immer mindestens einer den Fluß beobachtete, hätten sie Wolframs Schiff bemerken müssen. Aber der zuständige Wachtposten erklärte, daß er den ganzen Morgen über noch kein Schiff gesehen hätte.

»Dann haben wir uns getäuscht«, sagte Ravena. »Sie sind doch über Land geflohen.«

»Nicht notwendigerweise«, wandte Alessandro ein. »Das

Schiff könnte oberhalb von dieser Stelle gelegen haben und auch flußaufwärts gefahren sein.«

»Gegen die Strömung?« zweifelte Ravena. »Mit der Strömung käme Wolfram viel schneller voran.«

»Schon wahr, aber flußaufwärts liegt Speyer, und dort hält sich zur Zeit der König auf. Wenn Wolfram ihm den Kelch bringen will, muß er in diese Richtung fahren.«

Wenige Minuten später befand sich Alessandros Schiff auf dem Rhein, war das Segel gesetzt und legten sich die Männer zusätzlich in die Riemen. Sie strengten sich bis zum Rand der Erschöpfung an, um ein Schiff einzuholen, von dem sie nicht einmal mit Sicherheit wußten, daß es vor ihnen war.

Nach kurzer Zeit sahen sie mehrere Gestalten am Ufer auftauchen, die ihnen zuwinkten. Es war Georg mit seinen Begleitern.

Alessandro legte die Hände trichterförmig vor den Mund und rief: »Habt ihr etwas entdeckt?«

Border antwortete in derselben Weise: »Nur den Platz, an dem Wolframs Schiff gelegen hat. Aber es war bereits verschwunden.«

»Dann muß es flußaufwärts fahren. Wir versuchen, es einzuholen.«

»Legt kurz an und nehmt uns mit!«

»Keine Zeit!« erwiderte Alessandro. »Wolframs Vorsprung wird sonst zu groß.«

Die Ausgestoßenen blieben hinter ihnen zurück und verschwanden ganz aus Ravenas Blickfeld, als das Schiff dem Lauf einer Flußbiegung folgte. Schon tauchten rechts vor ihnen die Umrisse Kölns auf: Mauern und Wachtürme, überragt noch von den spitzen Türmen der zahlreichen Kirchen. Die Morgensonne schob sich durch eine Lücke in den Wolken und warf ein freundliches Licht auf die Stadt, das einen vergessen lassen konnte, daß Köln erst vor zwei Tagen Feuer und Tod erlebt hatte.

»Wolframs Schiff!« rief Alessandro. »Da vorn ist es. Wir kommen ihm näher!«

Jetzt sah auch Ravena die Umrisse des Schiffs, das, wie sein Verfolger, von Segel und Rojern angetrieben wurde.

»Wieso sind wir schneller?« fragte Ravena.

»Weil wir uns auf einem der schnellsten Schiffe befinden, das Venedig aufzubieten hat. Einmal habe ich wertvolle Fracht und viele gute Männer verloren, weil Seeräuber mein Schiff einholten und enterten. Damals habe ich geschworen, daß mir so etwas nicht noch einmal passiert. Das hilft uns jetzt. Wolfram wird uns nicht entkommen!«

Alessandro sollte recht behalten. Auf der Höhe Kölns hatten sie das Schiff der Gralsräuber fast eingeholt, wurden von ihm nur noch durch zwei oder drei Schiffslängen getrennt. Deutlich erkannte Ravena den Schwarzen, der wütend zu ihnen herübersah und mit wilden Flüchen seine Männer antrieb, schneller zu rudern.

»Wenn wir den Kurs beibehalten, werden wir das andere Schiff rammen«, befürchtete Ravena.

Alessandro grinste. »Eben das ist meine Absicht. Unser Bug hat eine Eisenverstärkung, die Wolfram gar nicht schmecken wird.«

»Auch zum Schutz gegen Seeräuber?«

Alessandro nickte nur knapp und gab seinem Steuermann die letzten Anweisungen. Noch einmal wurde der Takt der Ruderschläge erhöht, und Alessandros Schiff hatte das andere fast erreicht.

»Setz dich und halt dich gut fest, Ravena!« rief Alessandro. »Das wird gleich schlimmer als der rauheste Seegang.«

Er hatte kaum ausgesprochen, da zerbrachen auch schon die Backbordriemen von Wolframs Schiff unter dem Druck des eisenverstärkten Bugs. Wenige Augenblicke später bohrte sich Alessandros Schiff in die Seite des anderen Schiffs. Obwohl Ravena sich hingesetzt und an einer Taurolle festgehalten hatte, verlor sie den Halt und schlug mit dem Hinterkopf hart aufs Deck.

Sie schüttelte die Benommenheit, die sich ihrer bemächtigen wollte, ab und sah, wie Alessandro mit einigen seiner Männer auf das andere Schiff sprang. Alessandro trug einen Dolch. Seine Leute waren mit allem bewaffnet, was gerade zur Hand gewesen war: Messer, Äxte, Knüppel. Einer trug ein dickes Seil bei sich, das er um den Mast des feindlichen Schiffs schlang, damit es sich nicht davonmachte. Zwei von Wolframs Männern wollten ihn daran hindern, wurden aber von Alessandros Besatzung abgefangen. Ein Kampf entspann sich, in den mehr und mehr Mitglieder beider Besatzungen eingriffen.

Alessandro schien nur ein Ziel zu kennen: Wolfram von Kaiserswerth. Er ließ sich auf keinen Zweikampf ein, sondern hielt unbeirrbar auf den narbengesichtigen Mann zu, der ihn mit gezücktem Schwert erwartete.

»Endlich stehen wir uns von Angesicht zu Angesicht gegenüber!« sagte Wolfram. »Ich freue mich darüber, Venezianer, wirklich.«

»Ich mag Euch nicht recht glauben«, erwiderte Alessandro. »Immerhin habt Ihr versucht, mein Leben auf dem Richtblock zu beenden. Die Anklage habe ich ja wohl Euch zu verdanken, dem Meister der Intrigen.«

»Danke für das Lob. Und was das übrige angeht: Was dem Henker verwehrt blieb, werde ich jetzt beenden.«

»Vielleicht siege auch ich, Burggraf. Wo ist mein Preis?«

Wolfram griff unter seinen Umhang und zog den silbernen Kelch hervor, den er neben sich aufs Deck legte. »Zufrieden?«

Alessandros Antwort bestand in einem überraschenden Angriff. Überraschend, aber nicht schnell genug. Wolfram wich zur Seite aus und ließ den Angreifer ins Leere laufen.

Ravena erhob sich und lief zur Reling, reffte den Saum ihres Kleides und sprang über die Kluft zwischen beiden Schiffen an Bord von Wolframs Schiff. Sie scherte sich nicht darum, daß sie sich in Gefahr begab. Die Angst um Alessandro trieb sie an.

Ihre Angst war nicht unbegründet. Als sie die beiden Kämpfenden erreichte, wurde Alessandro von seinem Gegner hart bedrängt. Wolfram lag über Alessandro, der mit dem Oberkörper weit über der Reling hing und verzweifelt versuchte, den Burggrafen abzuschütteln. Aber Wolframs linke Hand umklammerte Alessandros Rechte mit dem Dolch und verhinderte, daß die Waffe zum Einsatz kam, während Wolfram mit der anderen Hand zum entscheidenden Schwertstoß ausholte. Ravena sah die Klinge und ahnte, daß Alessandro diesen Stoß weder aufhalten noch ihm ausweichen konnte. In einer schnellen Bewegung hob sie den Kelch des Herrn vom Boden auf und schlug mit dem schweren Silberbecher auf Wolframs Hinterkopf. Wolfram stöhnte gequält auf und erstarrte. Das dauerte nur einen kurzen Augenblick, aber es genügte Alessandro, um seine Kräfte zu sammeln und den überraschten Burggrafen von sich wegzustoßen.

Wolfram verlor das Gleichgewicht. Vergebens suchte seine linke Hand nach Halt an der Reling. Er stürzte vornüber und fiel ins Wasser, tauchte unter und kam ein Stück flußabwärts wieder zum Vorschein. Ravena konnte nicht erkennen, ob er bei Kräften war und versuchte, gegen die Strömung anzuschwimmen. Falls er es tat, so war er nicht erfolgreich. Der Rhein nahm ihn mit sich, trug ihn von den beiden ineinander verkeilten Schiffen fort.

Ravena packte Alessandros linken Arm und half ihm, wieder ganz an Bord zu gelangen. Er atmete schwer und blickte verwundert auf den Silberbecher in ihrer Hand.

»Hast du etwa damit zugeschlagen?«

Sie nickte. »Ich hatte keine große Auswahl.«

Alessandro lachte unvermittelt. »Das muß hart für Wolfram sein! So sehr war er hinter dem Gral her, und dann wird er gleichsam von ihm über Bord geworfen.«

Die Kunde, daß Wolfram in den Rhein gefallen war, hatte sich über das ganze Schiff verbreitet. Die Männer des Burggrafen stellten den Kampf ein und blickten ratlos rheinabwärts, wo irgendwo im breiten, grauen Strom ihr Anführer entschwunden war. Es war ein ähnlicher Effekt wie bei Georgs Sieg über den Stadtvogt. Ohne ihren Anführer sahen die Männer keinen Sinn in der Fortsetzung des Kampfes. Wofür sollten sie den Tod wagen, wenn die Aussicht auf einen guten Lohn dahin war?

Alessandro reagierte schnell und rief seinen Leuten zu, sich auf ihr eigenes Schiff zurückzuziehen. Er half Ravena, die den Kelch des Herrn bei sich trug, beim Überwechseln und sprang als letzter an Bord des venezianischen Schiffs. Rasch steckte er den Dolch zurück in die Scheide und nahm einem seiner Männer die Axt aus der Hand, um das Seil zu kappen, das die beiden Schiffe miteinander verband. Erst sah es so aus, als wollten sich die Schiffe auch ohne das Seil nicht voneinander lösen, aber nach einer bangen halben Minute knarrten die Planken und der Abstand der Schiffe zueinander vergrößerte sich.

Sofort erteilte Alessandro die Befehle, um stromabwärts zu fahren. Seine Männer gehorchten, obwohl einige von ihnen schmerzhafte Wunden davongetragen hatten.

Während das Schiff an Fahrt gewann und das kleiner werdende Köln hinter sich zurückließ, spähte Alessandro suchend auf den Fluß. Ravena brauchte ihn nicht zu fragen, sie wußte, daß er nach Wolfram Ausschau hielt. Aber von dem Burggrafen war nichts zu sehen. Entweder hatte er sich an eins der Ufer retten können, oder der Rhein hatte ihn auf immer verschluckt.

»Da sind die anderen!« rief Ravena, als das Schiff einer Flußbiegung folgte, hinter der am rechten Ufer die Schar um Georg, Gudrun und Broder auftauchte; die Ausgestoßenen winkten und gaben Zeichen, das Schiff möge bei ihnen anlegen. »Alessandro, willst du nicht das Segel einholen lassen? Sonst fahren wir noch an ihnen vorbei.«

»Genau das werden wir tun«, sagte Alessandro. »An ihnen vorbeifahren.«

Ravenas Überraschung hielt sich in Grenzen. Das geheimnisvolle Band zwischen Wolfram und Alessandro hatte sie auf so eine Situation vorbereitet. Sie streckte die Hand mit dem Silberkelch aus und sagte: »Hier, nimm!«

Er nahm den Gral nicht, sondern fragte: »Willst du ihn nicht aufbewahren?«

»Warum?« fragte sie und sah den Gral an. »Deswegen bist du doch nach Köln gekommen. Oder irre ich mich? Ich kann mir nur einen Grund denken, weshalb Wolfram dich aus dem Weg räumen wollte: Du warst sein Rivale bei der Jagd nach dem Kelch des Herrn!«

Die Ausgestoßenen blieben hinter dem Schiff zurück. Als sie merkten, daß Alessandro nicht die Absicht hatte, bei ihnen anzulegen, begannen einige von ihnen, dem Schiff nachzulaufen. Aber das unwegsame Ufer behinderte sie, und der Abstand zwischen ihnen und dem Schiff wurde schnell größer.

»Was willst du mit dem Kelch?« verlangte Ravena zu wissen. »Ich mag nicht glauben, daß du es für Geld tust.«

»Nicht für Geld«, sagte Alessandro. »Ganz sicher nicht.«

»Wofür dann?«

»Ich darf es nicht sagen, das habe ich geschworen.«

»Wem?«

Alessandro antwortete nicht, sah sie nur traurig an.

Ravena fühlte, wie etwas in ihr am Zerbrechen war. Das Bild, das sie sich von Alessandro gemacht hatte, bekam Risse und drohte auseinanderzufallen.

»Broder, Georg und die anderen können uns nicht mehr einholen«, sagte sie mit belegter Stimme. »Bring mich ans Ufer, bitte!«

»Was willst du da?«

»Ich kehre zu den Ausgestoßenen zurück.«

»Aber ... ich dachte, dein Platz sei bei mir!«

»Das dachte ich auch, Alessandro, bis eben. Aber wie soll ich dir vertrauen, wenn du mir nicht vertraust?«

Er starrte sie an, und Tränen stiegen in seine Augen. Seine Stimme zitterte, als er sagte: »Vergebung. Ich will doch nur Vergebung!«

»Wer soll dir vergeben? Deine Frau hat dir noch im Sterben verziehen, hast du gesagt. Und dein ungeborener Sohn? Ich bin sicher, auch er hat dir längst vergeben.«

»Ich weiß es nicht«, sagte er leise. »So oft habe ich mich das gefragt, aber ich weiß es nicht.«

»Wer soll dir dann vergeben?«

»Seine Heiligkeit!«

»Der Papst?«

Alessandro nickte. »Meine Familie ist in Italien sehr angesehen. Durch unseren Bischof hat der Papst von meiner Sünde erfahren. Ein päpstlicher Gesandter bot mir Absolution für meine Sünden an, wenn ich den Kelch des Herrn finde und Seiner Heiligkeit übergebe. Papst Gregor befürchtet, daß König Heinrich sich sonst des Grals bemächtigt und ihn dazu benutzt, seine Vormachtstellung gegenüber dem Papst zu behaupten.«

»Will Gregor den Kelch nicht zu ganz ähnlichen Zwecken benutzen?«

»Mag sein. Aber was soll ich tun? Wer, wenn nicht der Papst, kann mir vergeben?«

»Vielleicht Gott.«

»Aber wie soll ich das wissen? Wo ist das Zeichen?«

»Du brauchst ein Zeichen?« Ravena streichelte seine Wange, wie es eine Mutter tat, um ihr aufgeregtes Kind zu beruhigen. »Armer Alessandro! Ich dachte, du liebst mich und wüßtest, daß ich dich auch liebe. Kann Gott dem zürnen, dem er die Liebe schenkt?«

Das Schiff hielt aufs Ufer zu. Ganz vorn am Bug stand Ravena, die Arme zum Schutz gegen die Morgenkühle eng um ihren Leib geschlungen. Ein Stück hinter ihr stand Alessandro, in einer Hand den silbernen Kelch, den Ravena ihm übergeben hatte. Das Schiff schrammte über Grund. Einer der Seeleute warf einen Anker aus. Zwei andere sprangen über Bord, um Ravena an Land zu helfen. Ihr folgte Alessandro mit dem Gral.

Die staunenden Ausgestoßenen liefen ihnen entgegen, und Broder rief: »Ich hatte schon nicht mehr geglaubt, daß ihr umkehrt. Was war los?«

Ravena lächelte ihn an. »Ich hatte etwas mit Alessandro zu besprechen, das keinen Aufschub duldete.«

Gudrun sah Alessandro an. »Ihr habt den Kelch des Herrn zurückgeholt! Was ist mit Burggraf Wolfram?«

Alessandro gab eine kurze Schilderung der Ereignisse, trat dann vor Georg und reichte ihm den Kelch. »Hier ist, was du so lange gesucht hast. Geh weise damit um, Georg!«

Der nahm den Kelch und lächelte. »Und du, Alessandro? Hast du auch gefunden, wonach du so lange gesucht hast?«

»Das habe ich«, antwortete Alessandro, legte einen Arm um Ravena und zog sie an sich.

»Was habt ihr vor?« fragte Gudrun.

»Wir haben ein gutes Schiff und eine tüchtige Mannschaft«, erklärte Alessandro. »Wir werden einen Ort finden, an dem es keine Treuers und keine Beltramis gibt, nur ein neues Leben.«

»Auch wir werden solch einen Ort finden«, sagte Georg. »Die Römerburg ist nicht länger ein sicheres Versteck.«

Ravena und Alessandro kletterten an Bord zurück, und das Schiff legte ab, um erneut rheinabwärts zu fahren, dem Meer entgegen. Ravena blickte in die Richtung, wo hinter Wäldern und Hügeln Köln lag, wo sie ihren Vater zurückließ und Oda. Dann aber schaute sie Alessandro an, und trotz des wolkigen Himmels sah sie die Sonne.

»Hier bringe ich euch den Kelch des Herrn zurück«, sagte Georg, als er gemeinsam mit Gudrun den Raum in der Römerburg betrat, der Rachel und Eleasar als Unterkunft diente. »Fast wäre Wolfram von Kaiserswerth auf dem Rhein entkommen. Aber Alessandro hat den Gral gerettet.«

Er hörte Schritte und roch den Duft von Rachels Haar, der sich ihm aus früheren Zeiten eingeprägt hatte. Sie nahm ihm den Kelch aus der Hand, und er hörte, wie sie ihn auf den Tisch stellte.

»Ihr bringt den Kelch des Herrn einfach so zurück, Georg Treuer?« vernahm Georg die ruhige, aber eindringliche Stimme Eleasars. »Ich dachte, Ihr wolltet ihn für Eure eigenen Zwecke benutzen?«

»Ich wollte ihn nicht benutzen, wie Ihr es ausdrückt, Eleasar. Ich erhoffte mir die Wahrheit von dem Kelch Jesu. Seit dem Aufstand gegen Anno frage ich mich, ob ich die Schuld an dem Tod und dem Elend so vieler zu tragen habe.«

»Ist das Euer wirklicher Beweggrund? Oder hofft Ihr, die Kraft des Erlösers möge die Blindheit Eurer Augen heilen?«

»Ich weiß nicht, ob meine Blindheit nur eine Strafe Annos oder auch eine Gottes ist. Aber was nützen mir sehende Augen, wenn ich nachts nicht schlafen kann, weil die Toten von Köln mich vorwurfsvoll anstarren. Jede Nacht suchen sie mich heim, sehe ich sie trotz meiner blinden Augen.«

»Georg Treuer«, sprach Eleasar in feierlichem Tonfall. »Ihr habt damals meiner Tochter geholfen, deshalb will ich Euch jetzt helfen. Der Gral hat heilende Kräfte. Er kann Euch das Augenlicht zurückgeben. Aber er kann Euch auch töten. Denn er unterscheidet zwischen denen, die reinen, und denen, die unreinen Herzens sind.«

»Dann wird der Gral mich eher töten«, sagte Georg mutlos. »Wäre mein Herz rein, würden mich nicht nächtens die Toten verfolgen.«

»Habt Ihr den Tod dieser Menschen aus eigennützigen, böswilligen Gründen gewollt?« forschte der Gralshüter nach.

»Nein, ich wollte das Beste für meine Wikbrüder und alle Kölner, aber ich wählte den falschen Weg. Doch was Verräter wie Rumold Wikerst und seine Männer betrifft, so habe ich ihren Tod wirklich gewollt.«

»Aber nur, um die Menschen zu retten, die sich dir anvertraut hatten«, wandte Rachel ein.

»Ja, das wollte ich. Aber durfte ich deshalb so viele in den Tod schicken?«

»Der Herr wird Euer Richter sein«, sagte Eleasar. »Wir

können Eure Augen mit dem Wasser des Grals benetzen, aber Ihr selbst müßt die Entscheidung treffen, Georg Treuer.«

Georg spürte Gudruns warme Hände auf seinen, und das gab ihm Kraft.

»Gut, ich will mich dem Kelch des Herrn stellen!« sagte er mit fester Stimme.

Georg hörte das Plätschern von Wasser, das in eine Schale gegossen wurde.

»Nehmt den Gral in Eure Hände, Georg!« forderte Eleasar ihn auf. »Der sich der Gralsprobe stellt, muß den heiligen Becher des Herrn in eigenen Händen halten.

Georg nahm den Gral in Empfang – und hielt eine Holzschale in den Händen, eine eher grobe Arbeit, abgegriffen, aber noch immer fest.

»Ein Holzbecher?« fragte er enttäuscht. »Wo ist der silberne Kelch, den ich Euch brachte?«

»Hier auf dem Tisch«, antwortete Eleasar.

»Ich dachte, er ist der Gral!«

»Das denken viele«, erwiderte Eleasar und lachte leise. »Sie vergessen, daß Jesus kein reicher Mann war, sondern nur der Sohn eines Zimmermanns. Weil aber die Menschen nicht glauben mögen, daß ein einfaches Holzgefäß einen der größten Schätze der Christenheit darstellt, habe ich diesen Silberkelch stets bei mir. Niemand zweifelt daran, daß dieser einfache und doch prächtige Kelch eines Jesus Christus würdig ist.«

»Eine Täuschung?« fragte Georg ungläubig.

»Eine Falle für mögliche Diebe und Räuber.«

»Dann war unsere Hetzjagd auf Wolfram vollkommen sinnlos?«

»Das würde ich nicht sagen. Hättet Ihr mir den angeblichen Gral nicht zurückgebracht, sondern für Euch behalten, hätte

ich Euch kaum für wert befunden, daß Ihr Euch der Gralsprobe unterzieht.«

»Ist das hier wirklich der Gral?« fragte Georg und betastete
den schmucklosen Holzbecher.

»Es ist das Gefäß, das die Söhne Josephs einander überlie-
ferten«, antwortete der Gralshüter. »Wir denken, es ist der
Gral, und ich spüre seine Kraft, wenn ich ihn in Händen
halte. Spürt Ihr es nicht?«

»Nein.«

»Bleibt Ihr gleichwohl bei Eurem Entschluß?«

»Ja!«

Eleasar nahm den Holzbecher aus Georgs Händen und wies
Georg an, sich auf eins der Lager niederzulegen. Rachels
Vater kniete sich neben ihn.

»Der Herr wird sein Urteil sprechen«, sagte Eleasar leise
und goß das Wasser langsam über Georgs Kopf aus, spülte
es über die blinden Augen.

Erst empfand Georg das Naß als kühl und angenehm. Aber
dann begann es zu brennen, als sei es flüssiges Feuer. War
das die Strafe des Herrn? Sollten Georgs Augen nach der
Blendung verbrannt werden? Georg stöhnte vor Schmerz
und wälzte sich hin und her.

»Was hat er?« fragte Gudrun in ängstlicher Verwirrung und
warf sich neben sein Lager. »Was geschieht mit ihm?«

»Das kann kein Sterblicher sagen«, antwortete Eleasar ruhig.

Georg sah etwas, nicht wirklich, sondern mit seinem inne-
ren Auge. Ein Flammenstrahl, der ihn heißbrennend durchschnitt, wie bei seiner Blendung, als das weißglühende
Schwert vor seinen Augen vorbeigeführt wurde. Schwindel
packte ihn und ließ ihn fast ohnmächtig werden. All die Toten, die Nacht für Nacht zu ihm kamen, ihm den Schlaf
raubten und ihn quälten, drängten sich durch ein großes,

flammendes Tor, näherten sich ihm und umringten ihn. Georg konnte nichts weiter tun, als abzuwarten, ob sie ihn freisprachen oder ihn verdammten.

Der Eiswanderer

Novemberschnee war der Vorbote eines frühen, strengen Winters. Heinrich stand am Fenster seiner vergleichsweise bescheidenen Unterkunft und starrte hinaus auf die schneebedeckten Dächer und Türme von Speyer, als sein Diener Wernhard den Burggrafen von Kaiserswerth hereinführte. Wolfram blieb an der Tür stehen und wartete darauf, daß der König sich ihm zuwandte und als erster das Wort ergriff. Er mußte eine ganze Weile warten. Seltsamerweise schien Heinrich keine Eile damit zu haben, zu erfahren, ob Wolframs Mission erfolgreich verlaufen war. Vielleicht aber fürchtete er sich vor der Antwort und zögerte das Stellen der Frage deshalb möglichst lange hinaus. Es erschien Wolfram wie eine Ewigkeit, als Heinrich sich endlich umdrehte und Wernhard hinausschickte.

»Und?« fragte Heinrich, während er den Blick auf Wolfram heftete. »Wo ist der Gral?«

Wolfram nahm allen Mut zusammen und sagte: »Vermutlich auf dem Weg zu Papst Höllenbrand.«

Jedes Wort, das er dem König sagte, tat ihm in der Seele weh. Er sah sich wieder im Besitz des Grals auf seinem Schiff und fühlte das Unbehagen, als das Verfolgerschiff auftauchte und rasch aufholte. Dieser verfluchte Venezianer! Wolfram hätte ihn besiegt, hätte sich nicht das Treuer-Weib eingemischt. Der Schlag auf den Kopf war sehr schmerzhaft gewesen und hatte ihn an den Rand einer Ohnmacht gebracht. Das kalte Wasser des Rheins, in dem er sich unversehens wiederfand, hatte seine Lebensgeister geweckt. Aber da war es viel zu spät gewesen, um zu seinem Schiff zurückzukehren und noch etwas zu ändern. Die starke Strömung trieb ihn von dem Ort des Geschehens fort. Zwar war er ein guter Schwimmer, aber sein noch immer benommener Kopf lähmte seine Gedanken und seine Bewegungen. Mit Mühe und Not erreichte er das linke Rheinufer, wo er erschöpft liegenblieb.

»Ein Fehlschlag also.«

König Heinrich sagte das ohne jeden Vorwurf, sprach eher leise. Er ging zu einem schmucklosen Stuhl, der an einem kleinen Tisch stand, und ließ sich ermattet auf das fleckige Kissen sinken. Auf dem Tisch stand ein Weinpokal aus Zinn, den Heinrich wie geistesabwesend an die Lippen führte, aber er trank nicht. Aus traurigen Augen sah er Wolfram an.

»Und Anno?« fragte der König schließlich. »Was hast du über ihn herausgefunden? Lebt der Bischof noch?«

»Das glaube ich nicht. Ich sah seine Grabstelle und sprach jene, die ihn zu Grabe getragen haben. Natürlich besteht die entfernte Möglichkeit, daß Anno nicht in dem Sarg lag. Aber konkrete Hinweise darauf konnte ich nicht ausfindig machen. Ich denke, Anno lebt nur in unseren Alpträumen weiter, ist eine Ausgeburt unserer Ängste. Das einzige, was von Annos Fleisch und Blut noch atmet, ist seine Tochter.«

»Er hat eine Tochter?«

»Es ist die Frau, die als Tochter des Kaufmanns Rumold Wikerst galt, Gudrun. Jetzt ist sie die Gefährtin des Aufwieglers Georg Treuer.«

»Der treibt sich noch in Köln herum? Anno ließ ihn doch blenden!«

»Dem Blinden ist es gelungen, den Stadtvogt von Köln im Zweikampf zu töten. Blind mag Georg also sein, aber nicht ungefährlich. Gegen ihn und den Sendboten Höllenbrands, einen Venezianer, mußte ich mich behaupten – und habe versagt. Wie ich damals schon in Kaiserswerth versagt habe.«

»Ergeh dich nicht in Selbstmitleid, Wolfram, es paßt nicht zu dir! Wenn jemand etwas zu bedauern hat, bin ich es. Mit dem Gral hätte ich den Herrschaftsanspruch des Papstes ein für allemal brechen können. Jetzt aber habe ich nichts gegen ihn in der Hand und muß sogar um meine Krone bangen. Um sie zu retten, bleibt mir nur eins: Ich muß mich dem Papst unterordnen!«

Kälter, trüber, schneereicher als der Winter, in dem das Jahr des Herrn 1076 endete und das Jahr des Herrn 1077 begann, war kein Winter gewesen, soweit die Erinnerung der Alten reichte. Das Land lag tief unter weißen Decken, und die Wasser sogar der großen Flüsse erstarrten in Ehrfurcht. Der alte Vater Rhein war Eis von Basel bis zu seiner Mündung. Wären nicht die Sturmwinde gewesen, die über das Reich tosten, hätte man glauben mögen, die Welt halte den Atem an, bang zu erfahren, ob König oder Papst aus dem Kampf um die Macht als Sieger hervorging.

Heinrich IV. und Gregor VII. lagen im Streit um die Investitur der Bischöfe. Der Cluniazensermönch Hildebrand Bonizo, der nun Papst Gregor hieß, wollte nicht länger dulden, daß der König die Bischöfe ernannte. Und Heinrich wollte sich dieses Recht nicht nehmen lassen, denn neben der geistlichen Verantwortung übten die Bischöfe als weltliche Fürsten große Macht aus. Ein Streit, der Heinrichs Gegnern im eigenen Land höchst willkommen gewesen war. Die gegen Heinrich eingestellten Reichsfürsten hatten auf dem Fürstentag zu Tribur im Oktober des Jahres 1076 einen neuen König wählen wollen. Heinrich hatte das verhindert, aber die Fürsten setzten ihm eine Frist bis zum Februar, um sich vom Kirchenbann zu befreien. Und sie luden Gregor VII. für diesen Februar des Jahres 1077 nach Augsburg ein, um auf dem nächsten Fürstentag durch seinen Schiedsspruch den Streit zwischen König und Fürsten beizulegen.

Die Taktik der Reichsfürsten war klug, und Heinrich als gewiefter Taktiker durchschaute sie. Durch diese Einladung erkannten die Reichsfürsten Gregor VII. als rechtmäßigen Papst an. Gregor würde ihnen dies vergelten, indem er in ihrem Sinn entschied. Der zweite Februar Anno Domini 1077 würde unweigerlich das Ende von Heinrichs Herrschaft bedeuten, kam es zu diesem Schiedsspruch.

Deshalb handelte Heinrich und wurde zum Eiswanderer. Dem strengen Winter, der mit den Reichsfürsten im Bunde stand, zum Trotz wollte er nach Italien ziehen, um Gregors Versöhnung noch vor dem Augsburger Fürstentag zu erbitten. Als Heinrichs Gegner davon erfuhren, sammelten sie ihre Truppen. Berthold von Kärnten, Rudolf von Schwaben und Welf von Baiern versperrten die südlichen Alpenpässe. Der König hatte nur eine kleine Schar von Dienern und Wachen bei sich, kein Heer, denn er wollte als Sünder und Büßer vor dem Papst erscheinen, nicht als Eroberer. Auf einen Kampf durfte er es nicht ankommen lassen. Also umging er die gesperrten Pässe und erstieg den Alpenkamm von Burgund her.

Doch jetzt sah es so aus, als sollte Heinrichs verzweifelter Versuch der Selbstrettung zwischen den weißen Berggipfeln erfrieren. Immer steiler wurde der Weg und der Boden glatter oder versperrt durch Schneeverwehungen.

Vielleicht wäre dieser nebelverhangene Tag im Januar ihr letzter gewesen, hätten die Leute des Königs nicht am frühen Morgen die Bergnomaden getroffen. Es war ein seltsames Volk, fünfzig Leute ungefähr, Männer, Frauen und Kinder, Alte und Krüppel, die auch über die Alpen wollten, nach Italien, ins warme Land. Heinrich hatte ihnen ein fürstliches Entgelt versprochen, wenn sie den Seinen den Weg wiesen. Und so gingen die Nomaden den Königlichen voran, suchten die gangbarsten Pässe und schaufelten die Wege frei.

Bis es auf einmal nicht mehr weiterging. Die Nomaden hatten die Königlichen auf einen schmalen Grat geführt. Links und rechts fiel das vereiste Gebirge über schroffen Felsen ab. Voraus aber gähnte ein Abgrund, so tief, daß der Boden im Zwielicht lag. Die Führer bildeten einen Halbkreis und ließen die Königlichen hindurch, damit sie sich selbst ein Bild machen konnten.

Neben Heinrich trat der treue Wolfram von Kaiserswerth an den Rand der Schlucht, in der wütende Winde heulten. Ruckartig wirbelte der Graf herum, warf den schweren Mantel ab, griff nach dem mit Silberblech beschlagenen Schwertknauf und zog die Klinge aus der Scheide.

»Eine Falle!« rief Wolfram, und sein verunstaltetes Gesicht verzerrte sich. »Die verräterischen Fürsten haben uns in eine Falle gelockt. Zu den Waffen!«

Die Wachen legten die Speere an oder zogen ihre Schwerter. Was sie sahen, bestätigte Wolframs Vermutung. Die Nomaden hatten den Halbkreis vollends geschlossen und die Königsleute am Rand der Schlucht eingekesselt. Die vermeintlichen Führer hatten ebenfalls ihre Waffen gezückt, nur wenige Schwerter, zumeist Dolche und jene Äxte, mit denen sie zuvor das Eis zerhackt hatten.

Heinrich dachte an die Überzahl des Feindes, und sein Blick fiel auf seine Gemahlin Bertha, die den kleinen, zweijährigen Konrad, ihren Sohn, eng an sich drückte. Neben ihnen stand Berthas Mutter Adelheid, Markgräfin von Turin, die sich Heinrichs Zug in Gex angeschlossen hatte. Beide Frauen sahen Heinrich mit der stummen Bitte an, das Verhängnis abzuwenden.

Der König legte mäßigend eine Hand auf Wolframs Schwertarm, trat vor und fragte: »Wer bezahlt euch für diesen Verräterdienst, der häßliche Mönch Höllenbrand, der sich Papst Gregor schimpft, oder der Rheinfelder, Rudolf von Schwaben, der lieber heute als morgen meine Krone tragen möchte?«

Aus der Gruppe der Nomaden trat ein Mann vor, so groß und breitschultrig wie der König. Seine Hände hielten keine Waffe. Als er die dicke Wollkapuze zurückstreifte, enthüllte er ein bärtiges Gesicht, aus dem die blauen Augen klar hervorblickten.

»Niemand bezahlt uns, Heinrich«, sagte er mit fester Stimme und übertönte den heulenden Wind. »Wir handeln aus eigenem Antrieb, wie wir es für richtig halten. Niemand ist unser Herr!«

»Ihr wollt euren Lohn also erst fordern, wenn ihr eure schmutzige Arbeit verrichtet habt«, stellte Heinrich mit deutlich hörbarem Abscheu fest.

»Wir handeln nicht für Lohn, sondern für die Gerechtigkeit. Und wäre es nicht gerecht, Euch zu töten, Heinrich, wo Ihr so vielen Unschuldigen den Tod gebracht habt?«

An sich war es eine Frechheit, den König einfach mit seinem Namen anzusprechen. Heinrich sah darüber hinweg. In der Stimme und in den Augen des hochgewachsenen Fremden lagen eine Würde und ein Ernst, die den König nachdenklich machten.

»Wer seid Ihr?« fragte er den Bärtigen.

»Erinnert Ihr Euch nicht?« entgegnete der Fremde und kam dem König zwei, drei Schritte entgegen. »Meßt Ihr Eurem eigenen Leben so wenig an Wert bei?«

»Meinem Leben?« Heinrich schüttelte den Kopf und strich über seinen dunklen Schnurrbart, in dem Eiskristalle funkelten. »Ich weiß nicht, wovon Ihr sprecht. Habt Ihr in einer Schlacht für mich gefochten?«

»Nein, ich half Euch nur aus dem Rhein.«

»Er ist es!« schrie Wolfram von Kaiserswerth. »Es ist dieser Kaufmannssohn!«

»Ja, mein Vater war Rainald Treuer aus Köln«, nickte Georg. »Er ist seit fast drei Jahren tot, gestorben in dem Aufstand, den Ihr angezettelt habt, Heinrich!«

Die Anklage war unüberhörbar.

»Wie kommt Ihr darauf, daß ich ...«

»Leugnet Ihr Eure Tat?« unterbrach Georg den König. »Gewiß, Ihr wart nicht selbst in Köln zu jenem Osterfest, als Annos Herrschaft wankte. Ihr habt in Worms gewartet, wem Ihr zu Hilfe eilen sollt, dem Erzbischof oder den Bürgern. Ihr habt Euch für Anno entschieden, Euren alten Feind, der Euch im Machtkampf gegen die Fürsten gleichwohl nützen konnte.« Georg wies mit der Rechten auf Wolfram von Kaiserswerth. »Aber dieser Mann war in Köln und entfachte den Aufruhr des Volkes im Auftrag seines Königs. Lange Zeit hielt ich mich selbst für schuldig an dem Unglück, das über Köln hereinbrach. Aber der Kelch des Herrn gab mir das Augenlicht wieder und mehr als das. Meine Seele wurde sehend, und ich erkannte, daß die Toten von Köln nicht zu mir kamen, um mich anzuklagen, sondern um mir zu verzeihen. Aber eins verlangten sie von mir: Ich sollte die wahrhaft Schuldigen am Tod so vieler Menschen einer gerechten Strafe zuführen.«

»Graf Wolfram und mich«, sagte Heinrich. »Also war alles umsonst!«

»Wir wollten Euch beide töten«, bestätigte Georg. »Aber diese Frau flehte um Euer Leben.« Auf seinen Wink trat eine blonde Frau an seine Seite; trotz des dicken Wollumhangs stach die Wölbung ihres Leibes hervor. »Meine Gefährtin Gudrun erwartet unser Kind und möchte nicht, daß seine Geburt von einer Bluttat begleitet wird.«

»Aber warum habt Ihr uns dann an diesen Abgrund geführt?«

»Um Euch zu zeigen, wie brüchig Eure Macht ist, König.« Georg wies in die Runde, wo sich jenseits der Menschen nichts zeigte als rauhe Natur, schroffe Berge, Schnee und Eis, über denen dichte Wolkenbänke lagen. »Seht Euch um und erkennt, wie gering Ihr seid und wie unbedeutend Euer Schicksal ist. Denkt daran, bevor Ihr das nächste Mal Tausende von Menschen opfert, um Eure Zwecke zu erreichen!«

Heinrich wollte sich keine Schwäche geben und versuchte, seine Erleichterung zu verbergen. »Also führt Ihr uns über die Berge?«

»Nein, ab hier müßt Ihr Euren Weg allein finden.«

»Das werden wir sehen!« fauchte Wolfram, sprang vor und hieb mit dem Schwert nach Georg.

Beim Versuch, dem Streich auszuweichen, rutschte Georg auf dem festgetretenen Schnee aus und stürzte.

Der Pfalzgraf packte Gudrun und drückte die zweischneidige Klinge gegen ihren Hals. »Du wirst unsere Geisel sein, Weib. Wenn dein Mann uns nicht führt, verliert er Frau und Kind!«

Georgs Freunde rückten drohend vor, und Wolfram wich wieder an den Rand der Schlucht zurück, ohne Gudrun aus seiner Umklammerung zu lassen.

Georg stand auf und hielt einen seiner Freunde an der Schulter fest. »Nicht Broder, treib ihn nicht zum Äußersten!«

Unwillig blieb der kräftige Friese stehen und ließ die scharfe Axt, die er gegen Wolfram erhoben hatte, langsam sinken.

»Sehr vernünftig«, lächelte Wolframs häßliche Narbenfratze. »Und jetzt macht uns Platz, damit wir endlich aus dieser Falle kommen!«

Unbeachtet von allen anderen, hatte sich eine ältere Frau dem steilen Absturz genähert. Man hatte sie die Hexenliese genannt, aber jetzt hörte sie wieder auf ihren richtigen Namen: Elisabeth. Ohne Familie und ohne ein Heim, hatte sie Aufnahme gefunden bei denen, die selbst heimatlos waren, den Vertriebenen Kölns. Elisabeth schlich zwischen den anderen hindurch, sprang dann hoch und stieß Gudrun zur Seite, weg von dem Abgrund.

»Du bist der Teufel in Menschengestalt!« fuhr Elisabeth den häßlichen Mann an und umklammerte ihn mit Armen und Beinen. »Du stürzt die Menschen immer weiter in Unglück, wenn du nicht unschädlich gemacht wirst!«

Wolfram wollte die Frau von sich abschütteln, aber es gelang ihm nicht. Er rutschte auf dem glatten Boden aus und verlor das Gleichgewicht. Der Burggraf von Kaiserswerth taumelte nach hinten, und seine Augen weiteten sich vor Entsetzen, als er plötzlich keinen festen Boden mehr unter seinen Füßen fühlte. Eng umschlungen, verschwanden die beiden in der Tiefe.

Gudrun lief in Georgs Arme, und er drückte die geliebte Frau fest an sich.

»Was ... was war das?« fragte Heinrich bleich und blickte in den düsteren Abgrund, aus dem kein Laut, kein Todesschrei gedrungen war.

»Eine Frau aus Köln, die von Wolfram für seine dunklen Zwecke mißbraucht wurde«, antwortete Gudrun. »Wir nahmen sie bei uns auf, und sie hat sich für uns geopfert.«

»Gehen wir«, sagte Georg und wandte sich um. »Wenn der

Tag zur Nacht wird, sollten wir besser nicht mehr hier oben sein.«

»Und was wird aus uns?« fragte kläglich der König.

»Ihr müßt Euren Weg gehen«, beschied Georg. »Er ist nicht der unsere.«

Und die Nomaden wandten sich ab, ließen die Königlichen auf dem Berggrat zurück. Plötzlich einsetzendes Schneetreiben trennte die beiden Gruppen.

Um Heinrich wurden Stimmen laut, die den Weg zurückgehen wollten. Der König entschied dagegen. Den Rückweg bei der schlechten Sicht zu finden war nicht aussichtsreicher, als den Weg ohne Führer fortzusetzen.

Die Königlichen wagten das scheinbar Unmögliche. Auf allen vieren kletterten sie weiter. Die Frauen und der kleine Königssohn rutschten auf Tierhäuten die Hänge hinab. Die Pferde wurden mit zusammengebundenen Beinen hinabgeschleift, und viele der Tiere verletzten sich oder kamen zu Tode.

Aber Heinrich schaffte es, kam nach Italien und stellte Gregor, der sich der Begegnung entziehen wollte, bei Canossa, wo sich der Papst auf die Burg der Markgräfin Mathilde zurückgezogen hatte. Drei Tage stand Heinrich im härenen Hemd des Büßers und mit nackten Füßen in der Eiswüste und bat um Einlaß in die Burg. Am vierten Tag mußte Gregor, auch wenn es ihm nicht behagte, der Christenpflicht gehorchen, Heinrich einlassen und ihm vergeben. Vom Bannfluch losgesprochen, hatte Heinrich, der Büßer und Eiswanderer, seine Krone gerettet. Und doch war der Gang nach Canossa für ihn kein Grund zum Triumph, denn er hatte sich zum Untertan des Papstes gemacht.

Von den Ausgestoßenen Kölns, Georg Treuer und seinen Leuten, hat niemand mehr etwas gehört. Man erzählte sich allerdings, daß in einem unzugänglichen Alpental eine

Gruppe Menschen leben sollte, frei von königlichen und kirchlichen Gesetzen. Nicht der Wille eines einzelnen Herrschers zählte bei ihnen, sondern jeder bestimmte über sich selbst, und die Gemeinschaft entschied über Fragen, die alle angingen.

Zeittafel

1050

Heinrich IV. wird am elften November geboren, wahrscheinlich zu Goslar.

1054

Königskrönung Heinrichs IV. zu Aachen.

1055

Verlobung Heinrichs IV. mit Bertha von Turin.

1056

Kaiser Heinrich III. setzt Anno gegen den Willen der Kölner Bürger als ihren neuen Erzbischof ein. – Der Kaiser stirbt, und seine Witwe Agnes von Poitou übernimmt die Regentschaft.

1062

Mit dem Staatsstreich von Kaiserswerth, der Entführung Heinrichs IV. durch Anno II., endet die Regentschaft von Agnes und beginnt die Herrschaft Annos über das Reich.

1065

Mit seiner Schwertleite zu Worms wird Heinrich IV. eigenverantwortlicher Herrscher.

1073

Sachsenaufstand gegen den König. Heinrich IV. muß von der belagerten Harzburg fliehen und wird in Worms aufgenommen. – Hildebrand wird zum Papst gewählt und nennt sich fortan Gregor VII.

1074

Aufstand der Kölner Bürger gegen Erzbischof Anno. – Heinrichs Sohn Konrad wird am 12. Februar geboren. – Die Sachsen zerstören die Harzburg.

1075

Zu Ostern gewährt Anno den verbannten aufständischen Kölnern die Rückkehr. – Am 4. Dezember stirbt Anno in Köln und wird am 11. Dezember in der Abtei Siegburg beigesetzt. – Im Oktober unterwerfen sich die Sachsen zu Oberspier. – Die Spannungen zwischen Heinrich IV. und Gregor VII. beginnen.

1076

Im Januar wird Papst Gregor auf einer Synode in Worms von Heinrich IV. und den deutschen Bischöfen für abgesetzt erklärt. – Im Gegenzug wird Heinrich von Gregor auf einer Fastensynode in Rom mit dem Kirchenbann belegt und ebenfalls für abgesetzt erklärt. – Auf dem Fürstentag zu Tribur im Oktober fallen die Fürsten und Bischöfe von Heinrich ab und laden Papst Gregor für den nächsten Februar ein, nach Deutschland zu kommen und über Heinrich zu urteilen. – Heinrich überquert die Alpen und geht nach Italien.

1077

In Canossa muß Papst Gregor dem Büßer Heinrich im Januar vergeben. – Im März wählen die deutschen Fürsten Rudolf von Rheinfelden zum Gegenkönig. – Kaiserin Agnes, Heinrichs Mutter, stirbt in Rom.

1080

Gregor bannt Heinrich erneut. – Heinrich und ihn unterstützende Bischöfe ernennen den Gegenpapst Clemens III. – In der Schlacht an der Elster am 15. Oktober siegt die Partei des Gegenkönigs, aber Rudolf von Rheinfelden wird tödlich verwundet.

1081

Heinrich IV. zieht gegen Italien. – Graf Hermann von Salm wird zum neuen Gegenkönig ausgerufen.

1084

Heinrich IV. nimmt Rom und belagert Papst Gregor in der Engelsburg. – Clemens III. wird in Rom inthronisiert und krönt Heinrich und dessen Gemahlin Bertha zu Kaiser und Kaiserin des Deutsch-Römischen Reiches.

1085

Gregor VII. stirbt in Salerno, dem Ort seiner Verbannung.

1086

Heinrichs zweiter Sohn, Heinrich V., wird geboren.

1087

Heinrichs erster Sohn Konrad wird zum König erhoben.

1088

Gegenkönig Hermann von Salm stirbt.

1093

Konrad stellt sich gegen seinen Vater Heinrich IV. und läßt
sich in Mailand zum König von Italien krönen.

1098/99

Konrad wird als König für abgesetzt erklärt, und Kaiser
Heinrichs zweiter Sohn, Heinrich V., wird zum König gewählt.

1104

Auch Heinrich V. stellt sich gegen den Vater und an die
Spitze einer Fürstenverschwörung.

1105

Heinrich V. nimmt seinen Vater gefangen.

1106

Heinrich V. zwingt den Vater, als Kaiser abzudanken. Heinrich IV. flieht zum kaisertreuen Niederrhein, wo auch die
Stadt Köln zu ihm hält. Er besiegt den Sohn noch einmal
auf dem Schlachtfeld, stirbt aber in Lüttich. Heinrich V.
wird Kaiser.

1183

Anno von Köln, Stifter vieler Klöster und Erbauer vieler
Kirchen zum Ruhme des Herrn, wird heilig gesprochen.

»Sagen Sie alle Termine ab und lesen Sie METEOR!«
The Washington Post

Als die NASA mithilfe modernster Satelliten-Technologie in der Arktis eine sensationelle Entdeckung macht, wittert die angeschlagene Raumfahrtbehörde Morgenluft. Tief im Eis verborgen liegt ein Meteorit von ungewöhnlicher Größe, der zudem eine außerirdische Lebensform zu bergen scheint. Rachel Sexton, Mitarbeiterin des Geheimdienstes, reist im Auftrag des Präsidenten zum Fundort des Meteoriten. Doch es gibt eine Macht im Hintergrund, die den spektakulären Fund für ihre eigenen Zwecke nutzen will – und die bereit ist, dafür zu töten ...

ISBN 3-404-15055-4

**Ein großer historischer Roman für alle Freunde
des MEDICUS und der SÄULEN DER ERDE**

Schottland 1096: Papst Urban hat die Gläubigen aufgerufen, ins Heilige Land zu ziehen und das Grab Christie
zu befreien. Drei der Kreuzfahrer sind der Gutsherr
Ranulf und seine Söhne von den fernen Orkney-Inseln.
Nur Murdo, der Jüngste, bleibt zurück. Doch als ein gie-
riger Bischof und ein korrupter Abt Murdo und seine
Mutter von Haus und Hof vertreiben, muss der Junge
seine eigene Pilgerfahrt antreten. Eine abenteuerliche
Reise durch das mittelalterliche Europa beginnt, die ihn
bis vor die Tore Jerusalems führt – und mitten hinein in
den Schrecken des Krieges. Alleine muss Murdo den
Kampf um sein Glück und das Erbe seiner Familie aufnehmen. Dabei gelangt er in den Besitz eines der größten Schätze der Christenheit, der ihn zum Begründer
einer geheimen Tradition macht, die über die
Jahrhunderte bis in die Gegenwart reicht.

ISBN 3-404-14729-4